Michaela Pavelka

Das Land hinter dem Horizont

Marita, Gymnasiallehrerin und alleinerziehende Mutter, spürt ebenso wie der Schuldirektor Gregor, dass das Leben ohne sie stattfindet. Maritas Freundin Lena, die ihren Lebensdurst und die innere Stille mit Affären ertränkt, sehnt sich danach, alte Ketten zu durchtrennen und eine glückliche Partnerschaft zu finden. Maritas Vater Günther, der nach dem Tod seiner Frau in eine tiefe Depression gefallen ist, findet durch die Hilfe seines Nachbarn Erich ins Leben zurück. Und der Psychotherapeut Paul, der durch einen Unfall seine Frau und seine kleine Tochter verloren hat, lebt zurückgezogen mit seinem jugendlichen Sohn Patrick am Rande der Stadt. Es sind bunte Vögel, schillernde Persönlichkeiten mit ihren Zweifeln und Ängsten, mit verborgenen Wünschen und heimlichen Sehnsüchten, die trotz erlittener Schicksalsschläge vom Land hinter dem Horizont träumen. Allen gemeinsam ist der Mut, etwas Neues zu wagen und Hoffnung in Handlung umzusetzen.

MICHAELA PAVELKA, Jahrgang 1965, begann bereits in der Jugend mit dem Schreiben von Gedichten und Kurzgeschichten und hatte große Freude an Sprache und Literatur.
Nach dem Psychologie-Studium arbeitete sie in psychiatrischen Kliniken und später in einem Heim für körperlich und geistig behinderte Menschen. Gleichzeitig absolvierte sie eine Ausbildung in Verhaltenstherapie und arbeitet seit inzwischen siebzehn Jahren in eigener Praxis.
Auf „Das Land hinter dem Horizont" folgte im Jahr 2011 ihr zweiter Roman „Im Schatten der Stille". Derzeit schreibt sie an ihrem dritten Buch.

Michaela Pavelka

Das Land hinter dem Horizont

Roman

Bibliografische Information der Deutschen Nationalbibliothek:
Die Deutsche Bibliothek verzeichnet diese Publikation in der
Deutschen Nationalbibliografie; detaillierte bibliografische Daten
sind im Internet über http://dnb.ddb.de abrufbar.

Alle Rechte der Verbreitung, auch durch Funk, Fernsehen, foto-
mechanische Wiedergabe, Tonträger jeder Art, auszugsweisen
Nachdruck und auf digitalem Wege sind vorbehalten.

© 2016 Michaela Pavelka

Herstellung und Verlag:
BoD – Books on Demand, Norderstedt

ISBN 978-3-743-14330-2

Hoffen heißt Handeln

1. Kapitel

Wohlig räkelte sich Marita auf ihrem Sofa im Wohnzimmer. Nach dem sie übermüdet aus der Schule gekommen war, hatte sie nur schnell ein paar Cornflakes gegessen und sich sofort zum Schlafen hingelegt. Zum Glück hatte sie bereits nach der vierten Stunde unterrichtsfrei. Angesichts der Müdigkeit ließ ihre Konzentration zu wünschen übrig. Ihre vierjährige Tochter Melissa war für ein paar Tage bei ihrem Vater zu Besuch, von dem sich Marita hatte scheiden lassen.

Aus der Stunde Mittagsschlaf wurden heute mehr als zwei Stunden. Sie schaffte es einfach nicht aufzustehen. Heute konnte sie ohne Gewissensbisse liegen bleiben, da Melissa bei ihrem Vater war.

Sonst war es ständig eine Wahl zwischen zwei Möglichkeiten, die beide mit negativen Gefühlen verbunden waren. Wenn sie wach blieb, um mit der Tochter zu spielen, schleppte sie sich den restlichen Tag aufgeputscht mit Koffein und trotzdem müde durch die Wohnung. Legte sie sich ins Bett, plagte sie das schlechte Gewissen, denn dann musste sich die Tochter eine Zeit lang alleine beschäftigen. Aber dafür fühlte sie sich selbst, wenn sie wieder aufstand, wenigstens halbwegs wie ein Mensch.

Genüsslich drehte sie sich heute, an einem der ersten sonnigen Frühlingstage im April, noch einmal um. Ihre Träume am Nachmittag waren bei Weitem angenehmer als die in den Nächten, in denen sie, seit dem Tod ihrer Mutter im vergangenen Frühling, einen Schreck nach dem anderen erlebte.

Jetzt, an diesem Nachmittag, träumte sie von Ereignissen aus ihrer Jugendzeit, von einem Sommerurlaub mit ihren Eltern in einem romantischen Städtchen an der Mosel. Sie war damals sechzehn Jahre alt.

Es war die Zeit der aufkeimenden Sehnsüchte nach etwas, das sie nicht hätte beschreiben können. Ihre Eltern hatten für sie im Hotel ein eigenes Zimmer mit Dusche gebucht. Ein Gefühl von Freiheit war es, was sie damals empfunden hatte.

Ihr Traum führte sie zu jenem Tag, an dem sie in ihrem Hotelzimmer im Schneidersitz auf der Fensterbank gesessen und Eis gegessen hatte. Es war ein heißer Julitag und früher Abend. Der Blick aus ihrem Fenster fiel auf eine kleine verwinkelte Gasse mit vereinzelten Treppenstufen hie und da. Eine junge Frau mit langem braunen Haar und einem weißen, luftigen Kleid, das ihrer schlanken Figur schmeichelte, schlenderte die Gasse entlang, lief die Treppen herunter und kam allmählich auf das Hotel zu.

Schon damals, auch wenn Marita bis heute nicht verstand, warum, ging von dieser Frau beziehungsweise von der gesamten Szene, wie diese Frau an jenem Sommertag durch die Gasse lief, eine unerklärliche Anziehungskraft aus.

Es war, als wenn diese Situation über sich selbst hinaus wies, als wenn es in dieser Szene, die jetzt Traumbild und Erinnerung war, zu einer Verdichtung von intensiven, nur teilweise bewussten Empfindungen gekommen war, eine Andeutung von Verborgenem.

Wann immer sie sich dieses Bild in Erinnerung rief, rührte es etwas in ihr an, fühlte sie so etwas wie Leichtigkeit und unbestimmte Vorahnung.

Der heutige Frühlingstag, an dem Marita sich nicht krampfhaft mit Kaffee aufrechterhielt, sondern immer wieder auf dem Sofa einschlief, machte ihr deutlich, dass sie, auch wenn sie es nicht wahr haben wollte, sehr erschöpft war. Vielleicht lag es auch teil weise an ihren eigenen hohen Anforderungen an sich selbst. Sie wollte stets perfekt sein. Alles musste korrekt und sofort erledigt werden. Trotz dringenden Anratens ihrer Freundin und Kollegin Lena hatte sich Marita bisher keine Putzfrau genommen, da sie befürchtete, sie würde nicht gründlich genug sein.

Als Gymnasiallehrerin und alleinerziehende Mutter durchs Leben zu gehen, war eine Herausforderung, für die sie gerne bewundert wurde. Insgeheim sehnte sie sich nach der Zweisamkeit mit einem Partner. Nicht einmal in den Nächten konnte sie Ruhe finden. Melissa kam seit ein paar Wochen häufig an ihr Bett. Ab und zu musste sie nachts, auf dem Boden liegend mit Blick unter das Bett im Kinderzimmer, die Monster unter Melissas Bett vertreiben oder mit ihr – jegliche Geschwindigkeitsbegrenzungen überschreitend – mit Vollgas zum Krankenhaus jagen, während ihre Tochter, die Marita schluchzend mit Mandel- und Mittelohrentzündung geweckt hatte, kurz darauf im Wagen saß und vor lauter Schmerz mit der Hand gegen die Scheibe schlug. Außenstehende hätten vielleicht an Kindesentführung gedacht.

Es gab Tage, an denen Marita, wenn sie morgens aufstand, vor Kraftlosigkeit am ganzen Körper zitterte. Es waren jene Tage, an denen sie mit dem kleinen Zeh am Bettpfosten hängen blieb, sich den kleinen Finger bei einer unliebsamen Begegnung mit der Küchentür brach, das Kaffeepulver neben den Filter schüttete oder sich blaue Flecken an der Schulter zuzog, weil sie gegen den Tür rahmen stieß. Ein anderes Mal hatte sie beim Frühstück den Orangensaft anstatt ins Glas in die volle Kaffeetasse gegossen und wunderte sich nur, warum die Tasse überlief.

Schlafen, manchmal wollte sie einfach nur noch schlafen. Wie es wohl werden würde, wenn Melissa erst einmal selbst in die Schule kam? Dann musste Marita auch noch einen Blick auf Melissas Hausaufgaben werfen. Oft wusste sie nicht mehr, wie sie alles bewältigen sollte.

Das Klingeln des Telefons riss sie jäh aus ihrem Traum. Schlaftrunken nahm Marita den Hörer ab, doch am anderen Ende der Leitung war nichts zu hören als leise Musik. Gereizt legte Marita den Hörer auf die Gabel, brühte sich einen Kaffee auf und trat auf ihren Balkon, auf dem sie viele Stunden allein verbrachte. Sie liebte den Ausblick in den darunter liegenden großen Garten mit seinem alten Baumbestand. An Wochenenden saß sie bereits früh morgens draußen mit einer Tasse grünem Tee, wenn draußen nur die Vögel zu hören waren.

Es war ein ungewöhnlich warmer Apriltag und die Stimmung ihres Traumes wirkte noch nach. Es zog sie nach draußen, raus aus der Einsamkeit der Wohnung. Zum Glück hatte sie wenigstens ihren Balkon. Die Luft war schwer vom betörenden Duft der aufblühenden Natur. Ein leichter Wind glitt unbeschwert durch Zweige und Blätter, die sich in ruhigem Rhythmus zu einer unbekannten Melodie bewegten, berührte fast unmerklich ihre Haut und spielte vergnügt mit ihrem Haar. Wieder spürte sie diese unbeschreibliche Sehnsucht. Eigentlich wollte sie an dem Abend noch einige Klausuren durchschauen, doch darauf, das wusste sie, hätte sie sich eh nicht mehr konzentrieren können.

Nachdem sie ihren Kaffee ausgetrunken und die Tasse ausgespült in die Spülmaschine gestellt hatte, griff sie nach ihrer Handtasche und lief zu ihrem Auto. Einfach fahren – doch wohin? Es war wie verhext. Immer das Gleiche. Kaum, dass sie mal Zeit für sich hatte, da ihre kleine Tochter eine Woche im Urlaub mit Papa war, wusste sie nicht, was sie konkret tun sollte – dabei hatte sie viele Ideen und Möglichkeiten. Ziellos fuhr sie mit ihrem Wagen durch die Straßen, bis sie merkte, dass sie in Richtung Rhein unterwegs war. Oft zog es sie ans Wasser. So auch heute. Ihr Wagen brachte sie zielsicher nach Rees, eine kleine Stadt kurz vor den Niederlanden.

Nachdem sie ihren Wagen auf einem Parkplatz abgestellt hatte, bummelte sie durch die Gassen zum Marktplatz und dann weiter bis zum Rhein. In der Nähe des Ufers setzte sie sich auf einen großen Stein. Wie angenehm warm es in der Sonne war. Marita schaute gedankenverloren auf das Wasser und sah den vorbei fahrenden Schiffen nach. Leises, unaufhörliches Plätschern, Melodie friedvoller Ruhe. Ein Gefühl des Glückes erfüllt ihre Seele, diesen Augenblick leben zu dürfen, der geboren wird und sogleich verstirbt und wieder neu entsteht – Unendlichkeit zu fühlen im ewigen Augenblick. Marita schloss ihre Augen.

Wie oft sie hier mit ihrer Mutter gewesen war, bevor die Tumorerkrankung sie dahin gerafft hatte. Hier fühlte sie sich ihr nahe und hier war es, wo Marita zum ersten Mal dem Paradoxon begegnete, dass Glück, Wehmut und Traurigkeit gleichzeitig nebeneinander bestehen konnten.

Vergangenheit und Gegenwart durchdrangen sich. Auch wenn es schmerzlich war, so war es ihr, als wenn das stetige Anwachsen an Vergangenheit ihrer Persönlichkeit mehr Tiefe und Vielfalt gab. Zunehmend bezog sie in ihrem Denken auch die ungewisse Zukunft mit ein, von der sie mittlerweile genau wusste, dass diese nach der Durchfahrt durch die Gegenwart ebenfalls vergehen würde. Während der Raum der Vergangenheit ständig größer wurde, schwand das Reich der Zukunft dahin.

Ein Durstgefühl veranlasste sie, nach einem Bistro zu suchen. Gleich am Markt ging sie in das ihr bekannte Café und bestellte ein Glas Wasser, eine Tasse Milchkaffee und ein Stück Erdbeerkuchen mit Sahne. Dann kramte sie ihr Handy aus der Tasche und rief ihre Freundin Lena an, die bestimmt auch gut eine Pause von den Korrekturen gebrauchen konnte.

„Hallo?"
„Hallo Lena, ich bin`s! Marita!"
„Hallo Du, das ist ja eine Überraschung! Was machst Du gerade? Ich sitze mal wieder am Schreibtisch."
„Ich bin in Rees."
„Wo bist Du? In Rees?"
„Ja, Du kennst mich ja. Sag mal, hast Du heute Abend schon etwas vor? Wie wäre es, wenn wir beide mal raus gehen?", schlug Marita vor.
„Mensch super! Das machen wir! Ich hole Dich um 18.00 Uhr ab. Ist das o.k.?"
„Ja, klar, ich freue mich schon!"
„Na dann bis nachher!"
„Ja, bis gleich!"
Marita freute sich sehr. Sie kannte Lena seit vier Jahren,

seitdem sie ihre neue Stelle an dem Gymnasium angetreten hatte. Wie sehr doch allein die Aussicht auf eine Verabredung mit ihrer Freundin ihre Traurigkeit verscheuchte. Wieder wurde ihr bewusst, wie viel Einfluss die Begegnung mit anderen Menschen hatte.

Zuvor jedoch wollte sie in aller Ruhe diesen köstlichen Erdbeerkuchen essen. Sie liebte es, sich in Cafés zu setzen und nur für sich zu sein, zu lesen, die Leute zu beobachten und dabei eine leckere Tasse Milchkaffee zu trinken. Immer wieder wunderte sie sich, wenn Frauen zu ihr sagten, dass sie so etwas nicht fertig brächten, einfach alleine aus zu gehen. Damit hatte Marita noch nie Probleme gehabt. Bereits als Jugendliche hatte sie oft so manches alleine unternommen. Langeweile kannte sie nicht. Langeweile gab es für sie eigentlich nur dann, wenn man mit den falschen Leuten zusammen war, mit solchen, mit denen keine Berührung möglich war, wie sie es nannte, oder mit solchen Menschen, die, wenn man etwas erzählte, stets einen negativen Kommentar oder unangemessene Unterstellungen absonderten.

Während sie ihre Tasse zum Mund führte, erblickte sie an einem der Nachbartische zwei junge Männer, die sich angeregt unterhielten. Nachdem aber das Handy des einen klingelte, unterhielt dieser sich ebenso angeregt am Telefon und sein Gesprächspartner stocherte etwas angestrengt in seinem Essen herum. Nach weiteren zehn Minuten fand jedoch auch er eine Lösung. Er nahm sein Handy, um offensichtlich seine Freundin anzurufen, die jedoch anscheinend gerade an der Kasse bei Aldi stand. Wir sind doch immer gesprächsbereit und haben ein offenes Ohr, nur vielleicht nicht gerade für den, der neben uns sitzt. Nachdem viele jetzt auch ein Zweithandy ha-

ben, darf es dann auch eins für das Kind sein, damit es seine Mami in der Küche anrufen und einen Orangensaft bestellen kann. Mütter sind nicht nur als Taxifahrer für Kinder sondern auch als Kellnerin gut zu gebrauchen.
Nach einer halben Stunde rief Marita den Kellner, da sie zahlen wollte.
„Einen Augenblick, ich komme sofort", rief der Besitzer, der heute selbst bediente und gerade zwei Stücke Erdbeertorte zu zwei älteren Damen brachte.
„Sie wollen schon bezahlen, junge Frau?"
„Ja."
„Vergessen Sie es!"
„Wie bitte?"
„Sie sind eingeladen, wenn Sie mir versprechen, wieder zu kommen."
Verdutzt schaute Marita den Mann an.
„Lächeln Sie doch mal! Sie sehen so ernst aus."
„Sie sind mir einer. Und wenn ich die Einladung nicht annehme?"
„Dann sind Sie trotzdem eingeladen."
Der Mann, namens Roberto, lächelte, räumte das Geschirr ab und verschwand.
Nachdenklich verließ Marita das Café und schlenderte zu ihrem Auto zurück. Es war immer noch sehr warm. Schwalben vergnügten sich am wolkenlosen Himmel. Mücken suchten Opfer und wurden gleichzeitig gejagt. Laute Musik drang aus einem Fenster, die sie den ganzen Weg bis zu ihrem Auto begleitete. Gemütlich fuhr sie nach Hause zurück.
Lena stand pünktlich um 18.00 Uhr vor der Tür.
„Hallo Lena, komm rein! Ist ja toll, dass Du heute Zeit hast!"

„Na klar! Ich will doch nicht ewig am Schreibtisch sitzen. Schon gar nicht bei so einem Wetter."

Lachend zog sich Marita ihre Schuhe an und sie stürmten aus dem Haus.

„Sag mal Lena, wohin fahren wir denn überhaupt?"

„Sollen wir zu dem Lokal fahren, wo wir neulich schon waren? Wo man im Garten sitzen kann?"

„Ja, gern. Ist Dir schon mal aufgefallen, dass die Vögel dort ganz nah an die Tische herankommen?"

„Na klar! Und wie nah. Ich will doch hoffen, dass sich heute Abend auch ein paar Vögel, sagen wir mal bunte Vögel an unseren Tisch herantrauen!"

„Woran Du schon wieder denkst, meine Lena! Eigentlich solltest Du nicht Lena Luna sondern Lena Luder heißen. Nimmst Du mir nicht übel, oder?"

„Nein! Ach wo!"

„Der Unterricht war heute ganz schön anstrengend, besonders in der Zwölf. Aber ich habe da einen Jungen im Pädagogikkurs, der mir ganz schön zu denken gibt. Patrick heißt er. Noch keine achtzehn Jahre, aber über was der so nachdenkt ... ist schon ganz erstaunlich."

„Na sag schon!", forderte Lena Marita zum Weiterreden auf.

„Schwer zu sagen. Es ist seine ganze Art. Er ist ein stiller, aber nicht gehemmter Junge.

Heute wollte er wissen, was schlimmer sei. Wenn man sich selbst treu ist und Dinge tut, die aber andere nicht gut heißen, oder aber ob man sich so verhält, wie andere es erwarten, man aber dadurch nicht mehr man selbst ist."

„Und was hast Du geantwortet?"

„Dass man die Frage im konkreten Kontext beantworten muss. Natürlich halte ich es für wichtig, man selbst zu sein. Aber überleg mal Lena, eine Frau z.B. heutzutage in der Stadt, die selbstständig und vielleicht unkonventionell ihr Leben führt, muss nicht mit den Konsequenzen rechnen wie eine Frau in einer Kleinstadt vor hundert Jahren oder z.B. in einem biederen Dorf heute."

„Eine Entscheidung zwischen dem „Du" und „Ich"?

„Ja. Eine anonyme Großstadt bietet da durchaus mehr Spielraum und Schutz. Man kann sein eigenes Leben führen ohne dass man befürchten muss, ausgeschlossen zu werden, nur weil man nicht die Erwartungen von engstirnigen Mitbürgern erfüllt.

„Kennst du seine Eltern?"

„Nur seinen Vater. Er war mal beim Elternsprechtag bei mir. Ist aber gar nicht nötig gewesen, da Patrick wirklich gut in der Schule ist. Trotzdem finde ich es interessant, auch mal die Eltern kennen zu lernen. Seine Mutter habe ich jedoch noch nicht gesehen. Patrick erzählt auch nicht viel von sich. Der Vater ist wirklich ein sehr netter Mann."

„Weißt du, Marita, der Unterricht ist doch auch für uns viel interessanter, wenn wir Schüler haben, die selber mitdenken und nachdenken und nicht einfach nur auswendig lernen."

„Du hast Recht. Ich mag ihn auch, diesen stillen Jungen. Aber er gibt mir Rätsel auf."

„Da sind wir ja. Hoffentlich ist auch was los in dem Schuppen!"

„Lena, geh du bitte zuerst rein!"

„Mensch Marita, wann legst du endlich deine Schüchternheit ab?"

Die Stimmung war einladend - wie so oft. Gespielt

wurde „If you think you know how to love me" von Smokie.

Man konnte an der Theke Platz nehmen oder an den einzelnen Tischen, die im gesamten Raum verteilt waren. Es gab auch einzelne Nischen, wo sich Liebespaare oder Gäste niederließen, die sich in Ruhe unterhalten wollten. Und dann gab es noch den Garten. Alle Altersgruppen ab zwanzig aufwärts waren vertreten. Marita ging gern hierhin, weil sie den Eindruck hatte, dass dies ein Ort war, wo man ungezwungen sein konnte, der Raum für Variation und Lebendigkeit bot. Auch Lena war gern dort, weil sie hier nicht nur ihren Durst, sondern auch ihren Lebenshunger stillen konnte.

Die beiden liefen gleich durch bis in den Garten und setzten sich in die Korbsessel unter den Kastanienbäumen. Die Luft war lau. Hier und da hüpfte eine Amsel über den Boden, während andere Amseln damit beschäftigt waren, vergeblich nach Würmern zu picken.

Einer der Kellner kam und nahm die Bestellung auf.

„Hallo, da sind Sie ja wieder!"

„Wir hätten gern zwei Pils, bitte!" Lena bestellte für ihre Freundin gleich mit.

„Wird gemacht!"

Ein paar Minuten später brachte er ihnen das Bier und zwinkerte Lena zu. Lena erwiderte sein Lächeln.

„Wann kommt eigentlich Deine Tochter wieder nach Hause?"

„Ihr Vater bringt sie morgen zurück. Stefan kümmert sich wirklich rührend, wenn sie bei ihm ist. Er unternimmt auch oft etwas mit ihr. Soweit ich weiß, wollte er mit ihr ins Schwimmbad und auch ins Kino. Melissa ist ihm gleich um den Hals gefallen, als er es ihr verraten hat. Sie hängt sehr an ihrem Vater."

„Und er an ihr, nicht wahr?"

„Ja. Was ist denn mit Dir? Wolltest du nie Kinder haben?"

„Ach, weißt du, ich glaube, ich würde einem Kind nicht gerecht werden. Ich müsste zu viel von mir aufgeben."

„Vielleicht gewinnt man aber auch etwas hinzu. Niemand liebt dich so bedingungslos wie dein Kind. Und du selbst veränderst dich und erlebst dich neu und entdeckst andere Seiten an dir. Man selbst ist plötzlich die „Mama" für einen kleinen Menschen"

„Entschuldige den Gedankensprung. Aber wie kommt es eigentlich, dass von einer Mutter, die z.B. zwei Kinder hat, ganz selbstverständlich erwartet wird, dass sie beide Kinder gleich liebt, dass aber eine Frau, die zwei Männer liebt, als verlottert gilt?"

„Redest du von Dir?"

„Kann schon sein."

„Keine Bange, ich verurteile dich nicht. Sollte man irgendetwas verurteilen, dass aus Liebe geschieht? Übrigens habe ich schon bemerkt, dass du mit dem Mann vom Nebentisch flirtest. Kennst du ihn?"

„Nein. Habe ihn noch nie hier gesehen."

Die Zeit verging wie im Flug.

Mittlerweile war die Dämmerung hereingebrochen. Kerzen wurden angezündet und der Himmel färbte sich rot, während die Vögel mit ihrem Gesang den Tag verabschiedeten.

2. Kapitel

Marita schloss leise die Wohnungstür auf, damit sie niemanden im Haus weckte, besonders Martin Schmitt nicht, der unter ihr im Erdgeschoss wohnte. Sie wusste, dass er Frühschicht hatte, alleine lebte und bereits um 03.00 Uhr aufstehen musste. Sie schätzte ihn auf Mitte Fünfzig. Hin und wieder hörte sie ihn Klavier spielen. Dann machte sie ihr Fenster oder die Balkontür auf, in der Hoffnung, dass sein Fenster auch geöffnet war. Sie mochte die Stücke, die er spielte. Manche waren ihr sehr bekannt wie die Kleine Nachtmusik oder der Schwanensee. Er spielte aber auch Stücke von den Beatles wie z.B. „Yesterday" oder „Hey Jude". Dann wieder gab es Melodien, die ihr völlig unbekannt waren, die aber irgendetwas in ihr zum Klingen brachten. Sie stand dann ganz still an der geöffneten Balkontür und schaute hinaus. In solchen Momenten war es ihr, als wenn die Musik sich mit den Bewegungen der Zweige und den Gerüchen und ihren Empfindungen verband, als wenn alles ineinander flösse und zusammengehörte, als spürte sie förmlich die Schwingungen der Musik, die in ihrer Seele widerhallten. Ob er wusste, dass sie ihn hörte?

An diesem Abend duschte sie sich nur kurz, putzte sich anschließend die Zähne und zog ihr Schlafshirt an. Nachdem sie sich hingelegt hatte, griff sie nach dem Bild ihrer Tochter, das auf ihrem Nachttisch stand. „Ich habe Dich lieb, meine Kleine", sagte sie zu dem Bild. Dann stellte sie es wieder zurück und löschte das Licht.

Martin Schmitt hatte Maritas Kommen längst bemerkt. Er

kannte alle Geräusche im Haus, in dem außer Marita noch zwei weitere Parteien lebten. Marita jedoch mochte er besonders gern, von der er mehr wusste, als ihr vielleicht lieb war. Oft hörte er, wie sie noch nachts duschte oder sich um ihre Tochter kümmerte, wenn diese Hals- oder Ohrenschmerzen hatte und das Weinen des Kindes zu ihm nach unten drang. Eigentlich hätte er morgen Frühschicht gehabt. Da er sich aber den Magen verdorben hatte, hatte er sich für den nächsten Tag frei genommen.

Bei den seltenen Begegnungen im Hausflur hatte er herausgefunden, dass sie Gymnasiallehrerin war und oft Klausuren korrigieren musste und dass sie nach ihrer Scheidung allein geblieben war. Ihren Ex-Mann kannte er vom Sehen, wenn er Melissa nach Hause zurück brachte. Er besaß sogar einen Wohnungsschlüssel, damit er auch dann mit der Kleinen in die Wohnung konnte, wenn Marita nicht pünktlich sein konnte.

Marita wusste nicht, dass Martin sich manchmal vorstellte, sie wären eine Familie zu dritt.

Die Nacht war viel zu kurz.

Irgendein Geräusch, ja das Läuten des Telefons weckte Marita, noch bevor der Wecker klingelte. Es dämmerte bereits. Als sie durch die Wohnung lief, um sich etwas zu trinken zu holen, bemerkte sie, dass sie die Balkontür aufgelassen hatte. Von ihrem Balkon aus führte eine Treppe in den Garten. So war es ihr möglich, auf dem Balkon Klausuren durchzusehen und gleichzeitig Melissa im Garten beim Spielen zu beaufsichtigen.

Mit einem Glas Wasser und einer Zigarette in der Hand setzte sie sich nach draußen und genoss diese warme und zugleich kühle Morgenluft. Sie liebte die Einsamkeit des Morgens, das leise Rascheln der Blätter im Wind, den morgendlichen Dunst, einfach nur dort zu sitzen und mit sich in Frieden zu sein. Sie zog an ihrer Zigarette und blies Kringel in die Luft. Martin Schmitt saß eine Etage tiefer auf seiner Terrasse und bemerkte den Zigarettengeruch. Auch er hatte sich nach draußen gesetzt, da er sich aufgrund seiner Übelkeit nicht mehr traute, im Bett zu bleiben. Er hörte, wie ihr Telefon klingelte. Doch nach ihrem „Hallo" sagte sie nichts mehr und legte auf.

Jemand, der sich verwählt hatte? Na, um die Uhrzeit sollte man aber genau aufpassen, welche Nummer man wählte. Martin wunderte sich nur, da er öfter mitbekam, dass nachts bei Marita das Telefon klingelte.

Jetzt hörte er, wie sie leise barfuß die Treppe hinunter kam. Schnell ging er ins Haus, um unbemerkt zu bleiben. Sie lief einfach nur mit nackten Füßen über den Rasen. Ab und zu bückte sie sich, um mit den Fingerspitzen die Tautropfen auf den Grashalmen zu berühren.

Dann schlich sie sich nach oben zurück.

Nach dem Frühstück packte sie ihre Schultasche und fuhr zur Schule. Im Pädagogikunterricht in Stufe 12 wollte sie heute Psychotherapieverfahren besprechen, zumindest damit anfangen. Und dann sollte in der sechsten Stunde eine Konferenz mit allen Kollegen und dem Schulleiter stattfinden, der die neue Lateinlehrerin vorstellen wollte – Frau Anna Hof.

Auf dem Weg zum Klassenzimmer kam Lena auf sie zu.

„Sag mal, Marita, hast Du heute Morgen versucht, mich anzurufen?"

„Nein, wieso?"

„Ich bin vom Telefon wach geworden, war aber nicht rechtzeitig dran."

„Ach so. Du ich muss mich beeilen, sonst komme ich zu spät."

Die Schüler des Pädagogikkurses unterhielten sich lautstark, als sie eintrat. Augenblicklich nahmen sie ihre Plätze ein.

„Guten Morgen allerseits!"

„Guten Morgen, Frau Sol!"

Marita war sehr beliebt bei ihren Schülern und Schülerinnen, da sie die Schüler immer mit sehr viel Achtung und Fairness behandelte. Sie forderte zwar auch viel, aber sie wusste auch, wann es wichtig war, mal ein Auge zuzudrücken.

„Heute fangen wir mit Sigmund Freud an. Wer weiß denn etwas über diesen Herrn?"

„Freut Euch mit Freud!"

„Ja, Marco, Du möchtest etwas zu Freud sagen?"

„Äh, das ist doch der, der im Zweifelsfall alles gegen einen verwendet, oder nicht? Im Zweifelsfall gegen den Angeklagten."

„Wieso?"

„Ja, die Geschichte mit dem Widerstand. Ich habe gehört, dass Analytiker den Patienten Bilder mit Tintenklecksen zeigen und sie dann fragen, was sie darin sehen. Und entweder sieht man dann z. B. ein Messer. Dann wird einem Aggression unterstellt. Oder man sieht es nicht. Dann ist man auch aggressiv und weiß nur nichts davon."

Lautes Gelächter in der Klasse.

„Also, ich schreibe dann schon mal Widerstand an die

Tafel. Patrick, Du möchtest auch etwas sagen?"

„Freud hat das Unbewusste entdeckt, aber ob er auch seins entdeckt hat, weiß ich nicht."

„Uah, die verborgenen Triebe, die im Keller lauern und unheimlich heimlich an die Oberfläche wollen."

„Du hast gar nicht so Unrecht, Sabrina. Das sogenannte Ich versucht zwischen dem Es, den Trieben, und dem Über-Ich zu verhandeln. Unbewusstes Material schleicht sich manchmal an dem Zensor vorbei. Je strenger das Über-Ich mit seinen Geboten und Verboten, desto schwieriger wird es für den Menschen, auch ganz normale, lebendige Regungen zuzulassen, um so mehr muss im Verborgenen geschehen, oft verbunden dann auch mit Gewissensbissen."

„Was ist mit Menschen, deren Über-Ich nicht zu stark sondern zu schwach ausgebildet ist?"

„Patrick, dann können wir nur hoffen, dass dieser Mensch nicht zu viel Einfluss und Macht hat."

Die Unterrichtsstunde verging wie im Flug so wie auch die anderen Stunden. Ehe Marita sich versah, war es bereits mittags und Zeit für das geplante Kollegentreffen. Lena nahm direkt neben ihrer Freundin Platz. Der Schulleiter, Gregor Most, betrat in Begleitung der neuen Kollegin den Raum. Herr Most war bekannt für seine wechselnden Stimmungen. Heute schien er gute Laune zu haben. Es ging das Gerücht herum, dass seine Frau großen Einfluss auf seine Stimmung hatte.

„Was meinst du, Marita, ob er heute Nacht wohl seine Frau beglücken durfte?"

„Woran Du schon wieder denkst! Auf jeden Fall scheinen sie keinen Streit gehabt zu haben."

„Ob er wirklich unter dem Pantoffel seiner Frau steht?

Kann man sich manchmal kaum vorstellen. Hier gebärdet er sich oft wie Rumpelstilzchen. Wenigstens ist er nett anzusehen. Und er riecht auch gut."

Gregor Most ergriff das Wort.

„Liebe Kollegen und Kolleginnen, ich möchte Ihnen heute Frau Hof vorstellen, eine sehr engagierte Kollegin, die von einem anderen Gymnasium zu uns wechselt. Sie wird in Latein und Mathematik unterrichten. Möchten Sie jetzt vielleicht etwas zu Ihrer Person sagen, bitte?"

„Ja, mein Name ist Anna Hof. Ich bin vierunddreißig Jahre alt, wohne in Mülheim bereits seit vielen Jahren und freue mich, dass ich hier bei Ihnen anfangen darf. Wenn jemand Fragen hat...?

Einer der Physiklehrer meldete sich zu Wort.

„Ich habe gehört, dass Sie von einem anderen Gymnasium zu uns gewechselt haben?"

„Ja, das stimmt. Und es ist schön, jetzt hier zu sein."

„Ich zeige Ihnen nachher, wo Ihre Fächer sind und wo Sie die einzelnen Klassenzimmer finden."

„Danke, dass ist sehr nett von Ihnen."

Aber eigentlich hatte derzeit keiner weitere Fragen. Die anderen Kollegen und Kolleginnen stellten sich ebenso vor und bekundeten ihre Bereitschaft zu guter Zusammenarbeit. Anschließend war jeder dankbar, sich endlich um sein Mittagessen kümmern zu können. Marita musste schnell nach Hause, da am Nachmittag ihre Tochter gebracht wurde.

„Frau Sol, kommen Sie mal, bitte!"

Herr Most rief über den ganzen Flur, damit Marita ihn überhaupt noch hören konnte, denn sie hatte schon fast die Ausgangstür erreicht.

„Ja, was gibt es?"

„Ich wollte Sie nur fragen, ob Sie sich ein bisschen um die neue Kollegin kümmern können?"

„Aber natürlich. Nur im Moment ist es schlecht, da meine Tochter gleich nach Hause kommt."

„Morgen dann also? Bitte!"

„Versprochen!"

3. Kapitel

Mit geöffnetem Dach fuhr Marita mit ihrem Cabrio nach Hause. Sie freute sich sehr auf ihre Tochter, die bestimmt wieder allerlei zu erzählen hatte. Sie erinnerte sich daran, als Melissa die ersten Worte sprach. Voller Begeisterung nahm sie damals das Baby in ihren Arm, küsste es und wiederholte immer wieder: „Du sprichst ja! Mensch, Du sprichst ja!" Bereits im Alter von 1 ½ Jahren konnte Melissa in ganzen Sätzen sprechen und unterhielt ihre ganze Umgebung. Offensichtlich hatte sich die Kleine Mutters Begeisterung gemerkt. Wenn sie manchmal abends nicht sofort einschlafen konnte, durfte sie sich mit einem Kinderbuch zu ihrer Mutter ins Arbeitszimmer setzen, die abends oft mit Korrekturen beschäftigt war.

Melissa mochte diese harmonischen Augenblicke der stillen Zweisamkeit mit ihrer Mutter. Etwas später dann ließ sie sich auch bereitwillig zu Bett bringen.

Plötzlich erschrak Marita. Fast hätte sie eine rote Ampel übersehen. Ich muss wirklich besser aufpassen! Irgendwann überfahre ich jemanden. Sie hatte wieder ihren toten Punkt erreicht und fühlte sich bettreif. Angestrengt schlich sie nach oben in ihre Wohnung. Es war aber keine Zeit mehr, um sich ins Bett zu legen. In einer halben Stunde würde es klingeln.

In den letzten vier Jahren hatte sie sich zu einer richtigen Kaffeetrinkerin entwickelt. Irgendwie musste sie die Augen aufhalten. Immer häufiger hatte sie das Gefühl, sie könnte sich an jeder beliebigen Stelle hinlegen und schlafen.

Während sie die Milch für den Kaffee aufschäumte, hörte sie bereits die Stimme ihrer Tochter. Dann schellte sie Sturm.

„Mama! Hallo Mama!"

Jetzt wussten alle im Haus, dass Melissa wieder da war. Sie rannte die Treppe hinauf und lief ihrer Mutter in die geöffneten Arme.

„Da bist Du ja wieder, mein Schatz! Komm mal her, lass Dich mal knutschen!"

Melissa bekam einen dicken Kuss auf ihr weiches Polsterbäckchen.

„Hallo Stefan, komm rein. Ich habe Kaffee gemacht. Du trinkst doch bestimmt eine Tasse?"

„Hallo Marita, ich trinke gerne ein Tasse mit dir."

Melissa zog sich die Schuhe aus und rannte direkt in ihr Kinderzimmer, als wollte sie sich vergewissern, dass alles noch an seinem Platz war. Nicht ganz. Auf ihrem Schreibtisch lag ein kleines Geschenk. Aufgeregt riss sie das Papier auf. Ein neues Malbuch.

Sobald Melissa morgens die Augen aufmachte, setzte sie sich an ihren eigenen Schreibtisch und malte. Auch ohne Vorlage malte sie. Sie malte einfach alles, was sie sah und schön fand. Mit dem Buch in der Hand setzte sie sich zu den Eltern an den Tisch. Für sie stand eine Tasse

Kakao auf dem Tisch.

„Danke Mama! Du bist die beste Mama der Welt! So ein Malbuch wollte ich schon immer haben."

Wieder drückte Marita die Kleine an sich und gab ihr einen Kuss auf die Wange.

„Was habt Ihr beide denn so gemacht?"

Stefan schaute zu seiner Tochter.

„Erzähl doch mal Melissa!"

„Ach, erzähl Du, Papa! Ich muss jetzt malen."

So erzählte Stefan vom kleinen Eisbären, von Schwimmen, Radfahren und Eiskugeln.

Abends um sechs fuhr er wieder.

„Papa, kannst du nicht einfach heute hier bleiben? Bei Mama ist auch noch Platz im Bett? Bitte, Papa!"

„Ach, meine Süße, das geht nicht. Ich muss morgen schon ganz früh zur Arbeit."

Melissa merkte nicht, dass er ablenkte.

„Ich winke aber noch am Fenster."

„Ok. Und schlaf nachher schön!"

„Ich hab dich lieb, Papa."

„Ich dich auch."

Melissa rannte zum Fenster, um ihrem Vater zuzuwinken. Marita trat neben sie und winkte mit.

„So, dann wollen wir mal zu Abend essen. Du musst ja auch gleich ins Bett."

„Kann ich Cornflakes haben?"

„Du kannst sie dir aus dem Schrank holen. Ich bringe dir die Milch."

„Mama, kann ich heute Nacht bei dir schlafen? Bitte!"

„Ja, kannst du."

Melissa strahlte.

Nach dem Essen putzte sie sich sofort ohne Murren

die Zähne, zog den Schlafanzug an und wanderte mit einem Buch zum Bett. Marita legte sich neben ihre Tochter und las ihr eine Geschichte vor. Melissa fielen schon fast die Augen zu.

„Gute Nacht, mein Schatz. Träum was Schönes!"
„Gute Nacht, Mama. Bis gleich!"
„Ja. Mama muss aber noch an den Schreibtisch."

Sie verließ das Schlafzimmer. Zuerst musste jetzt die Küche aufgeräumt werden. Und eine Waschmaschine musste noch angestellt werden mit den Kindersachen, die Stefan vom Urlaub mitgebracht hatte. Erst danach konnte sie an den Schreibtisch, um den morgigen Unterricht vorzubereiten.

Viel lieber hätte sie sich ins Bett gelegt.

Um 22:00 Uhr war sie fertig mit der Schreibtischarbeit. Und jetzt? Die Waschmaschine fiel ihr wieder ein. Also noch einmal in den Keller, um die Wäsche in den Trockner zu tun. Es brannte Licht im Keller. Martin Schmitt war auch mit seiner Wäsche beschäftigt.

„Ich habe deine Tochter gehört. Geht es ihr gut?"
„Ja, sie ist aus dem Urlaub mit ihrem Vater zurück."
„Wann hast du eigentlich Urlaub? Sind nicht bald Sommerferien?"
„Ja."
„Irgendwie hast du auch immer etwas zu tun."
„Naja."
„Geht es dir gut, Marita?"
„Ja. Und dir?"
„Eigentlich auch. Mir war nur ein bisschen übel."
„Ich muss wieder nach oben."
„Gute Nacht!"
„Und dir gute Besserung."

Marita stapfte nach oben und schloss die Wohnungstür ab. Das machte sie immer nachts. Sie wollte noch ein paar entspannte Minuten für sich selbst haben, so dass sie sich auf den Balkon setzte, um ihren Gedanken nachzuhängen. Es gab so viele Dinge, die sie immer wieder machte, jeden Tag, jede Woche, Jahr für Jahr.

Letztendlich hatte sie die vielen wiederkehrenden und schnell aufeinander folgenden Termine im Verdacht, die zu der subjektiv empfundenen Beschleunigung der Zeit führten. Jeden Morgen um 06:00 Uhr aufstehen, ins Badezimmer gehen, Frühstück machen, die Kleine wecken, essen, sie zur KITA bringen, über die Autobahn jagen, insofern nicht die neue immobile Mobilität der Automobile in Form eines Staus auf der A3 sie zu angespannter Ruhe und dem Griff zum Handy zwang, mit dem sie verbotenerweise, da sie keine Freisprecheinrichtung hatte, in der Schule anrief, um mitzuteilen, dass es etwas später werden könnte.

In den Nachbarautos ähnliche Szenen, manchmal auch komische, abstoßende oder verblüffende Szenen: Männer, die sich rasierten, Frauen, die Wimperntusche auftrugen, Kinder, die in der Nase bohrten und ihre Errungenschaften an die Fenster schmierten, LKW-Fahrer, die fernsahen, Mütter, die mit dem Nachwuchs schimpften und Väter, die die Mütter anbrüllten, weil diese zu laut waren.

Der Stau – aufgezwungene Gemeinsamkeit.

Gemeinsam atmet man die Abgase ein und flucht, weil man wieder mal zu spät zu einem Termin kommt. Was machte nur derjenige, der zu spät zu seinem Vorstellungsgespräch kam? Schicksalsgläubige würden sagen, „hat nicht sollen sein" oder, „wer weiß, wofür es gut ist"?

Marita wunderte sich sowieso immer mehr, auf welche Weise Menschen sich die Welt erklärten: „Mein Neffe ist nicht so gut in Mathematik, weil er vom Sternzeichen her Skorpion ist." Oder: „Mein Freund und ich hatten einen Streit. Kommt schon mal vor, wenn man mit einem Löwen zusammen ist." Dinge werden willkürlich zueinander in Beziehung gesetzt, auch wenn sie eigentlich nichts miteinander zu tun haben. Diese Form der Sinnstiftung greift um sich wie ein sommerlicher Waldbrand, den bereits ein kleiner Funke auf ausgetrocknetem Unterholz entfacht.

Marita nahm sich vor, mit Lena über ihre Gedanken zu sprechen. Ihr war plötzlich eine Idee eingefallen, warum sich viele Menschen derzeit so ausgeprägt der Esoterik und anderen übersinnlichen Erklärungen hingaben. Es erschien ihr manchmal fast wie mittelalterliches Denken. Vielleicht, so überlegte Marita, lag es daran, dass in unserer modernen Gesellschaft Gott überwiegend aus dem Leben verdrängt wurde, die Menschen aber trotzdem eine umfassende Sehnsucht nach etwas Metaphysischem, etwas Übersinnlichem hatten. Sie sehnten sich nach Spiritualität und gleichzeitig nach etwas, das dem Leben Sinn gab und die eigene Ohnmacht zu vergessen half.

Ja, auch die Vorstellung, dass die Toten vielleicht in einer Parallelwelt in einer wie auch immer gearteten Form existierten, hatte durchaus für einige Menschen, für Trauernde etwas Tröstliches.

Marita spürte Traurigkeit in sich aufsteigen. Nein, auf keinen Fall wollte sie jetzt die Erinnerungen an die letzten Momente mit ihrer Mutter wachrufen.

Schnell verließ sie ihren Balkon, um sich im Badezimmer für die Nacht fertig zu machen. Nach dem Zähneputzen lief sie leise ins Schlafzimmer und legte sich zu ihrer Tochter, die sie über alles liebte. Wie niedlich die Kleine da lag und schlief. Sie lag auf dem Rücken. Ihr leicht gewelltes Haar hatte sich auf dem Kopfkissen verteilt. Ihre glatten, sanften Bäckchen luden geradezu dazu ein, ein Küsschen darauf zu platzieren. Wie sehr sich die beiden ähnelten.

Als Marita neben ihrer Tochter lag, hätte man denken können, es sei zweimal der gleiche Mensch, nur aus unterschiedlichen Zeiten, als hätte die kleine Marita von damals in Gestalt von Melissa den Weg ins Jahr 2008 gefunden. Marita war 1,80 Meter groß, hatte halb langes braunes, leicht welliges Haar. Sie hatte ein schlankes Gesicht und kluge, lebendige braune Augen. Sie sah für ihre 38 Jahre erstaunlich jung aus.

Sie schlief unruhig in dieser Nacht. Ein Alptraum nach dem anderen spiegelte ihre Traurigkeit. Sie träumte von ihrem Elternhaus, wie sie mit ihren Eltern im Garten saß morgens beim Frühstück. So deutlich und klar erlebte sie wieder die alten Bilder.

Sie war ungefähr zwanzig Jahre alt. Die sonntäglichen Geräusche drangen von der Terrasse in ihr Zimmer, während sie allmählich aus ihrem Schlaf erwachte. Es war Wochenende und die Semesterferien hatten bereits begonnen. Sie hörte ihre Mutter die Gartenstühle hinstellen, dann den Vater, der das Geschirr auf dem Tisch verteilte. Vögel sangen um die Wette und der Duft von Kaffee drang zu ihr nach oben und lud sie ein. Sofort sprang sie aus dem Bett, um gemeinsam mit den Eltern zu frühstücken.

Um 02:00 Uhr nachts erwachte sie, schaute auf die Uhr und drehte sich verschlafen auf die andere Seite.

Der nächste Traum schaffte sie und ließ sie weinend zurück. Wieder war sie im Elternhaus. Diesmal musste sie ungefähr 35 Jahre alt gewesen sein. Sie kam unverhofft zu Besuch und schloss die Haustür mit ihrem Schlüssel auf, den sie von den Eltern bekommen hatte. Da im Erdgeschoss niemand zu sehen war, lief sie nach oben, durchsuchte die Zimmer und fand ihre Mutter auf dem Badewannenrand sitzen mit dem Kopf über der Toilette. Immer wieder musste sie sich übergeben. Marita setzte sich zu ihr, legte ihre Hand auf den Arm der Mutter, die sich daraufhin der Tochter zuwandte. Was Marita erblickte, war das Gesicht eines Totenschädels. Schleim tropfte aus seinem Mund. Panisch erwachte Marita aus diesem Traum.

Melissa merkte nicht, dass ihre Mutter den Raum verließ. Bitterlich schluchzend suchte sie den Weg ins Wohnzimmer. Die Zeiger der Uhr standen auf viertel nach vier. Die Zeit, zu der ihre Mutter vor einem Jahr an Krebs gestorben war. In nur wenigen Minuten hatte sie eine ganze Packung Tempotücher verbraucht. Sie konnte sich kaum beruhigen. Wie sollte sie den neuen Tag beginnen? Mit rot geränderten Augen würde sie sich kaum in die Schule trauen. Sie zündete sich eine Zigarette an und setzte sich auf den Balkon in die kühle Morgenluft. Niemand ahnte, wie sehr sie ihre Mutter vermisste. Niemand wusste von ihren Träumen, aus denen sie immer verzweifelt und aufgewühlt erwachte – mehrmals im Monat.

Nur Martin, eine Etage tiefer, hörte sie weinen, mitten in

der Nacht. Dann wünschte er sich, er könnte sie in den Arm nehmen und trösten, auch wenn er gar nicht wusste, woran sie litt.

An den darauf folgenden Tagen, wenn er ihr im Haus oder Garten begegnete, war er dann besonders freundlich zu ihr, sprach ihr aufmunternde Worte zu, schenkte ihr selbst gepflückte Blumen aus dem Garten oder fragte sie, ob sie mit ihm auf der Terrasse Kaffee trinken wollte. Marita war diese Systematik bisher verborgen geblieben.

Irgendwie glauben wir immer, andere bemerken nur das, was wir bewusst öffentlich frei geben, nach außen zur Schau stellen. Was für ein Irrtum! Wir verraten uns in Bruchteilen von Sekunden – durch das Aufblitzen eines Lächelns, ein Blinzeln, ein kurzes Zucken in den Muskeln, ein sekundenschnelles Heben der Augenlider, durch das Vermeiden von Blickkontakt in einem wichtigen Moment, durch unseren Tonfall, der unsere Worte kommentiert.

Oft wissen wir gar nicht, wer an uns denkt und in welcher Weise, weil wir uns nicht dafür interessieren, weil wir uns für denjenigen nicht interessieren, weil es jenseits unserer Vorstellung liegt und wir es nicht für möglich halten, weil wir es nicht zu erträumen wagen, weil der andere es nicht zugeben würde und es aus irgendeinem Grund geheim halten möchte, weil Menschen oft aneinander vorbei gehen, ohne sich der Bedeutung für den anderen bewusst zu sein.

Und ist es nicht das, was wir uns eigentlich sehnlichst wünschen – Bedeutung zu haben, Bedeutung für eine andere Person zu haben? Bedeutung in einer Welt, in der so vieles bedeutungslos ist, in der die Menschen – vom

Zeitdruck getrieben – aneinander vorbei rasen, in der Sensationsnachrichten sich überschlagen und die vom Vortag ins Vergessen stürzen. Wir sind so sehr damit beschäftigt, die Fülle an Nachrichten zu verdauen, mit denen uns das Radio oder die Zeitung bereits schon morgens den Tag verderben, dass wir kaum die Möglichkeit haben, länger bei einem Thema zu verweilen. Verweilen ist unmodern geworden. Es bringt keinen Fortschritt und keinen Profit.

Was jedoch bleibt angesichts der ständigen Katastrophennachrichten, die ausgesucht werden, um die Einschaltquoten zu erhöhen, was bleibt, ist jedoch ein bestimmtes Gefühl. Das Gefühl, dass diese Welt ein komplett unsicherer Ort ist, ein Gefühl der Bedrückung oder auch der Wut – je nachdem ob der Nachrichtensprecher über Umweltkatastrophen, Terror, Hartz IV oder steigende Benzinpreise spricht.

Warum muss es sein, dass die erste Zeitung zu Beginn eines neuen Jahres auf der Titelseite darüber berichtet, dass in irgendeiner Stadt ein Haus gebrannt hat und anderswo ein Mann angefahren wurde?

Jeden Tag werden unsere Gefühle durch die selektive Darstellung der Nachrichten gelenkt. Positives scheint es demnach kaum zu geben. Und die Menge an Nachrichtenmeldungen, eine an die andere gereiht, Stunde um Stunde, die ganze Woche lang, diese Menge lässt die einzelne Nachricht, die man vielleicht doch als wichtig empfunden hat, kurze Zeit später wieder verblassen. Ein Knopfdruck, und die ganze Welt ist im Wohnzimmer oder im Ess- oder Kinderzimmer. Sich einen „Tatort-Krimi" anzuschauen, ist da für ein Kind harmloser als sich die Nachrichten anzusehen.

Dies war der Grund, warum Marita morgens und manchmal auch mehrere Tage hintereinander keine Nachrichten hörte. Was ihre Kollegen als Uninformiertheit bezeichneten, war für Marita nichts anderes als ein Schutz für ihre Seele. Sie war davon überzeugt, dass diese Berichterstattungen Anteil an der Depressivität und Ängstlichkeit der Menschen hatte. Sie wollte nicht vor einem Schminkkoffer auf dem Bahnsteig weglaufen müssen, weil sie annahm, darin könnte eine Bombe ticken.

Heutzutage konnte man gar nicht mehr so leicht unterscheiden, ob solch ein Mensch paranoid wäre, wenn er vor einem einsamen Schminkkoffer davon liefe. Vor zehn Jahren hätte er eine psychiatrische Diagnose bekommen. Man stelle sich einen Mann beim Psychiater vor, der berichtet, er sei vor einem Koffer auf dem Bahnsteig oder dem Flughafen geflohen, weil er sein Leben bedroht fühlte. Damals hätte man den Kopf geschüttelt. Heute evakuiert man weiträumig.

Marita weigerte sich, ständig durch Nachrichten vergiftet zu werden, besonders an diesem Morgen, an dem die Verzweiflung über den Tod der Mutter sie aus dem Bett geholt hatte. Heute wollte sie sich etwas Gutes tun, zusammen mit ihrer Tochter.

4. Kapitel

Nicht nur Marita hatte eine aufregende Nacht. Lena war an jenem Abend, an dem sie mit Marita in dem Biergarten gesessen hatte, noch einmal zu dem Lokal zurückgekehrt. Der Mann, der ihr vom Nachbartisch aus zugezwinkert hatte, war ihr doch bekannt. Sie kannte viele Männer. Sie erkannte auch sofort diesen Blick, der – für andere vielleicht neutral – immer das Gleiche zu bedeuten schien: Er war eine Aufforderung, still, aber für Lena nicht zu übersehen.

Sie konnte nicht widerstehen oder fand sie es unwiderstehlich? Sie hatte an Standfestigkeit verloren, so dass es immer häufiger zu One-Night-Stands kam. Ob sie sie wirklich wollte? Sie wusste es nicht mehr. Sie erlag ihrem Ritual wie einem Fluch, als wenn eine unbekannte Macht sie steuerte. Der Blick des Mannes eröffnete das Spiel, dessen einzelne Spielzüge genau vorgegeben waren. Frei fühlte sie sich schon lange nicht mehr. Marita beneidete sie um ihren unbefangenen Umgang mit Männern. Sie kannte den Abgrund nicht. Sie wusste nichts von dieser anderen Lena, die kein Maß und keine Grenze fand. Wie hätte Lena es erklären sollen? Hätte Marita sich nicht voller Abscheu abgewendet und sie damit eine gute Freundin verloren? Lena war also wieder in dem Lokal, in dem der Mann sie schon erwartete.

„Guten Abend, Lena!"

„Hallo Sascha! Wie geht es Dir?"

„Wenn ich eine so attraktive Frau sehe, immer gut!"

Sein Lächeln verriet Lena, dass er sich ziemlich sicher war. Sie hatten sich zufällig in Mülheim im Rhein-Ruhr-Zentrum kennen gelernt. Lena hatte hinter ihm an der Kasse gestanden. Als er das Geschäft verlassen hatte, bemerkte Lena, dass er einen Brief liegen gelassen hatte. Sie rief hinter ihm her. Mit einer Einladung zum Essen bedankte er sich noch an demselben Abend. Sie tauschten ihre Telefonnummern, telefonierten ein paar Mal und trafen sich jetzt zufällig wieder, als Lena mit Marita dort war.

Wie Wölfe jedoch suchten beide die Spur des anderen. Sie fanden sich. Um 22:00 Uhr fuhren sie zu ihm. Nach einem obligatorischen Drink landeten sie in seinem Bett. Der Sex war kurz und reizlos. Mit einem Gefühl der Leere verließ sie um 24:00 Uhr die Wohnung und floh zu sich nach Hause. Nur vor sich selbst konnte sie nicht fliehen.

Ein Glas Spätburgunder sollte ihr beim Einschlafen helfen. Das Klingeln des Telefons in der Nacht hörte sie nur von Weitem. Sie war zu müde, um aufzustehen, zu entleert, um überhaupt noch mit irgendjemandem zu sprechen. Sollte derjenige doch einfach eine Nachricht auf dem Anrufbeantworter hinterlassen.

Als der Wecker sie am nächsten Morgen unsanft aus dem Schlaf riss, zog sie sich die Decke über den Kopf. Sie wollte sich nicht erinnern, auf keinen Fall. Es war kein Entrinnen möglich. Ach, könnte man doch sein Gehirn einfach neu formatieren! Ja! Format C:! Lena wünschte sich die Gnade des Vergessens. Sie gehörte nicht zu denen, die sich darüber beklagten, dass mit zunehmendem Alter das Gedächtnis nachließ. Vergessen hatte für sie den Beiklang von Neuanfang.

Antriebslos schleppte sie sich ins Badezimmer und stellte sich unter die viel zu heiße Dusche. Sie brauchte diese Hitze, diesen heftigen Reiz auf ihrer Haut, in der Hoffnung, dass er stark genug war, das Vergangene fort zu brennen, fort zu spülen, hinein in den Abfluss, dessen Strudel jeden Erinnerungsfetzen mit sich reißen sollte.

Als ihr schwindelig wurde, stieg sie keuchend aus der

Duschtasse, trocknete sich ab und verteilte anschließend eine Lotion auf ihrem Körper. Der Duft besänftigte sie ebenso wie anschließend der Duft des Kaffees und der aufgebackenen Brötchen. Allmählich fühlte sie sich besser, während sie in ihr Marmeladenbrötchen biss. Die Sonne schien, keine Wolke am Himmel. Ihr Blick fiel auf das Telefon. Der Anrufbeantworter blinkte. Jemand hatte eine Nachricht hinterlassen, nein, es waren sogar drei Nachrichten. Aber nachts um halb zwei? Mal reinhören. Es waren nur Piepstöne eines Faxgerätes. Naja. Wer schickt denn nachts Faxe durch die Gegend? Egal. Weglöschen!

Kurz darauf fuhr Lena zur Schule. Sie freute sich darauf, Marita zu sehen, die sie im Lehrerzimmer antraf.

„Wie war dein Abend mit Melissa und deinem Ex?"

„War schön, meine Maus wieder in den Armen zu halten. Ich bin so glücklich, dass ich sie habe!"

„Hattest du Streit mit deinem Ex?"

„Wieso?"

„Du siehst so mitgenommen aus."

„Ach, ich habe nur schlecht geschlafen und zu viel geraucht."

„Na dann."

Beide Frauen waren an diesem Morgen froh, dass es wieder hell war. Marita hielt nach der neuen Kollegin Ausschau. In der ersten großen Pause erblickte sie sie im Lehrerzimmer.

„Guten Morgen, Frau Hof!"

„Ja, hallo!"

„Wie waren die ersten Stunden?"

„Sind gut gelaufen. Bin ein bisschen aufgeregt."

„Kann ich mir denken. Die Kollegen und Kolleginnen

hier sind alle ganz nett und die Schüler, wenn sie ausgeschlafen sind."

Marita lachte. Anna Hof war erleichtert, eine so herzliche Frau zur Kollegin zu haben. Sie hatte sie auf Anhieb gemocht.

„Kommen Sie mal mit, Frau Hof, ich weihe sie in die Geheimnisse des Lehrerzimmers ein. Jeder Lehrer hat Fächer und auch ein kleines Schränkchen. An der Pinnwand neben der Tür stehen aktuelle Informationen. Neben der Tür zum Sekretariat steht auch ein kleiner Schrank mit Schubladen. Darin liegen Kopiervorlagen, Blätter, Folien und andere Büromaterialien. Im Sekretariat steht der Kopierer. Kommen Sie mit. Ich sehe, die Sekretärin ist grad nicht da. In ihrem Schreibtisch liegt eine Liste mit den Adressen und Telefonnummern der Lehrer und des Schulleiters. In dem Aktenschrank an der Wand befinden sich nach Klassen sortiert die Namen der Schüler, deren Adressen sowie wichtige Notrufnummern, wenn mal irgendetwas passiert sein sollte. Oh, die Schulglocke! Wir müssen wieder ran!"

„Danke, dass Sie mir alles gezeigt haben!"

„Gern geschehen! Wenn Sie irgendwelche Fragen haben oder etwas benötigen, kommen Sie zu mir, ja?"

„Mache ich!"

Anna Hof fühlte sich gleich etwas entspannter.

Der Schultag plätscherte vor sich hin. Marita sehnte das Unterrichtsende herbei. Abgespannt lief sie nach der sechsten Stunde ins Lehrerzimmer, überprüfte ein letztes Mal für heute ihr Fach, suchte auf der Pinnwand nach neuen Informationen – manchmal hatte auch ein Kollege eine Scherznachricht angeheftet – und verließ dann endlich die Schule. Es war ein herrlicher Frühlingstag und sie wollte mit Melissa ins Freibad. Aber vorher musste sie irgendwie dieses unerbittlich röhrende Monster in ihrem Magen besänftigen. Die letzte Schulstunde war schon ziemlich anstrengend. Dieser entsetzliche Hunger und die Müdigkeit verwandelten sie in Minuten in eine um Jahre gealterte Frau. Zumindest fühlte sie sich so. Die Konzentration fokussierte sich nur noch auf Essen. Die Bewegungen fielen ihr zunehmend schwerer. Als habe der Luftdruck plötzlich zugenommen, schleppte sie sich kraftlos zu ihrem Wagen. Die Möglichkeit, dass sie selbst zu Hause noch etwas hätte kochen können, bestand nicht mehr. Sie brauchte Nahrung und zwar sofort. Sie kannte eine kleine Pizzeria in der Nähe, die nicht nur preiswert und schnell, sondern auch ganz gemütlich war. Viele Kollegen, auch von anderen Schulen, aßen hier zu Mittag. Und dann gab es da noch die Fraktion in Anzug und Krawatte, Männer, deren Gesichtsausdruck nichts als Geschäftigkeit verriet und die sich untereinander Wettkämpfe beim Essen lieferten. Wer schaffte es, am schnellsten wieder in der Bank zu sein? Am besten noch, bevor der Chef überhaupt bemerkt hatte, dass man fort war.

Nachdem sich Marita Spaghetti mit Thunfischsauce, ein Glas Wasser und einen Kaffee bestellt hatte, begann sie, die Anwesenden zu beobachten. Manche der Bänker nahmen nur ein Stück Pizza auf die Hand und stürmten zur Tür hinaus. Es war dieser Kontrast, den Marita so interessant fand. Wenn sie diesen hoch zivilisierten, strebsamen und anscheinend unermüdlichen Herren in weißem Hemd und buntem Schlips mit ihrem Börsenblick dabei zusehen konnte, wie sie gierig und voller

Genuss in ihr Pizzastück bissen. Marita mochte diesen Kontrast zwischen Zivilisation, bürgerlichem Anstand und Status auf der einen Seite und Ursprünglichkeit, Leidenschaft und Unverfälschtheit auf der anderen Seite. Großer Hunger macht Menschen ähnlicher.

Nach den Nudeln freute Marita sich auf den Kaffee. Sie hatte gleich eine große Tasse bestellt. Eine halbe Stunde später, kurz nach 15:00 Uhr, holte sie Melissa aus der Kindertagesstätte ab.

„Hallo Mama, schau dir mal das Bild an, das ich gemalt habe. Zwei Delfine. Ein großer und ein kleiner. Rate, welcher von beiden du bist!"

„Na, da muss ich aber lange überlegen", lächelte sie ihrer Tochter zu. Melissa fand diese Ratespiele mit ihrer Mutter ganz toll. Ständig testete sie ihre Mutter mit neuen Ratespielen.

„Melissa, was hältst du davon, wenn die beiden Delfine zum Freibad fahren?"

„Oh, Mama! Du bist die beste Mama der Welt!"

Melissa schlang ihre Arme um Marita und drückte sie, so fest sie konnte.

„Ich habe die Schwimmtasche schon im Kofferraum."

Schon von Weitem hörten sie das Lachen und Gebrüll der anderen Kinder. Trotzdem war es gar nicht so voll. Für einen hohen Lärmpegel bedurfte es nicht vieler Kinder.

Marita und Melissa breiteten ihre Decke auf der Rasenfläche im Schatten einer alten Eiche aus. Nach und nach holte Marita alle wichtigen Utensilien aus der Tasche: Badeanzüge, Schwimmbrillen, Tauchring, Handtücher, Sprudel, Caprisonne, ein Kartenspiel, Sonnenmilch, eine Dose mit klein geschnittenem Obst und eine Tüte mit diesen leckeren Goldbärchen, die Melissa sich gerne schon mal Handweise in den Mund stopfte.

„Mama, mach schon. Creme mich doch schnell ein. Dann können wir endlich ins Wasser. Mir ist so warm!"

Ungeduldig hüpfte Melissa auf der Decke herum. Keine fünf Minuten später standen sie unter der Eisdusche und sprangen ins Wasser. Zuerst wollte Melissa ein paar Bahnen durchs Wasser ziehen. Schon früh hatte sie schwimmen gelernt und eine erstaunliche Kondition entwickelt. Im Nichtschwimmerbereich musste Marita dann immer den gelben dicken Tauchring aus festem Gummi werfen, den Melissa vergnügt vom Boden auffischte und zurück zur Mutter brachte. Ungefähr eine Stunde später machten es sich die Beiden auf ihrer Decke bequem, aßen von dem Obst und spielten das Kartenspiel Uno.

„Gewonnen", rief Melissa jedes Mal, wenn sie Sieger war und grinste ihre Mutter triumphierend an. Marita wusste, dass sie es umgekehrt nicht machen durfte, weil ihre Tochter noch schlecht mit dieser Frustration umgehen konnte.

„Hallo, Frau Sol! Hallo!", hörte Marita eine laute männliche Stimme.

„Mama, wer ruft dich denn da?"

„Hört sich an wie Patrick, ein Schüler von mir."

Tatsächlich war es Patrick, der sich ihrer Decke näherte.

„Mensch, dass Sie auch hier sind!"

„Tja, es gibt Lehrer, die auch gerne Schwimmen gehen. Bist Du mit Freunden hier?"

„Nein, mit meinem Vater. Sehen Sie, dahinten liegt er und liest."

„Hat er Urlaub? Was macht dein Vater eigentlich beruflich?"

„Er ist Psychotherapeut und hat eine Praxis."

„Mama, was ist ein Psychotherapeut?"

Patrick kam Marita zuvor.

„Mein Vater kümmert sich um Menschen, die traurig sind und Hilfe brauchen."

„Warum sind die denn traurig?"

„Ach, dafür kann es viele Gründe geben."

„Zum Beispiel, wenn Papa woanders wohnt als Mama?", wollte Melissa wissen.

„Ja. Es gibt auch andere Gründe."

„Egal! Spielst Du mit mir?"

Marita schaltete sich ein.

„Melissa, ich glaube kaum, dass Patrick Lust hat, jetzt mit dir zu spielen. Er will bestimmt ins Schwimmbecken."

„Au ja! Gehst du mit mir schwimmen?"

„Melissa!"

Irgendwie war es ihrer Mutter nicht angenehm, so viel Nähe mit einem Schüler zu teilen. Was, wenn andere Schüler sie gemeinsam im Freibad sehen würden? Sofort gäbe es Gerüchte, die allen Beteiligten nur schaden konnten. Sie müsste sich vor dem Direktor rechtfertigen für etwas, dass Sie selbst gar nicht gewollt hatte.

„Haben Sie etwas dagegen, wenn ich mit Ihrer Tochter ins Wasser spielen gehe?"

Marita wusste nicht, was sie antworten sollte. Natürlich wollte sie es nicht, aber sie hatte ja nichts gegen den Jungen und wollte ihm nicht vor den Kopf stoßen. Eigentlich war es doch ganz harmlos! Da sie ihn nur anschaute, nahm Melissa die Reaktion ihrer Mutter als ein Ja und zog schon an Patricks Arm. „Na komm schon!

Wir könnten tauchen."

Flink verschwanden sie in Richtung Schwimmbecken. Marita wunderte sich nur, dass ein siebzehnjähriger Junge Spaß daran hatte, mit einer Vierjährigen im Becken zu plantschen. Sein Vater lag in unbeeinträchtigter Sichtweite ungefähr hundert Meter von Marita entfernt. Nach zehn Minuten schaute er von seinem Buch auf, ließ den Blick schweifen, um nach seinem Sohn zu suchen. Er konnte Patrick nicht erblicken.

Etwas später kamen Patrick und die Kleine zu Marita zurück.

„Dürfen wir Pommes essen? Bitte!"

„Ihr müsst euch aber vorher abtrocknen. Ist das ok. für Deinen Vater, wenn Du noch ein bisschen bleibst?"

„Ja, ist schon in Ordnung. Ich brauche keinen Babysitter mehr. Wahrscheinlich ist er ganz froh, wenn er lesen kann."

„Also gut. Hier habt ihr etwas Geld. Bringt ihr mir auch eine Schale mit?"

„Gern!", erwiderte der Junge. Hand in Hand schlenderten die Beiden zum Kiosk des Freibadgeländes. Als sein Vater noch einmal kurz von seinem Buch aufsah, sah er seinen Sohn mit einem kleinen, ihm unbekannten Mädchen an der Hand über die Wiese laufen. Verwundert schaute er sich um. In nur geringer Entfernung erblickte er Patricks Pädagogik-Lehrerin, Marita Sol. Nicht ohne sich ein T-Shirt überzuziehen, ging er zu ihr.

„Guten Tag!"

„Guten Tag, Herr Ort!

Ihr Sohn holt mit meiner Tochter Pommes. Ich hoffe, Sie haben nichts dagegen."

„Wie ist es denn dazu gekommen?"

„Patrick hat uns gesehen und Melissa hat ihn sofort angefleht, mit ihr zu spielen. Ich wusste selbst nicht, ob ich es erlauben oder verbieten sollte. Als Lehrerin ist man manchmal in den natürlichsten Situationen befangen. Sie verstehen?"

„Ja, nur zu gut. Ich kenne solche Situationen."

„Ich habe schon gehört. Sie sind Therapeut. Bestimmt nicht einfach, dieser Beruf."

„Ich habe ihn mir ausgesucht. Darf ich Sie zu einem Kaffee einladen?"

„Ich muss nur zuerst meine Pommes essen. Dann aber gerne."

Marita versuchte, ihre Verlegenheit zu überspielen. Schon lange nicht mehr war sie einem Mann halb nackt oder nackt begegnet. Melissa entdeckte als erste, dass ihre Mutter nicht allein auf der Decke saß.

„Patrick, ist das dein Vater?"

„Na, sieh einer an. Kaum lässt man ihn alleine!", lachte Patrick.

„Ja, das ist mein Vater."

Patrick überreichte Marita ihre Portion.

„Hm, riecht gut!"

Paul Ort bekam nun auch Appetit und machte sich auf zum Kiosk.

Verstohlen sah Marita ihm nach. Ihr blieb nicht verborgen, wie attraktiv er war. Ausgesprochen schlank für sein Alter, ohne den üblichen Bauchansatz. Sie ahnte, dass er ihr gefährlich werden konnte mit seinen dunkelbraunen, mandelförmigen Augen und diesem warmen und tiefgründigen Blick, von dem sie befürchtete, dass er ihre verborgenen, unerfüllten Wünsche erkannte.

Kurze Zeit später kam Patricks Vater mit seinem Imbiss zurück. Patrick und Melissa waren längst schon wieder im Wasser.

„Ist das eigentlich nicht ein bisschen zu langweilig für ihren Sohn, mit einer Vierjährigen zu spielen?"

„Er hatte eine kleine Schwester."

„Hatte?"

„Sie ist bei einem Autounfall ums Leben gekommen."

„Oh, Entschuldigung! Ich möchte ihnen nicht zu nahe treten!"

„Nein, ist schon in Ordnung. Es weiß nur fast keiner. Patrick hat seine kleine Schwester sehr geliebt. Bei dem Unfall war sie so alt wie Melissa. Er war damals zehn Jahre alt. Patrick hat sich sehr um sie gekümmert. Sie haben oft zusammen gespielt und viel gelacht. Seitdem ist sein Lachen verstummt. Er verlor auch seine Mutter bei dem Unfall. Ein übermüdeter LKW-Fahrer war von der Fahrbahn abgekommen und fuhr auf den Standstreifen. Meine Frau hatte dort mit unserer Tochter Ruth angehalten, weil sie eine Reifenpanne hatten. Die beiden saßen noch im Wagen, als der LKW ins Auto raste. Sie waren auf der Stelle tot. Das war vor sieben Jahren. Er ist nie so richtig darüber hinweg gekommen."

Marita hatte den Eindruck, dass das Gleiche auch auf den Vater zutraf, denn sie sah, wie sich Tränen in seinen Augen bildeten. Wie konnte man nach solch einem Schicksalsschlag weiterleben? Wie fand man in den Alltag zurück? Auf einmal fühlte sie sich schäbig angesichts ihrer erotischen Fantasien, die sie noch vor ein paar Minuten hatte.

Schließlich ergab diese stille Verschlossenheit des Jungen einen Sinn, der zwar vieles von Außen in sich aufnahm und eine hervorragende Beobachtungsgabe besaß, der aber nie etwas von sich preisgab. Nie hatte er über seine Mutter und die Schwester gesprochen, so als würde er dadurch das Andenken an sie vor fremden Blicken schützen und eilfertige Äußerungen fernhalten. Niemand sollte die Möglichkeit haben, etwas über sie zu sagen. Nichts sollte seine Erinnerung beeinflussen und trüben. Auch weinen wollte er nicht mehr. Im Grunde genommen war ihm diese Fähigkeit zu weinen abhanden gekommen. Seit vielen Jahren verbarg er seine Gefühle.

Die Polizei hatte ihnen damals erklärt, der LKW-Fahrer habe zu lange am Steuer gesessen und sei eingeschlafen. Er hatte Lebensmittel transportiert und musste zu einer bestimmten Uhrzeit in Venlo sein. Zuvor hatte er lange in einem Stau gestanden und anschließend war er ohne Ruhepause weiter gefahren, da er sonst zu spät zu seinem Kunden gekommen wäre. Schuld war eine Baustelle auf der Autobahn. Sein Chef jedoch war bekannt für seine Gnadenlosigkeit. Er hasste Unpünktlichkeit und drohte mit Kündigung. Der Fahrer, selbst Vater, hatte Angst, seinen Arbeitsplatz zu verlieren. So verlor er zusammen mit Patricks Mutter und Schwester sein Leben auf der A40. Patrick wusste nicht, wem er mehr Schuld geben sollte. Dem Chef oder dem Fahrer? Patrick begann früh in seinem Leben zu begreifen, dass Vorgesetzte verheerende Dinge anrichten konnten, die ethisch nicht mehr zu vertreten waren. Er verstand, dass es wichtig sein konnte, sich Anordnungen zu widersetzen, wenn man ansonsten gegen wichtigere Regeln oder Werte verstoßen oder gar Menschenleben aufs Spiel setzen würde.

Als sie in der Schule im Pädagogikkurs das „Milgram-Experiment" durchnahmen, war er ein heftiger Gegner gegen jede Art von Autoritätshörigkeit. In diesem Experiment fügten Menschen (Versuchspersonen) im Auftrag einer Autoritätsperson (Versuchsleiter) anderen Menschen Stromschläge zu, die natürlich nicht echt waren, was die ausführenden Personen aber nicht wussten. Besonders erschreckend war, dass manche von ihnen sogar „tödliche" Stromstärken erteilten, nur weil es der Versuchsleiter angeordnet hatte. Sie schienen ihr Gewissen auf den Versuchsleiter übertragen zu haben, dessen Anweisungen anscheinend jedes Handeln rechtfertigte. Als wenn die Anordnung von oben per se sinnvoll oder ethisch vertretbar sei.

Patricks Vater versuchte anfangs, seinem Sohn zu erklären, dass der LKW-Fahrer nur deshalb keine Pause gemacht hatte, weil er seine Arbeit nicht verlieren wollte. Im Grunde verurteilte Patrick beide: Den Chef, weil er wider besseren Wissens Unmögliches verlangte, den Fahrer, weil dieser sich der Anordnung nicht widersetzt hatte.

Derlei persönliche Schicksale verbergen sich manchmal hinter dem Begriff *strukturelle Probleme*.

Für Patrick war es untrennbar miteinander verbunden: Einer Autorität zu gehorchen, obwohl man im tiefsten Innern das Widersinnige oder Unmoralische spürte, war nicht nur Verrat an der eigenen Person oder Missachtung humaner Werte, sondern war gleichbedeutend mit dem Verrat an der Liebe zu seiner Mutter und Schwester.

Während sich Marita und Paul über den Unfallhergang und die Veränderung in Patricks Wesen unterhielten, merkten sie nicht, wie die Zeit verflog. Erst als die beiden Wasserratten vergnügt auf die Decke zusteuerten, sah

Marita auf die Uhr. Es war schon später Nachmittag und Zeit, um mit der Tochter nach Hause zu fahren. Denn Melissa sollte vor dem Abendbrot noch duschen, was sie lieber zu Hause machte als im Freibad.

„Herr Ort, ich glaube, das Kaffeetrinken müssen wir verschieben. Falls Sie dann überhaupt noch wollen?"

„Doch gerne", gab Paul zur Antwort, der mit Mühe seine Freude zu verbergen suchte. Er hatte nicht damit gerechnet, dass er ihr irgendetwas hätte bedeuten können.

Patrick trocknete Melissa ab, als habe er nie etwas anderes getan. Unter den verwunderten Blicken der Mutter ließ die Tochter sich von ihm anziehen, ohne mit den Füßen zu strampeln oder zu meckern, dass es irgendwo in den Haaren zwickte.

„Frau Sol, darf ich Sie anrufen?", fragte Paul mehr zaghaft als selbstbewusst. Marita sah ihn neugierig an.

„Ja, das dürfen Sie."

Wie sehr sie sich ein Wiedersehen wünschte! Doch sofort kam die Angst, die Angst zu hoffen. Sie wollte nicht, dass er bemerkte, wie sehr sie sich freute. Darum antwortete sie etwas beiläufig. Doch wie sollte der andere erkennen, dass man ihn mochte, wenn man seine Gefühle versteckte? Es war schon merkwürdig: Kritik zu äußern, fiel vielen Menschen leichter als Zuneigung zu bekunden.

5. Kapitel

Zu Hause angekommen, stürzten Paul und Patrick sich zu aller erst auf die Wasserflaschen.

„Salzig macht durstig!"

„Mal sehen, Papa, wer die Flasche zuerst leer hat!"

Gluckernd versuchte jeder sein bestes. Das Wasser lief nicht nur in, sondern auch um den Mund herum und tropfte auf den Boden. Als ihre Blicke sich begegneten, wusste jeder, was der andere dachte. Patricks Mutter hätte jetzt mit dem Spültuch gewedelt, um darauf hinzuweisen, dass die beiden Herren den Boden wieder trocken wischen sollten.

Nach dem schrecklichen Unfall waren Vater und Sohn in ein anderes Haus am Rande der Stadt gezogen. Sie lebten in einem großzügig gebauten Haus im südländischen Stil mit weitläufigem Garten, dessen naturbelassenes, urtümliches Aussehen pedantischen Menschen ein Raunen entlockt hätte. Außer Birken, Tannen, Pflaumen- und Kirschbäumen gab es auch ein kleines Gewächshaus, in dem Paul seine Tomaten mit mehr Ausdauer pflegte als seine privaten Kontakte. Neben seiner beruflichen Tätigkeit, die ihn stark beanspruchte, widmete er sich seinem Sohn, auf den er sehr stolz war.

Nachdem die Hitze des Tages allmählich abnahm, verließen sie für einen Abendspaziergang das Haus und schlenderten an dem Bach entlang, der hinter dem Haus verlief. Bienen, Schmetterlinge, Grillgeruch, Stimmengewirr und Gelächter konkurrierten um einen Platz in der Luft. Ein leichter Wind verband alles miteinander, strich durch die Blätter und Gräser am Waldrand, kräuselte hin und wieder ganz sacht den Wasserlauf, strich durch Pauls und Patricks Haar ebenso wie durch den weichen Flaum der niedlichen kleinen Entenküken, die hinter ihrer Mama her paddelten, zog dann weiter zu den nahe gelegenen Gärten mit ihren Terrassen direkt hinter den Häusern, wo durch den Wind bewegte Glockenspiele in diese Komposition aus Geräuschen und Gerüchen mit einstimmten.

Paul liebte die Natur. In ihr begegnete er sich selbst. Es war, als würde sie zu ihm sprechen. Und er durfte einfach nur schweigen, musste nichts sagen, nur seine Seele sprechen lassen und gegenwärtig sein.

Patrick kannte diese Seite seines Vaters. Sie waren einander seelenverwandt.

Sie setzten sich auf eine Bank direkt an den Bach.

„Patrick, es ist so wunderschön hier! Siehst Du das Licht, die unterschiedlichen Grün-Töne der Blätter im Baum, je nachdem, ob das Sonnenlicht direkt darauf trifft oder ein Blatt einen Schatten auf ein anderes wirft? Und überall Lichtpunkte auf dem ganzen Boden verteilt, helle, gelbliche, runde, längliche Lichtstreifen. Und dieser betörende Duft!"

„Ja, Papa, mir gefällt es auch. Ich bin froh, dass wir so nah am Wald wohnen."

Allmählich sandte die Sonne für heute ihren letzten Gruß zur Erde. Vater und Sohn wanderten nach Hause zurück.

Nachdem sie sich für die Nacht fertig gemacht hatten, ging Paul in sein Zimmer, um nachzusehen, ob er etwas zu trinken am Bett hatte. Gleich darauf schlich Patrick hinter ihm her und startete mit einer Kissenschlacht. Man wird das Gelächter und Gekreische noch drei Häuser weiter gehört haben. Vater und Sohn – ausgelassen und albern bewarfen sich mit Kissen, rangelten im Bett und versuchten mit allerlei Tricks, den anderen zu treffen, lachend, mit Tränen in den Augen, mit einer Leichtigkeit, wie sie sie schon lange nicht mehr gekannt hatten.

Zum ersten Mal nach vielen Jahren schliefen sie nebeneinander ein. Pauls Schlaf war ruhiger in dieser Nacht, die Träume süßer.

Als Patrick am nächsten Morgen erwachte, war es bereits hell. Seinen Vater hörte er in der Küche leise summen. Er hatte bereits Brötchen geholt, den Tisch auf der Terrasse gedeckt und frischen Kaffee und Tee gekocht.

„Hallo Papa!"

„Na, mein Junge, wann hast Du denn heute eigentlich Schule?"

„Wir haben heute frei. Die Lehrer haben eine Konferenz. Und wann musst Du zur Praxis?"

„Um elf."

„Oh, das ist auch gut. Ein toller Job!"

„Aber auch anstrengend. Man muss immer voll konzentriert sein. Müdigkeit ist tödlich dabei."

Paul goss seinem Sohn Pfefferminztee und sich eine Tasse Kaffee ein. Jeden Morgen aufs Neue freute er sich auf sein Frühstück. Patrick bestrich gerade sein Brötchen mit Erdbeermarmelade, während Paul sich damit abmühte, eine gerade und dünne Scheibe Käse vom Gouda zu schneiden, was ihm selten gelang. Meistens sahen seine Käsescheiben aus wie bizarre und zerstückelte kleine Kunstwerke, die er anschließend sichtlich frustriert wie Puzzleteilchen auf seinem Brötchen verteilte.

„Was für Menschen kommen eigentlich in deine Praxis? Ich meine, woran leiden sie?"

„Viele kommen mit depressiven Störungen, sind niedergeschlagen und können sich kaum noch zu etwas aufraffen. Andere haben ständig Angst vor irgendetwas. Dann wieder gibt es Menschen, die anderen Angst machen, die sehr aufdringlich und grenzenlos sind."

„Und geht es ihnen nach der Therapie besser?"

„Nicht allen, aber doch vielen. Es gibt Menschen, die man nicht erreichen kann, denen man nicht so gut helfen kann. Irgendwann begreifst du, dass es nicht daran liegt, dass man selbst etwas falsch gemacht hat. Irgendwann erkennt man die Grenzen des Machbaren."

Paul sah zu der Hecke und den Tannen hinüber, wo der Garten zur Straße hin begrenzt wurde. Alle paar Minuten huschte ein Jogger die Straße entlang und steuerte auf den Wald zu. Alle möglichen Gangarten waren dabei. Manche federten fast wie Rehe, die elegant mit wachsamen Augen den Wald durchquerten. Andere dagegen liefen mit streng aufgerichtetem Oberkörper, als gäbe es dafür Haltungsnoten und wurden von gestylten Rasern überholt, denen man anscheinend erzählt hatte, heute sei Wüstenrot-Tag, während man anderen durchaus beim Laufen die Schuhe hätte besohlen können. Nicht zuletzt seien jene erwähnt, die nun wirklich besser zu Hause geblieben wären. Auch Frauen liefen dieselbe Route entlang. Neuerdings kamen sie mit Stöcken in den Händen, die sie rhythmisch auf den Boden stießen, als wollten sie damit Blätter aufspießen.

Neandertaler hätten sicherlich den Kopf geschüttelt und sich gefragt, warum man einfach herumrannte, wenn nirgendwo eine Gefahr oder ein Tier zu sehen war, das man hätte jagen können.

In einem Fitness-Studio hätte ein Neandertaler sicherlich einen Lachanfall bekommen: Menschen, die auf Laufbändern rennen, ohne sich fort zu bewegen.

Schon wieder diese immobile Mobilität!

Menschen, die keuchend auf Spinning-Rädern sitzen,

schwitzen, schwatzen und strampeln, als hätten sie den Teufel oder ein Mammut gesehen, von dem aber jegliche Spur fehlt. Und über allem lag der Geruch von Schweiß.

Was würden unsere Vorfahren wohl denken?

Sicherlich würden die vorzeitlichen Herren eine Gemeinsamkeit mit den heutigen Männern teilen: Sie würden nach den Damen Ausschau halten.

Oft genug aber fühlten sich gerade diese von den männlichen Blicken belästigt, so dass Fitness-Studios für Frauen entstanden. Lustigerweise gibt es Single-Frauen, die regelmäßig ein Frauen-Studio besuchen, sich in der Woche nur mit anderen Frauen treffen und regelmäßig zum Frauenkegeln oder zur Frauen-Spielgruppe gehen und sich dann beklagen, dass sie keine Männer kennen lernen.

Als Kinder spielten Jungen und Mädchen zusammen. Ausnahmen gab es natürlich auch schon in den sechziger Jahren, in katholischen Krankenhäusern sogar auf der Säuglingsstation: männliche und weibliche Säuglinge durften nicht nebeneinander auf derselben Wickelauflage liegen. Man stelle sich vor, wie der kleine Junge über das Mädchen herfällt. Wahrscheinlich wären die beiden einfach nur vom Tisch gepurzelt.

Irgendwann dann im Laufe der Entwicklung wird von den Mädchen und Frauen soziale Inkompetenz verlangt: Sei bescheiden, passiv, zurückhaltend und lieb und beschränke dich mit deinen Kontakten nur auf die eine Hälfte der Menschheit. Eine Frau, die mit Männern einfach nur befreundet ist, kann es in den Augen vieler anderer nicht geben.

„Papa, ist alles in Ordnung?"

„Ja, warum?"
„Du bist so still."
„Ich habe nur nachgedacht, mehr nicht."

Schon lange fand er die unterschiedliche Bewertung von Männern und Frauen albern. Eigentlich brauchten sich Männer überhaupt nicht zu wundern, wenn Frauen sich zierten. Denn wie oft bezeichneten sie eine Frau als Schlampe, wenn diese ihnen genau das gab, was sie haben wollten. Und was sagte es über den Charakter eines Mannes aus, wenn eine Frau nach einem sexuellen Kontakt mit ihm entwertet war? Warum sollte eine Frau einen solchen Kontakt eingehen?

Tradierte gesellschaftliche Denkschablonen geben vor, wie Frauen und Männer sich nach bestimmten Ereignissen zu fühlen haben. Nach Sex am ersten Abend wird der Frau quasi nahegelegt, sich schäbig zu fühlen. Der Mann hingegen darf sich das als Errungenschaft in sein Tagebuch schreiben und darf sich dann ganz legitim sofort einer anderen zuwenden.

Man bekommt eine Ahnung, warum für Männer nicht die gleiche Richtschnur angelegt wird: weil ansonsten viel zu viele Männer vor lauter Gram kaum noch aus den Augen schauen könnten und reihenweise ihre Spiegel abhängen müssten.

Immer wieder wird Frauen Gefühlsduselei vorgeworfen im Gegensatz zu der Rationalität der Männer. Dabei sind Männer ebenso emotional, nur tun sie so, als wären sie es nicht und geben Frauen die Schuld dafür, wenn sie ihre ureigensten emotionalen Bedürfnisse ausgelebt haben.

Betonte Rationalität und Irrationalität gehen oft Hand in Hand, denn unter der Oberfläche leben die Gefühle weiter, für die wir dann „plausible" Begründungen suchen und oft den anderen die Schuld geben. Dabei erkennt man ohne Emotionen und ohne Gespür für die Gefühle der anderen nur Fragmente der Wirklichkeit und des Gegenübers.

„Sag mal, Patrick, meinst du, Mozart wäre solch ein Genie geworden, wenn er ein streng geordnetes und sittsames Leben als Gerichtsvollzieher gelebt hätte?"
„Worauf willst Du hinaus, Papa?"
„Ich überlege, ob ein Mann, der betont rational und sachlich kühl sein Leben fristet, ob solch ein Mann überhaupt zu derart kreativen Leistungen fähig ist. Ich habe die Vermutung, dass Männer, ebenso natürlich auch Frauen, die sich ihrer Gefühlswelt verschließen, die betont männlich leben, dass sie wenig Zugang zu Kreativität haben. Was wäre Mozart gewesen ohne seine Ausschweifungen?"
„Magst du Marita?", fragte Patrick plötzlich.
Die Frage traf Paul völlig unvorbereitet. Er durfte nicht vergessen, dass sein Sohn schon siebzehn war.
„Ja."
Mehr wagte er jetzt nicht zu sagen. Mehr wagte er sich selbst nicht einzugestehen.

Nach dem Frühstück räumten sie gemeinsam den Tisch ab. Paul nahm seine Aktentasche und verabschiedete sich, da es Zeit war, zur Arbeit zu fahren.
An diesem warmen Morgen fuhr er auffallend langsam zur Praxis.
Als er von der Autobahn abfuhr und in die Landstraße einbog, hatte er es nicht mehr weit. Zum Glück war nir-

gends ein Traktor zu sehen. Zwischendurch musste er an einer roten Ampel warten. Zwei junge Frauen, eineiige Zwillinge, mit luftigen, knielangen Sommerkleidern warteten auf Grün. Der geschmeidige Stoff flatterte sanft um ihre schlanken, ebenmäßigen Beine.

Seit jeher faszinierten ihn Zwillinge. Solange es ging, sah er ihnen dann immer hinterher. Er liebte es, nach Unterschieden zu suchen, ähnlich wie auf diesen Such- bzw. Vergleichsbildern, auf denen man Fehler auf der Kopie im Vergleich zum Original finden musste.

Bei Zwillingen gab es jedoch zwei Originale. Wann immer er Zwillinge sah, musste er sie genau beobachten. Er suchte das Spezifische, das Einzigartige, was den einen von dem anderen unterschied.

Aus Angst heraus, dass er bemerkt wurde und man ihn fragen könnte, warum er einen so anstarrte, ließ er sich so manchen Trick einfallen. In einem Café in Duisburg schnitt er ein kleines Loch in eine Zeitung und gab vor, darin zu lesen. Stattdessen studierte er die Gesichter am Nachbartisch. Ein anderes Mal trat er direkt an Zwillingsmänner heran und fragte sie nach dem Weg nach Venlo. Bereitwillig gaben sie Auskunft. Sie wunderten sich nur, warum er so begriffsstutzig war. Er wollte Zeit gewinnen, um sie sich genau ansehen zu können.

Das Hupen eines Autos signalisierte ihm, dass die Ampel mittlerweile auf grün umgesprungen war. Nach weiteren zehn Minuten erreichte er seine Praxis. Er eilte nach oben in die erste Etage. Er fühlte sich sehr wohl in diesen Räumlichkeiten. Helle, großzügige Räume mit einem Balkon, der sich direkt ans Therapiezimmer anschloss mit Blick in einen sehr gepflegten Garten, in dessen Mitte sich ein Teich und ein Springbrunnen befanden. Wenn man nicht gewusst hätte, dass es sich um seine Praxis handelte, hätte man glauben können, es sei seine Wohnung gewesen. Jeder fühlte sich auf Anhieb wohl bei ihm. Es war ihm sehr wichtig, dass die Räume einen gemütlichen, warmen Eindruck vermittelten, damit es den Patienten leichter fiel, sich zu öffnen. Darüber hinaus gefiel es ihm selbst auch besser, da er jeden Tag viele Stunden anwesend war.

Im Sommer war er jedes Mal dankbar, dass es in seiner Praxis sogar ein Badezimmer gab. So konnte er in der Mittagspause duschen.

Seine Gutachten schrieb er dank Laptop auf dem Balkon. Im Gegensatz zu vielen Kollegen störte er sich nicht so sehr an den Gutachten, da er zum einen seine Gedanken gut in Worte kleiden konnte, zum anderen respektierte er sie als umfassende Reflektion eines Falles. Andererseits hätte er aber auch gut auf diese zusätzlichen Schreibarbeiten verzichten können, denn über Langeweile konnte er nicht klagen.

Sein Kalender verriet ihm, dass heute vier Patienten kommen sollten. Eine dreißigjährige Sekretärin und Mutter mit Eheproblemen. Ein fünfunddreißigjähriger Mann, Rechtsanwalt für Familienrecht, dem es nicht gelang, eine Frau an sich zu binden und der sich zunehmend mit Alkohol tröstete. Eine siebenunddreißigjährige Lehrerin mit Stimmungsschwankungen und häufigen Affären. Ein fünfundfünfzigjähriger Architekt aus der ehemaligen DDR, dessen Schwester 1981 mit seiner Hilfe über die Grenze fliehen konnte und der sich immer noch beobachtet fühlte.

Bei diesem Patienten fiel es Paul nicht immer leicht, zwischen paranoider Fantasie und Realität zu unterscheiden. Je perfider die Methoden eines Täters, desto wahrscheinlicher ist es, dass man dem Opfer nicht glaubt, wenn es davon erzählt und dass es für verrückt gehalten wird. Und wer die Macht hat, definiert die Realität, gibt vor, was als Realität anzusehen ist und was als verrückte Spinnerei. So funktioniert es im Großen, in politischen Systemen ebenso wie in kleinen Systemen, Subkulturen und in Firmen, in denen Menschen in Führungspositionen versuchen, Angestellte los zu werden.

Der Architekt war heute sein letzter Patient. Auch in der letzten Nacht habe er wieder Alpträume von irgendwelchen Männern gehabt, die nachts maskiert in seine Wohnung eindrangen, in seinem Schlafzimmer das Licht einschalteten und ihn mit Maschinenpistolen bedrohten. Oder er träume, dass den ganzen Tag jemand hinter ihm herfuhr. Aus diesem Grund schaue er auch heute noch unzählige Male in den Rückspiegel, um sich zu vergewissern, dass er nicht verfolgt wurde. Vor dem Mauerfall seien in Ostdeutschland immer wieder seltsame Dinge in seiner Wohnung passiert. Eines Tages sei er von der Arbeit nach Hause gekommen und habe im Badezimmer plötzlich grüne statt gelbe Handtücher am Haken vorgefunden, obwohl morgens vor der Arbeit noch gelbe dort hingen. Die grünen lagen im Wäschekorb. Ein anderes Mal sei er morgens durch ein Geräusch geweckt worden. Als er durch die Wohnung lief, um nachzusehen, entdeckte er, dass die Balkontür offen stand, obwohl er sie mit Sicherheit abends geschlossen hatte, da es zu regnen begonnen hatte.

Paul hatte von solchen Dingen früher schon gelesen.

Jetzt saß er einem Zeitzeugen gegenüber. Oder dachte er sich das alles nur aus? Nun, auf die Vergangenheit bezogen, hielt Paul die Geschichten durchaus für real. Aber er fühlte sich immer noch beobachtet. Konnte das sein? War es Realität oder war der Patient schlichtweg paranoid? Paul musste die Sitzung beenden. Die fünfzig Minuten waren vorüber.

Es war jetzt 15.00 Uhr. Sein Magen knurrte. Paul ging noch schnell in einem Café vorbei, um einen kleinen Imbiss zu sich zunehmen. Aber er konnte nicht abschalten. Aus irgendeinem Grund musste er immer wieder an die junge Lehrerin denken, die als vorletzte Patientin gekommen war. Er hatte den Eindruck, dass ihr Problem komplexer war, als er angenommen hatte.

In den ersten Sitzungen sprach sie von ihrer Erschöpfung und den endlosen Verpflichtungen. Sie schaffe es einfach nicht, sich abzugrenzen. Wann immer ein Kollege oder eine Kollegin um Hilfe bat, sprang sie ein. Nachher ärgerte sie sich immer wieder. Sie habe viele Überstunden und schlafe nur sehr schlecht.

Seine erste Idee bezog sich auf Burn-out. Aber irgendetwas in ihrer Anmutung verunsicherte ihn. Die Konturen des Bildes verschwammen. Sie wirkte sehr bedrückt und fahrig, konnte ihn kaum ansehen. Manchmal schwieg sie für ein paar Minuten und schaute gedankenverloren aus dem Fenster. Und immer wieder tastete sie mit ihrem Blick das ganze Zimmer ab, als wollte sie jeden einzelnen Gegenstand mit ihren Fingern berühren. Warum tat sie das? Ihr entging auch nicht die winzigste Veränderung in seinen Räumen. Manchmal glaubte er, dass sie die Sicherheit der Konstanz suchte, als wenn sie Halt in der Unveränderlichkeit auch der Gegenstände suchte. Sie hatte Tränen in den Augen, als er sie gefragt hatte, was sie in ihrer Freizeit unternahm. Sie wich aus und gab lediglich zur Antwort, dass sie Klausuren korrigiere.

Paul zwang sich dazu, seine Gedanken zu unterbrechen. Er wollte schnell nach Hause zurück, da er sich vorgenommen hatte, Marita anzurufen. Ihre Telefonnummer hatte er von der Auskunft bekommen. Im Schwimmbad hatten sie vergessen, die Nummern zu tauschen.

Als er endlich zu Hause war, war von Patrick keine Spur. Auf dem Wohnzimmertisch lag ein Zettel: „Bin mit Heiko skaten. Bis nachher. Patrick."

Um 17.00 Uhr griff er mit pochendem Herzen zum Telefon.

„Hallo, hier ist Melissa Sol. Wer ist da?"

„Hallo, hier ist Paul Orth. Ist Deine Mama da?"

„Natürlich. Oder glaubst Du, sie lässt mich hier alleine?"

Diese klugen Kinder! Nicht immer einfach mit ihnen. Marita hatte bereits den Hörer an sich genommen.

„Hallo?"

„Hallo, hier ist Paul Orth. Ich wollte Sie fragen, ob ich Sie zum Kaffee einladen darf."

„Gern. Wir kommen aber im Doppelpack."

„Ist schon ok. Was halten Sie von dem Café in der Innenstadt am Altmarkt?"

„Ja. Um halb sechs?"

„Ja. Also bis gleich."

„Mama, wer war das?"

„Der Vater von Patrick."

„Von dem Jungen von gestern?"

„Ja."

„Oh, dann ist er bestimmt auch so nett wie sein Sohn."

Paul stieg noch schnell unter die Dusche. Auf keinen Fall wollte er nach Schweiß riechen. Aufgeregt wie ein Gymnasiast fuhr er in die Stadt. Für Melissa besorgte er ein Malbuch und Stifte bei Karstadt, damit sie sich nicht langweilte, während er sich mit ihrer Mutter unterhalten wollte.

Es war schwer für ihn zuzugeben, dass er Marita sehr mochte. Bereits damals auf dem Elternsprechtag war sie ihm aufgefallen. Anfangs hatte er es einfach nur für eine Übertragungsreaktion im analytischen Sinne gehalten, da sie ihn an seine Schwester erinnerte, zu der er eine sehr gute Beziehung hatte. Bei längerem Nachdenken hatte er allerdings den Eindruck, dass er fast hoffte, es sei nur eine Übertragung, denn dann hätte Marita keine darüber hinaus gehende Bedeutung. Immer wieder jedoch ertappte er sich dabei, dass er an Marita dachte und sich wünschte, sie wäre bei ihm.

Kaum jemand würde auf die Idee kommen, dass er, der Psychotherapeut mit hervorragenden Abschlüssen und selbstsicherem Auftreten, zurückhaltend und etwas schüchtern war, der sich in Situationen, die ihn selbst emotional betrafen, etwas hilflos und ungeschickt fühlte.

Pünktlich betrat er das Café. Schon beim Eintreten hörte er Melissa vergnügt lachen, die mal wieder bei einem Ratespiel ihre Mutter auf den Arm genommen hatte.

„Hallo Frau Sol. Hallo Melissa."

„Hallo Herr, äh, Herr ... Wie heißt Du denn?"

„Ich heiße Paul. Frau Sol, wenn Sie mögen, können

wir auch gerne DU sagen."

„Gern. Ich bin Marita."

„Ja, und ich bin Paul."

Eine Hürde war genommen, dachte er.

„Melissa, ich habe dir ein Malbuch und Stifte mitgebracht. Dann kannst du etwas malen."

„Mensch, das ist ja toll! Ich male nämlich so gern. Dann male ich dir auch ein schönes Bild."

Die Kellnerin erschien und nahm die Bestellung auf. Kurze Zeit später brachte sie Kaffee, Kakao und dreimal Spaghetti-Eis. Anschließend begann Melissa mit dem versprochenen Bild.

Marita konnte es kaum glauben, dass sie mit Patricks Vater im Café saß. Noch immer hatte sie das Gefühl des Verbotenen. Würde man ihr nachher Befangenheit vorwerfen in der Beurteilung des Schülers? Aber er war doch eh einer ihrer besten Schüler. Weder er noch sein Vater hatten es nötig, seine Noten aufzubessern. Sie hasste diese Befangenheit, die ihr natürliches Verhalten beeinträchtigte. Ob er es merkte?

Auch er fühlte sich nicht ganz wohl in seiner Haut, auch wenn er noch so glücklich darüber war, dass sie sich mit ihm traf.

„Ich glaube, unsere Kinder hatten gestern richtig Spaß im Schwimmbad", begann er wieder das Gespräch.

„Ich war wirklich überrascht, wie gut Patrick mit meiner Kleinen umgehen konnte. Man konnte richtig merken, dass er ein Händchen für Kinder hat."

„Ja, das hat er! Wenn irgendwo Kinder sind bei einer Familienfeier oder bei Freunden, dann kommen sie sofort zu ihm. Ich frage mich übrigens, wie du das alles immer schaffst mit der Arbeit, Melissa, Haushalt, Klausuren und so weiter."

„Manchmal frage ich mich das auch. Irgendwie geht es schon. Ich bin halt nur schon mal müde, besonders wenn Melissa die Nacht zum Tag macht. Aber deine Situation ist doch ähnlich, oder?"

„Patrick war damals aber schon zehn, als seine Mutter starb. Er war natürlich schon selbstständiger in dem Alter und nicht mehr so kleinkindhaft."

„Ich weiß, was Du meinst."

„Mama, schau mal! Wie findest Du das Bild?"

„Toll! Du hast schöne Farben verwendet."

„Das soll unser Haus mit Garten und Blumen sein. Hier Paul, das Bild ist jetzt für dich."

„Danke, das ist lieb von dir."

„Hast Du ein Haus und einen Garten?"

„Ja und gar nicht so weit weg von hier."

„Dann können wir dich ja besuchen kommen!"

Erschrocken über Melissas Direktheit schaute Marita zu Paul.

„Du möchtest mich wirklich besuchen kommen?"

„Na klar! Dann kann ich mit Patrick bei dir im Garten spielen!"

„Melissa, jetzt ist aber gut. Man drängt sich nicht so auf!"

„Aber nein. So ist das nicht. Ich würde mich freuen, wenn ihr mal vorbei kommen würdet. Wir könnten im Garten grillen."

„Bitte Mama! Bitte, bitte!"

„Na ja, ist das wirklich in Ordnung?"

„Ja, und auch Patrick würde sich freuen."

„Wir können ja deswegen noch mal telefonieren. Ich muss jetzt auch mit Melissa nach Hause. Ich muss heute

Abend noch mal an den Schreibtisch. Ich muss Unterricht für morgen vorbereiten. Und wir haben eine neue Kollegin. Ich glaube, sie ist ganz nett. Ein paar Mal im Jahr treffen wir uns mit ein paar Kollegen und Kolleginnen. Ich schreibe für sie gleich noch eine Einladungskarte und lege sie ihr morgen ins Fach."

„Ich bringe euch beide aber noch zum Auto. Ich bezahle nur schnell die Rechnung."

„Beim nächsten Mal lade ich Dich aber ein!"

Marita mochte es nicht gern, wenn man für sie bezahlte.

„Ist in Ordnung."

Als Paul wieder zu Hause war, legte er sich in einen Liegestuhl in seinem Garten und schloss die Augen. Es war so schön mit den beiden! Längst verloren geglaubte Empfindungen wühlten ihn auf, machten ihn glücklich, doch gleichzeitig fühlte er sich wie ein Verräter, der seine Frau betrog. Seit dem Tod seiner Frau hatte er sich nie wieder mit einer Frau verabredet. Jede Andeutung eines Gefühls, jede Sympathie für Frauen, denen er in der Zwischenzeit begegnet war, hatte er bisher bereits im Keim erstickt, bis er nach und nach merkte, dass er sich innerlich immer mehr entleerte und eine Stille in ihm entstand, die ihn ganz verschlang und nichts von ihm übrig ließ.

Auf einem Waldspaziergang mit seinem Sohn vor einiger Zeit hatte er einen knorrigen, abgestorbenen und ausgehöhlten Baum gesehen, dessen Anblick ihm Angst bereitete, ohne dass er wusste warum. Ebenso ängstigte er sich zunehmend vor alten, leer stehenden Häusern, die mit ihren eingeschlagenen Fensterscheiben und den ersten Anzeichen der Verwitterung aussahen wie Ruinen. Ja, er fühlte sich wie sie – ausgeräumt, leer, der Vergänglichkeit ausgeliefert.

Doch dieser Nachmittag war wunderschön! Er konnte es nur andeutungsweise beschreiben, als öffnete sich ein inneres Tor, langsam, vorsichtig.

Ohne die Möglichkeit, das Kommende noch abwenden zu können, überwältigte ihn heftige Trauer.

Paul sprang von seinem Liegestuhl auf, rannte ins Wohnzimmer und warf sich bäuchlings auf die Couch. Er weinte hemmungslos, haltlos, zeitlos. Und während er sich ganz seinem Schmerz hingab, spürte er, wie dieser Schmerz sein Inneres ausfüllte und die entsetzliche Stille vertrieb. Er sah das Gesicht seiner Frau lebendig vor sich, ihr Lächeln, ihr langes Haar, wie sie ihn liebevoll anschaute und sich an ihn schmiegte. Er hörte das Lachen und Rufen seiner kleinen Tochter, sah sie auf sich zu rennen mit ausgebreiteten Armen, wie er sie umschlang, auf den Arm nahm und küsste.

Von unerbittlicher Unruhe angetrieben, stürzte er in seinen Garten und begann voller Zorn, die Blumen aus der Erde zu reißen und hinter sich auf den Rasen zu werfen. Schnell jedoch begriff er die Sinnlosigkeit seines Tuns.

Luisa, ich liebe Dich. Ich habe Dich immer geliebt. Warum bist du nur nicht mehr hier? Ich vermisse Dich so! Ruth, mein Töchterchen, ich ertrage es einfach nicht! Ihr seid nicht mehr da! Ihr seid einfach nicht mehr da! Ich fühle mich so entsetzlich verlassen!

Traurig begann er, die Blumenreste wieder einzupflanzen.

6. Kapitel

Mit einem Glas Rotwein in der rechten und einer Zigarette in der linken Hand tanzte er, der heimliche Anrufer, wie in Trance zu einem Blues. Melodie, Rhythmus und inneres Befinden waren eins. Er war in jener Stimmung, in der es ihm schwer fiel, die Kontrolle zu behalten und seine Impulse zu unterdrücken. Dabei liebte er die Kontrolle, die Kontrolle über andere Menschen. Er war derjenige, der die Fäden zog. Er war der Schachspieler, der die Figuren bewegte. Immer präsent und doch unsichtbar, genoss er es, andere bis ins Detail zu beobachten und Verwirrung zu stiften, Gefühle zu beeinflussen und sich heimlich an seinen Ergebnissen zu erfreuen. Es war ihm nicht einmal zu teuer, Detektive zu beauftragen oder ab und zu selbst aus versteckten Winkeln heraus Fotos zu schießen. Niemand wusste von seinen Leidenschaften. Niemand kannte seine Abgründe, seine innere Leere. Oft halfen nur extremere Reize, um ihn von diesen unerträglichen Gefühlen zu befreien, um die Leere irgendwie mit Lebendigkeit anzufüllen und der Depression zu entkommen.

Er goss noch etwas von dem Wein in sein Glas. Die erste Flasche war fast geschafft. Ihm war bewusst, dass er seinen Alkoholkonsum im Auge behalten musste. Aber da war diese endlose Sehnsucht, diese Sucht, die ihn drängte, ihn vorwärts trieb wie ein Stück Holz in einem reißenden Strom.

Frauen hatte er schon viele. Und viele hatten die gleiche Bedeutung. Auf einen Nenner gebracht, waren sie einfach Therapie für ihn, die er brauchte, um sich selbst nicht wertlos und unscheinbar zu fühlen. Sie retteten ihn vor dem Absturz. Doch er war im Laufe der Jahre müde geworden. Eigentlich interessierte er sich nur für eine bestimmte Frau, Lena, an die er sich bisher nicht herangetraut hatte, die er aber schon sehr lange kannte.

Er war nicht besonders attraktiv. Doch er hatte diesen Blick, durchdringend, geheimnisvoll und wissend, der sich wie eine Projektionsleinwand vor den Augen der Frauen aufspannte, auf der sie ihren eigenen inneren Film, ihre verborgenen Begierden sehen konnten. Nichts wirkte so elektrisierend wie Verheißung. Sein Blick ging unter die Haut. Sein Blick war ein Versprechen. Das wusste er. Dass musste auch so sein.

In lebensnotwendigen Bereichen musste er es zur Meisterschaft bringen, um sein Überleben zu sichern. Er musste die Frauen anziehen wie das Licht die Motten, auch wenn nach einer Begegnung mit ihm dann nur noch Verwirrung herrschte. Es war seine eigene Verwirrung, die er in anderen induzierte, die er von sich nach außen zu verlagern trachtete. Er wollte sich endlich befreien. Und eigentlich wollte er endlich mit diesen seelenlosen Affären aufhören, die ihn die Unzufriedenheit mit seinem Leben nur kurz vergessen ließen.

Er drehte die Musik ein bisschen leiser, bevor er den Telefonhörer in die Hand nahm und wie automatisch die Nummer wählte. Ob sie die Musik von Patricia Kaas kennt? Allein schon die innere Spannung beim Freizeichen und die Hoffnung, dass sie abhob, ließen ihn aufleben. Und dann, ja, da war sie. Diese bekannte Stimme. Er wartete. Sie sollte die Musik hören, seine Gefühle erahnen, daran teilnehmen ohne zu wissen, wer er war. Die Perfektion der platonischen Beziehung. Anonyme Leidenschaft. Berührung ohne Fingerabdruck.

Lena legte nicht gleich auf, als sie merkte, dass der andere noch in der Leitung war.

„Hallo, wer ist denn da? Ich höre doch, dass da jemand ist."

Seine Spannung wuchs. Der Abend war gerettet. Lächelnd beendete er sein Schauspiel und klickte das Gespräch weg.

Sofort rief Lena bei Marita an.

„Sol."

„Hallo Marita, Lena hier. Hast Du gerade bei mir angerufen?"

„Nein. Wieso?"

„Ich hatte gerade einen Anruf. Es sprach aber niemand. Ich dachte, Du hättest es vielleicht versucht und die Leitung sei eventuell unterbrochen worden."

„Nein, Ich bin es nicht gewesen. Ich bin gerade dabei, Melissa ins Bett zu bringen."

„Ja gut. Bis morgen."

„Tschüß!"

Marita wandte sich wieder ihrer Tochter zu.

„Jetzt komm, ab ins Bett mit dir. Es ist schon spät."

Es dauerte nicht lange, bis Melissa eingeschlafen war. Für Marita begann nun der zweite Teil des Arbeitstages. Sie musste noch den Englischunterricht der sechsten Klasse vorbereiten. Um 23.00 Uhr legte sie sich erschöpft ins Bett. Doch ihr Schlaf sollte nicht lange dauern.

„Mama! Mama! Mama!"

Jemand zupfte an ihrem Ärmel. Zunächst erschrak sie, doch dann erkannte sie ihre Tochter in der Dunkelheit.

„Ich habe solche Halsschmerzen. Tut so weh. Aua."

Melissa schluchzte. Marita fühlte gleich, dass sie hohes Fieber hatte. Sie lief mit ihrer Tochter ins Badezimmer, um das Fieberthermometer zu holen. Binnen kürzester Zeit schoss die Quecksilbersäule auf 40,8 Grad.

„Melissa, ich schaue jetzt mal mit der Taschenlampe in deinen Hals. Mach bitte deinen Mund auf und sag mal ah, bitte."

Es gab keinen Zweifel. Mandelentzündung. Melissa brauchte dringend ein Antibiotikum.

„Wir müssen zum Krankenhaus, Medizin holen."

„Nein! Ich will nicht ins Krankenhaus!"

Die Kleine konnte sich kaum beruhigen. Ihr Geschrei würde das ganze Haus aufwecken.

„Melissa, das ist jetzt wie eine Abenteuerfahrt. Mitten in der Nacht mit dem Auto unterwegs. Ist doch spannend! Na komm! Aber jetzt musst Du kurz noch etwas von dem Fiebersaft nehmen."

Marita zog ihrer Tochter einen Jogginganzug an. So schnell wie möglich musste sie los, durch den Hausflur und rein ins Auto. Die Idee mit der Abenteuerfahrt machte Melissa etwas neugierig, die jetzt in ihrem Kindersitz saß und eine Halsschmerztablette lutschte.

An der Pforte des Krankenhauses leitete man sie zur Kinderambulanz weiter. Alles verlief, wie sie es erwartet hatte. Nach gründlicher Untersuchung verschrieb der Arzt ein Antibiotikum, ein Schmerzmittel und Nasenspray. Den Weg zur Nachtapotheke musste er ihr jedoch erklären. Auf der Rückfahrt sah Marita im Rückspiegel ihre Tochter schlafend auf der Rückbank. Zu Hause angekommen, nahm sie das kleine Menschenbündel auf ihren Arm und eilte zur Haustür. Aus dem Briefkasten ragte ein weißer Zettel. Ohne genauer nachzusehen, schob sie ihn in ihre Handtasche. Jetzt gab es nur eins. Das Kind brauchte Medizin und alle beide Schlaf.

„Ach, was mache ich nur Morgen? Ob sie in den Kindergarten kann? Bestimmt nicht. Jetzt kann ich auch niemanden anrufen. Oh je. Vielleicht sollte ich den Unterricht absagen."

„Hast Du etwas gesagt, Mama?"

„Ach, ist schon gut. Ich habe nur mit mir selbst gesprochen."

Nachdem Marita das Antibiotikum verabreicht hatte und Melissa wohl behütet in ihrem Bett lag, konnte auch sie sich wieder hinlegen. Mittlerweile war es fast 03:00 Uhr. Sie löschte das Licht und fiel in einen tiefen Schlaf.

Als der Wecker drei Stunden später ungnädig klingelte, schaffte sie es kaum, ihre Beine aus dem Bett zu hieven. „Wie soll ich nur diesen Tag überstehen?", sagte Marita zu sich selbst. Träge schleppte sie sich in die Küche, um die Kaffeemaschine zu bedienen und einen ersten Schluck Orangensaft zu sich zu nehmen. Von Melissa war noch nichts zu hören außer einem leisen Schnarchen, das durch den Flur drang.

Dann fiel Marita wieder dieser Zettel aus dem Briefkasten ein. Jemand hatte ihr eine Speisekarte in den Kasten gesteckt. „So ein Unsinn. Mein Briefkasten ist doch kein Mülleimer! Ja, aber was ist das denn? Das ist die Speisekarte von gestern aus dem Café. Wie ist das möglich? Wer macht denn so was? Wohl nur ein dummer Jungenscherz. Und ab in die Tonne!"

Um 07:00 Uhr schaute Marita vorsichtig ins Kinderzimmer, wo Melissa noch friedlich schlief. Nur an dem Schnarchen erkannte man die Verschleimung in den Atemwegen. Marita entschloss sich, schnell ihren Vater anzurufen und ihn zu bitten, an dem Morgen auf die Enkelin aufzupassen. So konnte sie wenigstens die ersten drei Stunden zur Schule, um im Pädagogikkurs die letzte Klausur vor den Ferien schreiben zu lassen. Dann würde sie sich für den Rest des Schultages entschuldigen und nach Hause fahren.

Sie erreichte ihren Vater, als er im Badezimmer war. Eine halbe Stunde später stand er in der Tür. Melissa war mittlerweile aufgewacht und dank des Antibiotikums etwas besser zurecht als noch in der Nacht. Auch das Schmerzmittel tat seine Wirkung. Trotzdem blieb sie lieber im Bett und freute sich darauf, dass ihr Großvater Märchen vorlesen würde.

„Ich bin gleich wieder zurück, mein Schatz. Ich fahre nur kurz zur Schule, weil ich eine Klausur schreiben lassen muss. Das ist so etwas wie ein Test für die Schüler. Es wäre schlecht, wenn der heute ausfiele, da sie sich alle darauf vorbereitet haben."

„Aber beeil dich, Mama. Bis dahin kann Opa mir etwas vorlesen."

„Klar doch! Ich koche dir auch einen leckeren Tee mit Honig. Und nachher frühstückst du ein bisschen, o.k.?"

Maritas Vater war eigentlich sehr froh darüber, seiner Tochter behilflich sein zu können. In der letzten Zeit fühlte er sich oft nutzlos und ungebraucht. Seit dem Tod seiner Frau Anfang letzten Jahres fühlte er sich ziemlich einsam in dem großen Haus, in dem er alleine lebte.

„Ich möchte gerne Milchstütchen mit Butter, Mama."

„Marita, hast Du so etwas?"

„Du kannst ihr eine Scheibe Weißbrot machen. Das Brot liegt im Brotfach. Danke, Papa! Danke, dass du so schnell kommen konntest."

„Ist schon gut. Fahr vorsichtig!"

Marita verabschiedete sich mit einem Küsschen auf das zarte Polsterbäckchen von Melissa. Das musste noch sein, bevor sie los konnte.

An dem Parfumgeruch im Hausflur erkannte sie, dass Martin auch bereits durch den Flur gegangen war. Im Erdgeschoss angelangt, hörte sie, wie er sich im Keller mit der Waschmaschine beschäftigte.

Sie eilte zum Wagen und flitzte mit Vollgas in Richtung Autobahn. An einem solchen Morgen wurde alles zum Hindernis, was die Bewegung bremste: Radfahrer, Zone 30, rote Ampeln, Müllwagen. Irgendwie kam es einem immer so vor, als hätten sich Hindernisse genau an solchen Tagen zusammengerafft, um einen zu blockieren.

Der ewige Druck machte Marita – mehr oder weniger bewusst – sowieso täglich zu schaffen. Besonders die Schuldgefühle, die sie immer wieder quälten. So wie heute. Ganz gleich, für welche Alternative sie sich entschied – das Schuldgefühl lauerte wie ein ewiger Dämon. Nun fuhr sie zur Arbeit, obwohl die Tochter krank war. Wäre sie zu Hause geblieben, hätten die Schüler die Klausur nicht schreiben können. Auch eine schlechte Alternative. Wahrscheinlich hätte sie dann Ärger mit dem Schulleiter bekommen oder sich ein paar abfällige Blicke von chauvinistischen Kollegen eingefangen, die bekannter Weise eh der Meinung waren, Frauen sollten doch besser zu Hause bleiben. Doch ein Leben nur als Hausfrau kam für Marita nicht in Frage.

Komisch, wie wenig berufstätige Männer sich für ihre Arbeit rechtfertigen. Gibt es auch einen Rabenvater? Und wenn Marita sich tatsächlich für ein Dasein als Vollzeitmutter entschieden hätte, wäre sie von aufgeklärten, emanzipierten Frauen nur herablassend belächelt worden. Wie auch immer. Marita ging gerne arbeiten, auch wenn alles zusammen ein bisschen viel war. Besonders an Tagen, an denen es nicht rund lief, spürte sie die Begrenztheit ihrer Reserven.

Trotzdem schaffte sie es immer, sich um die Tochter, die Arbeit und den Haushalt zu kümmern. Nur für sie selbst blieb nicht viel Zeit. Manchmal wurde sie von plötzlichen Emotionen überrascht, von denen sie nicht wusste, wo sie herkamen. Es konnte eine Melodie im Autoradio sein auf dem Weg zur Schule, eine Melodie, die an verborgenen Erinnerungen rührte. Dann war es Marita, als wenn unsichtbare Seelen sie riefen, um sie zu gemahnen, sie wach zu rütteln. Ungelebtes Leben tat weh. Noch klopfte es an. Marita hörte diesen Ruf. Lautlos liefen ihr Tränen die Wangen hinunter.

Ich muss mich zusammen nehmen! Ich muss zur Schule! Mach weiter! Es wird schon wieder! Und gleich fahre ich ja wieder zu Melissa und kümmere mich. Aber es ist so viel zu tun! Eigentlich müsste ich auch noch die Fenster putzen und einkaufen und ein paar Klassenarbeiten korrigieren. Ob Papa noch ein bisschen bleiben kann? Ach, ich mag ihn gar nicht fragen, sonst denkt er, ich komme nicht zurecht. Was mache ich nur? Egal! Ich schiebe alles zur Seite und spiele heute Mittag mit Melissa. Es bricht mir sonst selbst das Herz. Ich habe ja schon heute Morgen nicht bei ihr sein können.

Ich habe es immer so gehasst, wenn ich damals selbst aus der Schule kam und Mama wieder nicht ansprechbar war, weil der Staubsauger jedes Gespräch zunichte machte. Wenn ich schon vor der Tür stand und dieses grauenhafte Geräusch des Saugers hörte! Diese ewige Putzerei von Mama! Ordnung muss sein, hieß es immer. Ja, ja! Irgendwie hatte ich immer den Eindruck, sie war krampfhaft bemüht, jegliche Lebendigkeit weg zu saugen. Wovor hatte sie nur Angst? Hatte sie keine anderen Wünsche? Schon wieder begann Marita zu weinen.

Jetzt muss gut sein! Schluss! Verzweifelt bemühte sie sich, die letzten Erinnerungsbilder an ihre Mutter zurück zu drängen. Erst zum Schluss hatte Marita es geschafft, ihrer Mutter zu sagen, wie lieb sie sie hatte. Es war an dem Abend vor ihrem Tod, an dem die Mutter nur noch mit Licht schlafen wollte. Es durfte nicht dunkel sein in dem Schlafzimmer, als wenn die Mutter überprüfen wollte, ob sie noch lebte. Seit Tagen lag sie nur noch im Bett. Die Metastasen waren bereits in Lunge, Magen, Leber und Gehirn vorgedrungen. Marita schaffte es kaum noch, den Blutfluss, der unaufhörlich aus der Nase ihrer Mutter tropfte, mit einem Tuch aufzuhalten. Kaum noch Blutgerinnung. Immer wieder flitzte sie mit feuchten Waschlappen hin und her, als hätte man irgendetwas ungeschehen machen können, den Tod einfach fort wischen können. Es war die Mutter, die es sagte, etwas, was sonst gar nicht ihrem Wesen entsprach, die die Vergeblichkeit erkannte und sich dem Unausweichlichen stellte:

„Marita, ist schon gut. Lass es einfach laufen."

Die Mutter, die Reinliche, die Ordentliche, die sonst nichts einfach laufen lassen konnte, der es immer schwer fiel, geschehen zu lassen – sie sagte, das Blut solle einfach laufen. Alles war rot. Wie verrückt es doch war, dass sie, die Tochter, angesichts des Todes plötzlich ungeliebte Eigenschaften ihrer Mutter mochte, wie sehr sie sich in diesem Moment gewünscht hatte, die Mutter hätte auf Sauberkeit und Ordnung bestanden! Aber es war, als hätte die Mutter sich selbst aufgegeben, sich losgelassen, ihre Eigenheiten, die zu ihrer Person gehörten, als hätte sie den Zusammenbruch ihrer Persönlichkeit und ihren Tod erlaubt.

Zu Beginn einer schweren Erkrankung hofft man zunächst, der Kranke möge den Kampf gewinnen und werde genesen. Irgendwann aber ab einem bestimmten Zeitpunkt, den genau zu bestimmen nicht einfach ist, ab diesem Zeitpunkt erkennt man, dass es kein Zurück mehr ins Leben gibt, ab diesem Zeitpunkt bedeutet Gewinnen nicht mehr Überleben, sondern die Erlösung des Kranken von den elendigen Qualen durch den Tod.

Ach, Mama, wie sehr wünschte ich, ich würde noch einmal Deinen Staubsauger hören oder Dir zusehen können, wie liebevoll Du in Deinem Garten die Osterglocken gießt. Du hast sie so sehr geliebt. Jetzt liebe ich sie, weil sie mich mit Dir verbinden. Jeden Frühling aufs Neue blüht meine Erinnerung gleichsam mit den Osterglocken auf, wenn der Winter vergeht und der erste zarte Frühlingshauch den Geruch des neu beginnenden Lebens zu mir trägt. Mama, ich vermisse Dich so sehr.

Marita wunderte sich, als sie an der Schule ankam. Die letzten Minuten der Autofahrt hatte sie nicht wirklich mitbekommen. Erschreckend, obwohl sie solche Phänomene auch schon von ihren Kollegen gehört hatte. Bevor sie das Radio ausschaltete, lauschte sie noch kurz, weil ihr das Lied bekannt vorkam. War es das Lied, das sie gestern am Telefon gehört hatte, als der anonyme Anrufer sich meldete? Es war ein ruhiges, sehr stimmungsvolles

Lied, soweit sie das erkennen konnte. Ein Titel fiel ihr jedoch nicht ein.

Kurz vor Unterrichtsbeginn machte sie noch schnell einen Abstecher ins Lehrerzimmer. Nachdem sie die Arbeitstexte geholt hatte, legte sie die Einladung zum Kollegentreffen in das Fach von Anna Hof und bat die Sekretärin, den Schülern mitzuteilen, dass ihr Unterricht nach der dritten Stunde heute ausfalle.

Jeweils zwei Stufen auf einmal hetzte sie in den fünften Stock, wo bereits nervös schnatternde und kichernde Schüler auf Einlass warteten. Nachdem sich jeder gesetzt hatte, teilte sie die Aufgabenblätter aus. Thema waren die Lerntheorien.

Sie war sich sicher, dass ihre Schüler zurechtkamen und freute sich, als sie nach ein paar Minuten nur noch das Geräusch kratzender Stifte auf Papier hörte. Sie mochte ihre Schüler und Schülerinnen und freute sich, wenn sie erfolgreich waren. Während ihre Schüler mit der Arbeit beschäftigt waren, trank Marita von dem Kaffee, den sie in einer Thermoskanne mitgebracht hatte, um sich wach zu halten.

Manchmal wünschte sie, sie hätte doch einfach nur Hausfrau sein können, obwohl sie wusste, dass sie nicht der Typ dafür war. Einfach nur bei der Tochter sein – endlos. Zeitlose Nähe, Vertrautheit, Geborgenheit und nicht immer das Gefühl haben, dass man der Tochter nicht gerecht wurde. Aber vielleicht wäre das auch zu viel Nähe, die das Mädchen gar nicht mehr so uneingeschränkt wollte? Neuerdings verabredete sie sich mit Freundinnen aus dem Kindergarten. Und wenn die Freundin zu Besuch kam, schloss Melissa die Tür vom Kinderzimmer. Allerdings nicht, ohne vorher noch ein paar Gummibärchen mitzunehmen.

Die Klausur verlief ohne Zwischenfälle. Es war witzig zu beobachten, dass die Schüler beim Schreiben immer so rote Wangen bekamen. Gegen Ende der Klausurzeit blickte Marita in erleichterte Gesichter. Sie nahm die Klausuren entgegen.

Auf dem Weg zum Lehrerzimmer kam ihr Lena entgegen. Irgendetwas stimmte nicht mit ihr. Sie wirkte nervös und wich ihrem Blick aus. Dunkle Augenränder sprachen von einer unruhigen Nacht auch bei ihr.

„Ist alles in Ordnung, Lena?"
„Ja, ich denke, äh, natürlich. Ich bin nur in Eile."
„Kommst du auch zu dem Kollegentreffen?"
„Wer kommt denn so? Hast du eine Ahnung?"
„Wahrscheinlich die, die sonst auch kommen", gab Marita zur Antwort.
„Es ist morgen, nicht wahr?"
„Ja, genau."
„Geht schon klar."
„Ok, ich muss nach Hause. Melissa ist krank. Bis dann."
„Ja, bis dann."

Als Marita wieder zu Hause ankam, hörte sie schon beim Aufschließen der Tür, dass Schneewittchen gerade bei den sieben Zwergen angekommen war.

„Hallo Papa, hallo Melissa. Wie geht es euch?"
„Hallo Mama! Nicht stören! Opa liest gerade!"

Mal wieder hatte Marita sich unnötig Sorgen gemacht, dass ihre Tochter sich vernachlässigt fühlen könnte. Bin ich selbst es vielleicht, die mehr Nähe zu meiner Tochter möchte und brauche? Wir denken immer, die Kinder brauchen uns, was ja auch stimmt. Aber es ist genauso umgekehrt. Auch wir brauchen die Kinder, ihre Liebe, Unbefangenheit, ihre natürliche Offenheit, ihre Lebendigkeit. Kinder geben uns einen Teil unserer eigenen Lebendigkeit zurück und erwecken Eigenschaften, Erlebnisqualitäten und Fähigkeiten in uns, die ohne Kinder nicht angesprochen worden wären.

Wie viel Mitgefühl man entwickelt, wenn es um das eigene Kind geht. Die Freude des Kindes ist die eigene Freude. Niemand liebt uns so bedingungslos wie das eigene Kind. Einem Kind ist es völlig egal, ob wir Pickel, Haarausfall oder Übergewicht haben oder ob wir schon mal mürrisch sind. Es liebt uns und wünscht sich einfach nur, dass wir da sind, Zeit haben und es ebenso bedingungslos lieben.

Marita begann, in der Küche das Mittagessen zuzubereiten. Heute sollte es Gemüsesuppe mit Maultaschen geben. Melissa aß sie so gern.

Am nächsten Abend trafen sich die Kollegen und Kolleginnen in einer gemütlichen Pizzeria in der Nähe der Schule. Außer Marita, Lena und Anna waren noch Christoph Cremer, der Chemielehrer, Bernd Brauer, der für Biologie und Erdkunde zuständig war und Dieter Dott, der Deutsch und Englisch unterrichtete, gekommen.

Von Anna Hof abgesehen, kannten sie sich schon einige Jahre. Nach anfänglicher Zurückhaltung wurde Anna allmählich zugänglicher und begann, sich zu entspannen.

Anna lebte in einer Drei-Zimmer-Wohnung in Mülheim. Ihr Freund Mike war wie sie 34 Jahre alt und wohnte ebenfalls in Mülheim, nur in einem anderen Stadtteil. Sie sahen sich mehrmals die Woche, zogen es aber vor, derzeit noch getrennt zu leben. Erst wenn sich ein Baby anmelden würde, würden sie zusammenziehen.

Marita und Lena zwinkerten sich zu. Schmunzelnd beobachteten sie, wie Dieter Anna musterte. Alle, nur Anna noch nicht, wussten, dass Dieter eine Schwäche für intelligente, schlanke Frauen hatte. Und Anna passte genau in sein Beuteschema. Er nannte es immer „das Geheimnis einer Frau ergründen". Er liebte Frauen. Oder war er ihnen verfallen? Wie auch immer. Er war geschickt, charmant. Lena hatte es nie bereut. Es war lange her und sie dachte gerne daran zurück.

Es wurde viel gelacht an diesem Abend. Alles stimmte. Das Essen, der Wein, die Stimmung. Auch Marita fühlte sich sehr wohl und vergaß für ein paar Stunden ihre Alltagssorgen. Und es gab Neuigkeiten aus dem Kollegium: Wer mit wem Streit hatte. Welche Eltern mal wieder besonders reizend waren. Und dass Gregor Most, der Direktor, heute Morgen auffallend still gewesen war. Es war nicht einfach, mit ihm umzugehen. Einerseits konnte er sehr freundlich sein, andererseits, wenn er mal wieder schlechte Laune hatte, konnte er sehr kühl und abweisend sein. Er konnte einem das Leben durchaus schwer machen. Am besten blieb man freundlich aber distanziert, darin waren sich alle einig.

Die Zeit verging wie im Flug. Als sie spät abends zufrieden nach Hause fuhren, freute sich jeder schon auf das nächste Mal. Sie wussten, dass sie aufeinander zählen konnten und sie freuten sich, Anna als nette Kollegin dazu gewonnen zu haben.

Am nächsten Morgen erwachte Lena mit der gleichen guten Stimmung, mit der sie am Abend zu Bett gegangen war. Heute würde ein toller Tag werden. Vier Stunden Unterricht, mehr nicht. Und dann ein freier Nachmittag! Besser konnte es nicht sein.

Ihre Schüler hatten Respekt vor ihr. Sie besaß eine natürliche Autorität und hatte ein offenes Ohr für ihre Schüler. Sie war streng, aber fair. Es war nicht leicht, Physik und Chemie zu unterrichten, da viele Schüler eine Scheu vor diesen Fächern hatten. Aber sie verstand es, das Unverständliche verständlich zu machen. Sie begriff, wo die Schüler ihre Schwierigkeiten hatten und erklärte so lange geduldig, bis es jeder in der Klasse verstanden hatte. Für ihre didaktischen Fähigkeiten war sie in der ganzen Schule bekannt. Auch der Direktor schätzte sie sehr. Auch wenn es ihm schwer fiel, sprach er ab und zu seine Anerkennung aus, zuletzt bei der Zeugniskonferenz.

Immer wieder appellierte sie an die Schüler, sie dürften niemals aufgeben, wenn sie verzagt waren und glaubten, sie würden im Test versagen. Es war ihr ein persönliches Anliegen, dass jeder bis zum Schluss an sich glaubte und durchhielt. Beim Korrigieren der Tests huschte jedes Mal ein Lächeln über ihre Lippen, wenn Thomas Stern, der sich nicht viel zutraute, eine gute Note erzielte. Die Schüler mochten sie sehr, weil sie wussten, dass Frau Luna Achtung vor ihnen hatte und sie sich um sie bemühte.

Nach Unterrichtsschluss eilte Lena ins Schwimmbad. Sie liebte es, durchs Wasser zu gleiten und eine Bahn nach der anderen zu ziehen. Hier im Wasser konnte sie entspannen, fand sie Frieden und kam zur Ruhe. Besonders gern schwamm sie während der Sommerzeit im Freibad. Dabei war es ihr völlig gleichgültig, ob es warm oder kühl war. Selbst 15 Grad Außentemperatur konnten sie nicht aufhalten. Leicht fröstelnd lief sie an solch kühlen Tagen aus der Dusche auf das Becken zu, nicht ohne sich jedes Mal selbst zuzuflüstern, dass sie ja doch ein bisschen verrückt sein müsse. Und dann kam der Moment, in dem sie ins Wasser stieg. Meistens war kaum jemand im Becken. Kaum von der Treppe hinunter gestiegen, tauchte sie in das Wasser ein, streckte sich und schwamm sofort los.

Jedes Mal aufs Neue fühlte sie sich befreit, glücklich, eins mit sich selbst. An sonnigen Tagen duldete sie nicht einen Hauch von Schwaden in ihrer Schwimmbrille. Sie konnte es kaum jemandem erklären, allenfalls Marita vielleicht, aber die tanzenden Lichtreflexe auf dem Beckengrund zu beobachten, war lustvoll für sie. Eine Bahn nach der anderen und diese zunehmende Ruhe, den Körper zu spüren, sein Muskelspiel, durchs Wasser zu gleiten und an nichts zu denken.

An manchen Tagen früh morgens war es besonders schön, wenn die Sonne langsam hinter den Bäumen hervor kam und das Wasser zunehmend mit ihrem Licht durchflutete. Leichter Dampf erhob sich über der Wasseroberfläche, der nach und nach der Wärme den Raum überließ. Schwimmen war eine ihrer Leidenschaften.

Heute spürte Lena eine weitere besonders intensiv. Es war ihre Sehnsucht nach Abenteuern. Ihre Fantasie kannte keine Grenzen. Aber es war nicht leicht, einen Gleichgesinnten zu finden, der Lenas erotischen Feinsinn teilte. Viele Männer glaubten einfach, Lena suche Sex. Aber Lena wusste, dass der Sex vieler Männer langweilig und fantasielos war. Onanie zu zweit nannte sie dieses Standardprogramm. Und was sie sich bis heute nicht erklären konnte, darüber hatte sie oft mit Marita gesprochen, war das widersprüchliche männliche Denken. Männer, die gerne Sex mit einer Frau hatten und sie danach dafür verachteten, dass sie die männlichen Wünsche erfüllt hatte. Männer wollen eine lebendige Frau – aber wehe, wenn sie es ist!

Nachdem Lena zwei Kilometer im Wasser zurückgelegt hatte, hakte sie sich am Beckenrand ein, mit dem Rücken zur Wand und streckte ihr Gesicht der Sonne entgegen. Diese Wärme, diese Ruhe! Aber es wurde Zeit, sich umzuziehen, bevor die Teenagerschwärme übers Wasser herfallen würden.
    Eine Stunde später saß sie zum Mittagessen in dem Garten eines gemütlichen Bistros. Während sie ihre Nudeln aß und die Nachbartische beobachtete, betrat plötzlich Direktor Most den Garten. Sie bemerkten sich sofort.
    „Guten Tag, Frau Luna. Was für ein Zufall, Sie hier anzutreffen!"
    „Ja, guten Tag! Was für ein Zufall!"
    „Haben Sie schon Feierabend?"
    „Ja. Und an einem solchen Tag ist das besonders schön!"
    „Darf ich mich zu Ihnen setzen, Frau Luna?"
    „Gerne. Falls Sie etwas essen möchten, kann ich Ihnen diese Nudeln mit Pfifferlingen wärmstens empfehlen."
    „Ja, ich glaube, ich nehme sie. Sieht sehr lecker aus."
    „Da kommt der Kellner. Ich rufe ihn."
    „Guten Tag, ich hätte gerne dasselbe, was die junge

Frau hier isst. Und dazu bitte ein Glas Wasser."

„Ich wusste gar nicht, Herr Most, dass Sie auch in solchen Bistros verkehren. Hätte ich gar nicht vermutet."

„Doch, ich mag solche Lokale. Die Atmosphäre ist so ungezwungen. Sie lädt zum Verweilen ein. Wissen Sie, aus dienstlichen Gründen muss ich oft genug in Restaurants gehen, deren Atmosphäre so steif ist, dass man sich kaum zu schlucken wagt. Aber ich mag es eigentlich entspannter. Außerdem wird man in den gediegenen Lokalen nicht satt, finde ich zumindest. Oder es kostet ein Vermögen."

Lena lachte.

„Sie haben Recht! Man sollte wenigstens satt werden!"

Er hat seine Reize, dachte sie. Ganz anders als im Schulbetrieb war er hier sehr charmant, zugewandt und freundlich. Keine Spur von diesem gereizten, mürrischen Direktor, den sie aus der Schule kannte. Lena wehrte sich gegen ein Gefühl aufkommender Sympathie. Es durfte nicht sein.

Als der Kellner das Essen für Gregor Most brachte, war sie gespannt darauf, wie er aß. Schon als Jugendliche hatte sie auf die Essgewohnheiten der Jungen geachtet. Da gab es große Unterschiede. Wenn ein Junge gierig schlang oder sehr schnell und achtlos aß, kam er für sie als Freund nicht in Frage, da sie glaubte, dass er beim Sex genauso sei. Als sie vierzehn war, wollte ein Mitschüler eine Beziehung zu ihr. Sie lud ihn zu sich zum Essen ein. Noch nie hatte sie einen Jungen so gierig essen sehen. Es erschreckte sie, wie schnell und kräftig er seine Kiefer bewegte. Sie gab ihm keine Chance auf ein zweites Mal.

Gregor Most hingegen zelebrierte sein Essen. Er genoss es sichtlich, ohne dabei zu schlingen. Es verwirrte sie, dass sie sich wohl in seiner Gegenwart fühlte.

„Schmeckt es Ihnen?"

„Sehr gut, Frau Luna! Wirklich. War ein guter Tipp! Sind Sie öfter hier?"

„Ja, immer wieder mal. Manchmal auch mit Marita Sol."

„Ach, sind Sie beide befreundet?"

„Ja, ich mag sie sehr."

„Das freut mich. Frau Sol ist wirklich eine sehr sympathische Frau. Sie ist auch eine wirklich gute Lehrerin. Darf ich Sie mal etwas fragen, Frau Luna?"

Lena war überrascht über den vertraulichen Klang in seiner Stimme.

„Ja, das dürfen Sie."

„Warum haben Sie eigentlich um diese Uhrzeit nasse Haare?"

„Ich war schwimmen."

„Ach so. Natürlich. Ich hoffe, meine Frage war nicht zu indiskret."

„Aber nein doch."

Er dürfte ruhig indiskreter werden, überlegte sie. Aber nein! Wo sollte das hinführen? Sie schaute ihn an, als er gerade dabei war, Nudeln um seine Gabel zu wickeln. Plötzlich sah er von der Gabel zu ihr auf. Ihre Blicke begegneten sich und hielten sich fest. Plötzliche Hitze stieg in Lena auf. Sie wusste, sie durfte nicht zu lange schauen. Sie wollte sich nichts anmerken lassen. Was geschah hier nur? Bilde ich mir das alles nur ein, fragte sich Lena verwirrt.

„Darf ich Sie noch zu einem Kaffee einladen, Frau

Luna?"

Ohne nachzudenken antwortete sie:

„Das dürfen Sie, sehr gerne sogar."

„Danke."

Warum bedankte er sich nur? Warum rührt er an meinen Gefühlen? Ich muss aufpassen. Vergiss es! Er riecht so gut. Seine Stimme ist so weich. Er entführt mich in eine Welt der Fantasie. Lena verlor ihre Sicherheit. Teilweise verhaspelte sie sich beim Sprechen. Sie errötete.

Bei der Verabschiedung gaben sie sich die Hand. Er bemerkte, dass sie seine Hand für einen Moment zu lange in ihrer hielt. Lächelnd gab er ihr zur Antwort: „Danke für die schöne Zeit. Bis bald, Frau Luna."

Erschrocken stellte Lena fest, dass es schon fast 16:00 Uhr war. Sie musste sich beeilen, da sie um 17:00 Uhr einen Termin hatte. Seit einiger Zeit machte sie eine Psychotherapie. Sie wollte endlich Klarheit für sich, wollte wissen, warum es ihr bisher nicht gelungen war, eine feste Beziehung zu einem Mann aufzubauen. Auch die Stimmungsschwankungen machten ihr zu schaffen, ihre Niedergeschlagenheit und auch ihre One-Night-Stands. Sie kannte sich mit sich selbst nicht mehr aus.

7. Kapitel

Pünktlich um 17.00 Uhr betrat sie die psychotherapeutische Praxis von Paul Ort. Sie musste durch einen hellen Hausflur, in dem Bilder von Renoir und Monet an der

Wand hingen, nach oben in die erste Etage.

„Guten Tag, Herr Ort."

„Guten Tag Frau Luna, kommen Sie doch herein."

Lena trat ein und setzte sich in einen gemütlichen, großzügigen Sessel und wartete, bis Paul ebenfalls Platz nahm.

„Ich weiß gar nicht so recht, wo ich heute anfangen soll. Ich glaube, es geht mir gut."

Paul wunderte sich, denn Lenas Nervosität war unübersehbar.

„Sie glauben also, dass es Ihnen gut geht."

„Nun ja, ich bin mir nicht ganz sicher. Ich hatte vorhin eine Begegnung mit meinem Direktor, Herrn Most. Wir haben zufällig in demselben Bistro zu Mittag gegessen."

„Und?"

„Es war schön."

Paul bemerkte, dass Lenas Tonfall nicht zu dem Inhalt der Äußerung passte. Sie wirkte bedrückt und gedankenverloren.

„Wissen Sie, Herr Most ist normalerweise nicht gerade freundlich. So ist er zumindest in der Schule. Aber vorhin war er unglaublich liebenswürdig."

„Sie haben also entdeckt, dass er zwei ganz verschiedene Seiten hat, je nachdem, in welcher Situation er sich befindet."

„Ja."

Wieder hing Lena ihren Gedanken nach. Sie schaute aus dem Fenster und wechselte abrupt das Thema.

„Heute Abend besuche ich mit einem Kollegen das Konzert von „Us and Them" im Burgtheater in der Altstadt von Dinslaken. Es ist eine Coverband von Pink-

Floyd und sie spielt alte Lieder nach, zum Beispiel „Shine on you crazy diamond"."

Paul fragte sich, wo der Zusammenhang zwischen diesen beiden Themen bestand. Er wollte aber nicht fragen, sondern sie einfach weiter sprechen lassen.

„Kennen Sie Pink Floyd?"

„Ja."

„Vor vielen Jahren habe ich diese Musik öfter gehört. Da wohnte ich noch bei meinen Eltern. Ist schon lange her."

Wieder entstand dieses bedrückte Schweigen.

„Woran denken Sie gerade?"

„Ich habe an meine Eltern gedacht. Ich habe sie schon lange nicht mehr gesehen. Meine Mutter hat meinen Vater verlassen, als ich zehn Jahre war. Und ich habe meine Mutter verlassen, als ich 24 Jahre alt war. Sie hat mir nie verraten, warum sie sich von meinem Vater getrennt hat."

Überrascht über sich selbst begann Lena zu weinen.

„Ich weiß auch nicht, warum ich jetzt weinen muss. Ich, ich hatte meinen Vater gern, glaube ich."

„Glauben Sie?"

„Mir ist so schlecht. Haben Sie vielleicht einen Schluck Wasser?"

„Ja, warten Sie. Ich hole Ihnen ein Glas Wasser aus der Küche."

Diese Frau gab Rätsel auf. Aber eins war Paul schon sehr deutlich. Sie hatte ein tieferes Problem, als ihr bewusst war und als er selbst anfangs angenommen hatte.

Als er mit dem Glas das Zimmer betrat, saß sie wieder gedankenverloren in dem Sessel und aß Schokolade.

„Möchten Sie auch ein Stück?"

Er spürte, dass die ganze Situation eine grundlegende

Bedeutung hatte, wenngleich er noch nicht wusste, was für eine. Ein umfassendes Gefühl der Traurigkeit erfasste ihn. Ihm war, als säße dort ein kleines, sehr verletztes und zerbrechliches Mädchen, das unbedingt auf seinen Schutz angewiesen war.

„Nein danke, ist aber sehr lieb von ihnen. Hier ist das Wasser, bitte schön!"

Hastig trank Lena.

„Haben wir unsere Zeit beendet?"

Lena wollte so schnell wie möglich die Praxis verlassen.

„Ja, die Stunde ist vorbei. Wir sehen uns nächste Woche wieder."

„Bis nächste Woche dann."

Das Gefühl einer undefinierbaren Niedergeschlagenheit, für die er keine Worte fand, ließ ihn zum Fenster gehen, um nachzuschauen, ob er die Patientin draußen noch sehen konnte. Sie hatte eine merkwürdige Formulierung benutzt: *„Haben wir unsere Zeit beendet?"*

Sie überquerte die Straße und putzte sich die Nase. Offensichtlich hatte sie wieder geweint. Dann stieg sie in ihr Auto und brauste mit lauter Musik davon.

Als er sich wieder dem Zimmer zuwandte, entdeckte er ein Stück Schokolade auf dem Tisch, dass sie sorgsam in die Alufolie der Verpackung gewickelt hatte.

Er rührte es nicht an.

Mit aller Kraft bemühte sich Lena, innerlich emotional wieder in der Gegenwart anzukommen. Die Termine bei Herrn Ort waren für sie wie beschwerliche Zeitreisen in eine verwirrende Vergangenheit. Sie hoffte, dass hämmernde, ohrenbetäubende Musik die inneren Stimmen zum Schweigen bringen würden. Längst hatte sie verstanden, dass Therapie kein Zuckerschlecken war. Es ging nicht darum, immer mit guter Laune die Sitzung zu verlassen, sondern sich mit sich selbst auseinander zu setzen und auch dunkle Bereiche des eigenen Lebens anzuschauen, die man bisher mit unterschiedlichen Methoden immer verdeckt hatte.

Arbeiten war eine gute Möglichkeit, nichts zu fühlen. Ja, Lena wollte eigentlich gar nicht wirklich fühlen. Wer viel arbeitet, hat dazu auch gar keine Zeit. So kommt man mit Anerkennung und wenig Gefühlsaufwand durchs Leben.

Aber immer wieder diese Stimmungsschwankungen und diese schreckliche Schwere. So konnte es nicht weitergehen. Sie hatte sich einen Therapeuten gesucht, der seine Praxis in einer entfernteren Stadt hatte, da sie niemandem begegnen wollte, der sie kannte.

Auch Marita wollte sie nichts davon erzählen. Zu groß war ihre Scham.

Gegen 19:00 Uhr erreichte sie ihre Wohnung. Vor dem Konzert wollte sie sich noch kurz duschen und zu Abend essen. Um viertel nach acht wollte ihr Kollege Dieter Dott sie abholen. Sie freute sich, gemeinsam mit ihm auf das Konzert zu gehen. Nach dem Duschen aß sie noch schnell ein Brot mit Käse und einen Yoghurt. Da klingelte es schon.

„Hallo Dieter!"

„Hallo Lena! Schön, dich zu sehen! Mensch, ist schon lange her, dass wir beide mal raus waren. Komm her, lass dich drücken! Hm, du riechst aber gut!"

„Habe gerade geduscht."

„Na dann komm! Lass uns losfahren. Wir können mein Auto nehmen."

„Mensch, toll, dann kann ich ja ein Bier trinken."

Die Luft war wunderbar warm und erfüllt von dem süßlichen Duft sommerlicher Blüten. Die Abenddämmerung hatte eingesetzt. Die ersten Klänge von „Shine on you crazy diamond" begleiteten sie auf dem Weg vom Auto zur Freilichtbühne. Große, lodernde Fackeln am Toreingang, Menschen, die sich friedlich versammelten und freie Plätze suchten, während sie voller Spannung den Blick zur Bühne richteten, der leichte, milde Wind, der beständig diesen betörenden Duft herüber trug – all dies war für Lena wie eine Offenbarung. Sie wusste nicht, wann sie in der letzten Zeit jemals so ergriffen war. Dieter hatte für sich und Lena jeweils noch ein Glas Bier besorgt.

Während sie nebeneinander saßen, die Musik genossen und ihren Jugenderinnerungen nachhingen, rutschten sie beide näher zusammen. Entspannt lehnte Lena ihren Kopf an seine Schulter. Dieter wagte kaum, sich zu rühren, da er diesen Moment auf keinen Fall stören wollte. Er befürchtete, dass Lena dann merken könnte, was sie da gerade tat und dass sie dann ihren Kopf wieder hoch heben könnte.

Wie lange war das her, dass er und Lena …?

Es war fast schon nicht mehr wahr. Doch jetzt wurde ihm bewusst, dass er sie immer noch mochte. Er begehrte sie immer noch. Er wünschte sich, das Konzert möge ewig dauern. Aber nach zwei Stunden war Schluss.

„Sag mal, Lena, hast du Lust, noch etwas essen zu gehen. Ich habe richtig Hunger!"

„Können wir gerne machen. Ich habe zwar vorhin schon etwas gegessen. War aber nicht viel."

Dieter wollte Zeit gewinnen. Er wollte sie noch nicht nach Hause bringen. Sie fanden ein Café, in dem man zu dieser Uhrzeit noch Baguettes bekommen konnte. Nach dem Essen wollte Lena aber gerne zurück. Mittlerweile war sie doch sehr müde. Auf der Rückfahrt war es sehr still im Auto. Dieter wusste nicht, ob er sie fragen sollte, ob er noch mit reinkommen könne, entschied sich aber dafür, nicht zu fragen. Bei der Verabschiedung gab sie ihm einen Kuss auf die Wange.

„Dieter, lass uns so etwas ruhig einmal wiederholen."

„Ich fand es auch sehr schön. Vielleicht können wir ja auch mal abends gemütlich in dem Bistro mit dem Garten essen gehen."

„Ja, das machen wir. Tschüss! Bis morgen in der Schule!"

„Ja, bis morgen!"

Lena stolperte fast über ihre eigenen Füße auf dem Weg zur Wohnungstür. Sofort zog sie ihren Schlafanzug an und putzte sich die Zähne. Auf dem Weg zur Küche, da sie noch eine Flasche Mineralwasser mit zum Bett nehmen wollte, sah sie das Blinken des Anrufbeantworters. Neugierig drückte sie auf die Play-Taste.

Da sie sich seit der Therapiesitzung irgendwie angekratzt und dünnhäutiger fühlte, erschrak sie bei dem, was sie hörte. Es war ein Atmen, Stimmengewirr und die Musik von Pink Floyd. Der Anrufer hatte dreimal hintereinander angerufen, aber nichts gesagt. Trotz der Wärme in der Wohnung begann sie zu frösteln und schloss sämtliche Fenster der Wohnung. Eine unerklärlich heftige

Angst ließ sie nach Luft schnappen und das Herz bis zum Hals schlagen. Sie traute sich kaum, ein Geräusch zu machen. Schnell griff sie nach dem Telefon und rief Dieter auf seinem Handy an.

„Hallo, wer ist da?"

„Dieter, ich bin es, Lena. Kannst Du vielleicht bei mir übernachten. Irgendwie geht es mir nicht gut."

Für einen Moment glaubte er, Lena habe nur einen Grund gesucht, damit er zurückkomme. Aber der ängstliche Beiklang ihrer Worte löste in ihm eher ein Gefühl der Fürsorge aus.

„Lena, ich bin gleich bei Dir. Ich klingele zweimal kurz und einmal lang."

„Danke! Bis gleich!"

Eine unbestimmte Unruhe ließ ihn schneller fahren als sonst. Er witterte Gefahr, obwohl er nicht wusste, aus welcher Richtung sie kommen sollte. Als er aus dem Wagen stieg, sah er, wie eine Gestalt rasch von der Haustür weg rannte und in der Dunkelheit verschwand.

Kaum, dass Lena ihn herein gelassen hatte, schlangen sich ihre Arme um ihn. Nie hatte er sie so schluchzen gehört. Er konnte sich keinen Reim darauf machen. Erst nach ein paar Minuten war Lena fähig, ihm von dem Anrufbeantworter zu erzählen. Es war in der Tat unheimlich. Aber wieso hatte sie so starke Angst? Und wer hatte nachts etwas an der Tür zu suchen? Auf keinen Fall wollte er Lena davon berichten. In dieser Nacht waren beide nicht alleine. Sie hielt seine Hand, als sie einschlief.

Paul verließ an diesem Abend die Praxis nachdenklicher als sonst. Hatte die Schokolade Bedeutung? Nicht nur, dass er darüber nachdachte, welche Geschichte Lena

Luna ihm erzählte, nein sie spielte eine Situation nach, setzte sie in Szene, sprachlos, aber verdichtet und eindringlich. War das ein Hinweis darauf, dass sie etwas erlebt hatte, bevor sie selbst als kleines Kind sprechen konnte? Oder aber spielte sie absichtlich ein bewusstes Spiel oder traute sie sich einfach nicht, ein bestimmtes Thema offen anzusprechen? Oder aber hatte es einfach keine weitere Bedeutung, als dass sie einfach nur freundlich war und ihm auch etwas gönnen wollte?

Er fand keine Antwort.

Lena war aber nicht die einzige Patientin, die ihn beschäftigte. Eine andere Patientin, Mitte vierzig, die sich verzweifelt bemühte, sich von ihrem Mann zu trennen und es bisher nicht geschafft hatte, machte ihm schreckliche Sorgen, da sie grausame körperliche, sexuelle und seelische Gewalt in ihrer Beziehung erlebte.

Es war fatal, es war erschreckend zu erkennen, wie sehr die damalige typische Mädchenerziehung zum Lieb- und-Nett-sein dazu beitrug, jede gesunde Form der Aggression und Selbstbehauptung aufzugeben und sich in abhängiger Art und Weise einem Mann anzupassen. Unaufgeklärte würden das als Treue bezeichnen.

Nach außen hin lebte diese Frau in einer normal wirkenden Familie.

Als Mädchen hatte sie unter einem stark autoritären und dominanten Vater Gehorsam gelernt und die totale Unterdrückung eigener Bedürfnisse. Man hielt still, um des lieben Friedens willen, so wie es auch die Mutter tat. Selbstdurchsetzung, Abgrenzung, die Entwicklung von Selbstwertgefühl waren nicht möglich. Wäre sie einem liebevollen Mann begegnet, wäre sie auch abhängig geblieben, hätte ihm alle Wünsche erfüllt und die eigenen zurückgestellt. Aber ein liebevoller Mann hätte sie mit Achtung behandelt und darauf geachtet, dass sie nicht zu kurz gekommen wäre.

Aber sie begegnete einem schrecklichen Psychopathen mit Alkoholproblemen. Sie hatte keine Chance. Ihr inneres Gefängnis ließ keine Flucht zu. Die Ketten bestanden aus Gehorsam und Selbstverleugnung, aus Schuldgefühlen, da sie glaubte, sie sei nicht nett genug gewesen zu ihrem Mann und deswegen sei er so aggressiv. Er vergewaltige und schlage sie ja nur, weil sie nicht lieb zu ihm gewesen sei. Sie müsse sich halt noch mehr anstrengen.

Das war es auch, was er ihr immer einredete. Sie selbst sei Schuld an seinen Gewaltausbrüchen. Sie hatte keinen eigenen Blick auf die Geschehnisse. Sie sah alles durch seine Brille und da sie niemandem davon erzählte und sich immer mehr isolierte, entstanden Bedingungen wie bei Folter und Gehirnwäsche. Ihre Entfremdung, die Aushöhlung ihrer Persönlichkeit, schritt immer weiter voran.

Paul fürchtete, dass sie sich irgendwann durch einen Selbstmordversuch befreien würde. Es war paradox. Der Selbstmordversuch als Ausdruck von Achtung für die eigene Person, da man den unwürdigen Bedingungen endlich ein Ende setzen wollte. Im Selbstmord die Bejahung des Lebens, eines menschenwürdigen Lebens, das sie nie gehabt hatte – und auch im Tod nicht haben würde. Hier lag der Trugschluss. Nach dem Selbstmord gibt es gar kein Leben mehr.

Paul fragte sie, was denn geschehen müsse, damit sie ihren Mann verlassen könne. Sie müsse eindeutig wissen, dass ihr Mann fremdginge, gab sie zur Antwort. Die Qualen zu Hause reichten ihr als Grund nicht aus.

Es gibt Momente, in denen sich Paul als Therapeut selbst hilflos fühlte, in denen doch ganz eindeutig war, wie man ein gravierendes Problem lösen konnte und doch war der Patient oder die Patientin dazu nicht in der Lage. Paul machte es traurig, dass er mit ansehen musste, wie diese so herzliche Frau ihrem Untergang entgegen ging. Er hoffte inständig, dass er ihr helfen konnte.

In solchen Momenten breitete sich unbändige Wut in ihm aus auf Männer, die Frauen so etwas antaten. Frauen geben Leben, Männer zerstören es, ging es ihm durch den Kopf.

Er erinnerte sich an ein Interview im Fernsehen mit Atomphysikern und Politikern. Fassungslos musste er mit anhören, dass einer der Physiker, der über Atomtests sprach, sagte, er finde den Moment so faszinierend, wenn die Atombombe in die Erde eindringe. Wie krank musste man eigentlich sein?

Paul legte die Schokolade in seinen Kühlschrank und wünschte sich nichts sehnlicher, als endlich nach Hause zu kommen. Aber vorher wollte er noch eine Kleinigkeit essen gehen. Eine Pizzeria in der Altstadt von Dinslaken fiel ihm ein. Eine leckere Pizza und dazu ein Glas Rotwein. Das wird gut tun.

Es war ziemlich voll in dem Lokal. Trotzdem fand er einen Tisch und konnte zügig seine Bestellung aufgeben. Pizza Tonno sollte es heute sein. Jeder Bissen war ein Genuss. Auch der Barbera war eine Wohltat und schenkte ihm etwas Entspannung.

Interessiert ließ er seinen Blick schweifen. Merkwürdigerweise verließen viele Gäste so gegen 21:00 Uhr gleichzeitig die Pizzeria. Wie konnte das denn sein? Ach, ja. Heute gab es dieses Pink-Floyd-Konzert, von dem Frau Luna erzählt hatte.

Als er eine halbe Stunde später zum Parkplatz lief, lud ihn eine altbekannte Melodie zum Verweilen ein: „Shine on you crazy diamond". Zügig ging er auf das Eingangstor zu und spähte in den Innenhof. Dieses Lied wollte er noch zu Ende hören. Es verband ihn mit Luisa, seiner verstorbenen Frau. Wie sehr er sie vermisste! Aber jetzt durch diese Klänge war es ihm, als wenn sie zu ihm spräche, als wenn er ihre Gegenwart fühlte. Er schloss seine Augen und fühlte ihre Hand auf seiner Schulter, hörte sie flüstern und spürte ihre Lippen an seinem Ohr. Er wiegte sich im Rhythmus der Musik und im Takt der sehnsüchtigen Illusion. Leise weinend hörte er das Lied bis zum Schluss.

Zu Hause fand er seinen Sohn im Wohnzimmer vor.

„Hallo Papa, wo kommst du denn so spät her?"

„Ich war noch in einer Pizzeria. Hast du denn auch etwas gegessen?"

„Ja, ich habe mir Spiegeleier gemacht."

„Was schaust du dir denn da im Fernsehen an?"

„Ach, einen Krimi, nichts Besonderes."

„Du, ich lege mich schlafen. Der Tag hat mich geschafft."

„Weißt du was, Papa. Schlaf dich aus. Ich mache morgen Frühstück für uns beide. Wir haben Wochenende"

„Das ist lieb von dir, danke! Ich habe dich lieb!"

„Ich dich auch. Träum was Schönes!"

„Ich hoffe!"

„Ach, Papa, bevor ich es vergesse, Marita Sol hat angerufen."

„Ich rufe sie morgen zurück. Gute Nacht."

Ein kleiner Hoffnungsschimmer. Es gab ihm Trost, dass Marita angerufen hatte, ein bisschen Freude, die sich in die Trauer mischte. Nicht mehr ganz so einsam lief er in sein Schlafzimmer. Ob ich ihr etwas bedeute, fragte er sich.

Der Duft von Kaffee schaffte es, Paul am Samstag um 10:00 Uhr zu wecken. Noch mit geschlossenen Augen wunderte er sich, warum es so intensiv nach Kaffee roch. Als er die Augen öffnete, bemerkte er eine Tasse Kaffee auf seinem Nachtschränkchen. Er setzte sich auf. Dabei sah er seinem schmunzelnden Sohn ins Gesicht.

„Guten Morgen, Papa! Ich wollte mal herausfinden, wie lange es dauert, bis dich der Geruch weckt. Es waren ungefähr fünf Minuten."

„Na, du bist ja lustig. Wie kommst du denn auf so eine Idee?"

„Ich habe kürzlich einen Artikel gelesen, in dem es hieß, dass man einen Menschen besser mit dem Geräusch des Erbrechens wecken könne als mit einem typischen Wecksignal. Irgendwelche Psychologen haben ein Experiment gemacht und unterschiedliche Klingelgeräusche und andere Geräusche ausprobiert. Dabei kam heraus, dass man besonders schnell wach wird, wenn neben dir jemand erbricht."

„Oh, Gott! Haben die Psychologen vielleicht Langeweile?"

„Du bist ja selbst einer!"

„Stimmt. Aber ich kann mir schönere Tests vorstellen."

„Und welche? Ich habe eine gute Idee!"

„Und die wäre?" Paul wurde neugierig.

„Wir erproben, ob Marita und Melissa heute Nachmittag zu uns kommen, wenn du sie anrufst und sie einlädst."

„Ich weiß nicht", stammelte sein Vater.

„Bist du etwa schüchtern?"

„Quatsch!"

„Wo ist dann das Problem?"

„Sie ist deine Lehrerin."

„Na und! Nicht mehr lange. Ich mache schließlich in einem Jahr Abitur. Aber du, Papa, Dein Leben geht weiter."

„Wie meinst du das?"

„Frag nicht so scheinheilig!"

„Du grinst so, Patrick!"

„Ja. Ich finde, ihr gebt ein gutes Paar ab. Außerdem ist Melissa ausgesprochen niedlich. Ich würde mich freuen, eine kleine Stiefschwester zu haben."

Paul war nicht entgangen, dass Patricks Worte mittlerweile von einem traurigen Beiklang begleitet wurden. Seine Stimme zitterte fast unmerklich, für Paul als Psychotherapeut aber unüberhörbar.

„Ist in Ordnung, Patrick. Ich rufe nach dem Frühstück an!"

„Bitte jetzt Papa, sonst ist sie vielleicht nachher einkaufen oder so?"

„Na, gib schon das Telefon her. Immerhin kann ich ja schon mal einen Schluck Kaffee trinken."

Patrick ging aus dem Zimmer und kümmerte sich weiter um den Frühstückstisch, während Paul mit Marita telefonierte. Sie war tatsächlich zu Hause. Er freute sich riesig, als sie den Hörer ab nahm. Etwas unsicher, ob es nicht noch zu früh am Morgen sei, entschuldigte er sich für die Uhrzeit, aber Maritas Stimme klang fröhlich und wach.

„Hallo Marita, hier ist Paul."

„Hallo Paul!"

„Ich wollte gar nicht lange stören, nur mal fragen, ob ihr beide vielleicht heute Nachmittag Lust habt, uns besuchen zu kommen. Wir könnten im Garten sitzen und Melissa kann mit Patrick spielen. Wir würden uns wirklich freuen."

„Muss mal überlegen. Ich glaube, das geht. Doch. Heute haben wir keine Termine. Mensch, das ist ja eine Überraschung! Schön! Um wie viel Uhr denn?"

„Um drei?"

„Ja, ist gut. Danke!"

„Dann lass ich dich mal wieder. Patrick und ich müssen auch noch frühstücken. Und du?"

„Ich bin schon lange wach. Melissa ist Frühaufsteher. Ich eigentlich auch. Ok, sagen wir bis später!"

„Ja, bis später!"

Beschwingt legte Paul das Telefon zur Seite. Auf einmal fühlte er sich leicht. Voller Freude setzte er sich zu Patrick an den Tisch, der schon an seinem Gesicht erkannt hatte, dass sie am Nachmittag Besuch bekommen würden. Die Brötchen waren heute knuspriger, die Marmelade köstlicher und die Vögel sangen lauter als sonst. Patrick konnte seinen Blick nicht vom Vater abwenden. Schon lange nicht mehr war das Gesicht des Vaters so entspannt. Ein leichtes Lächeln umspielte seine Lippen und in seiner Stimme fehlte dieser stille, melancholische Unterton, der immer an den Verlust erinnerte.

„Warum schaust Du mich so an, Patrick? Habe ich Marmelade im Gesicht?"

„Nein, Papa. Ich habe dich nur schon lange nicht mehr so fröhlich gesehen. Komm, lass uns in den Garten gehen. Ich glaube, da müssen wir erst etwas aufräumen."

„Oh, ja. Du hast Recht! Die Gartengeräte stellen wir in den Keller, die Gummistiefel auch."

„Ich wische die Stühle und den Tisch ab", schlug Patrick vor.

„Papa, wir müssen uns noch etwas zum Essen überlegen. Vielleicht sollten wir Waffeln backen? Was hältst du davon?"

„Ja, machen wir. Ich werde auch etwas für den Abend einkaufen. Vielleicht bleiben sie ja zum Grillen."

„Das wäre toll! Wir können doch auch im Garten zelten."

„Patrick, doch nicht beim ersten Mal. Wir müssen erst ein bisschen vertrauter werden."

„Papa, ein bisschen habe ich aber auch Angst. So ein Unsinn!"

„Ich auch, mein Sohn. Ich auch."

8. Kapitel

Marita war völlig aus dem Häuschen. Die letzte Verabredung mit einem Mann lag so lange zurück, dass sie aufgeregt war wie ein Schulmädchen. Sie hatte Paul zwar schon in dem Café getroffen. Aber jetzt, jetzt besuchte sie ihn zu Hause.

Schnell schrieb sie eine Einkaufsliste, da sie vorher noch den Wochenendeinkauf erledigen wollte. Natürlich wollte sie auch ein kleines Präsent besorgen. Sie wusste nur noch nicht, was das denn sein könnte. So schnell wie noch nie flitzte sie mit Melissa durch den Edeka-Laden. Selbst die Kassiererin wunderte sich über Maritas Tempo an der Kasse.

„Mama, warum rast du so sehr?"

„Mensch, Melissa, wir haben heute eine Verabredung mit Patrick und Paul!"

„Juhu! Dann male ich gleich noch zwei Bilder. Lass uns nach Hause!"

„Ja, ich beeile mich ja schon. Wenn du malst, nehme ich ein heißes Bad. Ich muss mich etwas entspannen."

„Entspannen? Was heißt das?"

„Eh, sich ausruhen."

„In der Badewanne?"

„Ja, warum nicht?"

„Ihr Erwachsenen seid lustig. Also, ich ruhe mich auf der Couch oder im Bett aus. Oder soll ich heute Nacht in der Badewanne schlafen?"

„Melissa, du hast vielleicht Ideen!"

Zu Hause angekommen, entdeckten sie Martin vor dem Haus, der seinen Wagen saugte. Da er sie noch nicht bemerkt hatte, eilten sie schnell ins Haus, da sie jetzt in kein Gespräch verstrickt werden wollten.

Nachdem Marita den Einkauf in den Schränken verstaut hatte, legte sie sich im Schlafzimmer Kleidung aufs Bett, die sie nach dem Baden anziehen wollte. Melissa saß bereits in ihrem Kinderzimmer am Schreibtisch und hatte mit dem Malen begonnen.

Marita hoffte, dass ein heißes Bad ihr helfen würde, innerlich wieder ausgeglichener zu werden und ruhig für den Nachmittag zu sein. Sie konnte es nicht fassen. Er hatte sie tatsächlich zu sich nach Hause eingeladen und Melissa konnte wie selbstverständlich mitkommen! Welche Freude!

Sie musste sich eingestehen, dass sie ihn wirklich mochte. Ob es Grund zur Hoffnung gab? Nur nicht anfangen zu träumen! Es tut sonst nachher so schrecklich weh! Einfach nur hingehen, einen schönen Nachmittag haben und fertig. Alles Weitere wird sich zeigen. Und doch nahm sie wahr, dass allein sein Anruf und die Aussicht auf einen schönen Nachmittag ihr inneres Lebensgefühl eine Nuance verbesserte, als habe jemand ein Fenster geöffnet und ein bisschen Sonnenlicht herein gelassen.

Seit der Trennung von Stefan war sie allzu viel damit beschäftigt, den Alltag zu regeln, zu arbeiten und sich um Melissa zu kümmern, auch nachts, wenn sie krank wurde oder einfach mal zu Mama wollte. So sehr sie ihre Tochter liebte – das Gesamtpaket und die alleinige Verantwortung für alles waren doch oft anstrengend.

Immer wieder hatte sie sich gefragt, ob sie vielleicht die Schulstunden reduzieren sollte, aber das hätte finanzielle Einbußen bedeutet und sie hätten sich die schöne Wohnung nicht mehr leisten können. Auch so mancher Kinobesuch mit Melissa oder all die tollen Kinderbücher hätte sie nicht mehr nebenbei bezahlen können. Außerdem mochte sie ihre Arbeit ja. Aber alles zusammen raubte ihr die Kraft, besonders die ewigen Schuldgefühle, weil sie immer ein Gefühl von Defizit hatte. Ganz gleich, was sie tat, immer hatte sie den Eindruck, etwas zu vernachlässigen. Nie wurde sie fertig.

Obwohl sie den ganzen Tag im Einsatz war, hatte sie abends das Gefühl, nicht fertig geworden zu sein. Wenn sie dann aufgrund von Müdigkeit und Überreiztheit ungerecht zu ihrer Tochter war, tat ihr das unendlich leid. Dann verfluchte sie, dass sie arbeiten ging und nicht so viel Zeit für ihre Tochter hatte. Traurig nahm sie in solchen Momenten Melissa auf ihren Schoß und entschuldigte sich, nahm sie in ihre Arme, hielt sie einfach nur fest und erklärte ihr die Situation.

So manches Mal wunderte sie sich über die Verständigkeit ihrer Tochter, die auch ihre Mama an sich drückte und ihr sagte, wie lieb sie sie hatte. Dann war alles wieder gut.

Als Marita ihren Kleiderschrank öffnete, um eine frische Jeans und eine Bluse heraus zu holen, erblickte sie einen schmalen grünen Aktenordner, in dem sie ihre Gedichte aufbewahrte. Sie zog ihn heraus, setzte sich aufs Bett und blätterte in den Seiten. Nachdenklich las sie eins ihrer Gedichte:

Wie wunderbar! Der Tag entgleitet

Wie wunderbar der Tag entgleitet,
die Seele sich ein bisschen weitet,
Frühlingsdüfte, Vogelstimmen an verhüllten
                          Bildern rühren,
als wollten sie lieblich mich entführen.

Wohin? Wohin?

Wünsche, längst verrottet im Gewühl,
Freude, ein halb vergessenes Gefühl.
  Lärm macht ständig die Ohren taub,
  Träume sind nicht einmal mehr Staub.

Endlos eilt man durch die Zeit,
seelenlos bis zur Ewigkeit,
ausgepresst wird jede Minute,
das ist des Zeitgeistes Statute.

Ich sehne mich so sehr nach Ruhe,
noch bevor ich liege in der Truhe,
nach dem fröhlichen Gleichklang von
                        Menschenseelen,
die schlendern auf abenteuerlichen Wegen.

Erstarrt in hektischer Raserei,
jeder Tag ein einzig Einerlei.
Nachrichten verbreiten Katastrophenbrei.
Wann hört das auf? Wann ist das vorbei?

Langsam erwacht die Nacht,
wieder hat mich ein Tag umgebracht.
Was wird der Morgen wohl bringen
mit seinen Alltagsschlingen?

Wie schön wäre es, stehen zu bleiben,
sich an der erblühten Natur zu weiden,
den Widerhall im Herzen zu spüren,
sich an die Hand zu nehmen und nach draußen
                              zu führen.

Betroffen schloss sie den Aktenordner.

Sehr gut erinnerte sich daran, wann sie das Gedicht geschrieben hatte. Es war im Frühling des letzten Jahres, an einem Tag wie man ihn sich eigentlich nur hätte wünschen können.

Es war ein ungewöhnlich heißer Tag im Mai und sie saß noch lange abends auf dem Balkon und beobachtete, wie unzählige kleine Insekten ausgelassen im Abendlicht ihren Tanz aufführten. Nur sie selbst fühlte sich ausgebrannt und eingesperrt, gefangen im Rhythmus der alltäglichen Pflichten und jeden Abend zu Hause, ganz gleich, wie sehr die Abendstimmung sie auch nach draußen lockte, denn da war ihre Tochter, die sie auf keinen Fall alleine zu Hause lassen wollte. Zusätzlich stapelten sich Klassenarbeiten, die korrigiert werden mussten.

Aber Marita spürte zunehmend mehr, dass sich etwas in ihrem Leben ändern musste, wenn sie nicht irgendwann eine knöcherne, verkniffene alte Frau werden wollte, die irgendwann besonders jene Frauen kritisieren würde, die mit mehr Lebensfreude durchs Leben gingen.

Ich möchte endlich wieder mehr Freude haben. Das bin ich mir und meiner Tochter schuldig! Mit was für einem Lebensgefühl gehe ich eigentlich durch den Tag? Oh Gott! Ich brauche ein anderes Leitmotiv für mein Leben. Zu viele Pflichten! Ich mache mir zu viel Druck! Ich möchte nicht am Ende meines Lebens sagen, dass ich viele Möglichkeiten hatte, die ich alle nicht wahrgenommen habe. Was für eine Inschrift soll bloß auf meinen Grabstein zu lesen sein? *Ich habe gearbeitet.* Das kann es doch wohl nicht sein!

Noch immer saß Marita gedankenverloren auf ihrem Bett und führte innere Monologe. Warum eigentlich setzen Menschen Leichtigkeit mit Oberflächlichkeit gleich? Ist ein Mensch, der Freude und Spaß im Leben hat, ein Mensch, der das Leben nicht begreift, nicht ernst genug nimmt und deswegen nicht ernst genommen werden kann? Wieso wird so jemand als oberflächlich abgetan im Vergleich zu dem melancholisch Nachdenklichen, der vor lauter Gedanken vergisst, zu leben und zu genießen. Askese, Abstinenz als Ausdruck von Reife? Lena und auch Dieter leben nicht asketisch. Sie lassen sich auf Abenteuer ein. (Nur wusste Marita nicht, dass Lenas Leichtigkeit in sexuellen Dingen bisweilen Leichtsinn war, der mit ihrer Schwermut zu tun hatte. Dieters Motiv war ein anderes: Er wollte ergründen, verführen. Er liebte die Sinnlichkeit, die Hingabe.)

Warum nur ist ein so grundlegendes Bedürfnis des Menschen nach Nähe, Zärtlichkeit und Sexualität so dermaßen mit Abwertung verbunden? Warum wird ein Mann oder eine Frau, der oder die eine Affäre beginnt, abgewertet, wenn doch der eigene Partner einen schon lange Zeit auf Eis gelegt hat? Niemand würde es verdenken, wenn ein Mensch anderswo essen geht, wenn er zu Hause nichts bekommt. Aber warum gilt das nicht auch für die Sexualität?

Überhaupt hatte Marita den Eindruck, dass Erwachsene Freude und Achtsamkeit, Abenteuerlust und Frohsinn verlernt hatten. Wie spannend doch die Jugend war!

Wo ist das alles geblieben? Hat man erst einmal eine Arbeit und Familie, erstarren viele in der sich wiederholenden Monotonie. Irgendwann erdrückt einen die Langeweile. Wehmütig denkt man an alte Zeiten zurück. Nicht selten ist es der Wunsch, die Jugendlichkeit zurück zu gewinnen, der den Weg zum Seitensprung bahnt, der

Wunsch nach Lebendigkeit, nach Abenteuer, der Wunsch, dass die Seele wieder schwingen kann.

Wie sehr sie sich danach sehnte, nach dem Gefühl, am Leben teilzunehmen, nach Unbefangenheit und Lebenslust.

Als Marita mit einem wohligen Seufzer in das heiße Wasser mit seinen weißen, wohl riechenden Schaumbergen glitt, beschloss sie, ihre Skrupel über Bord zu werfen. Dann war halt Pauls Sohn ihr Schüler. Ja und? Sie wollte den Nachmittag mit ihnen in vollen Zügen genießen. Sie schloss die Augen und konzentrierte sich auf die angenehme Wärme des Wassers und den Duft nach Ylang Ylang, denn sie hatte dem Wasser ein paar Tropfen des ätherischen Öls beigemengt.

Wieder tauchte die Erinnerung an den Sommerurlaub in der Moselstadt auf, als sie selbst noch Jugendliche war. Vor ihrem inneren Auge schlenderte die Frau mit dem weißen, luftigen Kleid durch die kleine, verwinkelte Gasse. Ihr langes Haar wippte im Wind. Wo ging sie nur hin? Wo kam sie her?

Nach dreißig Minuten stand Melissa mit ihren Bildern in der Tür.

„Mama, sieh her! Wie findest Du meine Bilder?"

Benommen öffnete Marita ihre Augen.

„Melissa, wie spät ist es?"

„Guck doch mal!"

„Ja, schön! Ich sehe sie mir gleich genauer an. Wie spät ist es? Wir müssen bestimmt gleich los."

Melissa lief in die Küche, um auf die Uhr zu sehen.

„Es ist halb drei, Mama."

„Oh, je! Dann aber schnell! Melissa, pack Dir doch Deinen kleinen Rucksack mit Spielsachen und einem Buch. Steck auch eine Jacke ein, falls es kühler wird. Wir sitzen ja im Garten."

Marita ließ das Wasser aus der Badewanne, das sich gurgelnd verabschiedete. Nach dem Abtrocknen schlüpfte sie hastig in ihre Kleidung und lüftete das Badezimmer, das den Zustand einer Sauna erreicht hatte.

„Melissa, bist Du fertig?"

„Ja, alles erledigt. Ich nehme auch meinen Teddy mit."

„Wie süß!"

Schnell liefen sie durchs Treppenhaus zum Auto. Martin hatte seine Wagenpflege mittlerweile beendet. Sie hörten ihn Klavier spielen.

Mit zehn Minuten Verspätung parkten sie in der Parkbucht vor dem Haus von Paul Ort ein. Ungestüm rannte Melissa sofort zur Tür und klingelte gleich dreimal hintereinander. Paul schmunzelte. Er wusste, wie kleine Mädchen waren. Seine Tochter hatte früher auch immer wieder Sturm geklingelt. Er öffnete die Tür.

„Ist Patrick auch da?"

„Melissa, jetzt sag doch erst einmal guten Tag!"

„Hallo! Ist Patrick da?"

„Ja, da kommt er schon."

Patrick begrüßte Melissa und dann Marita, seine Lehrerin. Ein wenig befangen fühlte er sich jetzt doch. Marita überreichte Paul eine Schachtel mit Pralinen als kleine Aufmerksamkeit.

„Danke. Woher weißt Du, dass ich die so gerne esse?"

„Ach, das habe ich nur so vermutet."

„Kommt, wir gehen in den Garten. Wir haben Waffeln gebacken und dazu gibt es Vanilleeis und heiße Himbeeren. Mit dem Wetter haben wir ja auch Glück."

„Ja. Ein Wetter wie Seide."

„Trinkst du Kaffee, Marita, oder Tee?"

„Ich nehme gerne einen Kaffee mit etwas Milch."

„Patrick, kannst du bitte etwas Milch aufschäumen?"

„Ja, mache ich. Melissa, was trinkst du denn?"

„Habt ihr Kakao?"

„Na, klar. Komm mit in die Küche. Hast du vielleicht Lust, die Milch aufzuschäumen?"

„Ja, gerne! Wie geht das?"

„Ich zeige es dir. Erst wird die Milch erhitzt und dann kannst du sie mit diesem Mixer aufschäumen."

„Wow!"

Derweil zeigte Paul Marita den Garten.

„Ist ja ein Paradies hier bei euch. So viel Rasen, Bäume und Blumen. Einen Teich habt ihr auch. Wunderschön!"

„Ja, wir lieben es, hier zu wohnen. Schau mal, wenn du hier entlang gehst, kommst du direkt an einen Bach. Abends gehen Patrick und ich öfter spazieren. Wenn du magst, können wir später auch etwas spazieren gehen."

„Gerne!"

„Ah, da kommen Patrick und Melissa. Lass uns auf die Terrasse! Ich freue mich, dass ihr hier seid!"

„Ja, wir freuen uns auch sehr. Danke für die Einladung. Ich habe jetzt auch richtig Appetit auf Kaffee und Kuchen."

Melissa und Patrick gingen so herzlich und unbefangen miteinander um. Es war eine Freude, ihnen zuzuschauen. Kaum dass sie den letzten Bissen aufgegessen hatten, rannten sie gleich in den Garten, um Federball zu spielen. Sowohl Marita als auch Paul waren zutiefst gerührt beim Anblick der Beiden, die so glücklich und selbstvergessen in ihr Spiel vertieft waren. Ach, könnte dieser Augenblick ewig dauern!

Nach einiger Zeit bemerkte Marita, dass Paul sie anschaute und ihren Blick suchte. Gern hätte sie seine Hand berührt, doch sie traute sich nicht. Zuviel Angst davor, die Schönheit dieses einzigartigen Momentes zu zerstören. Gemeinsam auf der Terrasse zu sitzen an diesem herrlichen Frühlingstag, an dem nichts zu hören war außer dem Gesang der Schwalben und anderer Vögel, außer dem Plätschern eines Brunnens und dem unbeschwerten Lachen der Kinder und die wärmenden Sonnenstrahlen auf der Haut zu fühlen. Noch immer sah er Marita unverwandt an, als könnte er seinen Blick nicht von ihr lösen. Sie erahnten ihrer beider Wünsche.

Es war Melissa, die diesem Augenblick ein Ende setzte.

„Mama, ich habe solchen Durst!"

„Was möchtest du denn trinken? Frag Paul, was da ist."

„Hast du Apfelschorle?"

„Ja, ich bringe sie dir."

Auch Patrick wollte ein Glas haben.

„Papa, können Melissa und ich uns den Gartenschlauch holen?"

„Von mir aus, ja. Marita, ist das in Ordnung?"

„Ja, ich habe Wechselwäsche mitgebracht. Ihr könnt euch ruhig nass machen."

Schnell eilten die Beiden davon. Das Lachen und Gekreische war jetzt noch lauter als vorhin. Gemeinsam räumten Marita und Paul den Tisch ab. Paul nahm allen Mut zusammen und fragte, ob Marita auch zum Grillen bleiben könnte. Würde sie ablehnen, so könnten beide so tun, als wenn es nur ums Grillen gegangen wäre, obwohl sie doch wussten, dass er etwas anderes wissen wollte. Wie gerne wollte sie abends bei ihm sein! Aber konnte man das einfach so machen? Dann womöglich noch über Nacht bleiben? Wie sah das denn aus? War es dafür nicht ein bisschen zu früh? Was würden Patrick und Melissa denken?

Alles in ihr drängte danach, zu bleiben. Sie hatte den Eindruck, wenn sie diese Gelegenheit verstreichen lassen würde, dass sie sich gegen etwas viel Wesentlicheres entscheiden würde. Es gab Momente, in denen man gewahr wurde, dass sie über sich selbst hinaus wiesen, dass sie den Weg in eine veränderte Zukunft bedeuteten.

Aber auch eine Ablehnung hätte die Gegenwart verändert, denn es wären Zweifel gesät worden. Marita war sich bewusst, dass sie an einer Wegkreuzung stand. Sie wollte weder ihn noch sich selbst verlieren. Zudem hatte sie sich vorgenommen, unbefangener zu sein. Sie entschied sich dafür, mit JA zu antworten.

„Danke, Marita. Danke! Hast du vielleicht Lust, einen kleinen Spaziergang zu machen?"

„Und die Kinder?"

„Das ist kein Problem. Ich spreche mit Patrick."

Patrick und Melissa störten sich nicht daran, dass Paul mit Marita spazieren gehen wollte. Schließlich waren sie ja mit dem Wasserschlauch beschäftigt. Patrick versprach, dass sie nach ungefähr einer Stunde warm duschen würden, damit Melissa sich nicht verkühlte.

„Patrick, kannst Du dann später den Salat zubereiten? Ich kümmere mich um das Fleisch."

„Heißt das, dass Marita und Melissa zum Grillen bleiben?"

„Ja."

„Mensch, super!"

Sofort erzählte Patrick der Kleinen die Neuigkeit. Melissa schlang ihre Ärmchen um ihn. Dann lief sie los und schlug Purzelbäume.

Paul und Marita nahmen den Weg entlang des Rotbachs, wo Entenmütter mit ihren vorwitzigen Küken vergnügt auf dem Wasser schwammen. Hier und da musste die Mutter eins ihrer abenteuerlustigen kleinen Entlein einfangen, weil es sich zu sehr entfernt hatte.

Die Sonne war noch angenehm warm, das abendliche Licht mittlerweile getränkt von sattem Gelb-Orange. Der Weg führte in den Wald hinein. Süße Düfte unbekannter Blüten, das Schimmern des friedlich fließenden Flüsschens, die wohlige Wärme dieses sehnsuchtsvollen Abends, all dies weckte in Marita ein Gefühl tiefen Glücks, das jegliche Anspannung in ihr vertrieb. Wie wohl sie sich hier fühlte, wie wohl mit Paul, in dessen Gegenwart sie einfach nur sie selbst sein konnte. Er war eine Einladung zum Ich, dachte sie.

„Paul, schau nur! Schau nur, wie wunderschön es hier ist!"

„Ja, ich weiß."

„Wer es nicht fühlt, dem kann man es nicht erklären. Manche Menschen sehen nur das Offensichtliche. Andere hingegen schauen und ihnen offenbart sich die Vollkommenheit der Natur. Weißt Du, in solchen Augenblicken bin ich so erfüllt von all dem Zauber um mich herum, dass ich vor lauter Glück und Rührung weinen könnte. Es ist, als würde sich alles in mir widerspiegeln – das Funkeln und Schimmern der Lichtspiegelungen im Wasser, die fröhlichen Küken, der unbeschwerte, milde Abendwind und all die betörenden Düfte um mich herum. Es ist, als wenn sich alles öffnet. Ich bin ganz im Hier und Jetzt. Traum und Gegenwart sind eins. Ach, was erzähle ich nur?"

Marita schämte sich für ihre Offenheit.

„Du musst mich für verrückt halten, nicht wahr?"

„Aber nein!", antwortete er besänftigend. „Komm, Marita, wir setzen uns hier an den Bach. Hier kann man gut sitzen."

Für einige Minuten saßen sie schweigend und genossen die Stille. Marita traute sich nicht, seinem Blick zu begegnen, den sie immer wieder auf sich spürte.

„Wir sollten langsam nach Hause gehen. Mal sehen, was die Kinder so machen."

Marita fragte sich, ob Melissa wohl schon geduscht und etwas Wärmeres angezogen hatte.

Beim Aufstehen standen sie ganz nah zusammen. Es war Paul, der seine Hand ausstreckte, um flüchtig Maritas Wange zu berühren, so flüchtig, dass sie sich später fragte, ob es tatsächlich geschehen war oder sie es sich nur eingebildet hatte.

Als sie sich dem Garten näherten, sahen sie Patrick und Melissa den Tisch decken. Offensichtlich hatten beide geduscht und sich angezogen. Melissa trug einen viel zu großen Pullover von Patrick.

„Hallo Kinder!", rief Marita.

„Hallo Mama! Da seid ihr ja. Wir haben Hunger!"
„Wir beeilen uns", erwiderte Paul.

Es dauerte nicht lange, da lagen schon die ersten Würstchen und Putenschnitzel auf dem Grill. Albern erzählten Melissa und Patrick alle Details ihrer Wasserschlacht. Mit der großen Wasserpistole habe Melissa sogar die Fenster der Nachbarin getroffen. Diese habe geschimpft wie ein Rohrspatz, aber sie habe sich auch schnell wieder beruhigt. Kaum dass Melissa ihr Würstchen aufgegessen hatte, wollte sie schnell wieder mit Patrick von dannen ziehen.

„Mama, dürfen wir aufstehen?"
„Dann lauft mal los, ihr Beiden!"
„Ich habe Dich lieb, Mama!"
„Ich Dich auch, mein Schatz."

Zärtlich nahm Marita ihre Tochter in den Arm und küsste sie auf die Stirn.

„Patrick ist so nett! Ich möchte immer wieder mit ihm spielen."

„Wer weiß. Vielleicht wird dein Wunsch ja Wirklichkeit", flüsterte sie Melissa ins Ohr.

„Darf ich nachher bei Patrick im Zimmer schlafen? Er hat eine Schlafcouch für Besucher in seinem Zimmer."

Paul warf Marita einen fragenden Blick zu.

„Ist das in Ordnung? Wenn ihr wollt, könnt ihr heute Nacht hier bleiben. Platz haben wir genug."

Diesmal gab Marita sich sofort einen Ruck und ging auf das spontane Angebot ein.

„Danke, Mama! Patrick und ich wollen einen Kinderfilm in seinem Zimmer sehen."

Marita hatte nichts einzuwenden.

Während Vater und Sohn den Schlafplatz für Melissa

bereiteten, räumte Marita derweil die Teller und Überreste in die Küche.

Anschließend setze sie sich gemütlich auf die Terrasse. Mittlerweile hatte die Dämmerung eingesetzt. Paul brachte eine Laterne auf die Terrasse und stellte eine Kerze mit Lavendelduft zur Vertreibung der Mücken auf den Tisch.

„Ich habe dir deine Fleecejacke von drinnen mitgebracht", begann Paul das Gespräch.

Auch wenn es eine laue Sommernacht war, so liebte Marita es, sich in ihre Jacke zu kuscheln, was natürlich auch ein zusätzlicher Schutz gegen Mücken war.

„Dein Sohn kümmert sich so liebevoll um Melissa. Es macht so viel Freude, den beiden zuzusehen."

„Ich bin auch erstaunt, wie sehr er dabei aufblüht. Er ist sonst eher still und ernst. Schon lange habe ich ihn nicht mehr so ausgelassen erlebt. Da haben sich zwei gefunden."

„Wie ist das eigentlich in deiner Praxis. Arbeitest du auch mit Jugendlichen?"

„Nein, nur mit Erwachsenen, also von 18 Jahren aufwärts. Im Grunde genommen ist ein Achtzehnjähriger ja fast noch ein Jugendlicher."

„Ich stelle mir deine Arbeit sehr anstrengend vor."

„Nun, sie ist sehr anspruchsvoll. Du musst hell wach sein, hörst auf mehreren Ebenen gleichzeitig und musst im entsprechenden Augenblick, eigentlich jeden Augenblick das Richtige sagen. Jedenfalls denke ich das immer. Je nachdem, was du sagst, vertiefst du das Gespräch oder du führst es an die Oberfläche, quasi in den Berichtstatus, in dem der Patient einfach nur Dinge beschreibt. Man muss wissen, wann man besser das eine oder das andere anstrebt. Oder wann man einfach nur schweigt und wartet.

Man muss lernen, mit dem Patienten mitzufühlen ohne zu leiden, ihm in seine Abgründe zu folgen, ohne darin unterzugehen. Es kann sehr anstrengend sein, besonders wenn dir Menschen berichten, wie viel Leid und Qualen sie ertragen mussten und wie sehr man sie als Kind allein gelassen hat. Niemals werde ich begreifen, warum man ein Kind grün und blau schlagen muss. Es ist entsetzlich, allein die Vorstellung. So ein kleines Kind, das dich liebt und auf Gedeih und Verderb auf deine Liebe angewiesen ist. Als Eltern hat man so viel Macht, die Seele des Kindes zur Entfaltung zu bringen oder sie erbärmlich zu zertrümmern."

Bei seinen letzten Worten war Marita der Zorn, die Bitterkeit und Traurigkeit nicht entgangen.

„Ach Marita, es gibt so viel Elend in dieser Welt, im Grunde genommen direkt vor unserer Haustür, in unserer eigenen Stadt. Weißt du, ich freue mich jedes Mal, wenn ich einem Patienten helfen konnte, wenn ein Mensch ins Leben zurückfindet, der zuvor noch den allerletzten Ausgang gesucht hatte. Diese Menschen sind so nicht geboren worden. Ein Baby ist nicht psychisch krank. Erst durch den Umgang mit seinen Bezugspersonen kommt das Leid in das Kind hinein. Es sind kranke Beziehungen, die kranke Kinder hervorbringen, die zu kranken Erwachsenen werden. Kalte, lieblose Eltern können einem Baby nicht gerecht werden, können sein Lächeln, seinen strahlenden Blick, seinen Ruf nach Liebe nicht beantworten. Anstatt freudvoll am Bettchen zu stehen und dem Baby zu sagen: *Mensch, da bist du ja wieder! Hast du gut geschlafen?,* sagen solche Eltern: *Hättest du Schreihals nicht noch länger schlafen können? Essen gibt es erst in einer Stunde."*

Fasziniert lauschte Marita seinen Worten. Sie hatte Melissa niemals warten lassen als Baby. Im Grunde genommen war sie seiner Ansicht. Wenn ein Kind *muttersatt* geworden war, also satt an Liebe wurde, so ist es bereit, eigene Dinge zu tun und unabhängig zu werden, so ist es erfüllt und findet Frieden in sich selbst. Es wird sich annehmen, weil es geliebt wird. Erziehung, also gelebte Beziehung zwischen Eltern und Kind, ist wie ein Bumerang. Irgendwann gibt das Kind zurück, was die Eltern ihm gegeben haben.

Warum also wundern sich Eltern, wenn die Kinder sich nur melden, wenn sie Geld brauchen, wenn sie es doch selbst waren, die ihre Kinder früher mit Geld fortschickten, um ihre Ruhe zu haben, die ihre Kinder mit Materiellem überhäuften, um sich damit von Gewissensbissen frei zu kaufen. *Hier hast du einen Fernseher im Kinderzimmer. (Aber lass mich doch bitte dann in Ruhe.)* Kinder interessieren sich *dann* später für ihre Eltern, wenn es umgekehrt genauso war. Warum wundern sich Eltern, wenn ein herangewachsenes Kind ihnen den Rücken zudreht, wenn sie seine Wünsche nach Nähe und Zeit zu oft ignoriert haben?

Unwillkürlich musste Marita an ihren Eltern denken. Wie der Vater sich wohl fühlte? Er lebte jetzt alleine in dem großen Haus ohne seine Frau, mit der er vierzig Jahre verheiratet war. Und ihre Mutter, ja, sie war eine stille, zurückhaltende, aber dennoch liebe und ehrliche Frau. Auf ihrer Beerdigung, als sie in der Kirche versammelt waren, liefen Marita leise Tränen übers Gesicht.

Es war die Zeit, in der die ersten Osterglocken mit ihrem strahlenden Gelb einen Farbtupfer der winterlichen Einöde entgegensetzen. Und während sie stumm verzweifelt in der Kirchenbank saß, riss der dichte Wolkenhimmel auf und ein Lichtstrahl drang durch die bunten Kirchenfenster, streifte ihr Gesicht und malte bunte Muster auf den Boden. In diesem Moment, genau in diesem Moment begann draußen ein Vöglein mit seinem lieblichen Gesang.

„Marita, woran denkst du? Du bist so versunken?"
„Ich habe nur an meine Eltern gedacht."
Sie wollte ihm noch keinen Einblick geben, jetzt noch nicht.

Allmählich spürten beide eine unbesiegbare Müdigkeit.

„Komm, lass uns rein gehen. Ich habe ein Gästezimmer für dich."

Es war Marita ganz recht, dass sie wenigstens jetzt noch in einem Gästezimmer schlafen konnte. Sie war bei ihm, aber noch nicht zu nah. Er sollte noch nichts wissen von ihren nächtlichen Albträumen, aus denen sie jedes Mal schweißnass erwachte. Und der Punkt, an dem Sex vielleicht noch schön gewesen wäre, war längst überschritten. Sie konnte sich vor Müdigkeit kaum aufrecht halten.

Als Kind hatte sie geglaubt, dass der erste Traum in einem fremden Bett in Erfüllung gehen würde. Sie hoffte, dass ihr in dieser Nacht ein schöner Traum geschenkt werden würde.

Sie erwachte erst, als es bereits hell war. Angestrengt

versuchte sie, heraus zu finden, was sie geträumt hatte. Aber sie schaffte es nicht. Alles, was sie wusste, war, dass es zumindest kein Albtraum war.

Das Bett war sehr gemütlich und sogar das Kopfkissen war angenehm. Durch die Lamellen der herunter gelassenen Jalousien schlichen sich Sonnenstrahlen ins Zimmer. Es war 08.00 Uhr morgens. Marita schloss noch einmal die Augen und schlief wieder ein.

Nach einer weiteren Stunde wurde sie geweckt von einer Amsel, die vor dem Fenster saß und offensichtlich einen Dialog mit einem anderen Vogel hielt.

Seit vielen Jahren fühlte sich Marita zu Vögeln hingezogen. Manchmal hatte sie den Eindruck, wirklich von ihnen beachtet zu werden, als wenn sie Maritas Nähe suchten. Auch wenn sie wusste, dass es wahrscheinlich nichts zu bedeuten hatte, so fühlte sie durch diese Amsel die Nähe ihrer Mutter. Marita war sich sicher, dass ihre Mutter sich für sie gefreut hätte, dass sie einen so wunderbaren Mann wie Paul kennen gelernt hatte.

9. Kapitel

Mit zunehmender Anspannung fuhr er immer wieder an Lenas Wohnung vorbei. Er konnte ihr Auto einfach nicht entdecken. Wo war sie nur? Ob sie eine Garage hatte? Es war doch schon fast 23.00 Uhr. Er parkte seinen Wagen in einer Seitenstraße, nahm sein Handy heraus und tippte Lenas Nummer. Nur der Anrufbeantworter. Enttäuscht warf er das Handy auf den Beifahrersitz. Dann hatte er eine Idee. Er wollte ihr eine Melodie auf den Anrufbeantworter spielen. Nur welches Lied sollte es denn sein? Genau, Yesterday von den Beatles, schön, klar und gut zu verstehen.

Nach kurzer Suche fand er die CD im Handschuhfach. Um Punkt 23.10 Uhr wählte er ihre Telefonnummer und spielte das Lied auf den Anrufbeantworter. Er lächelte bei der Vorstellung, dass sie bald immer an ihn, den Unbekannten, denken würde. Ja, immer zu bestimmten Uhrzeiten werde ich anrufen, dann erwartet sie mich schon, überlegte er sich. Und selbst wenn ich mal einen Tag nicht anrufe, wird sie trotzdem an mich denken, wenn die besagte Anrufzeit heranrückt. Ich werde schöne Lieder aussuchen und abwechseln, so dass sie jedes Mal, wenn sie irgendwo anders diese Lieder hört, an mich denkt. Ich will, dass sie immer an mich denkt.

Es war ein Spiel für ihn, ein geheimnisvolles Spiel mit unbekannten Größen wie in der Mathematik, wo man Gleichungen mit Unbekannten hat. Nur sollte sie niemals auf die Lösung kommen. Erahnen durfte sie sie, aber niemals herausfinden, obschon er es sich dennoch wünschte. Er war ihr Begleiter. Er wollte teilhaben an ihrem Leben. Seit Langem suchte er die Verbindung mit ihr. Wenn sie wüsste, wie viele Fotos er schon von ihr besaß – wirklich schöne Bilder: Lena beim Einkaufen, in der Eisdiele, Lena im Schwimmbad oder beim Spaziergang.

Ehe er es sich versah, war es schon fast Mitternacht. Das würde wieder Ärger geben zu Hause mit seiner Frau. Traurig fuhr er zurück. Er hätte sie so gern, wenn es auch nur flüchtig und von Weitem gewesen wäre, heute noch gesehen.

Als er sein Haus betrat, hörte er sofort das laute Rufen seiner Frau.

„Wo kommst Du denn jetzt her?"

„Ich hab Dir doch gesagt, dass ich bei meinem Freund zum Schachspielen bin."

„So lange?"

„Ja."

Schnell verschwand er im Badezimmer, in der Hoffnung, dass sie sich beruhigen würde. Als er zu ihr ins Schlafzimmer ging, sah sie ihn argwöhnisch an. Aber sie war zu müde für einen offenen und lauten Streit.

Er versuchte, das Gespräch auf ein anderes Thema zu lenken.

„Was sollen wir denn morgen unternehmen? Hast Du zu irgendetwas Bestimmtem Lust?"

Vielleicht würde sie das besänftigen, wenn er mit ihr ausgehen würde.

„Unternehmen? Ich glaube, wir haben morgen Gartenarbeit."

„Sollen wir zum Frühstück ins Café?"

„Meinst Du wirklich?"

„Warum nicht?"

Hauptsache sie stellte keine weiteren Fragen.

„Ja, das ist doch mal was."

Seit Langem irritierte sie etwas an ihrem Mann, auch wenn sie es nicht wirklich definieren konnte. Er wirkte oft geistig abwesend, wenn sie zu zweit unterwegs waren. Er war in seinen Gedanken gefangen. Er gab auch nicht viel von sich preis. Schon lange fanden keine echten persönlichen Gespräche mehr statt. Wann auch? Eigentlich wollte sie auch nicht wirklich nachfragen, denn es ging ihnen ja gut. Sie hatten es sich in ihrem Leben eingerichtet. Finanziell gab es keine Probleme, da sie beide berufstätig waren und gut verdienten. Das Haus war fast abbezahlt und angefüllt mit wertvollen Möbeln und anderem Zierrat. Abends kochten sie zusammen und nahmen gemeinsam das Abendessen ein, bevor er in seinem Arbeitszimmer verschwand.

Sie störte ihn selten bei der Arbeit. Sie wusste nicht, dass er sich mit fiktiven Namen im Internet in Chaträumen aufhielt. Dort konnte er seinen Gefühlen freien Lauf lassen und in jede Rolle schlüpfen, die ihm gefiel. Er hatte ein Internetspiel entdeckt, in dem man ein zweites, virtuelles Leben aufbauen konnte und mit anderen, real existierenden Personen in Kontakt kam.

Ob ein virtueller Seitensprung auch ein Scheidungsgrund sein konnte? Irgendwann hatte seine Frau beschlossen, dass sie wie Freunde miteinander leben sollten. Seine Wünsche nach Sex beantwortete sie mit Müdigkeit, Migräne, Lustlosigkeit, Regelbeschwerden oder schlechter Stimmung in der Beziehung.

Verstanden hatte er sie nicht. Er traute sich schon gar nicht mehr, wenn sie zusammen im Bett lagen, seine Bedürfnisse anzumelden. Sie warf ihm vor, er würde keine Rücksicht nehmen, da sie doch müde sei und morgens arbeiten müsse. Sie drehte sich einfach um, aber nicht ohne ihm den ehelichen Gutenachtkuss zu geben. Der war wichtig. Er nahm Rücksicht. Eine Affäre hätte sie ihm nie verziehen.

Irgendwann, er konnte nicht genau sagen, wann es war, aber irgendwann hatte es angefangen, dass er sich in ein anderes Leben hineinträumte und damit begonnen hatte, andere Menschen, die ihm lebendig erschienen, systematisch zu beobachten. Wenigstens Zuschauer wollte er sein, ein Zuschauer, der Spuren hinterließ, um wenigstens ein bisschen teilzunehmen an einem Leben, das ihm lebenswerter erschien.

10. Kapitel

Als Marita Sonntagnachmittag mit Melissa nach Hause kam, musste sie zuerst ihren Vater anrufen, um nachzuhören, wie es ihm an dem Wochenende ergangen war. Er hatte sich schon gewundert, dass er nichts von ihr gehört hatte. Meistens jedoch – das hatte ihn die Erfahrung gelehrt – hatte dies harmlose Gründe. Er war sehr stolz auf Marita, auch wenn er es ihr gegenüber nicht immer zum Ausdruck bringen konnte. Ihm war allerdings aufgefallen, dass er mit seiner Enkelin unbefangener umgehen konnte als mit seiner eigenen Tochter.

Seit dem Tod seiner Frau quälten ihn angstvolle Grübeleien im Hinblick auf seine Zukunft. Mittlerweile war er siebenundsechzig Jahre alt. Noch fühlte er sich gesund und kräftig, aber immer öfter schlich sich diese Angst vor Hilflosigkeit und Pflegebedürftigkeit ein. Wer würde sich um ihn kümmern, wenn er krank war und zum Beispiel weder einkaufen noch kochen konnte? Wer würde ihm helfen, wenn er zu schwach war oder ungeschickt wurde? Wie sollte er seine Ziele erreichen, wenn er nicht mehr Auto fahren könnte?

Nachts erwachte er schweißgebadet, einsam und völlig hilflos gegenüber seiner Angst vor dem Verfall. Sein ganzes Leben war er ein aufrechter Mann, der in seinem Beruf als Finanzbeamter erfolgreich gewesen war und die Familie ernährt hatte. Er hatte sehr viel Anerkennung unter den Kollegen genossen. Man kannte ihn als zuverlässigen, kooperativen und hilfsbereiten Mann. Jetzt, da er älter wurde, begriff er, dass er mit fortschreitendem Alter immer mehr von seiner Persönlichkeit einbüßen würde. Sein Aktivitäts- und Lebensradius würde dahin schrumpfen. Von dem Verlust seiner Frau, das wusste er, würde er sich nie erholen. Heimlich sehnte er sich nach ihr. Eine bis dahin nie gekannte Todessehnsucht, von der er niemandem erzählen wollte, erschreckte und beruhigte ihn gleichermaßen. Wenn es gar nicht mehr anders gehen sollte, wenn er keinen Ausweg mehr sehen sollte, dann würde er diese Kapsel zerbeißen, die ihm ein alter Freund geschenkt hatte, diese Kapsel aus dem Zweiten Weltkrieg, die den Weg bis in die Gegenwart hinein gefunden hatte.

Schlimmer als der Tod war für ihn die Vorstellung, einsam in einem Altenheim sein Dasein zu fristen, abhängig vom gestressten Pflegepersonal, das einen vielleicht auf dem Toilettenstuhl vergessen hatte. Oder man lag hilflos durstig im Bett, hatte bereits nach dem Personal geklingelt – und keiner kam. Von solchen Geschichten hatte er gehört, auch von der Tragödie, als in einem Altersheim während eines sehr heißen Sommers viele Menschen aufgrund von Flüssigkeitsmangel gestorben waren.

Für das Personal war man eine Pflicht, die erledigt werden musste und für jede Aufgabe, die an einem verrichtet wurde, gab es abgezählte Minuten – fürs Waschen, Essen, Nagelpflege etc. Für das junge Pflegepersonal war man nur ein alter Mensch. Sie wussten nichts von der Persönlichkeit, die man einmal gewesen war. Sie kannten nur die gebeugte Haltung, den aufrechten Gang desjenigen haben sie ja nicht kennen gelernt. Den Verlust der Würde, das könnte er nicht ertragen – dies war für ihn unerträglicher als der Tod.

Nach dem Tod seiner Frau sah er in ihm die Erlösung von der Einsamkeit. Er hoffte, ihr in einem anderen Leben wieder zu begegnen. Ob es die Wiederauferstehung wirklich gab? Er dachte an die Nacht ihres Ablebens. Sie verstarb zu Hause, während er ihre Hand hielt. Wie versteinert blieb er neben ihr liegen, als hätte man ihm ein hochdosiertes Muskelrelaxans gespritzt. Sein Körper gehorchte ihm nicht. Seine Tochter, die ebenfalls anwesend war, verständigte den Hausarzt, der früh am Morgen vorbei kam, um den Totenschein auszufüllen und sich um ihn, Günther, den Witwer zu kümmern. Er sprach beruhigend auf ihn ein und gab ihm eine Schachtel Diazepam, damit er die ersten Tage und Nächte überstehen konnte.

Marita hatte ihre Geschwister benachrichtigt. Die Schwester war verhindert, aber der Bruder kam sofort. Sie hatten selten Kontakt. Bei dem gemeinsamen Frühstück hatte Günther das Gefühl, dass sich jeder Bissen in seinem Mund vermehrte. Jedes Empfinden war paradoxerweise intensiviert und gleichzeitig abgemildert, als wenn ihn eine unsichtbare Glaskuppel umgab. Diese erbärmlich laute Stille. Jedes Geräusch in dem Haus war so eindringlich, überlaut und klar.

Marita kümmerte sich mit ihrem Bruder um die Formalitäten, die jetzt anstanden: Beerdigungsinstitut anrufen, Karten aussuchen und bestellen, Messe und Raue organisieren. Die Verwaltung des Todes. Günther wusste, dass er das nicht alleine geschafft hätte. Dazu war er emotional nicht in der Lage.

Wie in Zeitlupe bewegte er sich durch den Raum, obgleich sich die Ereignisse überschlugen und wie durch einen Zeitraffer beschleunigt waren. Er war kaum erreichbar, eingeschlossen in seinem Inneren, umzingelt von niederschmetternden Grübeleien darüber, ob er alles gesagt hatte. Hatte er ihr wirklich noch gesagt, wie sehr er sie liebte? Es war ihm so unendlich wichtig, dass sie es wusste. Diese Frage wurde in den nächsten Wochen zur ständigen Qual und leitete einen zermürbenden inneren Dialog ein. Immer wieder versuchte er, sich zu besänftigen, dass er ihr seine Liebe oft genug offenbart hatte. In den nachfolgenden Nächten schlich er durch sein Haus, das mit einmal zu groß geworden war. Auch das Beruhigungsmittel schenkte ihm keine Ruhe.

Eines frühen Morgens stand er am Fenster und blickte in die einsame Dunkelheit. Der Schmerz war unerträglich. Nie wieder würde er sie lachen hören oder mit ihr sprechen können. Nie wieder könnte er ihren Rinderbraten mit der unvergleichlich leckeren Soße essen. Dieser Geschmack war für immer verloren gegangen. Es gab auch keine gemeinsamen Ausflüge mehr und auch keine gemeinsame Gartenarbeit. Wie sehr sie doch die Osterglocken geliebt hatte! Der ganze Garten erinnerte an ein Paradies, so wunderbar hatten sie ihn immer gepflegt.

Mit ihrem Tod verlor er nicht nur seine Frau, sondern auch einen Teil von sich selbst. All die Eigenschaften und Besonderheiten, die sie in ihm angesprochen hatte, die inneren Schwingungen, die sie ausgelöst hatte, auch das war fort. Nie wieder könnte sie ihn in den Arm nehmen.

Nachts schlief er nun alleine. Auch die Frage, ob er ihr genug gegeben hatte, drängte sich ihm auf. Noch immer schaute er nach draußen. Die ersten Fußgänger eilten mittlerweile über den Bürgersteig. Das Leben erwachte, während es in ihm erstarb. Niemand sah ihn weinen.

Männer leiden einsamer.

11. Kapitel

Nach der anfänglichen Zurückhaltung gelang es Lena im Laufe der Zeit zunehmend besser, sich bei ihrem Therapeuten zu öffnen.

Als sie das nächste Mal bei ihm war, wunderte sie sich, dass die Schokolade, die sie ihm zurück gelassen hatte, noch immer auf ihrem Platz lag. Paul hatte sie nur vorübergehend im Kühlschrank aufbewahrt.

„Ich hatte die Schokolade für Sie dort hingelegt. Ich dachte, dann haben Sie etwas Süßes für den Nachmittag."

Unwillkürlich musste sie lächeln, was ihm nicht entging.

„Danke, das ist sehr nett von Ihnen. Wie kommen Sie darauf, dass ich nachmittags etwas Süßes essen möchte?"

Irgendwie spürte sie, dass ihr plötzlich wieder mulmig wurde, auch wenn sie gar nicht sagen konnte, warum. Irgendetwas überlagerte sich in ihr, als wenn sie an mehreren Orten gleichzeitig und zu unterschiedlichen Zeiten sei. Das Sprechen fiel ihr auf einmal sehr schwer, als wenn jemand ihre Worte verhindern wollte.

„Frau Luna, was passiert gerade mit Ihnen?"

„Ich, ich …, kann, kann nicht richtig, nicht richtig mehr sprechen. Ich will Ihnen etwas sagen. Ich, eh, ich habe keine Ahnung. Ich verschwinde irgendwie. Bitte nicht! Bitte!"

Paul erkannte sofort, dass sie ein Trauma berührt haben mussten und Lena sich verzweifelt bemühte, die Kontrolle zu behalten. Blitzschnell blickte er zur Uhr. Es war noch früh und er hatte genug Zeit, das Thema zu vertiefen. Auf keinen Fall wollte er, dass Frau Luna in völlig verwundetem Zustand und destabilisiert die Praxis verließ.

„Frau Luna, *wohin* verschwinden Sie?"

Ihre Stimme hatte sich verändert. Es war nicht mehr die Stimme einer erwachsenen Frau. Sie klang eher wie die eines ängstlichen Kindes.

„Ich sehe einen Raum. Es ist dunkel, aber es dringt durch die Vorhänge das Licht der Laterne. Es ist wohl spät abends."

Offensichtlich sprach sie von einer Erinnerung, einer sehr bildhaften Erinnerung, in der sie sich gerade bewegte, als sei sie Gegenwart.

„Ich habe Angst. Eine große Gestalt, Umrisse, eh, kalt, dunkel, alleine, klein, kalt, Angst."

Sie brachte nur einzelne Wörter hervor, keine Sätze mehr.

Sie musste sehr jung gewesen sein oder die Blockade war einfach so stark, um sie zu schützen. Einzelne Worte drangen wie ein leises Rinnsal durch die Spalten einer alten Tür, hinter der ein gefährlicher Strom an traumatischen Erlebnissen lauerte.

„Können Sie die Gestalt erkennen?"

„Groß, dunkel, kalt, glatt, süß, süß, bitter, Gewitter,

Zittern, hinter Gittern, einsperren. Nein."

Lena begann heftig zu weinen. Sie konnte sich kaum beruhigen. Paul war hin und her gerissen, wie er sie beruhigen sollte. Angesichts der Heftigkeit ihres Ausbruchs hätte er gern tröstend seine Hand auf ihren Arm gelegt, aber angesichts der Tragödie, die sich da abzeichnete, konnte dies genau das Falsche sein.

Eine Berührung könnte derzeit eine schwere Grenzverletzung sein, in der sie ihn mit jener Gestalt gleichsetzte und vielleicht anfing, sich vor ihm zu fürchten. Nachher würde sie sich belästigt fühlen und sein Ruf wäre dahin. Zwiespältig entschloss er sich, sie jetzt nur mit Worten zu beruhigen, was ihm auch gelang. Seine Stimme war so warm und mitfühlend, so verständnisvoll, dass sie allmählich in die gegenwärtige Situation zurückfand und sich stabilisierte.

Trotzdem bestand noch Verwirrung, Angst und Traurigkeit.

Ihm war bewusst, dass dieser Zwischenfall die Woche über weiter in ihr arbeiten würde. Sie war angekratzt und damit ihren unbewussten Kräften noch schutzloser ausgesetzt. Die Tür hatte sich einen Spalt geöffnet. Hoffentlich hatte sie sich in der Woche Wartezeit bis zum nächsten Termin unter Kontrolle. Er hoffte für sie. Bei der Verabschiedung gab er ihr seine Handynummer für den Notfall.

Lena wollte nach der Sitzung nicht sofort nach Hause und entschloss sich, nach Moers zu fahren, um in der Innenstadt ein wenig zu bummeln und durch den Park zu laufen. Die Ereignisse in der Praxis konnte sie sich kaum erklären. Sie schämte sich, dass sie sich so merkwürdig benommen hatte, aber sie konnte nicht anders.

Auf einer Bank im Park nahm sie Platz. Es tat so gut, alleine zu sein, zu sich zu kommen, einfach nur die Sonne auf der Haut zu spüren und mehr nach innen als nach außen zu schauen. Wer war nur die dunkle Gestalt? War das eine Erinnerung oder einfach ein Hirngespinst? Lena fürchtete plötzlich, verrückt zu werden. Sie war sich selbst ein Rätsel.

Ihr Herz begann zu rasen. Schweißperlen entstanden auf der Stirn und ihr wurde schwindelig. Sie zwang sich zur Ruhe.

Nach ungefähr einer halben Stunde fühlte sie sich in der Lage, eine Runde durch den Park zu wandern. Dabei achtete sie zunächst darauf, ob vorbei kommende Spaziergänger sie fragend anschauten. Da sie aber von niemandem weiter beachtet wurde, ging sie davon aus, dass sie ganz normal auf andere Menschen wirkte und nicht auffiel.

Doch tief in ihrem Innern war es zu einer deutlichen Verunsicherung gekommen. Sie hatte den Eindruck, sich auf brüchigem Eis zu bewegen.

Langsam schlenderte sie in die Innenstadt, um sich in einem Café einen Milchkaffee zu bestellen. Kaum hatte sie die ersten Schlucke getrunken, begann ihr Herz wieder heftig zu schlagen.

Erschrocken rief sie sofort den Kellner, um die Rechnung zu bezahlen. Nichts wie raus hier! Ich muss nach Hause! Das ist ja nicht zum Aushalten! Mein Kreislauf spinnt ja völlig heute. Hoffentlich schaffe ich es bis zum Auto. Als sie zu Hause ankam, rief sie sofort Marita an.

„Sol."

„Hallo Marita, hier ist Lena."

„Hallo Lena. Ich habe vorhin noch an Dich gedacht.

Wie geht es Dir?"

Lena wollte Marita nicht davon erzählen, dass sie eine Therapie machte. Aber von diesem merkwürdigen Anfall musste sie unbedingt berichten.

„Mir geht es heute nicht so gut. Mein Herz hämmert immer drauf los. Mir ist einfach nur komisch zumute. Vielleicht liegt es ja am Wetter."

„Magst Du nachher mal zu mir kommen, wenn Melissa im Bett ist. Dann haben wir Zeit zum Reden."

„Gerne. Wann denn ungefähr?"

„Komm um 20.00 Uhr."

„O.k. Soll ich vielleicht einen leckeren Wein mitbringen?"

„Wenn Du magst."

„Mache ich. Bis gleich."

„Ja, bis gleich."

Müde legte sich Lena auf ihr Sofa. Sofort fiel sie in einen erschöpften und unruhigen Schlaf, in dem beängstigende Traumgestalten sie durch unbekannte Räume jagten. Sie konnte niemanden wirklich erkennen, nur dass sie panisch durch ein Haus rannte und Todesangst empfand und die Haustür suchte, um nach draußen zu laufen.

Mit einem Schrecken fuhr sie aus dem Schlaf hoch, ein Gefühl, als habe ihr jemand die Kehle zugeschnürt. Obwohl sie wusste, dass sie bei sich zu Hause war, hatte sie den Eindruck, dass sie sich orientieren musste.

Verwirrt fragte sie sich, wie das möglich sei. Wie kann es sein, dass ich genau weiß, dass ich zu Hause bin und doch ist es so, als wenn ich irgendwo anders bin? Ich fühle mich so schrecklich leer. Es ist so still. Was mache ich nur? Was kann ich nur tun, damit es mir besser geht?

Wie spät ist es eigentlich? Gut, in zwei Stunden kann ich zu Marita. Vielleicht sollte ich etwas essen. Aber es ist so anstrengend, jetzt etwas zu kochen. Auf Brote habe ich keine Lust. Vielleicht sollte ich ein Pizza-Taxi bestellen?

Binnen kurzer Zeit tauchte der ihr seit Langem bekannte Fahrer auf. Ein junger Italiener, den Lena ganz attraktiv fand. Sie wusste, dass ihre Stimmung brenzlig war. Sie fürchtete sich vor sich selbst. Als er klingelte, hatten ihre Impulse bereits die Oberhand.

„Kommen Sie doch herein!"

„Soll ich Ihnen die Pizza hier auf den Tisch stellen?"

„Ja. Haben Sie auch die zwei Flaschen Barbera mitgebracht?"

„Natürlich."

Der einladende Singsang in Lenas Stimme war ihm sofort aufgefallen.

„Warum wollen Sie denn gleich zwei Flaschen Wein? Sie haben doch nur eine Pizza bestellt?"

Er wollte Zeit gewinnen. Eigentlich war es Nebensache, worüber sie sprachen. Er wollte nur seine Chancen erfassen. Schon öfter hatte er Lena etwas vorbei gebracht. Und irgendwie fühlte er jedes Mal diese Anziehung, die von ihr ausging. Lena war es mittlerweile ziemlich gleichgültig, was er dachte.

„Trinken Sie ein Gläschen mit mir?", forderte sie ihn auf.

Angelo trat auf sie zu und begann sie zu küssen. Sie wollte es, auch wenn sie nicht wusste, ob sie es *wirklich* wollte. Sie ließ den Dingen ihren Lauf. Er war gut.

Als er später die Wohnung verließ, dachte sie, eine Wiederholung wäre nicht übel. Die Gefühle der Leere waren in den Hintergrund gedrängt, aber erfüllt fühlte sie sich trotzdem nicht.

Ihr fiel das Mittagessen mit Herrn Most ein, der so überaus charmant und freundlich war. Was er wohl gerade tat? Gern hätte sie mal kurz seine Stimme gehört. Aber man konnte ihn ja nicht einfach ohne Grund anrufen. Aber vielleicht einfach mal kurz seine Stimme hören und schnell wieder auflegen. Ach, so ein Unsinn! Lena hielt sich zurück.

Als Lena bei Marita ankam, schlief Melissa bereits. Lena war froh, dass sie jetzt nicht dem Mädchen begegnen musste, weil sie das zu sehr angestrengt hätte. Gemütlich setzten sie sich auf den Balkon, der noch vollkommen in der Abendsonne lag.

Das Jahr schritt voran, die Abende wurden länger. Mittlerweile war es Mitte Mai und die Kastanienbäume standen in voller Blüte. Marita hatte ein paar Käsebrote und Oliven bereitgestellt, dazu der Barbera. Lena hatte von der Pizza nämlich nichts gegessen, weil diese aufgrund der Hitze mit Angelo im Schlafzimmer abgekühlt war.

„Was war denn vorhin los mit Dir, Lena?"

„Ach, ist schon wieder gut. War wohl der Kreislauf. Vielleicht hatte ich auch zu wenig getrunken."

„Und sonst?"

„Stell Dir vor, ich bin kürzlich Herrn Most im Bistro begegnet. War sogar richtig nett, ganz anders als in der Schule."

„Mensch, erzähl weiter!"

„Er hat sich zu mir an den Tisch gesetzt. Wir haben uns angeregt unterhalten. So kenne ich ihn gar nicht."

„Na, na, höre ich da vielleicht ..."

„Quatsch, gar nichts hörst Du! Der ist doch wohl unerreichbar. Er ist unser Direktor."

„Ja und? Ist auch nur ein Mann."

„Ich weiß. Aber das gäbe zu viele Komplikationen", gab Lena zu bedenken.

„Warum ist das damals mit Dir und Dieter eigentlich auseinander gegangen? Wie lange ist das jetzt eigentlich her?"

„Drei Jahre. Es ging nicht mehr. Kürzlich war er nachts bei mir."

„Wie bitte? Und davon erfahre ich erst jetzt. Wau! Wie war`s?"

„Er hat nur bei mir übernachtet. Wir hatten nichts miteinander."

„Kann das wahr sein?"

Marita grinste.

„Ja, wir haben zwar in einem Bett geschlafen, aber es ist nichts zwischen uns gelaufen."

„Wie kam es denn dazu? Übt ihr beide Selbstbeherrschung für Fortgeschrittene?"

Lachend erklärte Lena, wie es dazu gekommen war, erzählte von dem Konzert und den nächtlichen Anrufen auf ihrem Anrufbeantworter und dass sie Dieter gebeten hatte, bei ihr zu bleiben.

„Mensch, Lena, das ist ja seltsam. Ich bekomme auch ab und zu so eigenartige Anrufe. Ob das Zufall ist? Langsam wird mir unheimlich."

„Du, da gibt es noch etwas Seltsames. Ich bekomme jedes Mal zu meinem Geburtstag einen anonymen Strauß roter Rosen. Ich habe keine Ahnung, von wem sie sind. Hast Du vielleicht eine Idee, Marita?"

„Was soll das alles? Meinst Du, sie könnten von Dieter sein?"

„Glaube ich nicht. Dafür ist er zu direkt. So schätze ich ihn nicht ein. Aber was weiß man denn schon? Manche Menschen haben eben zwei Gesichter. Oder vielleicht gleich mehrere."

„Möglicherweise sind es ja auch Schüler. Aber dann müssten es schon Schüler sein, bei denen wir beide Unterricht haben. Wer käme denn da in Frage? Oder meinst Du, dass es mehrere Leute sind?"

„Ich weiß es nicht. Von Dieter können die Rosen aber nicht sein, weil sie schon mehrere Jahre kommen. Da kannte ich Dieter noch gar nicht."

„Die neue Kollegin hat er, soweit ich weiß, noch nicht angerührt. War das der Grund, warum Du damals Schluss gemacht hast? Weil er fremdgegangen war?"

„Ja. Er hat noch lange versucht, etwas zu retten. Er wollte mich zurück. Er hat mir sogar einen Liebesbrief geschickt. Ich trage diesen Brief immer bei mir. Noch nie habe ich einen derartigen Brief bekommen. Möchtest Du ihn mal lesen. Er ist nicht lang, aber unglaublich herzzerreißend."

„Ja, wenn Du ihn mir wirklich geben möchtest."
Lena holte den Brief aus ihrer Handtasche.

Liebe Lena,
ich kann nicht glauben, dass unsere Zeit vorbei sein soll. Ich vermisse Dich und wünsche, wir könnten wieder zueinander finden. Ich weiß, dass ich einen Fehler gemacht habe, als ich bei der anderen Frau war. Aber ich war so einsam, da Du mich so oft abgewiesen hast. Ich war mir nicht sicher, ob Du mich überhaupt noch wolltest. Du hast mich nie wirklich an Dich herangelassen. Man konn-

te nicht zu Dir durchdringen. Ich habe gemerkt, dass Dir irgendetwas sehr zu schaffen macht. Du hattest nicht das Vertrauen, mit mir darüber zu sprechen. Es hat mir nachher nur noch wehgetan, in Deiner Nähe zu sein. Ich habe mich so hilflos gefühlt.

Dennoch habe ich Hoffnung für uns, denn ich werde nicht so leicht aufgeben.

Ich liebe Dich.

Dieter

Als Marita wieder aufblickte, sah sie, wie Lena sich eine Träne aus den Augen wischte.

„Lena, der Brief ist sehr ehrlich."

„Ja. Und ich habe immer geglaubt, dass Männer weder lieben noch Liebeskummer haben. Wie konnte ich nur so blind sein? Ich habe immer angenommen, dass es ihnen nur um Sex geht. Damit habe ich Dieter sehr verletzt. Ich habe nicht daran geglaubt, dass er es ernst meint. Niemals bin ich über Nacht bei einem Mann geblieben. Wenn ich nicht nach Hause gefahren bin, dann habe ich einfach in dessen Wohnzimmer auf der Couch übernachtet. Mir war die Nähe zu viel. Ich konnte nicht daran glauben und wagte weder zu hoffen noch zu vertrauen. Ich war stolz, ungebunden zu sein, doch eigentlich war ich *unverbunden*. Ich trieb Dieter in die Arme anderer Frauen. Er wollte seinen Schmerz betäuben, den ich ihm zugefügt hatte, weil ich oft distanziert war. Er hat zu mir gesagt, ich sei wie hinter einer Glasscheibe. Ich habe ihn nicht verstanden. Meine Zweifel an seiner Liebe haben ihn zutiefst verletzt."

Erschüttert lauschte Marita dem Geständnis ihrer Freundin. Eigentlich hatte sie Lena von dem Samstag bei

Paul erzählen wollen. Bisher wusste sie nichts von der sich anbahnenden Beziehung. Auch wusste Lena nicht, dass Paul der Vater von Patrick war, wobei Lena Patrick ja auch nur aus ihren Erzählungen kannte, da er nur Maritas Schüler war. Gern hätte sie von Lena so etwas wie eine Erlaubnis oder Beschwichtigung gehabt, dass das schon in Ordnung war, wenn man sich mit dem Vater eines Schülers einließ. Aber andererseits brauchte sie gar keine Erlaubnis. Denn selbst wenn es verboten gewesen wäre, aber wer hätte es verbieten sollen, hätte sie die Beziehung nicht beendet. Bisher hatte Marita Lenas Abenteuer immer bewundert als Ausdruck eines unbefangenen, spontanen Umgangs mit Männern. Jetzt begann sie erstmals zu zweifeln. Sie spürte eine tiefe Wunde, die sich in Lenas Worten spiegelte.

„Was würdest Du denn tun, wenn Dieter immer noch etwas für Dich empfindet?"

„Ich weiß es nicht. Ich hätte Angst, dass es wieder schief geht."

„Aber Du hast doch einiges für Dich erkannt. Du weißt, warum er fremdgegangen ist. Warum habt ihr eigentlich kürzlich nicht miteinander geschlafen?"

Lena antwortete nicht.

12. Kapitel

Am nächsten Morgen wollte Lena erst gar nicht aufstehen. Der Wecker riss sie aus Träumen, denen sie noch ein bisschen nachspüren wollte. Seit einigen Wochen erblühte ihre nächtliche Traumwelt: Eine Welt voller Ereignisse, Absonderlichkeiten, Ängste, aber auch eine Welt der Erinnerungen, Sehnsüchte und Möglichkeiten. Denn nichts war unmöglich im Traum. Erlebter Surrealismus. Alles war miteinander verwoben und verdichtet, so dass sie manchmal morgens erwachte mit einem einzelnen Traumbild, das von mehreren intensiven Gefühlen gleichzeitig begleitet wurde und das ihr tagelang vor Augen stand.

In einem dieser Träume wurde eine unbekannte dunkle Gestalt von ihrem Vater von einer hohen Brücke gestoßen, die sich heftig im Wind bewegte. Direkt daran schloss sich ein weiteres Bild mit einer Brücke an, die über die Ruhr führte, wobei es Sommer war. Lena stand auf der einen Seite der Brücke. An dem anderen Ende erblickte sie einen Mann, den sie aber nicht erkennen konnte. In wieder einem anderen Traum sah sie Herrn Most mit Taucherbrille auf dem Boden des Schwimmbeckens sitzen und sie selbst schwamm durch das Wasser. Am schlimmsten war der Traum, in dem ihr alter Mathematiklehrer sie küssen wollte und sein Gesicht sich in eine Teufelsfratze verwandelte, als er versuchte, ihr näher zu kommen.

Intuitiv spürte sie, dass diese eindringlichen Bilder eine besondere Bedeutung hatten und ihr etwas aufzeigen wollten, auch wenn sie es rational nicht verstehen konnte. Ihre Träume sprachen eine andere Sprache. Sie begannen, etwas in ihr wachzurufen.

In der Schule hatte der Leistungsdruck der Schüler abgenommen, denn die Sommerferien rückten allmählich heran. Schüler und Schülerinnen rannten durch die Flure, sprangen gleich mehrere Treppenstufen auf einmal, obwohl sie wussten, dass es wegen der Verletzungsgefahr verboten war. Die Leichtigkeit des nahenden Sommers wehte durch die Schule. An manchen besonders heißen Tagen aß man in der Oberstufe gemeinsam Eis im Kurs, das ein paar Schüler in der nahe gelegenen Eisdiele besorgt hatten. Und entgegen so mancher pädagogischer Erwartung waren dies Stunden, in denen die Schüler mit besonders großer Aufmerksamkeit dem Unterricht folgten, als wollten sie dem Lehrer eine Freude machen aus Dank für die erfrischende Abwechslung.

Lena und Marita waren sich darin schon lange einig: Erziehung bzw. der Umgang mit den Schülern und Schülerinnen (von gewissen Ausnahmen einmal abgesehen) war wie ein Bumerang. Was man gab, kam zurück. Neben all den Regelungen und Richtlinien musste es Ausnahmen geben. Zu starre Regeln, die die Besonderheiten der Situation außer Acht ließen, führten eher zu einer Rebellion gegen diese, wohingegen sinnvolle Ausnahmen es leichter machten, zu notwendigen Reglungen zurückzukehren. Lena war sich im Klaren, dass es eines feinen Gespürs bedurfte zu erkennen, wann es wichtig war, sich konsequent an eine Regel zu halten und wann eine Ausnahme sinnvoll und auch notwendig war.

Auf jeden Fall stimmte sie mit Marita überein, dass sie ihren Schülern und Schülerinnen mit Wertschätzung begegnen wollten und dass sie deren Kompetenzerwartung stärken wollten, die Erwartung, dass man seine Sache gut machen, seine Aufgaben schaffen würde, wenn man sich nur bemühte. Manche Schüler hatten nur deswegen in der Arbeit eine schlechtere Leistung, weil sie nicht daran geglaubt hatten, dass sie es besser gekonnt hätten. Darum hatten sie bei schwierigen Aufgaben eher aufgegeben, wohingegen Schüler, die die Erwartung von sich hatten, dass sie es gut machen würden, länger und konsequenter an der Lösung der Aufgaben gearbeitet hatten. Sie gaben einfach nicht auf.

Lena musste an ihre eigene Gymnasialzeit denken. Sie war gerne zur Schule gegangen. Auch ihre Lehrer und Lehrerinnen hatten einen respektvollen Umgang mit den Schülern gepflegt. In der letzten Zeit ging ihr immer wieder ein Satz durch den Kopf, den ihr Religionslehrer in der Oberstufenzeit einmal gebraucht hatte:

„Hoffen heißt Handeln."

Wieso nur ging ihr ständig dieser Satz durch den Kopf? Ebenso dachte sie stetig an den frühen Morgen, als sie aufwachte. Während sie in der großen Pause an einem der geöffneten Fenster stand und auf den Pausenhof blickte, musste sie wieder an die nächtlichen Träume denken, an die Bilder, die sie aus der Nacht in den Tag gerettet hatte. Ständig musste sie an die Brücke denken, die sich über den Fluss spannte, wo sie an dem einen Ende und ein Mann an dem anderen Ende der Brücke war.

Wieder entstand dieses tief ergreifende Gefühlsgemisch, das sie aufwühlte und beglückte, das sie an etwas erinnerte und gleichzeitig irgendwohin zog. Was wollte dieses Bild ihr nur mitteilen? Dass es eine wichtige Botschaft enthielt, war eindeutig, aber das Bild war undurchsichtig und gleichzeitig glasklar. Sie hatte den Eindruck, dass sich in dieser Traumszene Vergangenheit, Gegenwart und Zukunft miteinander verbanden. Sie fühlte die

Bedeutung ohne sie aussprechen zu können.

Plötzlich sprach sie jemand von hinten an.

„Guten Morgen, Frau Luna."

Verwundert drehte sie sich um.

„Guten Morgen, Herr Most."

„Sie sehen so nachdenklich aus."

Was sollte sie ihm nur so schnell antworten?

„Ich schaue nur den Schülern zu."

„Was macht Ihre Schwimmerei?"

„Alles beim Alten. Morgen ziehe ich wieder meine Bahnen."

„Ich muss weiter, muss vor Unterrichtsbeginn noch ins Lehrerzimmer."

Sie schluckte die Frage hinunter, die ihr auf der Zunge lag. Gerne hätte sie gewusst, ob er morgen wohl auch wieder im Bistro Mittagspause macht. Sie hatte ihn schon länger nicht mehr dort gesehen. Aber sie traute sich nicht. Vielleicht wäre das zu direkt gewesen? Nein, auf keinen Fall wollte sie zu viel an ihn denken! Sonst tat es nachher so weh.

Im Lehrerzimmer erkundigte sich Marita nach Lenas Befinden. Offensichtlich hatte sich ihr Kreislauf beruhigt. Lena hatte nun immer eine kleine Flasche Mineralwasser bei sich und ihr Handy, in dem sie die Telefonnummer von Herrn Ort eingespeichert hatte.

Am Nachmittag wollte Marita ihren Vater besuchen und ihm im Garten helfen. Lena wollte sich einfach mit einem Buch auf ihre Terrasse setzen und den Nachmittag für sich alleine haben. Auf dem Weg durchs Lehrerzimmer kam ihr noch einmal Herr Most entgegen. Ihre Blicke begegneten sich. Er nickte freundlich. Bildete sie es sich nur ein, oder versuchte er absichtlich, ihre Wege zu kreuzen? Wahrscheinlich war der Wunsch Vater des Gedanken.

13. Kapitel

Günther freute sich schon den ganzen Morgen darauf, dass Marita mit Melissa vorbei kommen wollte. Marita hatte sich angewöhnt, ihrem Vater schon einige Tage vorher Bescheid zu geben, dass sie zu Besuch kommen würde, damit der Vater ein paar Tage Vorfreude hatte und sich vielleicht nicht so einsam fühlte. Sie hatte längst begriffen, dass ihr Vater melancholisch geworden war. Er tat so, als wenn alles mit ihm in Ordnung war und sie tat so, als wenn sie nichts bemerkte.

Nachdem Marita den Rasen gemäht hatte, platzierten sie das aufblasbare Planschbecken auf den Teil des Rasens, der schon ein bisschen im Schatten lag. So konnte Melissa ihren Spaß haben, während Mutter und Großvater sich mit den Blumen beschäftigten. Die Beete mussten von Unkraut befreit und zum Rasen hin wieder klar begrenzt werden. Mit einer kleinen Harke musste zwischen den einzelnen Blumen die Erde aufgelockert werden. Im Laufe des Nachmittags fand Marita zunehmend mehr Gefallen an dieser Arbeit. Es hatte so etwas Friedliches an sich. Zwischendurch hielt sie inne, sah sich um und betrachtete den Garten im Ganzen. Ein buntes Meer an Sonnenblumen, Begonien, Ringelblumen, Rittersporn, Fleißigen Lieschen, Sonnenhut und Stockrosen. Ein Paradies nicht nur für Menschen. Auch Bienen, Hummeln, Amseln, Rotkehlchen und Haussperlinge gefiel es in dem Garten. Am meisten liebte Marita den Gesang der Schwalben.

Wie schön waren damals die Abende mit den Eltern auf der Terrasse, wenn man nach vollbrachter Arbeit im Garten saß und dem Klang des Sommers lauschte, wenn Schwalben hoch oben ihre Kreise zogen und man gemeinsam zu Abend aß.

Auch Günther ließ zwischendurch seinen Blick schweifen. Nichts wünschte er sich mehr, als diesen Augenblick zu verewigen. Für ein paar Stunden vergaß er seine Traurigkeit und fühlte sich glücklich. Seine Tochter harkte das Blumenbeet, während die Enkelin mit Anlauf juchzend ins Wasser sprang. Wie sehr er sich wünschte, sie könnten zum Abendessen bleiben.

„Marita, wie lange habt ihr eigentlich Zeit?"

„Um 19.00 Uhr müssen wir ungefähr nach Hause."

„Dann können wir doch noch zusammen essen, oder?"

Marita gewahrte ein leises Zittern in seiner Stimme, als sei er sich nicht sicher, ob sie gerne bleiben würde.

„Ja, Papa. Das können wir."

Während Melissa sich in der Badewanne wusch, holten Marita und Günther Brot und Aufschnitt nach draußen. Zu Hause. Hier war sie aufgewachsen. Wie oft sie hier gesessen hatte! Niemals wollte sie diesen Ort missen! Hier hatte sie selbst Laufen gelernt, mit Freundinnen gespielt, sich mit den Eltern gestritten und wieder vertragen. Hier hatte sie ihr Kinderzimmer. An Sommerabenden, wenn sie wegen der Schule früher zu Bett musste, dann hörte sie in ihrem Kinderzimmer wie sich die Eltern und Nachbarn unterhielten, erfreute sich an dem Gezwitscher der versammelten Vogelschar, die den Tag verabschiedeten – all diese vertrauten Klänge, die sie Sommergeräusche nannte, gaben ihr ein Gefühl von Geborgenheit und Sicherheit, lullten sie ein und trugen sie in einen tiefen Schlaf.

Dankbar hatte sie die Einladung ihres Vaters zum Abendbrot angenommen. Nicht nur er vermisste diese gemeinsamen Augenblicke, das Gefühl von Familie und Verbundenheit. Nicht nur er fürchtete das Gefühl der Entwurzelung in einer Welt, die trotz zunehmender Kommunikationsmöglichkeiten immer mehr zur Vereinzelung führte. Marita war sich ziemlich sicher, dass mangelnde familiäre oder freundschaftliche Verbundenheit und die damit einhergehenden Gefühle der Einsamkeit tiefe Angst, ja Existenzangst auslösen konnte.

Im Internet chatten wir mit Menschen aus anderen Ländern und Kontinenten, aber wir sprechen kaum mit unseren Nachbarn und viele Familien sind zerstritten. Zu ihren Geschwistern hatte Marita aus ihr unbegreiflichen Gründen kaum Kontakt. Man begegnete sich einfach nicht.

Als Marita sich an diesem Abend von ihrem Vater verabschiedete, nahm sie sich vor, nicht so lange bis zum nächsten Mal zu warten. Sein Blick war voller Wehmut, als sie mit Melissa nach Hause fuhr. Still sagte sie zu sich selbst:

„Papa, ich habe Dich lieb, aber ich kann es Dir nicht sagen."

14. Kapitel

Am späten Abend saß Marita mit Füller und Papier auf ihrem Balkon und begann, eine Geschichte zu schreiben:
Der Liguster tropfte. Kleine Wasserläufe überzogen die Fensterscheiben. Der Himmel weinte. Stille war eingekehrt. Kaum ein Geräusch war zu hören. Sein Brustkorb hob und senkte sich nicht mehr und sie wurde schlagartig gewahr, dass jegliches Leben Bewegung bedeutet, von den Anfängen des noch unbewussten Lebens bis zum letzten Atemzug.

Bewegung – alles, selbst unbeseelte, leblose Materie bewegt sich, auch wenn man die Bewegungen nicht mit bloßem Auge sehen kann. Moleküle in der Luft, die sich mal schneller, mal langsamer drehen und Gerüche, Geräusche, Laute, Sprache transportieren. Also auch Unbeseeltes bewegt sich, ist sich dessen jedoch im Gegensatz zum Menschen nicht bewusst.

Ob er noch etwas sagen wollte?

Mit zitternden Händen erforschte sie den kleinen Tisch neben ihm. Ja, dort lag ein kleiner Zettel, auf den mit krakeliger, kaum lesbarer Schrift ein paar Zeilen notiert worden waren, so dass es einige Mühe kostete, sie zu entziffern: „Nie ist man so einsam wie in dem Moment des Sterbens, so einsam in sich selbst. Niemand, der einen trösten könnte, weil es nichts zu trösten gibt. Niemand, der einen noch begleiten könnte. Ausgestreckte Hände können nicht mehr halten. Wünsche, Bitten, Flehen – vergebens. Das Bewusstsein der Getrenntheit ist schärfer denn je."

Tränen tropften auf sein Gesicht. Aus der Ferne hörte man das Geschrei der Möwen. Die See tobte. Ein scharfer Wind hämmerte gegen die Scheiben, presste feinperlige Wasserstraßen auseinander, ein Geruch von Kaffee drang trotz geschlossener Zimmertüre herein. Sie öffnete das Fenster und streckte ihr Gesicht dem Regen entgegen, betäubt, äußerlich wie erstarrt. Im Innern tobte das Leben.

War alles gesagt?

Eine Textstelle aus einem Buch von Kafka drängte sich in ihre Gedanken:

„Wie ein Licht aufzuckt, so fuhren die Fensterflügel eines Fensters dort auseinander, ein Mensch, schwach und dünn in der Ferne und Höhe, beugte sich mit einem Ruck weit vor und streckte die Arme noch weiter aus. Wer war es? Ein Freund? Ein guter Mensch? Einer, der teilnahm? Einer, der helfen wollte? War es ein einzelner? Waren es alle? War noch Hilfe? Gab es Einwände, die man vergessen hatte? Gewiss gab es solche. Die Logik ist zwar unerschütterlich, aber einem Menschen, der leben will, widersteht sie nicht. Wo war der Richter, den er nie gesehen hatte? Wo war das hohe Gericht, bis zu dem er nie gekommen war? Er hob die Hände und spreizte alle Finger." (Kafka, Der Prozess)

Auch sie streckte alle Finger, mehrmals hintereinander, um die Bewegung zu fühlen, dem Tod zum Trotz. Sie streckte dem Sensenmann die Zunge heraus, auch wenn sie wusste, dass er irgendwann auch an ihre Tür klopfen würde. Bis dahin wollte sie leben, sich bewegen, jeden Atemzug kosten. In den darauf folgenden Tagen sah sie überall Bewegungen: In den Gesten und kleinsten Mimiken von Menschen, in der stürmischen See, den wippenden Ähren der Felder, den vorbei fahrenden Autos, Flugzeugen, Zügen, dem Cursor auf dem PC, sich liebenden Menschen, dem Mond, der die Erde umkreist, in den inneren Bildern und Träumen. Menschen bewegen sich Tag für Tag. „Motivation" wird abgeleitet von „movere", was „bewegen" bedeutet. Ein Motiv veranlasst uns, aktiv zu werden, uns auf etwas hin zu bewegen.

Auch jemand, der eine Geschichte schreibt, bewegt sich. Eine Hand, die Buchstaben zu Papier bringt, ein Leser, dessen Augen die Zeilen nach Buchstaben absuchen und die Zeichen dekodieren. Signale, die über Augen und Sehnnerv ins Sehzentrum geleitet werden bis der Cortex und das Limbische System dem Gelesenen inhaltliche und emotionale Bedeutung verleihen. Auch Sprechen ist Bewegung. Stimmbänder bewegen sich, die produzierten Laute setzen Schwingungen frei, die auf das Trommelfell treffen und im Ohr Hammer, Amboss und Steigbügel in Bewegung setzen.

Marita unterbrach das Schreiben, um sich durchzulesen, was sie bisher zu Papier gebracht hatte. Ihre Augen wurden feucht. Auf keinen Fall wollte sie, dass ihr Vater so einsam endete. Noch nie hatte sie ein so tiefes Mitgefühl für ihn empfunden, noch nie war ihr so bewusst, dass er nicht nur ihr Vater war, sondern ebenso ein Mensch mit Ängsten und Hoffnungen, ein unabhängiger Mensch mit einer eigenen Lebensgeschichte, der einmal einen eigenen Lebensentwurf gehabt hatte, den sie nicht kannte. Er war ein Mann, dessen Zukunft immer weniger Raum besaß. „Wir sitzen alle in dem gleichen Boot und fahren in dieselbe Richtung", hatte er einmal zu ihr gesagt.

Erst jetzt erkannte sie, dass in dem Blick bei der Verabschiedung nicht nur Wehmut lag, sondern auch eine Frage und eine Bitte, die sich an sie, die Tochter, richteten:

Wirst Du für mich da sein, wenn ich Dich brauche? Schenkst Du mir etwas mehr von Deiner Zeit? Bitte lass mich nicht alleine!

Marita entdeckte, dass diese Bedürftigkeit, die am Anfang des Lebens steht, wenn man ein kleines Kind ist, dass genau diese Bedürftigkeit im späten Leben zurückkehrt. Als sie Kind war, hatte ihr Vater selbst nicht viel Zeit für die Familie, weil er so viel gearbeitet hatte. Es war seine Art, Fürsorge und Liebe zu zeigen, indem er immer dafür gesorgt hatte, dass reichlich Geld zur Verfügung stand und Urlaube möglich waren. Freundschaften zu pflegen, Gefühle auszudrücken und Nähe zuzulassen, waren damals nicht seine Themen. Erst jetzt im Alter wurde ihm bewusst, dass Glück eng damit verbunden war.

Es war die Musik von Martin, Maritas Nachbarn, der wieder Klavier spielte, der ihre Gedankengänge unterbrach, während sie auf ihrem Balkon saß und an ihren Vater dachte. Offensichtlich hatte er Talent. Auch er musste einfühlsam sein, überlegte sie, damit er mit seiner Musik andere Menschen anrühren konnte. Er musste selbst schwingungsfähig sein, um andere mit seiner Musik in Schwingung zu versetzen.

Ein Gespräch mit Paul fiel ihr ein, als er über die klinische Depression sprach, in der der Antrieb, die Motivation allmählich zum Stillstand kommen, in der sich die Schwingungsfähigkeit reduziert und man sich innerlich gleichsam wie abgestorben fühlt. Auch hier fand sie den Zusammenhang zwischen Leben und Bewegung. Depression als seelische Bewegungslosigkeit, die Persönlichkeit, die zum Stillstand kommt, innerlich und äußerlich erstarrt. Erst wenn die Person innerlich und äußerlich wieder in Bewegung gerät, wenn ihre Seele wieder schwingen kann, verlässt sie das innere Gefängnis und findet ins Leben zurück.

Marita legte sich in einen Liegestuhl, um der Musik zu lauschen. Er spielte die *Morgenstimmung* von Edward Grieg während der Abendstimmung. Es dauerte nicht lange, bis die Klänge sich immer mehr entfernten und sie einschlief.

Erst viel später wachte sie auf, weil ihr kalt war. Schnell ging sie hinein, schloss die Tür und wollte gerade ins Badezimmer, als mitten in der Nacht das Telefon klingelte. Mittlerweile war es genau 02.00 Uhr. Als sie den Hörer abnahm, rechnete sie damit, dass sich niemand melden würde. Trotzdem wollte sie es wissen.

„Hallo, wer ist da?"

Schweigen.

Marita versuchte, irgendetwas im Hintergrund zu erkennen. Eine Musik, ein Geräusch, irgendetwas. Sie hörte nur den Atem des anderen. Nun, dann schweigen wir gemeinsam, dachte sie bei sich. Nachdem sie bereits eine Minute beredt geschwiegen hatten, legte sie einfach das

Telefon auf den Tisch ohne aufzulegen und wanderte ins Schlafzimmer. Sie schmunzelte bei dem Gedanken, dass der andere noch weiter hereinhörte, aber sie schon längst im Bett lag. Sollte er doch! Was hatte man nur davon? Da war doch jemand nicht ganz bei Trost! Vielleicht ein heimlicher Verehrer? Oder ein Psychopath? Oder ein Schüler mit Schlafstörungen. Oder hatte sich einfach jemand verwählt. Nein, nicht mit dieser Regelmäßigkeit. Noch hatte sie keine Idee, wie man demjenigen auf die Schliche kommen konnte. Sie wollte einfach nur schlafen.

15. Kapitel

Er konnte es einfach nicht lassen. Unbedingt musste er jetzt noch bei Lena anrufen, um ihre Stimme zu hören und zu wissen, ob sie zu Hause war. Sie war sein eigentliches Interesse. Nachdem er das Telefon fünfmal hatte läuten lassen, hörte er ein müdes: „Hallo?" Er räusperte sich. Diesmal hatte er eine CD mit Musik aus den achtziger Jahren als Hintergrundmusik gewählt.

„Ach, Sie schon wieder. Wer sind Sie überhaupt?"

Er antwortete nicht. Entnervt über die nächtliche Störung legte sie auf und zog den Stecker für das Telefon aus der Wand.

Schon viele Jahre dachte er an sie. Sie konnte es nicht wissen, denn sie erinnerte sich nicht. Sie war ihm damals nur flüchtig begegnet, hatte aber einen unvergesslichen

Eindruck hinterlassen. Er hörte immer viel von ihr durch seine Kollegen, die Lena als differenzierte und hoch intelligente Schülerin geschätzt hatten. Sie war damals siebzehn Jahre alt. Sie hatte so etwas Natürliches und Ursprüngliches an sich und sie war außerordentlich intelligent. Seit jeher hatte sie etwas Rätselhaftes an sich. Sie war wie eine Vereinigung von Gegensätzen: An manchen Tagen war sie sehr lebhaft und ausgelassen, sogar richtig albern. Dann wieder, so erinnerte er sich, hatte sie schweigend auf einem Fensterbrett gesessen und still nach draußen geschaut, minutenlang, völlig versunken, unerreichbar. Schon damals wäre er gerne auf sie zugegangen und hätte sie in den Arm genommen. Aber er fürchtete ihr Erschrecken und ihre Zurückweisung. Wenn sie sich vom Fenster weg drehte, hatte sie ein sehr ernstes, ja trauriges Gesicht und diesen verlorenen Blick.

In einer solchen Situation hatten sie sich plötzlich gegenüber gestanden. Er bemerkte ihre geröteten Augen, konnte sie aber nicht ansprechen. Sie grüßte beiläufig und huschte schnell davon wie jemand, der verlegen war und nicht auf Fragen antworten wollte. Auch er war verlegen, weil sie ihn bemerkt hatte. Er schämte sich seiner Gefühle.

Als Lena nach dem Abitur die Schule verließ, war er gleichermaßen traurig und erleichtert. Doch jetzt war er ihr nach vielen Jahren wieder begegnet. Da er damals aber nur der Kollege ihrer Lehrer, nicht aber selbst ihr Lehrer war und sie sich immer nur kurz auf dem Flur gesehen hatten, hatte sie keine Erinnerung an sein Gesicht. Für ihn jedoch war Lenas Wiederkehr in sein Leben eine Wiederkehr seiner heimlichen Wünsche. Warum musste sie unbedingt an dem Gymnasium ihren Dienst antreten, an dem er Direktor geworden war? Er träumte von ihr ohne Aussicht auf Erfüllung. Aber vielleicht wollte er seine Träume gar nicht Wirklichkeit werden lassen, denn dann hätte er nicht mehr träumen können. Vielleicht war der Traum ja schöner, beglückender als eine Wirklichkeit, die anfangs süß und später bitter werden würde. Vielleicht würde der Traum dem Alltag zum Opfer fallen. Dann lieber träumen und sich vorstellen, wie es wäre, wenn …

Die Erotik des Erahnens, des nicht sofort Greifbaren, des Wissens ohne explizit zu wissen. Sich zu berühren nur mit dem Blick, in dem die Fantasie sich offenbart ohne ein Wort. Gänsehaut beim begehrlichen Klang der Stimme, während man über Nebensächliches spricht, als fühle man die Hand des anderen auf seiner Haut.

Hoffentlich hatte sie keine Angst vor den Anrufen. Wieso hatte sie überhaupt abgehoben? War sie noch wach? Ich weiß einfach nicht mehr, was ich tun soll. Mein Leben ist so trist. Ich bin es so satt. Immer nur das Gleiche, jeden Tag, siebenmal die Woche und das ganze Jahr hindurch. Arbeit, Arbeit, Arbeit und Alltag. Und die Rede, die man mir zum Abschied hält, preist mein Pflichtbewusstsein und meine Arbeitswut. Ich langweile mich zu Tode. Ich lebe mit meiner Ehefrau zusammen, die ich nicht liebe und die auch mich nicht liebt. Wir leben in einem Haus, das von anderen bewundert wird, in dem es aber so entsetzlich still ist. Wir haben zwei Wohnzimmer, eins extra für Besucher, weil meine Frau glaubte, dass das bei unserem Status wichtig sei. Ich bin gefangen in den Gewohnheiten und Zwängen, die unser Leben bestimmen. Zu jedem Geburtstag laden wir Leute ein, die ich überhaupt nicht sehen will, nur weil wir denken, dass das von uns erwartet wird. Man muss repräsentieren. Und die Gespräche über Aktien, Politik und Besitztum, diese ganze Angeberei – ich ertrage das alles nicht mehr. Ich fühle mich wie ein Fremder.

Jeden Morgen, wenn ich zur Arbeit fahre und weiß, dass mein Tag mal wieder erst spät abends enden wird, jeden Morgen, wenn dann so wunderbar glutrot die Sonne hinter den Hügeln empor steigt, dann frage ich mich, wer eigentlich glücklicher ist: Ein Mann, der weniger Arbeit und Geld hat, aber Zeit für das Leben, oder ein Mann, der so viel Geld hat wie ich, aber niemals zur Ruhe kommt und ein Leben lebt, das er schon lange nicht mehr als sein eigenes empfindet. Manchmal beneide ich die Hausfrauen, die mit ihren Kindern spazieren gehen und auf dem Spielplatz sitzen. Mir geht der Sinn verloren.

Aus dieser Stimmung heraus griff er zu seinem Laptop und schrieb einen Brief an Lena, den er aber nicht unterzeichnete. Seine Frau schlief tief und fest. Sie würde nicht bemerken, wenn er noch einmal kurz das Haus verließe, um diesen Brief persönlich zuzustellen.

Ich hab' geträumt von Dir bei Tag und bei Nacht, unzählige Male an Dich gedacht. Närrisch bin ich vielleicht, jetzt zu schreiben – doch welche Wahl hat ein Mensch, der vor Sehnsucht verglüht? Unendliche Male sehe ich Dich vor mir, Deinen Blick, der mich gefangen genommen, benommen gemacht hat, Deinen Hals, den ich in endlosen Träumen unzählige Male geküsst hab', Deine großen, schlanken, anmutigen Hände, deren Berührung ich dürstend, ja schmerzlich schon lange heimlich erseh-

ne. Wie wünsche ich mir, Dich zu spüren, Dich flüstern, Dich atmen zu hören! Immer wieder noch klingt Deine Stimme in mir nach, als würde sie mich rufen. Ach, könnte ich Dich herbei rufen, könnte ich doch zaubern oder die Zeit zurück drehen!
Ach, könnte doch ein Wunder geschehen!

Seine Wangen glühten, als er den Brief in ein Kuvert steckte. Aufgeregt und neugierig fragte er sich, ob sie anfangen würde, sich ihm gegenüber anders zu verhalten. Sie wird sich ja fragen, von wem dieser Brief ist. Vielleicht erahnt sie es ja und es entsteht eine unbewusste Kommunikation ohne Worte? Vielleicht begegnen sie sich in ihren Träumen? Jedenfalls – ganz gleich, wie sie reagieren würde – es gab ihm ein Gefühl der Lebendigkeit, seine Sehnsüchte in Worte zu fassen. Selbst wenn sie niemals auf seine Wünsche eingehen würde, belebte es ihn, an sie zu denken. Sie rührte an verborgenen Bereichen seiner Persönlichkeit, befreite ihn für sich selbst.

16. Kapitel

Lena hatte etwas Angst vor der folgenden Sitzung bei Herrn Ort. Sie konnte ihm nichts Gutes berichten. Gerne hätte sie ihm einen Erfolg präsentiert, weil sie ihn mochte und damit er nicht dachte, dass seine Therapie nicht half. Ihr Befinden jedoch verschlechterte sich zunehmend. Nicht nur, dass sie oft niedergeschlagen war, sie hatte mittlerweile auch eine Panikstörung mit beginnender

Agoraphobie entwickelt, die sie immer mehr einzuschränken begann. Mittlerweile fiel es ihr schwer, durch Geschäfte zu laufen, alleine spazieren zu gehen oder sich einen Film im Kino anzusehen. Zu groß war die Angst vor der Angst, die Angst, dass wieder diese Panik auftreten würde. Sie schämte sich, überhaupt jemandem davon zu erzählen.

Allmählich fühlte sich Herr Ort wie bei einem ausgedehnten Waldbrand. Er wusste nicht, wo er mit den Löscharbeiten anfangen sollte. Am besten irgendwo. Sie erzählte ihm, dass sie immer wieder von Angstattacken überfallen wurde und mittlerweile manche Orte mied. Sie musste dringend Kontrollerfahrungen machen, also erleben, dass sie in irgendeinem Bereich Oberwasser hatte. Vielleicht sollte er demnächst mit ein paar Konfrontationsübungen außerhalb der Praxis anfangen, in denen Lena schrittweise angstauslösenden Situationen ausgesetzt wird (natürlich zunächst in seiner Begleitung), um ihr Vermeidungsverhalten zu bearbeiten.

Dann begann sie jedoch, von ihren Träumen zu erzählen, von dem Traum mit der Brücke über der Ruhr und von einem schlimmen Angsttraum, den sie letzte Nacht hatte. Wieder war es dunkel draußen. Sie war in ihrem Elternhaus mit ihrem Vater. Die Mutter war nicht anwesend. Ihr Vater hatte Vanillepudding gekocht, den sie so gerne aß. Sie war vielleicht vier Jahre alt. Beim Zubettgehen hatte er ihr aus einem Buch vorgelesen und dann einen Gutenachtkuss gegeben. Friedlich war sie eingeschlafen. Irgendwann später wurde sie wieder wach. Eine dunkle Gestalt kauerte über ihr in ihrem Bett.

Herr Ort bemerkte, dass sie immer langsamer sprach bis sie sich plötzlich ganz unterbrach. Dann stand sie auf, ging ans Fenster und schaute hinaus ohne ein weiteres Wort. Nach einigen Sekunden, die ihm wie Minuten vorkamen, in denen er ganz verunsichert war und nicht wusste, wie er reagieren sollte, begann sie, ihren Kopf heftig gegen die Scheibe zu schlagen. Auf keinen Fall konnte er jetzt sitzen bleiben. Er rannte zu ihr hin, drehte sie um und schaute in ein tränennasses Gesicht. Instinktiv nahm er sie in seinen Arm. Da begann sie zu schluchzen, so heftig, dass es ihm wie ein Versagen vorgekommen wäre, wenn er sie nicht festgehalten hätte.

Im Geiste hörte er den Chor seiner Kollegen aus der Supervisionsgruppe wie im Kanon, die ihm etwas von *Abstinenzregel* erzählten, die ihm vorwarfen, dass er die körperliche Grenze nicht eingehalten hatte. Aber angesichts eines solch heftigen emotionalen Ausbruchs, wäre es nicht kolossal unmenschlich, diese Patientin am Fenster stehen zu lassen und vom Sessel aus mit Worten zu beruhigen? Fordern nicht besondere Situationen besondere Handlungsweisen? Vielleicht hätte sie aber auch gar nicht den ganzen Schmerz zulassen können, wenn er sie nicht in seine Arme genommen hätte? Vielleicht wäre sie dann bei ihrem selbstzerstörerischen Verhalten geblieben? Vielleicht war es genau diese Geste, die sie jetzt brauchte, die ihr unmittelbarer als jedes Wort zu verstehen gab, dass sie nicht alleine war, dass jemand mit ihr mitfühlte und dass sie jemandem wichtig war, der wollte, dass sie sich nichts antat. Längst war ihm klar, dass sie früh sexuelle Gewalt erlebt hatte. Der Verdacht fiel auf den Vater, aber er musste es nicht zwingend gewesen sein.

Nachdem Lena sich beruhigt hatte, nahmen sie wieder in ihren Sesseln Platz. Die Therapiestunde näherte sich auch bereits ihrem Ende. Er vergewisserte sich, dass es ihr besser ging und erklärte ihr, dass er noch bis abends in der Praxis erreichbar sei, falls sie ihn heute noch einmal brauchen würde. Zur Verabschiedung reichte er ihr einen der kleinen roten Steine, die in seinem Therapiezimmer im Regal lagen. Damit wollte er sich bei ihr handfest verankern, in der Hoffnung, dass sie diesen Stein in ihrer Hosentasche fühlen könnte, wenn es ihr mal wieder sehr schlecht ergehe. Er hoffte, dass sie anfangen würde, in kritischen Situationen an ihn zu denken, um ihr Leid zu lindern und über konstruktives Verhalten nachzudenken, um die Gewissheit zu fühlen, dass es besser werden wird.

Für die nächste Woche gab er ihr zwei Termine.

Lena war erschöpft, als sie die Praxis verließ. Sie fuhr einfach nur nach Hause, holte die Post aus dem Briefkasten, die sie achtlos auf den Wohnzimmertisch legte, aß schnell ein paar Cornflakes und legte sich schlafen. Es war ihr völlig egal, dass es erst 19.00 Uhr war. Auch wenn sie sich gerädert fühlte, so war da dennoch neben dem Schrecken und der Traurigkeit ein langsam aufkeimendes Gefühl der Ruhe und Zuversicht. Sie hatte einen Gefährten, einen Wegbegleiter gefunden, der gemeinsam mit ihr in die Abgründe stieg und wieder heraus kam. Er war stark genug. Den kleinen roten Stein legte sie auf ihr Nachtschränkchen. Mit einem Gefühl des Vertrauens glitt sie hinüber in einen erholsamen Schlaf.

17. Kapitel

Es war Anfang Juni und Paul war auf dem Weg zur Praxis eines Kollegen. Am liebsten wäre er umgekehrt. Ihm war sehr mulmig zumute. Alle vier Wochen traf er sich mit einigen Kollegen, Analytikern und Verhaltenstherapeuten, zur kollegialen Supervision. Er war sich unsicher, ob es richtig war, dass er Frau Luna mit einer Umarmung beruhigt hatte, obwohl er andererseits den Eindruck hatte, dass es in dieser Situation genau das Richtige war. Eigentlich, so dachte er, hatte er eine Absegnung durch die Kollegen oder auch eine Kritik gar nicht nötig. Schließlich war er ein verantwortungsbewusster und intelligenter Mann, der nicht leichtfertig handelte. Jemand anders könnte sich in diese Situation mit Frau Luna am Fenster gar nicht wirklich hineinversetzen. Warum also sollte er überhaupt davon erzählen? Um sich als unmoralischen Taugenichts beschimpfen zu lassen?

Manche seiner Kollegen kamen ihm eh ein wenig spröde vor und unlebendig. Ein Therapeut mit einer zwanghaften Persönlichkeitsstruktur, der selbst nicht viel vom Leben wusste und ein reglementiertes, tristes Leben führte – was verstand er von den Schattierungen und Facetten eines lebendigen bunten Vogels? Würde er nicht alles, was nicht in sein Weltbild passte, gleich als abnorm bewerten?

Und selbst wenn er sich vorgenommen hatte, seine Abwertung nicht explizit zum Ausdruck zu bringen, würde sie sich nicht doch in seine Worte einschleichen in Form von Tonfall oder Wortwahl? („Ach so, wenn Sie als Frau meinen, dass Sie sich unbedingt mit Frauen abgeben müssen, dann tun sie das!") Wenn die Patientin den abfälligen Tonfall bemerken sollte und darauf anspräche, würde der Therapeut dies wohl kaum zugeben, dass sie dies richtig wahrgenommen hatte. Somit entstand eine invalidierende Situation, in der die richtigen Wahrnehmungen der Patientin geleugnet wurden.

Paul hatte sich für seine Arbeit vorgenommen, den Patienten die Wahrheit zu sagen, wenn er zum Beispiel fühlte, dass jemand Wut in ihm auslöste oder andere Gefühle oder er den Eindruck hatte, der Patient sagte nicht ganz die Wahrheit. Er musste ja nicht bis ins Detail gehen. Er wollte etwas greifbarer sein, auch als normaler Mensch erkannt werden. Wenn er im Gespräch das Verhalten eines Patienten interpretierte, so war dies immer als ein Angebot an den Patienten zu verstehen, das dieser für sich prüfen sollte. Eine Interpretation konnte keine unumstößliche Wahrheit sein, in der der Therapeut alleine entschied, was wirklich war. Denn auch ein Therapeut konnte sich mal irren.

Nach all diesen Überlegungen betrat er etwas selbstbewusster die Praxis seines Kollegen, in der sie heute zu acht waren.

Wie er vermutet hatte, wurde er besonders von dem Kollegen Daniel Stramm, einem Psychoanalytiker, scharf kritisiert. Sein Verhalten mit der Patientin sei untragbar und eine Schande für den Berufsstand. Andere Kollegen hingegen konnten seine Reaktion gut nachfühlen. Einem weiteren Kollegen, Markus Breit, der als Verhaltenstherapeut arbeitete, sei es ähnlich ergangen. Am Ende der letzten Therapiesitzung habe ihn eine Patientin ohne Vorwarnung einfach in den Arm genommen und sich bei ihm bedankt. Hätte er sie denn einfach zurückstoßen sollen? Das hätte sie doch nur als schroffe Zurückweisung ihrer Person verstehen können.

Wieder meldete sich der strenge Kollege zu Wort.

„Dann müsst ihr einfach so viel Meter Abstand zu den Patientinnen halten, dass sie euch einfach nicht berühren können!"

„Mein Gott, Du sprichst, als wenn es sich bei den Patienten und Patientinnen um Bakterien handelt und Du Angst vor Ansteckung hast!", rief Herr Breit aus.

„Wie bitte! Ich halte mich nur an die Berufsordnung!"

„Ja, wir auch. Aber Du bist so was von abstinent und zurückhaltend, dass man, wenn man Dein Zimmer betritt, glaubt, man sei alleine!"

„So etwas Unverschämtes! Du hast einfach keine Manieren, Markus Breit! Der Patient soll einfach ungestört seine Problematik bei mir entfalten können!"

„Hast Du schon mal darüber nachgedacht, dass ein Patient bei so viel Zurückhaltung glaubt, Du könntest extrem gehemmt und hölzern sein? Und dass ein Patient oder eine Patientin bestimmte heikle Themen bei Dir überhaupt nicht anschneidet, weil er oder sie der Meinung ist, dass Du das bei so viel Hemmung gar nicht vertragen könntest. Kürzlich kam ein Patient zum Erstgespräch. Er war total überrascht und erfreut, dass ich überhaupt mehrere Sätze mit ihm spreche, weil der Therapeut, bei dem er davor war, kaum mit ihm geredet hat. Völlig irritiert hatte er den anderen Therapeuten verlassen, weil er mit dem ewigen Schweigen nichts anfangen konnte.

Ich dachte, das musste wohl ein sehr eifriger Analytiker gewesen sein. Weißt Du, *wir* kennen den Begriff *Abstinenz*. Der Patient kennt den Begriff aber nicht und glaubt einfach, dass Du einen an der Waffel hast."

Jetzt meldete sich Uwe Krug, ebenfalls Analytiker, zu Wort.

„Ich habe lange über eine Situation nachgedacht, die mir eine Patientin vor einigen Wochen geschildert hat. Zum Glück hat sie sich getraut, es anzusprechen. Und zwar war ich ihr vor der Therapiesitzung draußen an dem Kiosk begegnet und wir beide wollten zu meiner Praxis. Ich, als gut erzogener Therapeut, habe mich aufgrund der Abstinenzregelung bemüht, möglichst schnell von ihr weg zu kommen und ihr davon zu laufen. In der Sitzung fragte sie mich dann, ob sie mir so sehr zuwider sei, dass ich vor ihr weglaufen müsse. Da sie nichts von dieser Regelung wusste, kam sie auch nicht auf die Idee, die Situation anders zu interpretieren. Ich kam ihr einfach seltsam vor und sie glaubte, dass ich sie nicht leiden könne.

Tja, so entstehen Missverständnisse! Gemein wäre jetzt, diese Interpretation einfach als Übertragung zu deuten. Wir glauben so sehr an Abstinenz und Übertragung, dass wir gar nicht bemerken, wann ein Patient vielleicht tatsächlich einfach *uns und unser Verhalten* meint. Auch wenn wir es nicht wollen, so sickert etwas von unserer Persönlichkeit doch irgendwo hindurch und äußert sich im Gespräch. Und ich denke, wenn wir etwas von uns preisgeben, so hindert das den Patienten nicht daran, seine Konflikte transparent werden zu lassen. Vielleicht tut es ihm ja gut, wenn er sieht, dass wir auch ganz normale Menschen sind und keine Masters of the universe.

Wir fordern den Patienten auf, sich uns gegenüber rückhaltlos zu öffnen, wohingegen wir alles tun, um möglichst undurchsichtig zu bleiben."

Andreas Stanz, ein Verhaltenstherapeut, bemerkte, dass Herr Stramm vor Wut kochte. Seine Augen schienen fast den Kopf verlassen zu wollen. Irgendwie sah er aus wie ein Frosch. Jetzt nur nicht lachen, dachte Herr Stanz, sonst explodiert er noch. Vielleicht wird er ja zum Prinzen, wenn man ihn küsst. Da war es zu spät. Andreas Stanz prustete los vor Lachen.

„Ich glaube, ich verlasse gleich den Raum!", schnaubte Daniel Stramm.

Mike Mago, ein sehr junger Psychotherapeut, dem sehr daran gelegen war, therapieschulenübergreifend zu arbeiten, bemühte sich, wieder Frieden zu stiften. Seiner Ansicht nach hatte jeder Ansatz seine Berechtigung und es sei ein Gewinn für den Patienten, wenn man bereit war, auch Elemente anderer anerkannter Therapieschulen zu berücksichtigen.

„Jetzt hört doch mal auf! Wir sollten nicht gegeneinander, sondern miteinander arbeiten. Natürlich, Daniel, denken wir alle hier, dass es wichtig ist, keinen Körperkontakt mit unseren Patienten und Patientinnen zu pflegen, aber davon muss man wohl doch die Umarmung unterscheiden, die der Kollege bei der völlig aufgelösten Patientin vorgenommen hat, um sie zu stabilisieren. Das hat doch eine ganz andere Bedeutung. Ich denke, wir alle halten uns an Richtlinien, aber man sollte doch das Besondere der einzelnen Situationen hervorheben."

Alle Kollegen nickten. Herr Stramm beruhigte sich etwas.

Paul bedauerte, über Frau Luna gesprochen zu haben. Hätte er einfach nur auf seine Intuition gehört, die ihm davon abgeraten hatte! Wieder fühlte er sich darin bestätigt, dass manche Menschen trotz hervorragender Ausbildung einfach nicht alles verstanden, weil es zum Verstehen bestimmter Situationen weniger auf den Kopf und die Theorie ankam als vielmehr auf Intuition und Herzensbildung.

Auf dem Nachhauseweg nahm er sich vor, Marita am folgenden Tag anzurufen. Er sehnte sich nach ihrer Nähe. Bei ihr konnte er so sein, wie er war, ohne dass er Gefahr lief, wegen irgendeiner Sache angegriffen zu werden. Wie gern wäre er jetzt zu ihr gefahren. Noch immer spürte er diese Unruhe in sich, die in der Gruppe entstanden war. Marita hätte ihn vielleicht beruhigen können.

Am nächsten Morgen musste er erst um 10.00 Uhr in seiner Praxis sein. Bereits um 09.00 Uhr sprach er Marita auf den Anrufbeantworter, um nachzufragen, wann sie das nächste Mal Zeit für ihn habe. Natürlich war sie schon längst in der Schule.

18. Kapitel

Lena erwachte bereits vor dem Läuten des Weckers um kurz vor sechs. Als sie zur Uhr sah, erblickte sie den roten Stein. Sie fühlte sich ausgeruht, aber dennoch irgendwie merkwürdig. Nachdem sie sich angezogen hatte, steckte sie den Stein in ihre Hosentasche und bereitete sich in aller Ruhe ein leckeres Frühstück. Sie hatte sich vorgenommen, heute nur in der Gegenwart zu sein, sämtliche Grübeleien, Zeitreisen in die Vergangenheit oder

Traumbilder an diesem Morgen beiseite zu schieben und einfach nur da zu sein, wo sie gerade war.

Die Kaffeemaschine gurgelte leise vor sich hin, während Lena die heiße Milch aufschäumte. Dazu gab es frische Brötchen, die sie schnell beim Bäcker besorgt hatte. Die Luft war mild, doch von der Sonne war heute Morgen, von der Helligkeit einmal abgesehen, keine Spur. Sie verbarg sich hinter einer dichten Wolkendecke. Es störte Lena nicht. Irgendwie passte es zu ihrer Stimmung, die zwar nicht niedergeschlagen war, aber dennoch leicht traurig, ohne dass sie diese Traurigkeit als bedrückend erlebt hätte. Nein, irgendwie, so dachte sie für sich, hatte diese Traurigkeit etwas Süßes und Friedliches an sich. Lena wunderte sich über ihre eigenen Reflektionen.

Stopp! Jetzt wird gefrühstückt! Warme Brötchen mit Butter und Honig. Dazu heißen Kaffee mit Schaumbergen aus Milch, Vogelmusik und die Stille des Morgens.

Da es draußen bereits zwanzig Grad waren, hatte sie die Terrassentür geöffnet. Sie hatte wieder etwas Sicherheit gewonnen und freute sich auf den nächsten Termin bei Herrn Ort. Ja, er konnte ihr helfen. Sie war zuversichtlich. Den nächsten Termin hatte sie schon bald. Sie kam sich vor wie eine Abenteurerin, nur dass es diesmal nicht um Männer ging, sondern um ihre eigene Persönlichkeit, um ihr inneres Leben. Sie hatte Lust, Neues auszuprobieren.

Nachdem sie das erste Brötchen aufgegessen hatte, erinnerte sie sich an die gestrige Post, die sie ungelesen zur Seite gelegt hatte. Was war das? Ein Brief ohne Absender. Neugierig öffnete sie den Brief. Sie traute ihren Augen nicht. Ein Liebesbrief! Es war keine Briefmarke auf dem Brief. Also musste derjenige ihn persönlich eingeworfen haben. Jemand aus der Nähe also. Aber wer? Und wer kann so stilvoll schreiben? Wieder fühlte Lena sich unbehaglich. Jetzt gesellte sich zu den merkwürdigen Anrufen auch noch ein Brief. Aber wenn sie genauer darüber nachdachte, fand sie den Brief ganz interessant. Auf jeden Fall würde sie ihn Marita zeigen.

In der großen Pause hatte sie Gelegenheit, mit Marita zu sprechen.

„Ist ja unglaublich, Lena! Wer schreibt denn so etwas? Die Männer scheinen sich bemüßigt zu fühlen, Dir Liebesbriefe zu schicken. Meinst Du, er ist von Dieter?"

„Kann ich mir nicht vorstellen. Aber vielleicht doch. Schließlich war er kürzlich nachts bei mir. Wie reagiert man auf so etwas?"

„Abwarten, würde ich vorschlagen. Auf jeden Fall würde ich jetzt jeden Herrn genauer studieren. Vielleicht verrät er sich ja."

„Du meinst, einfach nur beobachten?"

„Hast Du eine andere Idee?"

„Keine Ahnung", gab Lena zur Antwort.

„Du kannst ja wohl kaum Dieter einfach auf Verdacht ansprechen."

„Warum eigentlich nicht? Ich könnte ihn doch fragen, ob der Brief von ihm ist. Er hat es überhaupt nicht nötig, sich so verdeckt zu äußern. Das ist nicht sein Stil."

Marita gab zu bedenken, dass der Brief wahrscheinlich von einem sehr gebildeten und wortgewandten Mann geschrieben worden war.

„Lena, so kann nicht jeder schreiben. Bei unseren Recherchen müssen wir an sprachlich geschickte Männer denken. Mein Ex-Mann fand Dich ja auch ganz nett."

„Ach, der kommt aber für mich nicht in Frage!"

„Aber vielleicht Du für ihn?"

Lena schüttelte den Kopf.

Dann klingelte es auch bereits zur nächsten Stunde.

Marita freute sich auf den Pädagogikkurs nach der großen Pause, denn sie würde Patrick sehen. Seit dem Nachmittag im Garten, als sie mit Melissa zu Besuch bei Paul und Patrick war, war seine Teilnahme am Unterricht noch lebhafter geworden. Es war eine Freude, ihn zu unterrichten. Als die Schüler noch damit beschäftigt waren, ihre Bücher aus der Tasche zu holen, zwinkerte sie ihm schnell zu. Er antwortete mit einem Lächeln.

19. Kapitel

Marita hatte wieder ein paar Tage für sich alleine, da Melissa bei ihrem Vater war. Nach Unterrichtsschluss eilte sie nach Hause, weil sie unbedingt Paul anrufen wollte. Sie wollte ihn so schnell wie möglich wiedersehen. Aber auch sie konnte nur eine Nachricht auf dem Anrufbeantworter hinterlassen. Er war also noch in der Praxis. Natürlich. Es war gerade erst 14.00 Uhr. Marita verspürte nicht die geringste Lust, sich an ihren Schreibtisch zu setzen. Sie wünschte sich Abwechslung.

Während sie am Herd stand und Nudeln mit Tomaten-Thunfisch-Soße zubereitete, überlegte sie hin und her, wie sie den Nachmittag verbringen könnte. Da kam ihr eine Idee. Ja. Sie würde zur Praxis von Paul fahren und ihn überraschen. Sie wusste, dass er heute bis 18.00 Uhr arbeiten würde. Vielleicht könnten sie zusammen essen gehen. Allein die Vorstellung löste eine Flut von Endorphinen aus, die durch Maritas Blutbahnen pulsierten. Sie stellte sich sein Gesicht vor, wenn sie unerwartet vor seiner Tür stand.

Wenn er um kurz vor 18.00 Uhr den letzten Patienten entlassen würde, dann erwartete er ja kein weiteres Klingeln mehr. Aber es würde klingeln. Dann würde er die Tür öffnen und – ja, sich hoffentlich freuen. Marita war sich doch nicht ganz so sicher. Trotzdem wollte sie es ausprobieren. Wer nicht wagt, der nicht gewinnt. Gedacht – getan!

Sie saß im Treppenhaus, als der letzte Patient aus der Praxis kam. Er schniefte in ein Taschentuch und hatte rot geränderte Augen. Als er Marita erblickte, erschrak er.

„Warum sitzen Sie hier?"

„Ich warte nur auf jemanden."

„Auf mich?"

„Wieso sollte ich auf Sie warten. Ich kenne Sie doch gar nicht."

„Das kann man nie wissen!", entgegnete er mürrisch.

Dann rannte er davon.

Offensichtlich hatte dieser Mann ein ernsthaftes Problem. Was er nur erlebt hatte? Marita trat auf die Tür zu und schellte. Das Herz schlug ihr bis zum Hals. Besser Aufregung als Langeweile oder herumsitzen und warten, dachte sie bei sich. Als die Tür geöffnet wurde, erkannte sie sofort an seinem Tonfall und seinem Lachen, wie sehr er sich freute, dass sie einfach vorbei gekommen war.

„Marita! Was machst Du denn hier? Mensch, das ist ja eine Überraschung! Brauchst Du einen Termin?"

Grinsend zog er sie in seine Praxis. Jetzt war sie doch ein wenig verlegen. Seine Offenheit ermöglichte es ihr aber sehr schnell, unbefangen zu sein.

„Ich habe jetzt Feierabend. Und Du? Hast Du Zeit?"

„Ja, den ganzen Abend. Darum bin ich hier. Melissa ist bei Papa."

„Genial. Wir haben hier in der Nähe eine gute Pizzeria. Ich bin so gern beim Italiener."

„Ja, lass uns dorthin gehen. Gern."

Paul hätte im Traum nicht daran gedacht, dass Marita so spontan sein könnte. Es gefiel ihm. Zuerst aber wollte er ihr seine Räume zeigen und den netten kleinen Balkon mit Blick in den Garten.

„Das ist ja wie eine zweite Wohnung hier!"

„Ich wollte es gemütlich haben. Die Patienten mögen es, dass es nicht so steril und klinisch ist."

„Kann ich mir vorstellen. Sag mal, ich bin eben Deinem letzten Patienten begegnet. Der war aber komisch."

„Inwiefern?"

„Er war so argwöhnisch und stellte Fragen wie bei einem Verhör."

„Er hat mit Dir gesprochen?"

„Ja, er hatte offensichtlich den Eindruck, dass ich ihn kenne oder auf ihn warte."

„Oh, je. Er fühlt sich observiert. Mehr kann ich Dir dazu aber nicht sagen. Aber danke für Deinen Hinweis. So weiß ich, dass er immer noch mit diesen Gedanken beschäftigt ist."

„Was haben denn Deine Patienten sonst noch für Probleme?"

„Viele haben Ängste oder sind depressiv oder gleich beides auf einmal. Ach, lass uns gehen! Ich brauche dringend Entspannung. Gestern Abend haben wir uns unter Kollegen getroffen. Es hat Streit gegeben. Ich erzähle Dir gleich mal eine Geschichte. Mich würde Deine Meinung dazu interessieren."

Paul stellte seine Akten in den Schrank, räumte den Schreibtisch auf und verließ kurz darauf mit Marita die Praxis.

Nach wenigen Minuten saßen sie in der Pizzeria. Paul berichtete von dem Treffen mit seinen Kollegen. Ohne Nennung eines Namens schilderte er Marita die Szene, in der er die verzweifelte Patientin, die mit dem Kopf gegen die Scheibe schlug, in den Arm genommen hatte und die dadurch mit der Selbstverletzung aufhörte und dann bitterlich geweint hatte.

„Marita, findest Du das auch verwerflich?"

Bevor Marita antwortete, versuchte sie, sich selbst in diese Situation als Patientin zu versetzen.

„Hat sie denn irgendwie komisch reagiert? Ich meine, war da irgendwo eine Andeutung, dass ihr das unangenehm war? War da irgendetwas Erotisches?"

„Nein, überhaupt nicht. Sie brauchte Halt und Schutz! Sie war völlig von Sinnen. Ich habe die Umarmung als stimmig erlebt und ich glaube, sie hat ihr einfach nur gut getan."

„Na also. Weißt Du was, frag sie doch beim nächsten Mal, ob das o.k. war."

„Mensch, gute Idee! Ich spreche sie darauf an und weise darauf hin, dass das eine Ausnahme war in einer besonderen Situation. Ich frage sie, ob ihr das unangenehm war und sage ihr, dass ich selbst unsicher war, aber den Eindruck hatte, dass ihr die Umarmung geholfen hat."

Nachdenklich schaute Paul auf den Tisch.

„Du siehst bedrückt aus", begann Marita wieder das Gespräch.

„Ach, es ist manchmal anstrengend. In jedem Therapiegespräch musst Du vollkommen präsent sein. Und jeder Mensch hat seine eigene Geschichte und Besonderheiten, auf die Du individuell reagieren musst. Du verarbeitest die Situation auf mehreren Ebenen gleichzeitig und hast jeweils nur Sekunden Zeit, um adäquat zu reagieren. Du hörst zu, bringst das Gesagte mit bereits Abgespeichertem in Verbindung, achtest auf Mimik und Tonfall, weil diese Komponenten das Gesagte mal so, mal so kommentieren. Ich höre jedes auch noch so geringe Zittern der Stimme, jedes Schwanken der Sprachmelodie, jede Diskrepanz zwischen Gesagtem und Tonfall. Diese leichten Unebenheiten im Sprachfluss sind meist Hinweise auf Emotionen, die an der Grenze des Gewahrwerdens liegen oder die bewusst noch im Zaum gehalten werden.

Gleichzeitig beobachtest Du Deine eigenen emotionalen Reaktionen auf den Patienten und hast Deine Fantasien im Blick, die er in Dir auslöst, weil sie Hinweis auf sein Problem oder auch auf eine Lösung sein könnten. Weißt Du, der Patient sieht Dich nur im Sessel sitzen, aber in Dir selbst als Therapeut laufen zahlreiche Prozesse gleichzeitig ab.

Von den spezifischen Problemen einmal abgesehen habe ich den Eindruck, dass die Menschen irgendwie verlernt haben zu leben. Wie soll ich Dir das erklären? Sie haben verlernt zu lachen, zu feiern, den Tag zu leben. Stattdessen schlagen sie die Zeit tot. Sie wollen mehr Freizeit, mit der sie nichts anzufangen wissen. Viele machen sich entweder Sorgen über alles Mögliche, sind verängstigt aufgrund ihrer Grübeleien, die sich auf Zukünftiges beziehen, anstatt einfach in der Gegenwart präsent zu sein. Die anderen wiederum hetzen so sehr durch die Woche, das ganze Jahr hindurch, dass sie anschließend mit einem Gefühl der Erschöpfung und Anspannung weder Zeit für sich, noch für Familie und Freunde haben."

Marita lauschte still seinen Worten, wollte ihn auf keinen Fall unterbrechen. Sie hatte den Eindruck, dass es wichtig für ihn war, dass er ungebremst seinen Gedanken freien Lauf lassen konnte.

„Ich glaube, dass die Menschen zunehmend mehr sich selbst verlieren sowie einen echten, ehrlichen und lebendigen Bezug zu ihren Mitmenschen. Unsere Gesellschaft ist so sehr auf Profit, Wettbewerb, Konkurrenz, Geld und Macht aufgebaut, dass jeder, der zugibt, dass er zufrieden ist mit dem, was er hat, von Unternehmensberatern und Vorgesetzten nur belächelt wird. Ein guter Freund von mir, der in einer RehaKlinik arbeitet, wurde von seinem Chef in ein Gespräch verwickelt. Als mein Freund zugab, dass es ihm gut gehe und er zufrieden sei, entgegnete der Chef, dass das schlecht sei. Er war der Ansicht, dass Zufriedenheit Stillstand bedeute.

Was haben wir nur für Werte in unserer Gesellschaft?! Wir werden so sehr darauf hin erzogen, zu funktionieren, zu leisten und Gewinn zu erbringen, dass es kaum jemandem in den Sinn kommt, dass es gerade so etwas wie Ruhe sein könnte, was die Menschen dringend brauchen. Die Menschen haben verlernt zu schlendern, sie rasen nur noch."

Wütend fügte er hinzu: „Dann dürfte ein Baby in unserer Gesellschaft ja gar keinen Sinn und Platz mehr haben, weil es einfach nur da ist, krabbelt, alles anknabbert und sich des Lebens erfreut. Aber weißt Du, Marita, wenn ich so ein Baby sehe, wird mir das Herz weit. Wir Großen können viel von den Kleinen lernen."

„Möchtest Du noch ein Glas Wasser, Paul? Der Kellner kommt."

„Gern. Interessiert Dich das alles überhaupt?"

„Sehr sogar."

„Weißt Du, was ich so paradox finde. Schon die Kinder werden darauf trainiert, Leistung zu erbringen. Dass es natürlich wichtig ist, zu lernen und zu arbeiten, sei unbenommen. Nur, es wird immer mehr und alles muss immer schneller und besser werden. Der Wochenplan eines Kindes ist so voll gestopft mit Terminen, dass schon das Kind keine Zeit mehr hat für Muße und keine Zeit, einfach mal in einem ruhigen Moment, sich selbst zu begegnen. Bei so vielen Terminen kann sich keine Kreativität entfalten. Die innere Stimme, das, was aus einem selbst heraus will, wird nicht mehr gehört. Ich habe den Eindruck, die Menschen leben immer mehr an der Oberfläche.

Und die Menschen, die am besten die Werte von Leistung und Wettbewerb aufgenommen haben, gerade die, die die Leistungsträger unserer Gesellschaft sind, das sind die, die mit Burnout in meine Praxis kommen wie zum Beispiel Außendienstmitarbeiter, die während der Autofahrt bei 160 km/h gleichzeitig telefonieren und ihr Laptop auf dem Beifahrersitz bedienen. Die nicht mehr wissen, wie sie die Flut an Mails bewältigen sollen, zumal da jeder auf eine sofortige Antwort wartet, da er weiß, dass seine Mail in Sekundenschnelle beim Empfänger ankommt.

Menschen, die den Ansprüchen ihrer Chefs nicht mehr gewachsen sind, weil diese jedes Jahr die Profitgrenze nach oben korrigieren und die aus Angst vor Arbeitsplatzverlust sich total verausgaben, kein Privatleben mehr haben und bei Krankheit die Kündigung fürchten. Diese Menschen, intelligente, interessante und wertvolle Menschen, sitzen dann völlig erschöpft bei mir mit Panikattacken, Schweißausbrüchen, Schlafstörungen, Existenzängsten und Depression.

Und jetzt kommt das Paradoxon, dass sie bei mir plötzlich genau das Gegenteil von dem hören, was man ihnen all die Jahre beigebracht hat. Nachdem sie von Eltern, Erziehern, Lehrern und Vorgesetzten gehört haben, dass sie sich beeilen und den Erwartungen gerecht werden sollen, hören sie bei mir, dass es ihrer psychischen Gesundheit und auch ihrem Körper gut tut, wenn sie ihr Leben entschleunigen und sich Zeit für Entspannung nehmen, dass es wichtig ist, Familie und Freundschaften zu pflegen und die Seele baumeln zu lassen. Dass es wichtig ist, es eben nicht allen recht zu machen, weil man sonst das Leben der anderen und nicht sein eigenes lebt. Damit sie genesen können, müssen sie genau das lernen, was man ihnen in vielen Jahren ausgetrieben hat.

Ich kannte eine Frau, die als Kind jeden Tag in der Woche einen Kurs hatte (Geige, Chor, Orchester, Sport etc.), die keine Zeit für Freunde oder zum Spielen hatte und die mit sechzehn anfing, Drogen zu nehmen, weil sie sich so schrecklich leer fühlte und keine Freunde hatte. Sie hatte nichts Eigenes entwickeln dürfen. Sie war also das Projekt übereifriger Eltern."

Marita legte ihre Hand auf seine, überrascht, woher sie diesen Mut nahm. Sofort schaute er sie an. Sein Gedankenstrom machte Pause und jetzt, nach all den Ausführungen, war er sogar dankbar dafür.

„Lass uns zu mir fahren. Wir können vielleicht noch etwas spazieren gehen oder bei mir im Garten sitzen."

Marita nickte und Paul winkte den Kellner herbei.

Während der ganzen Autofahrt überlegte er, wie er Marita dazu bewegen könnte, die Nacht bei ihm zu bleiben. Er wünschte es sich so sehr. Zum ersten Mal seit dem Tod seiner Tochter und seiner Frau vor mehreren Jahren sehnte er sich nach der Nähe einer Frau. Eigentlich hatte er es gar nicht mehr für möglich gehalten. Lange Zeit wollte er es auch nicht, weil er es als Verrat empfunden hätte.

Die Rede, die er für die Beerdigung geschrieben hatte, kannte er noch auswendig. All die Jahre über hatte er versucht, so viele Einzelheiten wie möglich in seiner Erinnerung zu bewahren aus Angst, die Gesichter oder den Klang ihrer Stimmen zu vergessen. Aus diesem Grund spielte er bestimmte Lieder immer wieder. Seine Tochter hatte besonders gern Blue Eyes von Elton John gehört. Jedes Mal, wenn er dieses Lied hörte, war seine Tochter wieder bei ihm, saß auf seinem Schoß und kuschelte sich an ihn. Oder er sah sie in seinem Garten, wie sie still vergnügt im Sandkasten Plätzchen backte, die er selbstverständlich probieren musste. Abends dann badete sie in ihrem Lieblingsschaumbad: Himbeere. Dann roch sie immer so beerig gut und er nannte sie seine kleine Himbeere.

Im Nachhinein war er unendlich froh, dass er nie zu denen gehört hatte, denen es reichte, ihre Kinder abends vor dem Zubettgehen für eine halbe Stunde zu sehen. Er hatte immer darauf geachtet, dass er genug Zeit für seine Kinder hatte. Seine Tochter hatte ihm ein unvergessliches Geschenk gemacht: Ihre Fröhlichkeit, ihre lachenden blauen Augen, in denen sich ihre Liebe für den Vater spiegelte, ihr Vertrauen – all das lebte noch immer in ihm. So jung wie sie war, hatte sie eine so ungewöhnliche innere Stabilität und Gelassenheit. Er konnte es sich nicht erklären. Es war, als wenn in ihr eine besondere Kraft pulsierte, als wenn sie etwas vom Wesen des Lebens wusste, obwohl sie doch noch keine großartigen Erfahrungen mit dem Leben hatte. Sie kam ihm vor wie eine Wissende.

Er erinnerte sich daran, wie er im Keller ein Regal bauen wollte und es nicht so klappte, wie er wollte. Er war kurz davor, wutentbrannt den Keller zu verlassen. Da bemerkte er, dass Ruth ihn beobachtet hatte. Wie selbstverständlich ging sie auf ihn zu, streichelte seinen Arm und sagte: „Papa, Du darfst nicht aufgeben. Versuche es noch einmal in Ruhe. Wenn man ungeduldig ist, gelingt manches nicht." Dann gab sie ihm einen Kuss auf die Wange und lief wieder in den Garten.

Ein anderes Mal hatte sie ihn gefragt, warum man sich eigentlich schämen müsste, wenn man jemanden mochte. Sie begriff nicht, warum Tim im Kindergarten dafür ausgelacht wurde, dass er Lotte sehr mochte. Paul erinnerte sich noch an seine Antwort, dass man sich dafür überhaupt nicht zu schämen brauchte, dass es doch eines der schönsten Komplimente an einen Menschen war, wenn man ihm gestand, dass man ihn mochte. Eigenartigerweise fällt es vielen Menschen leichter, den anderen zu kritisieren, als ihm ein paar nette Worte zu sagen. Und es ist ebenfalls merkwürdig, dass Menschen eine nette Äußerung über die eigene Person verlegen abwehren.

Als er an dem heutigen Abend seinen Wagen in die Garage stellte, hatte er das sichere Gefühl, dass es kein Verrat an seiner Frau oder Tochter war, wenn Marita bei ihm blieb und dass es auch für seine Tochter in Ordnung gewesen wäre, wenn Melissa in ihrem Sandkasten spielte. Nur wenige Augenblicke später fuhr Marita mit ihrem Wagen vor. Es war Dankbarkeit, was er in diesem Moment empfand. Dass er noch einmal das Glück haben durfte, dass eine so hübsche und liebenswerte Frau sich für ihn interessierte.

Patrick schlief bereits, da er am nächsten Morgen um 08.00 Uhr in der Schule sein musste. Paul und Marita fanden eine Notiz von ihm auf dem Sofa. Beide waren sich einig, dass sie doch nicht mehr nach draußen wollten. Leise schlichen sie in Pauls Schlafzimmer, das gleichzeitig wie ein Wohnzimmer eingerichtet war mit Sesseln, Tisch und Couch. Etwas verlegen sah Paul zu Marita, als sie sich setzte.

„Wie dumm von mir! Wie kann ich mich nur in den Sessel setzen?!"

„Es gibt einen gemütlicheren Platz in diesem Raum", flüsterte er ihr ins Ohr.

„Du hast Recht. Worauf warten wir?"

Die Nacht nahm kein Ende. Es dämmerte bereits, als sie einschliefen.

Dank der Überdosis des Neurotransmitters Serotonin, der bei Verliebten in begrüßenswerter Konzentration das Blut bereichert, jener Botenstoff, der das Leben leichter macht, wurde das Aufstehen nur kurze Zeit nach dem Einschlafen nicht ganz unmöglich. Gnadenlos war der Piepton des Weckers. Wie gern hätte man ihn an die Wand geschleudert! Trotzdem gelang es Marita und Paul vergleichsweise gut, das Bett zu verlassen und den Weg ins Badezimmer zu finden. Auch beim Blick in den Spiegel entschied jeder für sich, dass ihm das Spiegelbild bekannt vorkam. Man erkannte sich. Leichte Schatten unter den Augen wurden mit einem Schmunzeln beantwortet.

Am Esstisch angelangt, begannen beide laut zu lachen. Patrick hatte natürlich doch mitbekommen, dass Papa Besuch mitgebracht hatte. Er hatte Maritas Jacke an der Garderobe vorgefunden und ihre Schuhe standen gleich daneben. Noch bevor er zur Schule gefahren war, hatte er für die beiden den Tisch gedeckt und an jeden Platz eine kleine Flasche Coca Cola gestellt. Eine Karte lag auf dem Tisch, auf der geschrieben stand: „Die Cola könnt ihr bestimmt gebrauchen!" Zusätzlich hatte er ein kleines lächelndes Gesicht gezeichnet.

Nachdem Marita sich zunächst ertappt fühlte, konnte sie sich dann aber doch schnell beruhigen, als sie das lächelnde Gesicht sah. Patrick hatte eindeutig keine Probleme damit, wenn sie eine Beziehung zu seinem Vater einging.

Nach dem Frühstück ging jeder seiner Wege. Marita musste noch schnell zu ihrer Wohnung, weil sie die Schultasche besorgen musste. Unbedingt musste sie sich mit Lena verabreden! Sie würde sich bestimmt freuen, wenn sie von ihrem neuen Freund erfahren würde. Doch Lena war an diesem Morgen nicht zur Schule gekommen.

Sie kämpfte mit den Auswirkungen des vergangenen Nachmittags.

20. Kapitel

Liebkost von der Kälte bleichen Händen,
geküsst von des kühlen Windes blutleeren Lippen
irren wir ziellos umher durch endlose Straßen
ohne Hoffnung, nach Hause zu kommen.

Du hältst mich im Arm,
ich schließe die Augen, bin ganz nah bei Dir,
blicke über Deine Schulter hinweg in unermessliche Ferne,
küsse Dich leidenschaftlich, entwinde mich Deinen Händen.

Glühende Umarmung in verborgenen Ecken,
unterbrochen durch den unerbittlichen Ruf der fortgeschrittenen Stunde,
lieben wir uns in fremden Betten
und leben von geborgter Zeit.

Lena hatte sich für diesen Morgen im Sekretariat krank gemeldet. Sie fühlte sich dermaßen niedergeschlagen und antriebslos, dass sie nicht wusste, wie sie sich überhaupt auf den Unterricht hätte konzentrieren können. Herr Most nahm es mit Verwunderung zur Kenntnis, denn er kannte Lena als eine Frau, die selbst mit dem Kopf unter dem

Arm zur Arbeit kam. Er spürte eine Veränderung in Lenas Wesen.

Sie hatte an dem Nachmittag des Vortages einen alten Bekannten namens Oliver getroffen, mit dem sie vor ein paar Jahren ein Verhältnis gehabt hatte. Oliver war damals verheiratet und war es offensichtlich immer noch. Seine Frau, von Beruf Krankenschwester, war nie dahinter gekommen. Wenn sie um halb sechs morgens das Haus verließ, stand Lena bereits um 06.00 Uhr mit einer Tüte Brötchen in der Tür und klingelte bei ihm. Das Frühstück war eigentlich Nebensache.

Schon Wochen vorher, bevor sie Oliver angerufen hatte, dachte Lena daran, wie lebendig und aufgeregt sie sich damals gefühlt hatte, wenn sie in der Morgendämmerung durch einen Türspalt in die Backstube der nahe gelegenen Bäckerei gelangte, die natürlich eigentlich noch geschlossen hatte, und sich ein paar Brötchen kaufte.

Dann fuhr sie über die fast noch leeren Straßen mit leicht geöffnetem Fenster und hörte Musik. Ahnungsvoller Morgen, voller Abenteuer und Leidenschaft, ein willkommener Ausweg aus dem ewigen Einerlei des Alltags, ein heimlicher Ausflug, der wie ein Jungbrunnen wirkte.

Schon damals wusste sie, dass Oliver eigentlich gefährlich für sie war, weil sie zuviel für ihn empfunden hatte. Er war mehr als nur eine Affäre für sie. Und jedes Mal, wenn sie nach einer Begegnung mit ihm wieder nach Hause fuhr, war sie traurig, weil sie wusste, dass sie beide niemals ein wirkliches Paar werden würden.

Irgendwann setzte das Leiden ein, die Leidenschaft warf ihre Schatten. Und auch wenn sie wusste, dass sie beide vom Wesen her nicht wirklich zusammen passten, so sprachen ihre Körper doch eine gemeinsame Sprache. Sie konnten nicht voneinander lassen, sobald sie zusammen waren. Gab es so etwas wie Seelenverwandtschaft der Körper?

Zunehmend mehr war es damals für beide schwieriger geworden sich zu sehen, da jede Begegnung, so sehnsüchtig sie auch erwartet wurde, sie hinterher unglücklich zurückließ. Lenas Verlangen nach ihm wurde immer unerträglicher und ihr war stets aufs Neue schmerzlich bewusst, dass er bei wichtigen Anlässen oder Begebenheiten nicht bei ihr sein konnte. Nie hatte er es geschafft, zu ihrem Geburtstag bei ihr zu sein. Und Oliver litt, weil auch er Lena vermisste, aber auch weil die Schuldgefühle seiner Frau gegenüber angefangen hatten, ihn mürbe zu machen.

Darüber hinaus war es der Riss in der Gegenwärtigkeit, der zum Riss in dieser Beziehung wurde.

Für Lena bestand der Riss darin, ihre Zeit ohne ihn als defizitär zu erleben. Er fehlte. Ständig hatte sie ihn vermisst. Sie hatte keine innere Ruhe mehr. Wo sie auch war, sie dachte immer an ihn und verzehrte sich nach ihm. Sie war damals Single und konnte stundenlang von ihm träumen und traurig sein. Auch ihn zerriss es von Tag zu Tag mehr. Er konnte keine Zeit mehr mit seiner Frau verbringen, ohne dabei an Lena zu denken. Er war wie abgespalten von der momentan gegenwärtigen Situation und immer in Gedanken an jemand, der nicht präsent war.

So wurde der Absente, der nicht Gegenwärtige zu demjenigen, der die Gegenwart überlagerte und damit die einzige Zeitform beeinträchtigte, in der wir wirklich leben und glücklich sein können: In der Gegenwart. Somit wurde die Geliebte, die ihm Gefühle des Glückes schenkte, zum Unglücksboten. Er verlor die Gegenwart, weil er immer an die schönen vergangenen Momente mit Lena dachte oder die zukünftigen herbeisehnte. Durch das Schwelgen in der Vergangenheit und das Herbeisehnen der Zukunft verlieren wir die Gegenwart.

Und Lena verlor darüber hinaus ihre Jahre, weil sie sich an einen Mann gebunden hatte, der nicht frei war. Somit war sie selbst unfrei darin, einen anderen Mann zu finden, mit dem sie eine Liebesbeziehung hätte führen können. All die Jahre, in denen sie ihn nicht gesehen hatte, hatte sie trotzdem an ihn gedacht.

Gestern hatte sie ihn zum ersten Mal nach sechs Jahren wieder gesehen. Sie hatte ihren Mut zusammengenommen, seine Handynummer gewählt und gehofft, dass er keine neue Nummer hatte. Freizeichen. Sie war erleichtert. Ihr Herz hämmerte wild. Was sage ich nur, wenn er abhebt? Oh Gott! Was mache ich nur? Ihre Hände begannen zu zittern und wurden, obwohl ihr der Schweiß ausbrach, eiskalt. Und dann hörte sie sein:

„Hallo, Oliver hier."

Kurze Pause.

So viel Adrenalin hat man selbst bei einer Panikattacke nicht im Blut, dachte Lena bei sich.

„Hallo, wer ist da?"

„Ich bin es. Eine Stimme aus der Vergangenheit."

„Wer? Warte mal. Nein. Das kann nicht sein! Lena, bist Du es?"

„Ja. Ich wollte Dich einfach mal anrufen und fragen, wie es Dir geht."

„Mensch, Lena! Ich glaube es einfach nicht! Manchmal denke ich, es gibt doch Telepathie. Ich habe in den letzten Wochen so oft an Dich gedacht. Wie geht es Dir?"

„Ganz gut. Wo bist Du denn gerade? Kannst Du sprechen oder stehst Du mit dem Handy gerade bei Aldi an der Kasse?"

„Nein. Ich bin unterwegs, kann aber telefonieren. Wo bist Du denn gerade?"

„Ich bin zu Hause."

„Ich habe eine verrückte Idee. Bist Du spontan?"

„Wieso?"

„Vielleicht könnten wir uns ja treffen? Hast Du Zeit?"

„Ja. Wo bist Du denn gerade?"

„Bin in Oberhausen im Centro, schlendere die Promenade entlang. Kannst Du kommen? Ich habe Zeit."

„Gern. Ich fliege. Wo treffen wir uns denn?"

„Kennst Du Dich ein bisschen im Centro aus, Lena?"

„Na, klar."

„Dann komm doch zu den Kinos. Da können wir uns treffen und dann irgendwo einkehren oder auch spazieren gehen."

„In einer halben Stunde?"

„Ja, ich warte."

„Oliver, hast Du noch meine Handynummer?"

„Ja, aber gerade nicht im Handy eingespeichert."

„Ich schicke Dir eine SMS, dann hast Du meine Nummer, o.k.?"

„Ja. Ich freue mich so!"

„Ich mich auch! Bis gleich!"

Wie vereinbart trafen sie sich vor den Kinos. Nachdem sie ein Update ihrer Erinnerungen an das Gesicht des anderen vorgenommen und das neue Bild eingescannt hatten, nachdem die ersten Sekunden der Zurückhaltung verstrichen waren, fielen sie sich in die Arme, um die nächsten Sekunden in dieser Haltung zu verharren. Ohne sich dessen wirklich bewusst gewesen zu sein, glühte noch immer ein kleines Flämmchen in ihnen, das nie erloschen war. Die alte Vertrautheit war wieder da. Sechs Jahre, in denen sie sich nicht gesehen hatten, verdampften in diesem einen Augenblick. Es war alles wieder da. Sie erkannten sich und ihre Körper erinnerten sich.

Dann wanderten sie von den Kinos aus in Richtung Promenade auf der Suche nach einem Lokal, bei dem man gemütlich draußen sitzen konnte und das auch nicht überfüllt war. Sie hatten keine Lust darauf, dass jemand am Nebentisch jedes Wort hätte mithören können. Zunächst füllten sie im Gespräch die sechsjährige Zeitlücke, erzählten dem anderen all die Dinge, die er seit der Trennung nicht mehr mitbekommen hatte, alles, was sich beruflich oder privat verändert hatte.

Nur über die Therapie verlor Lena kein Wort. Oliver war Architekt und hatte sich mit einem Kollegen selbstständig gemacht. Er war noch immer mit derselben Frau verheiratet, wollte aber nicht viel über sie sprechen. Wenn man sich gerade mit einer ehemaligen Geliebten trifft, wäre es wohl mehr als ungeschickt, wenn man ausführlich über seine Ehe spräche. Auf ihre Frage hin, erwähnte er nur kurz, dass er noch verheiratet sei, wechselte aber schnell das Thema. Lena war ganz froh darüber, denn sie hätte ungern zugegeben, dass sie in sechs Jahren – von kurzen Episoden abgesehen – Single geblieben war.

Stattdessen wollte sie mehr über sein Architekturbüro und seinen Kollegen wissen. Es stellte sich heraus, dass er ihn zufällig im Urlaub kennen gelernt hatte, als er vor ein paar Jahren in Italien war. Mal wieder hatte sich die Welt als äußerst klein heraus gestellt, da sein Kollege Achim, den er in Italien zum ersten Mal getroffen hatte, zufällig aus Duisburg kam, also ganz in seiner Nähe wohnte. Er sei sehr kreativ und zuverlässig. Sie kämen sehr gut miteinander zurecht. Manchmal sei er zwar ein bisschen merkwürdig.

„Was meinst Du mit *merkwürdig*, Oliver?"

„Na ja, er hat ab und zu den Eindruck, dass er von irgendjemandem beobachtet wird."

„Wie kommt er denn darauf?"

„Wenn er zum Beispiel abends nach Hause kommt, bemerke er kleine Veränderungen in seiner Wohnung, die morgens noch nicht vorhanden waren. Ich muss zugeben, dass manches, was ihm passiert, wirklich komisch ist. Vor ein paar Wochen hatten wir auf dem Anrufbeantworter in unserem Büro einen Mitschnitt eines Telefonats, das er selbst vor einiger Zeit mit einem ganz anderen Menschen und von einem ganz anderen Telefon aus geführt hat. Er hat mir die Aufzeichnung vorgespielt. War schon sehr eigenartig. Weißt Du, es ist schwer auseinander zu halten, wann er sich etwas einbildet und wann es tatsächlich Wirklichkeit ist. Am Anfang dachte ich einfach, er hat sie nicht alle auf dem Christbaum. Aber es gibt tatsächlich einige höchst seltsame Dinge, die ich im Büro auch mitverfolgen kann.

Er sagt immer wieder, George Orwells Visionen seien längst eingetreten. Zum Beispiel hat fast jedes ISDN-Telefon eine sogenannte Babysitter-Funktion, die man als Raumüberwachung benutzen kann. Wenn Du gerade mal kurz außer Haus bist und hören möchtest, was in Deinem Wohnzimmer geschieht, dann wählst Du Deine Nummer und gibst einen Code ein, so dass Du über Dein eigenes Telefon alles mitanhören kannst, was in Deinem Wohnzimmer gesprochen wird. Weißt Du, und wenn wir als Laien schon von einem anderen Ort aus unser eigenes Wohnzimmer über Telefon abhören können, was meinst Du, was der Staat kann?"

„Auf die Idee bin ich ja noch nie gekommen!"

„Im Grunde genommen holen sich die Menschen die Geräte, mit denen sie zum gläsernen Menschen werden, selbst ins Haus – genauso wie Handy und Internet. Nachher sind diejenigen verdächtig, die weder ein Handy besitzen, noch Internet oder ISDN oder DSL. Mein Kollege erlaubt sich gerne auch mal einen Scherz. Dann spricht er mit einem Bekannten und erzählt irgendeinen Quatsch am Telefon, benutzt absichtlich irgendwelche Worte, von denen er glaubt, dass sie für den Geheimdienst interessant sein könnten, in der Hoffnung, dass deren Aufzeichnungsgeräte anspringen und sie Arbeit haben.

Er will quasi Räuber und Gendarm spielen. Da seit neuestem ja alle Telefonverbindungen ein halbes Jahr gespeichert werden, ruft er wild irgendwelche unbekannten Leute an, um Verbindungsdaten zu produzieren, einfach so, um die zu beschäftigen und zu verwirren, damit sie nachher so viele Daten haben und gar nicht mehr wissen, was relevant ist und was nicht. Ja, er hat schon so seine Besonderheiten. Aber er ist sehr liebenswert und absolut harmlos."

Die Zeit an diesem Nachmittag und Abend verflog wie im Nu. Lachend stellten sie Theorien über die Zeit auf. Sie waren sich einig: Zeit vergeht viel schneller gerade in den Situationen, in denen man sich wünscht, dass sie doch langsamer vergehen möge. Während der Zeitfluss sich in glücklichen Momenten um ein Vielfaches beschleunigt, verlangsamt er sich in unglücklichen. In glücklichen Zeiten werden Stunden zu Minuten, wohingegen in unglücklichen Zeiten jede Minute einem endlos erscheint.

„Lena, um das Gefühl zu haben, dass die Zeit nicht so rast, müsste man dann nicht eigentlich dafür sorgen, dass es so richtig langweilig im Leben ist und man sich schlecht fühlt?", sagte Oliver grinsend.

Mittlerweile schauten doch die Leute von den Nachbartischen zu ihnen herüber, weil Oliver und Lena von einer Lachsalve in die nächste fielen.

„Ach, weißt Du, dann habe ich aber doch lieber ein Gefühl der Beschleunigung, habe dafür aber ein ausgefülltes und glückliches Leben!"

Lena hob ihr Glas Rotwein und prostete Oliver zu.

„Ja, ja, da hast Du wohl Recht. Aber wenn man nicht gerade von Langeweile spricht, sondern von Langsamkeit, dann könnte das doch auch eine positive Nuance haben?"

Lena entging nicht, dass er auf ein anderes Thema zusteuerte.

„Wer zu schnell durchs Leben rast, der sieht zu wenig. Es ist wie beim Autofahren. Je schneller Du fährst, desto weniger siehst Du von der Landschaft."

„Kannst Du vielleicht etwas Konkreter werden, Oliver?"

Lena schmunzelte. Sie liebte diese lebendigen, intelligenten und albernen Gespräche mit Oliver. Auch er hatte diese Art der Gespräche vermisst. Aber erst jetzt konnte er es wirklich für sich feststellen.

„Manchmal hat Erfüllung mit Langsamkeit zu tun.

Genießen zum Beispiel."

Sicherlich hatte es auch mit dem Wein zu tun, dass sie beide lauthals losprusteten, obwohl sie gar nicht viel getrunken hatten. Sie waren in ihrem Element.

„Geht es noch ein bisschen konkreter, mein lieber Freund?"

Verschmitzt schaute sie ihn an.

„Wie konkret brauchst Du es denn?"

„Es sollte durchaus sehr konkret sein. Und spürbar."

Gespannt lauschte ein junger Mann am Nebentisch dem Gespräch, denn Oliver und Lena waren nun wirklich nicht mehr zu überhören. Andere, die etwas entfernter saßen, das Gespräch der beiden zwar nicht verstehen konnten, sie aber immer wieder lachen sahen und hörten, mussten bereits mitlachen.

„Meine liebe Lena, neben dem Konkrement ... huch! Äh, ich meine ..."

Oliver krümmte sich vor Lachen.

„Ich meine, neben dem Konkreten und Spürbaren ..."

„Ja?" Lenas Augen funkelten.

„Wie viel Schnelligkeit wäre denn wünschenswert?"

„Bitte gerne!"

Der junge Mann am Nebentisch bemühte sich nun wirklich, sein Grinsen hinter der Speisekarte zu verstecken. Als Oliver es bemerkte, sprach er ihn an und fragte, warum er denn die Speisekarte verkehrt herum lesen würde. Es würde doch reichen, dass Lena schon ihm den Kopf verdreht hätte. Oliver und Lena kamen schließlich zügig zu dem Entschluss, dass es Zeit wurde, die Zeit nun anderswo zu verbringen und zwar an einem Ort, wo sie so laut und lustig sein konnten, wie sie wollten, ohne immer darauf achten zu müssen, ob sie noch sozial verträglich waren. Es war Zeit, die Sprache ihren Körpern zu überlassen.

„Lass uns fahren, Lena! Ich kenne da ein gutes Hotel!"

Das ließ sie sich nicht zweimal sagen.

Zum Glück standen nirgendwo Radarfallen oder wie man heute sagt: *Flitzer-Blitzer*.

21. Kapitel

Als Lena sich von Oliver verabschiedete, fühlte sie sich dem Leben so nah wie schon lange nicht mehr. Sie war, wie sie es für sich selbst nannte, *mitten drin*, im Leben angekommen. Da waren Gefühle von Abenteuer, Leichtigkeit, auch Gefühle von Spannung, Heimlichkeit, Empfindungen ungebremsten, pulsierenden Lebens. Wie lange war es her, dass sie so ausgelassen und albern gewesen war? Ihr war aber auch bewusst, dass die Beziehung zu Oliver eine emotionale Gratwanderung bedeutete, es sei denn, sie würde es diesmal schaffen, nicht mehr als nur eine Affäre zu wollen. Solange hatten sie sich nicht gesehen, aber sie war immer noch da – diese Anziehung. Als sie vor dem Hotel auseinander gingen, gaben sie sich noch kurz einen Kuss und sagten: „Bis bald."

Lena sah ihn noch im Rückspiegel, als sie davon fuhr. Als sie sich später schlafen legte, fühlte sie sich unangreifbar und wohlig entspannt. Im Laufe der Nacht jedoch wandelte sich ihre Stimmung. Es begann, als sie zum ersten Mal zur Toilette musste. Schlaftrunken schaute sie im Halbdunkel in den Spiegel – vielleicht einen Moment zu lange? Lena nannte diese nächtlichen Begegnungen mit sich selbst „Spiegelerlebnisse".

Ist das wirklich geschehen am Nachmittag? Ich habe wirklich Oliver getroffen? Komm, hör auf, leg Dich schlafen! Werde ich ihn wiedersehen? Ja, bestimmt! Woher willst Du das wissen? Es reicht, Lena, leg Dich wieder ins Bett! Wie sehr man sich selbst auf den Geist gehen kann!

Müde kuschelte sie sich in ihre Bettdecke und schlief wieder ein.

Als sie das nächste Mal erwachte, zwitscherten bereits die ersten Vögel und es begann zu dämmern. Sie spürte, dass das Gefühl der Leichtigkeit vom Vortag einem Gefühl zunehmender Schwere gewichen war. Noch hoffte sie, dass, wenn sie eine weitere Stunde im Bett bliebe, es schon wieder besser werden würde.

Als sie jedoch später aufstehen musste, war es ihr, als habe der Luftdruck schrecklich zugenommen. Sie fühlte sich wie Blei. Jede Bewegung war mühsam, als wenn eine unbekannte Kraft sie in den Boden drückte. Verzweifelt versuchte sie sich ihren Zustand zu erklären. Es war doch alles in Ordnung. Was ist denn nur? Wieso geht es mir nur so schlecht nach dem Treffen mit Oliver. Es war doch so schön. Ich begreife gar nichts mehr. Ob er heute anruft? Ich möchte ihn gerne wieder sehen. Ja, und dann? Wo soll das denn hinführen? Willst Du wieder so leiden wie damals? Er wird sich bestimmt nicht trennen. Ach, dann sehe ich ihn halt nur ab und zu. Mir ist so elend. Ich will ins Bett und einfach nur noch schlafen. Ich muss zur Schule! Ach, wie soll das nur gehen? Geht schon irgendwie.

Lena warf sich auf ihr Bett und blieb reglos liegen. Selbst zum Weinen hatte sie keine Kraft mehr. Um halb acht rief sie in der Schule an, um sich krank zu melden. Stundenlang blieb sie wie versteinert in ihrem Bett, schloss die Augen ohne Schlaf zu finden und wünschte sich sehnlichst, wenigstens weinen zu können. Als sie um 11.00 Uhr Hunger verspürte, hätte sie gerne etwas gegessen, aber das vernichtende Gefühl der Schwere hinderte sie daran aufzustehen.

Ach, wenn ich doch jemanden hätte, der sich um mich kümmern könnte! Ach, Papa, wo bist Du nur? Warum hast Du mich verlassen? Wo bist Du? Ich war doch noch so klein. Es ist so still hier, so fürchterlich still. Lena rollte sich in sich zusammen, zog die Bettdecke nun ganz über ihren Kopf und hoffte, dass dieser Zustand irgendwie vorüber gehen würde.

Um 12.00 Uhr hörte sie das Läuten des Telefons. Wie von Weitem drang es zu ihr herüber. Ein Funken Hoffnung blitzte in ihr auf. Sie lief ins Wohnzimmer und nahm den Hörer ab. Doch es wurde sogleich wieder aufgelegt. „Genau! Macht ruhig weiter! Das kann ich jetzt gut gebrauchen!!! Na ja, wenigstens bin ich schon mal in der Nähe der Küche. Was soll ich nur essen? Nein, auf keinen Fall Pizza!" Da klingelte das Telefon ein zweites Mal.

„Hallo, Lena hier", brüllte Lena in den Hörer.

„Hallo, hier ist Gregor Most. Ich wollte mal hören, wie es Ihnen geht."

Völlig verwundert wusste Lena erst nichts zu antworten. Irgendwie schaffte er es immer, sie sprachlos zu machen.

„Frau Luna?"

„Ja, danke dass Sie anrufen. Mir ist so übel heute."
„Haben Sie sich den Magen verdorben?"
„Wer weiß. Ich habe gestern im Centro in Oberhausen etwas gegessen. Vielleicht ist mir das nicht bekommen."
Auch Herr Most zögerte etwas beim Sprechen, als suchte er nach Themen, weil er das Gespräch nicht so schnell beenden wollte. Ehe Lena sich versah, hörte sie sich sagen:
„Gehen Sie noch in dieses nette Bistro, wo wir uns einmal getroffen haben?"
„Sind Sie nächste Woche dort?"
Lena zuckte zusammen. Was mache ich nur? Ich bin doch nicht mehr zu retten!
„Ja. Und Sie?"
„Ich denke, dass ich es zeitlich schaffen könnte."
Lena wünschte sich jetzt nur noch eins, dass das Gespräch zu Ende ginge, bevor es noch peinlich werden würde, auch wenn sie gleichzeitig hoffte, sie könnten noch ein bisschen miteinander sprechen.
„Ich würde mich freuen", gab Lena ziemlich leise zur Antwort.
Herr Most war nicht entgangen, dass Lena insgesamt sehr bedrückt und tonlos wirkte. In seinen Gedanken sah er sie wieder vor sich, wie sie sich damals als Schülerin vom Fenster zu ihm hindrehte und diesen endlos traurigen Blick hatte, bevor sie wie ein Schatten davon huschte. Er konnte es ihr nicht sagen und ihm war bewusst, dass dieses Telefonat sicherlich einen denkwürdigen Eindruck hinterlassen würde. Was bedrückte sie nur so? Seine Position verbot es ihm, direkt danach zu fragen. Als guter Kollege hätte er sie einfach gefragt. Es wäre nichts Absonderliches dabei gewesen. Doch jetzt fühlte er

sich ihr nah und gleichzeitig durch unsichtbare Grenzen, die das Hierarchie-Gefälle definierte, von ihr getrennt. Er haderte mit sich selbst.

Lena witterte seine Ambivalenz. Sie hatte ein feines Gespür für Unausgesprochenes. Sie fühlte die Wünsche und Fragen anderer, noch bevor diese sie äußerten, ja vielleicht sogar selbst bewusst wahrgenommen hatten. Auf einmal schoss ihr blitzartig der Liebesbrief durch den Kopf, den sie anonym in ihrem Briefkasten vorgefunden hatte. Sollte er der Schreiber sein? Wäre das möglich? Der Direktor? Als der Telefonhörer in ihrer Hand zu rutschen begann, merkte sie, dass ihre Hände schweißnass waren.

Am Telefon kam einem das Schweigen so lang vor. Lena war es, als fragte er nach etwas ganz Bestimmtem, ohne es in Worte zu kleiden. Wie konnte sie ihm eine Antwort geben, ohne dabei wirklich zu wissen, wonach er konkret fragte? Das Schweigen hielt an. Auch wenn es sicherlich nur Sekunden waren, sie dehnten sich aus. Herr Most hoffte auf irgendetwas, ein Zeichen, das ihm zu verstehen gab, dass sie verstanden hatte, dass der Brief von ihm war, ohne dass sie es direkt ansprechen würde. Ein eindeutiges Zeichen, dass so mehrdeutig war, dass man immer noch so tun konnte, als wisse man von nichts. Denn wenn sie es direkt anspräche, so könnte er nur verneinen. Er war sich des Widersinnigen der Situation bewusst. Lena hoffte, dass ihr irgendetwas Kluges einfallen würde und dass sie ihn auf keinen Fall verletzen würde. Aber es musste schnell sein.

„Herr Most ..."

„Ja?", flüsterte er.

„Darf ich Sie nächstes Mal in dem Bistro einladen?"

Lena hielt diese Frage für geschickt, denn sie machte deutlich, dass sie ihn gern wieder sehen wollte und dass sie ihn nicht ablehnte für den Fall, dass er den Brief geschrieben haben sollte. Sie ging sogar einen Schritt über diese unsichtbare Grenze hinaus.

Herr Most war erleichtert, ließ es sich aber nicht anmerken. Ja, er glaubte, dass er es so interpretieren durfte: Für den Fall, dass sie eine Ahnung wegen des Briefes hatte, so schien sie es ihm nicht übel zu nehmen, denn sonst würde sie ihn nicht einladen wollen. Im Gegenteil, sie reduzierte die Distanz zwischen ihnen. Und für den Fall, dass sie keine Ahnung hatte, war es auch so einfach nur schön, mit ihr ins Bistro zu gehen. Also unabhängig davon, wie sie den Brief aufgenommen hatte, sie schien gern mit ihm zusammen zu sein. Es war eine Mischung aus Freude und Angst, was er fühlte, als sie das Telefonat beendeten.

Lenas Antriebslosigkeit hatte ihren Würgegriff gelockert. Der Hunger, der mittlerweile unerträglich geworden war, trieb sie in die Küche. Auf die Schnelle briet sie sich zwei Spiegeleier und machte sich Sandwiches mit Ei, Remoulade, Salat und Kochschinken. Schon beim Essen merkte Lena, wie gut es ihr tat. Gleichzeitig las sie noch einmal diesen Liebesbrief. Konnte er vielleicht wirklich von Herrn Most sein? Ach, so ein Unsinn, dachte Lena. Als wenn der Direktor heimliche Liebesbriefe durch die Gegend schickt! Aber irgendwie war es schon seltsam, dass er angerufen hatte. Dass es nur eine Kontrolle war, daran glaubte Lena nicht. Das passte nicht. Unwillkürlich musste Lena schmunzeln. Sie freute sich, dass sie wieder etwas lachen konnte.

Sie steckte sich eine Zigarette an und setzte sich mit dem Brief auf die Couch. Sie versuchte, das Geschriebene zu analysieren, um Anhaltspunkte zu finden, die auf den Verfasser hindeuteten. Offensichtlich handelte es sich um jemanden, der sie schon länger kannte. Wer kam denn da in Frage? Und es war ein Mann – davon ging sie aus – der nicht nur tief empfand, sondern dieses Empfinden gleichzeitig sehr sinnlich in Sprache umsetzen konnte. Maritas Überlegung, dass es ihr Ex-Mann sein könnte, kam dann schon nicht mehr in Betracht. Da blieben noch: Dieter Dott und Oliver eventuell. Ja, vielleicht hatte Oliver ihr den Brief in den Kasten gelegt? Aber hätte er dann nicht gestern darauf angespielt?

Wieder wanderten ihre Gedanken zu Herrn Most, wobei sie sich ernsthaft fragte, ob sie sich da nicht ein paar Schwachheiten einbildete. Warum sollte er Interesse an ihr haben? Nein. Vielleicht war der Brief eventuell für die Nachbarin bestimmt und er war nur aus Versehen in ihrem Briefkasten gelandet. Lena griff zum Telefon, um Marita anzurufen. Zum Glück war sie zu Hause.

„Hallo Marita, hier ist Lena."

„Hallo Lena, wo warst Du denn heute Morgen? Was ist los?"

Lena zögerte. Marita wusste bisher nicht viel von ihren depressiven Verstimmungen. Bisher hatte sie diese immer verharmlost. Sie wollte nicht bemitleidet werden. Aber was machte solch eine Verheimlichung mit einer Freundschaft? War es denn überhaupt Verheimlichung? Wäre Marita irgendwann sehr verletzt, wenn sie es heraus bekäme? Wie viel Geheimnis verträgt eine Freundschaft? Man muss in einer Freundschaft nicht minutiös Bericht erstatten, aber ab wann beginnt aufgrund von Nicht-Sagen eine derart große Distanz, dass es sich dabei eigentlich um Entfremdung bzw. Fremdheit handelt? Kommt es auf die Art der nicht besprochenen Themen an, die darüber entscheiden, wann aus normalem Verschweigen eine destruktive Geheimniskrämerei wird?

„Ich habe mich sehr schlecht gefühlt."

„Wie meinst Du das?"

Lena entschloss sich, Marita Einzelheiten zu erzählen. Am anderen Ende der Leitung war es still geworden.

„Marita?"

„Ja, ich überlege gerade, was ich antworten soll. Hast Du heute Mittag Zeit? Soll ich vorbei kommen?"

„Das wäre toll", erwiderte Lena dankbar.

Reflexartig traten ihr Tränen in die Augen.

„Marita, ich weiß nicht mehr, was mit mir los ist. Ich bin so verwirrt. Ich kenne mich mit mir selbst nicht mehr aus."

Marita hörte, dass Lena weinte.

„Ich beeile mich. Bin in einer Stunde bei Dir!"

„Danke!"

Lena fühlte sich gleich etwas besser. Ihre Niedergeschlagenheit begann, sich zu lösen, ihre trägen, verlangsamten Bewegungen bekamen wieder etwas Schwung und sie fühlte eine Ahnung von Leichtigkeit. Sie schaffte es sogar, vorher noch zum Bäcker zu laufen und etwas Erdbeerkuchen und Sahne zu besorgen. Marita aß doch so gerne Kuchen!

Als es klingelte, verspürte Lena neben der Freude ein bisschen Scham.

Sie war doch immer die Starke, die glaubte, wenn man nach außen hin stark war, dann war man es auch nach innen. Sie wollte vor den anderen nichts wissen von ihren Problemen, sonst hätte sie sich nur noch elender und klein gefühlt. Wenn andere Menschen, so glaubte Lena, nichts von ihren Problemen wüssten, dann könnte sie sie vor sich selbst verbergen.

Doch diese Rechnung ging nicht auf.

So erzählte Lena Marita in aller Ausführlichkeit von den letzten Wochen – von all ihren Stimmungen, Träumen, Männergeschichten und Ängsten. Bisweilen weinte sie bitterlich. Dann wieder lachten die Freundinnen herzhaft bei der Schilderung der Szene im Centro mit Oliver.

„Sag mal, Lena, warum versuchst Du es nicht mit einem unverheirateten Mann? Diese Affären tun Dir nicht gut. Das siehst Du doch selbst."

„Weiß ich auch nicht. Eigentlich gefällt es mir so. Ich habe meine eigene Wohnung, meinen eigenen Bereich, in den ich mich immer zurückziehen kann. Ich kann hier tun und lassen, was ich will. Kein Mann da, der mich nachts wach schnarcht. Weißt Du, ich glaube, viele Frauen sind deshalb genervt und erschöpft, weil sie überhaupt keinen ruhigen Nachtschlaf mehr haben, weil sie permanent von den Männern gestört werden. Und viele Frauen haben, wenn sie mit einem Mann zusammenziehen, noch mehr Arbeit: Neben Beruf, Kindern und Haushalt haben sie zusätzlich noch quasi ein großes Kind dabei, das versorgt werden will."

„Mein Gott Lena, es gibt doch auch andere Männer! Ich habe zum Beispiel einen sehr netten Mann kennen gelernt. Ich denke, er kommt auch alleine mit dem Haushalt zurecht. Es liegt doch an Dir, was für einen Mann Du

Dir suchst. Man muss ja nicht sofort zusammenziehen. Und wenn Du merkst, dass er sich nur bedienen lassen will, kannst Du die Beziehung ja lösen."

„Ich finde es einfach nur fürchterlich, wenn ich von anderen Frauen höre, dass sie betonen, dass ihr Mann sie unterstütze im Alltag und damit ist dann gemeint, dass er ab und zu den Tisch deckt oder den Müll nach unten trägt. Meistens auch müssen Männer darauf hingewiesen werden, wohingegen Frauen die Arbeit von selbst sehen und schon erledigt haben, bevor dem Mann aufgefallen ist, dass er auch etwas hätte tun können. Marita, ich möchte einfach nicht verschlissen werden. Und das ist das Schöne an den Affären: Man freut sich jedes Mal, wenn man den anderen sieht. Der andere wird nicht zur Selbstverständlichkeit, die man nicht mehr beachtet."

Marita überlegte einen Moment, bevor sie antwortete.

„Selbstverständlichkeit kann aber auch etwas sehr Positives sein. Es hängt von der Persönlichkeit der Beteiligten ab, davon, ob man prinzipiell ein Mensch ist, der Achtung vor anderen hat. Es ist doch wunderbar, wenn, ganz gleich ob Mann oder Frau, es selbstverständlich ist, dass, wenn man nach Hause kommt, da jemand ist, der auf Dich wartet und vielleicht schon gekocht hat. Oder dass es selbstverständlich ist, wenn man einkauft, dass man für den anderen auch noch etwas mitbringt. Und was die Nächte anbelangt, so schnarchen doch nicht alle Männer. Und wenn, dann schläft man halt in getrennten Zimmern und trifft sich nur zum Kuscheln im Bett. Also, wenn ich so nachdenke, sagte Marita verschmitzt, mein neuer Freund schnarcht zum Glück nicht. Und ich war sehr glücklich, dass er am nächsten Morgen noch ganz selbstverständlich neben mir lag und wir zusammen gefrühstückt haben."

Lena schob Marita ein zweites Stück Erdbeerkuchen auf ihren Teller und goss frischen Kaffee in ihre Tasse.

„Du hast ja nicht Unrecht. Ich habe jetzt nur negative Aspekte des Zusammenlebens erwähnt. Bei den Elternsprechtagen muss ich mir nur immer wieder von gestressten Müttern anhören, deren Kinder einen Leistungsabfall zeigen, dass sie komplett überlastet sind und dass sie auch nicht viel Hilfe durch ihren Ehemann bekommen. Ist irgendetwas, Marita? Du siehst auf einmal so nachdenklich aus."

„Mir fällt gerade auf, dass Du nie von Deinen Eltern sprichst. Wie war denn die Ehe Deiner Eltern? War Dein Vater auch so ein Macho wie diese Männer, von denen Du eben gesprochen hast?"

„Keine Ahnung."

„Du weißt es nicht?"

„Nein."

Nervös griff Lena zu ihrer Zigarettenschachtel.

„Was ist los mit Dir, Lena?"

Marita konnte mit ansehen, wie Lena sich vor ihren Augen verwandelte und in sich zusammen sank. Es war, als wenn der Raum plötzlich mit Traurigkeit geflutet wurde. Gedankenverloren blickte Lena zum Fenster, zog heftig an ihrer Zigarette und blies den Rauch in Kringeln wieder aus.

Als Lena wieder zu sprechen begann, war sie sehr angespannt und kontrolliert, als versuchte sie mit aller Kraft, ihre Gefühle oder vielleicht ein bestimmtes Gefühl nicht wahrnehmen zu müssen. Ihre Stimme klang tonlos, mechanisch und sie sprach die Worte sehr bedacht aus.

„Mein Vater hat mich verlassen, als ich ungefähr zehn

Jahre alt war. Ich habe ihn seitdem nie wieder gesehen."
Wieder entstand eine Pause. Dann fuhr Lena fort:
„Ich vermisse ihn."
Marita rührte sich nicht und wagte nicht, auch nur ein einziges Wort von sich zu geben.

Sie wollte ihrer Freundin Raum geben, um von sich zu erzählen, unbeeinflusst durch Fragen oder anderweitige Äußerungen. Lenas Worte quälten sich sehr mühsam hervor. Marita spürte eine plötzliche Kälte, die ihren Körper durchströmte. Sie wärmte sich an der heißen Tasse Kaffee, den sie mit langsamen Schlucken trank.
„Mein Vater und ich ..."
Lena unterbrach sich.
„Mein Vater und ich, wir haben uns sehr lieb gehabt."
Wieder Pause.
„Er hat mir immer aus Büchern vorgelesen. Zusammen haben wir Geschichten erfunden. Am schönsten war es, wenn Mama nicht zu Hause war, wenn sie zum Beispiel einkaufen oder bei einer Freundin war, dann hatte ich ihn für mich. Dann war er auch lustiger und alberner. Wir haben viel gelacht. Ich weiß nicht einmal, ob er noch lebt.

Meine Mutter hat mir nie gesagt, wo er abgeblieben ist oder warum er uns verlassen hat. Ich konnte mir nie erklären, warum er ohne ein Wort einfach nur verschwunden ist. Niemals hat sie auf meine Fragen geantwortet. Meine Verzweiflung hat sie ignoriert. Sie schenkte mir dann einen Fernseher und eine Stereoanlage – wahrscheinlich um mich zu trösten oder aber, um sich von ihren Schuldgefühlen frei zu kaufen. Ich lag monatelang in meinem Zimmer auf meinem Bett und habe die Decke angestarrt.

Jeden Tag lief ich nachmittags zur Tür und habe gehofft, dass sie sich öffnet und mein Vater herein kommt. Meine Mutter hat immer nur gesagt, sie wisse auch nicht, wo er ist. Vor einiger Zeit habe ich den Kontakt zu meiner Mutter abgebrochen. Ich habe ihr Schweigen nicht mehr ertragen."

„Davon wusste ich ja gar nichts. Und das trägst Du all die Jahre schon mit Dir herum?"

Marita erschrak bei dem Gedanken, wie wenig sie eigentlich von Lena wusste, obwohl sie jeden Tag mit ihr zu tun hatte. Was gab es vielleicht sonst noch, was sie nicht von ihrer Freundin wusste? Möchtest Du gerne herausfinden, wo Dein Vater lebt? Möchtest Du ihn wiedersehen?"

„Nichts lieber als das", flüsterte Lena.

Der Aschenbecher quoll mittlerweile über, doch offensichtlich hatte Lena immer noch nicht genug. Wie zerbrechlich sie heute wirkte, dachte Marita, so unglaublich verletzbar, dass man sie am liebsten in die Arme schließen und nie wieder los lassen wollte. Noch nie hatte Marita sich ihrer Freundin so nah gefühlt, so innig verbunden wie an diesem Nachmittag und Abend. Sie hatte ein dringendes Bedürfnis, ihr beizustehen und ihr dabei zu helfen, ihren Vater zu finden. Was war damals nur geschehen? Offensichtlich hatte sie als Kind eine warmherzige Beziehung zu ihm. Hatten sich die Eltern einfach nur scheiden lassen?

„Ich helfe Dir, Deinen Vater zu suchen. Wir werden ihn finden, ganz bestimmt!"

Lena schaute zu Marita mit diesem wehmütigen, schmerzvollen Blick, den Marita in den letzten Stunden bereits öfter gesehen hatte. Es lag soviel Traurigkeit und

Leere, so viel Leid in diesem einen Blick, der einen selbst tief im Innersten berührte, aufwühlte und nicht zur Ruhe kommen ließ. Er hatte etwas Verstörendes an sich. Man konnte ihn nicht vergessen. Worte hätten nicht auszudrücken vermocht, was in diesem Blick zu lesen war, der eine stille Bitte in sich trug.

Marita hatte verstanden.

Mittlerweile war es Abend geworden und beide Frauen mussten noch den Unterricht für den nächsten Tag vorbereiten.

„Ich muss gleich nach Hause. Ich habe aber eine Idee. Melissa ist für ein paar Tage bei ihrem Vater. Ich habe also Zeit. Wir beide könnten Detektiv spielen und uns auf die Suche nach Deinem Vater machen. Was hältst Du davon?"

„Ich weiß gar nicht, wie ich das wieder gut machen kann."

„Quatsch! Gar nichts musst Du wieder gut machen. Ich würde mich sehr freuen, wenn ich Dir dabei helfen könnte. Wir sind doch Freundinnen, oder?"

„Ja", erwiderte Lena dankbar.

„Und wenn Du meine Hilfe einmal brauchst, Marita, dann bin ich auch für Dich da, o.k.?"

„Na klar."

Bei der Verabschiedung gab Marita Lena einen vorsichtigen Kuss auf die Stirn.

„Pass auf Dich auf! Du kommst doch morgen wieder zur Schule?"

„Ja, es geht mir schon wieder besser. Danke, dass Du hier warst. Vielen Dank."

22. Kapitel

Als Lena die Tür schloss, fühlte sie sich erleichtert. Sie war dankbar, Marita zur Freundin zu haben. Aber da war eine unerträgliche Unruhe, die sie wieder umhertrieb. Die Vorbereitung des Unterrichts konnte sie gerade noch erledigen. Aber sie war froh, als sie damit fertig war.

Danach legte sie eine CD in den Player, stellte die Musik so laut, dass sie sie auch auf der Terrasse hören konnte, steckte sich eine Zigarette an und setzte sich nach draußen. Die Luft war mild und lud zum Träumen ein. Immer wieder musste sie an das Gespräch mit Marita denken. Sie war wirklich eine gute Freundin, mit der man über alles sprechen konnte, ohne dass man verurteilt wurde. Wie einsam ein Leben ohne Freunde sein müsste. Für Marita war es ganz selbstverständlich gewesen, sofort zu ihr zu kommen. Ja, *selbstverständlich*. Da war wieder dieser Begriff der Selbstverständlichkeit.

In einer vertrauten Beziehung ist so manches selbstverständlich. Lena fragte sich, wo der Unterschied war zwischen positiver und negativer Selbstverständlichkeit. Sie kam zu dem Schluss, dass positive Selbstverständlichkeit immer mit liebevollen Gefühlen verbunden war und dass man etwas gerne für den anderen tat, wohingegen negative Selbstverständlichkeit etwas von Gleichgültigkeit hatte, wobei der eine Partner den anderen für selbstverständlich nahm und nicht mehr wertschätzte, was der andere für einen tat.

Nachdem Lena aus ihren Überlegungen wieder auftauchte, bemerkte sie, dass die Musik verstummt war. Also suchte sie sich eine andere CD aus. Sie fand einen Musik-Mix, den sie sich selbst vor längerer Zeit zusammengestellt hatte, alles Lieder, die dazu angetan waren, die eh schon aufblühende sehnsuchtsvolle Stimmung noch zu intensivieren. Sie verspürte Lust auf ein Glas Rotwein, erkannte aber bald schon, dass er nicht ihren eigentlichen Durst stillen konnte. Trotzdem nippte sie immer wieder an diesem köstlichen, tief roten Wein, der sämtliche Hemmungen außer Kraft setzte. Ungefiltert drangen wilde Fantasien in ihr Bewusstsein, denen sie in ihrem Tanz unerhörten Ausdruck verlieh. Und bevor sie es selbst wirklich hätte realisieren können, wählte sie bereits die Telefonnummer von Gregor Most.

Nach dem zweiten Klingeln, zu den Klängen von Wicked Game von Lauren Field hob er den Hörer ab. Ihr Herz hämmerte wie verrückt und trieb ihr das Blut, Adrenalin und Lust durch den ganzen Körper bis in jede Fingerspitze. Lena antwortete nicht auf seine Frage, wer denn da am Telefon sei. Alles, was er hörte, war laute Musik und Atemgeräusche. Beide schwiegen.

Er hatte eine Ahnung, gab sich aber ahnungslos. Nach ungefähr dreißig Sekunden kappte Lena die Leitung. Berauscht legte sie das Telefon zur Seite, trank einen Schluck und steckte sich eine Olive in den Mund. Es durchzuckte sie wie ein Stromschlag, als ihr eigenes Telefon klingelte. Wer sollte denn jetzt noch anrufen? Sie nahm das Gespräch an und hauchte mehr in den Hörer, als dass sie sprach:

„Hallo, hier ist Lena."

Keine Antwort. Schweigen.

„Wer ist denn da?"

Gregor Most schmunzelte, als er die Musik erkannte,

die er kurz zuvor bei Lenas Anruf im Hintergrund gehört hatte. Jetzt wusste er, dass sie es gewesen war. Auch er hörte dreißig Sekunden zu, bevor er wieder auflegte. Einvernehmliches Schweigen. Fantasien ohne Grenzen. Wortlos hatten ihre Fantasiewelten miteinander Kontakt aufgenommen.

Lena fühlte sich wie im Fieberwahn. Sie wusste nicht, was sie mehr berauschte: Der Wein oder der Anruf gerade. Sollte er es gewesen sein? Oh Gott, wie peinlich! Ach, wieso eigentlich? Vielleicht ist er es ja sowieso, der hier immer anruft und auflegt! Ihre Hände zitterten. Machtlos versuchte sie, sich gegen ihre inneren Bilder zu wehren. Ihre Dämme bröckelten immer stärker. Sie spürte die Kraft ihrer erotischen Fantasien, die sich um ihn rankten. Wo sollte das nur alles hinführen?! Schon wieder hatte sie das Telefon in der Hand. Irgendwie muss ich mich bremsen, sagte sie zu sich selbst. Aber wie? Da fiel ihr der rote Stein von Herrn Ort ein. Wo war er nur?

In ihrer Aufregung nahm sie gleich mehrere große Schlucke Wein auf einmal. Verwirrt und entzückt schaltete sie jetzt doch schnell die Musik und das Licht aus, um angetrunken ins Schlafzimmer zu taumeln und aufs Bett zu fallen. Was sie in dieser Nacht träumte, traute sie sich am nächsten Morgen kaum sich selbst zu erzählen.

23. Kapitel

Auch Gregor Most fragte sich, wie die Geschichte wohl weitergehen sollte. Ob sie verstanden hatte, dass er vorhin der Anrufer war? Immerhin war er verheiratet. Als das Telefon geklingelt hatte, verschwand er in seinem Arbeitszimmer und erklärte seiner Frau, er müsse noch ein paar Klausuren korrigieren. Seine Frau kannte das schon. Nicht ohne Verbitterung nannte sie sein Zimmer *Bermudadreieck:* Wann immer er darin verschwand, tauchte er sobald nicht mehr wieder auf.

Seine Frau lag schon im Bett, als Lena angerufen hatte. Wahrscheinlich würde sie bald schlafen. Er hingegen zog aus einem Versteck hinter dem Schreibtisch ein Fotoalbum hervor. Die Tür hatte er vorsichtshalber leise abgeschlossen. Mindestens eine halbe Stunde lang schaute er sich die Fotos an, auf denen Lena in unterschiedlichen Lebensphasen zu sehen war. Die Bilder aus ihrer Schulzeit waren noch leicht zu besorgen. Als sie damals mit der Oberstufe auf Klassenfahrt in Paris war, hatte er sich einfach die Fotos seines Kollegen heimlich ausgeliehen, der sie im Lehrerzimmer in seinem Fach aufbewahrt hatte. Innerhalb eines Tages hatte er Abzüge gemacht und die Fotos wieder in das Fach zurückgelegt.

In letzter Zeit hatte er ab und zu einen Detektiv beauftragt, der ihm neue Fotos brachte.

Ihm war bewusst, dass andere ihn für verrückt halten würden. Er besänftigte sich mit dem Gedanken, dass er Lenas heimlicher Bodyguard sei. Wie würde Lena reagieren, wenn sie davon wüsste? Lieber nicht darüber nachdenken! Wenn das jemals heraus käme, würde sie wahrscheinlich die Schule wechseln. Oder könnte er mit Verständnis rechnen? Umso besser, dass sie selbst jetzt heimlich bei ihm angerufen hatte, denn jetzt saßen sie doch sozusagen in demselben Boot. Vielleicht nicht genau dasselbe Boot, aber eine gewisse Ähnlichkeit bestand ja nun doch. Wieder machte er sich Gedanken über Lenas Lebensgeschichte. Alles, was er wusste, war, dass sie bei ihrer Mutter aufgewachsen war und dass der Vater die Familie verlassen hatte.

Auch er kannte dieses Gefühl des Verlassenseins. Sein Vater hatte sich ebenfalls von der Familie getrennt. Er selbst war damals erst acht Jahre alt. Seine Mutter war nie über diesen Verlust hinweg gekommen, die von da an mehr wie ein Geist umher gewandelt war, als dass sie eine reale, lebendige und ansprechbare Person gewesen wäre. Sie war nur noch als Hülle anwesend. Wenn Gregor mit ihr sprach, hatte er immer den Eindruck, dass sie gedanklich ganz woanders war. Sie hörte nie wirklich zu oder sie vergaß alles. Wenn er als Kind von der Schule nach Hause gekommen war, stand zwar das Essen auf dem Tisch, aber seine Mutter legte sich auf die Couch und ließ ihre Söhne alleine.

Er erinnerte sich daran, wie sehr er sich bemüht hatte, sie aus dem inneren Verlies zu holen, wenigstens für kurze Zeit. Auf keinen Fall sollte sie durch ihn Kummer haben. Er brachte nur die besten Noten nach Hause, half seinem jüngeren Bruder bei den Schulaufgaben und erledigte oft den Einkauf. Seine Mutter lächelte müde. Auch sorgte er dafür, dass Schnittblumen im Haus waren. Mit zehn Jahren hatte er festgestellt, dass Frauen sich oft Blumen kaufen. Also hatte er gehofft, dass seine Mutter sich darüber freuen würde. Er war sich sicher, dass sie sich freute, dass sie es nur nicht richtig zum Ausdruck bringen konnte. Sie hörte nicht, dass er sich abends in den Schlaf weinte. Es brach ihm das Herz, seine Mutter ständig so traurig zu sehen.

Obwohl sie gegenwärtig war, hatte sie diese Welt

längst verlassen. An manchen Tagen, wenn sie besonders niedergeschlagen war und sich zum wiederholten Male ihre Hochzeitsbilder angesehen hatte, begann sie mittags zu trinken und lag nachmittags betrunken auf dem Sofa und war nicht ansprechbar.

Selten hatte Gregor sich getraut, Freunde mit nach Hause zu bringen. An Mädchen traute er sich fast gar nicht heran. Seit der Kindheit mit dem Gefühl vertraut, die Geschichte seiner Mutter verheimlichen zu müssen, übernahm er irgendwann insgesamt diese Haltung der Heimlichkeit. Stets hatte er das Gefühl, sich verstecken zu müssen. Er war zwar beliebt im Klassenverband, aber irgendwie blieb er immer hinter einer Wand und ließ niemanden wirklich an sich heran.

Wenn er jetzt zurückblickte, war es ihm völlig klar, dass er sehr früh in seinem Leben entschieden hatte, später einmal Macht und Kontrolle haben zu wollen. Nie wieder wollte er sich so ausgeliefert und ohnmächtig fühlen – immer verbunden mit der Angst, dass die Katastrophe unausweichlich war, dass das letzte Bisschen an zu Hause gänzlich zerstört werden würde und er und sein Bruder vielleicht in einem Heim oder bei Verwandten hätten unterkommen müssen.

Es war zu seiner Studentenzeit, als er den Anruf von der Polizei bekommen hatte, dass seine Mutter bei einem Autounfall gestorben war. Man hatte Herzversagen vermutet. Jedenfalls war sie auf der Autobahn ungebremst gegen einen Brückenpfeiler gefahren. Die Botschaft traf ihn bis ins Mark. Er hatte ständig damit gerechnet, dass irgendwann so etwas passieren würde. Schon als Jugendlicher hatte er Angst, sie tot auf dem Sofa vorzufinden, wenn er von der Schule nach Hause kam. Diese permanente Befürchtung, die ihn als Kind und Jugendlicher unfrei gemacht hatte, hatte mit ihrem Tod ein Ende. Ihr Tod war Katastrophe und Befreiung in einem. Sie hatte es geschafft. Oder war es vielleicht wirklich nur ein Unfall? Es gab keine eindeutige Antwort. Tagelang hatte er nach ihrem Tod geweint, bis sich langsam und allmählich ein Gefühl der Erleichterung einstellte. Nie wieder musste er sich um sie sorgen. Nie wieder musste er mit Schuldgefühlen in Urlaub fahren, weil sie dann ganz alleine zu Hause war.

Jetzt, nach so vielen Jahren, spürte er noch immer dieses leere, einsame Gefühl. Wenn er dieses Gefühl hätte malen sollen, dann hätte er eine einsame, abgelegene Straße in einem schäbigen, dreckigen Industriegebiet gemalt an einem grauen, wolkenverhangenen, regnerischen Tag. Und er hätte als Junge pitschnass alleine auf dieser Straße gestanden mit einem Gesichtsausdruck, der Verlorenheit und Angst gespiegelt hätte. Diese Metapher begleitete ihn seit Langem.

Heute jedoch geschah etwas Eigentümliches: Innerhalb dieser einsamen Szene fand eine Veränderung statt. Er war nicht mehr alleine auf dieser Straße in dem kalten Regen. Plötzlich stand Lena neben ihm. Auch sie war ein Kind. Sie waren zu zweit und beide bis auf die Haut durchnässt. Lenas langes Haar lag in welligen Strähnen um ihre Stirn. Als sie ihn anschaute und nach seiner Hand griff, lächelte sie. Vorsichtig zog sie an seinem Arm, als wenn sie ihn dazu auffordern wollte, weiter zu gehen und mit ihr zu kommen. War es möglich, dass sie beide enger miteinander verbunden waren, als sie es selbst wussten? Teilten sie ähnliche innere Bilder? Er nahm sich fest vor, das nächste Mal auch mittags in dem Bistro zu sein.

Der kleine, einsame Junge nickte. Gregor folgte einem inneren Ruf.

24. Kapitel

Marita überlegte, ob sie Paul wegen Lena um Rat fragen könnte. Sie war sich nicht sicher, ob es nicht Vertrauensbruch bedeutet hätte. Aber sie spürte, dass Lena Hilfe brauchte. Sie könnte ja so tun, als wenn sie von jemand anderem spräche und einfach einen anderen oder gar keinen Namen verwenden. Aber würde ihr Paul dies nicht als Misstrauen auslegen? Lena wusste jetzt zwar, dass sie einen Freund hatte, aber sie wusste nicht, wer es war. Sie fühlte sich unbehaglich.

An jenem Abend, als sie von Lena nach Hause kam, hatte sie eine Nachricht von Paul auf ihrem Anrufbeantworter, sie möge zurückrufen, dringend, auch wenn es schon spät sei, was sie auch sofort tat. Sie hörte seine Erleichterung, als sie anrief.

„Worum geht es denn? Was ist so dringend?"

„Bitte nicht lachen! Ich habe Dich so vermisst! Ich wollte einfach Deine Stimme hören, sonst hätte ich heute nicht schlafen können."

Seine Offenheit war überwältigend.

„Marita, kannst Du zu mir kommen?"

„Jetzt sofort?"

„Wenn Du kannst."

„Ich muss noch Unterricht vorbereiten."

„Kannst Du Deine Unterlagen nicht mit zu mir bringen und den Unterricht bei mir vorbereiten? Oder anschließend zu mir kommen?"

„Na, Du bist mir ja einer! So dringend?"

„Bitte!"

Schnell vergegenwärtigte sich Marita, was sie denn eigentlich noch tun musste. Soviel war es gar nicht mehr.

„Weißt Du was, ich komme, wenn ich fertig bin. Ich denke, ich kann in einer Stunde bei Dir sein."

„Tausend Küsse!"

„Ich beeile mich. Bis gleich."

Überrascht stellte Marita fest, wie schnell sie sein konnte, wenn sie ein Ziel hatte. Tatsächlich schaffte sie es, nach einer Stunde bei ihm zu klingeln. Sie war beeindruckt von seiner ehrlichen, authentischen Art, von seinem intensiven und dabei liebevollen Willen, mit dem er sie zu sich hin zog.

Als sie eintrat, nahm er sie sofort in seine Arme, so als wollte er sie nie wieder los lassen. Im Gegensatz zu anderen Männern vor ihm, bei denen sie sich bedrängt gefühlt hatte, löste er in ihr nur den intensiven Wunsch aus, ihn ebenfalls zu halten. Sie fühlte, dass heute irgendetwas Besonderes mit ihm vorging. Es war, als wenn diese Umarmung eine andere Tiefe besaß, als wenn sich sein Wesen dem ihren noch weiter öffnete. Unwillkürlich weckte das in ihr den Wunsch, ihn zu schützen und ihn vor allen Verletzungen von außen zu bewahren. Ihr war bewusst, dass auch sie angefangen hatte, starke Gefühle für ihn zu entwickeln.

„Schön, dass Du da bist, Marita."

„Ich freue mich auch. War eine gute Idee von Dir. Ich war vorher noch bei einer Freundin."

„Hast Du Lust, noch etwas auf die Terrasse zu gehen?"

„Sehr gern!"

Patrick hörte, dass sein Vater Besuch bekommen hatte und kam aus seinem Zimmer.

„Hallo Frau Sol, äh, ich meine, wir duzen uns ja. Hallo Marita!"

„Hallo Patrick. Wie geht es Dir?"

„Super! Bald sind endlich Ferien! Falls ihr Cola braucht, sagte er schmunzelnd, ich habe im Keller noch einen ganzen Kasten gesehen."

„Du Frechdachs", rief Paul und warf ein Sofakissen nach seinem Sohn.

Patrick lachte, lief in den Keller und brachte zwei Flaschen nach oben.

„Du hast einen tollen Sohn, Paul!"

„Und Du eine tolle Tochter! Zum Glück mochten die beiden sich auf Anhieb!"

„Ja, wir haben wirklich Glück."

Patrick verschwand dann wieder in seinem Zimmer, weil er seinen Vater nicht stören wollte. Er war so froh, denn seitdem Paul sich mit Marita traf, hatte sein Vater wieder zu lachen begonnen. Nichts gönnte Patrick seinem Vater mehr, als wieder eine neue Liebe zu finden. Sie hatten beide sehr lange getrauert, als Patrick seine Mutter und seine Schwester verloren hatte. Patrick hatte den Eindruck, dass er sogar eher als sein Vater begriffen hatte, dass man die Vergangenheit los lassen musste, um weiterleben zu können beziehungsweise um glücklich weiterleben zu können. Was der Vater seinen Patienten sagte, schaffte er in diesem Fall kaum auf sich selbst anzuwenden. Patrick war Marita dankbar.

Auf der Terrasse versuchte Marita nun doch, das Ge-

spräch ein bisschen in Richtung Lena zu lenken.
„Ich habe mal eine professionelle Frage an Dich."
„Ja? Welche denn?"
„Wenn eine Frau immer wieder Affären mit Männern hat, was bedeutet das?"
„Das ist aber sehr allgemein. Um wie viele handelt es sich und in welchem Zeitraum?"
„So genau weiß ich das nicht. Jedenfalls ist es so, dass die Frau, also eine Bekannte von mir, sich manchmal danach sehr schlecht fühlt."
„Also nicht immer?"
„Ich glaube nicht. Aber jetzt kürzlich. Sie war total depressiv, würde ich sagen."
„Wollte sie also eigentlich gar nicht?"
„Doch, sie wollte. Sie hat sich mit einem alten Liebhaber getroffen. Es muss ein wunderschöner Nachmittag gewesen sein. Sie sagte, dass sie sehr glücklich war. Aber am nächsten Morgen sei es ihr sehr schlecht ergangen. Sie habe nicht einmal zur Arbeit gehen können, weil sie dermaßen niedergeschlagen und antriebslos war. Ich verstehe es auch nicht."
„Du sagtest, sie habe etwas mit mehreren Männern?"
„Ja. Also der, von dem ich eben gesprochen habe, ist da noch ein Glücksfall. Er scheint sehr nett zu sein und es geht dabei um mehr als nur um Sex. Sie hatten früher über längere Zeit ein Verhältnis. Ansonsten tauchen immer wieder mal so Episoden in ihrem Leben auf, bei denen ich das Gefühl habe, dass sie die Kontrolle verliert. Also, man muss das differenzieren. Die Männer scheinen unterschiedliche Bedeutungen zu haben. Vor einigen Wochen hatte sie sich nachts mit jemandem getroffen, den sie nur flüchtig kannte. Wir waren ihm in einer Gast-

stätte begegnet. Und meine Bekannte ist später noch mal in die Gaststätte zurück gefahren und dann ..., na ja, dann sind sie zu ihm. Am nächsten Morgen fühlte sie sich auch wieder sehr schlecht. Dann gab es da noch ein paar Männer, jeweils nur für eine Nacht oder eine Woche. Es ist niemals eine Beziehung daraus entstanden. Früher dachte ich, Mensch, hat die einen guten Draht zu Männern. Mittlerweile sehe ich das anders. Ich glaube, es passiert ihr einfach."

„Es *passiert* ihr einfach, sagst Du? Vielleicht liegt da ein Schlüssel zu dem Ganzen."

„Wie meinst Du das?"

„Woran erinnert Dich das Wort *passiert*?"

„Hm, ja, daran, dass ihr etwas zustößt. Meinst Du das?"

„Ja, so ungefähr."

„Erkläre mal, bitte. Ich verstehe noch nicht."

„Vielleicht liegt ihr Motiv nicht in der Gegenwart."

„Sondern?"

„Vielleicht kommt der Motor aus der Vergangenheit."

„Du musst schon genauer werden."

„Also, Marita, es könnte doch sein, dass Deine Bekannte als Kind etwas erlebt hat, was sie gar nicht erleben wollte, dass sich ein Mann an ihr vergangen hat, dass ihr also etwas passiert ist."

Marita erschrak.

„Oh Gott! Bist Du sicher?"

„Nein, natürlich nicht. Ich kenne Deine Bekannte ja nicht. Und ich bräuchte mehr Informationen und müsste erleben, wie sie wirkt. Was weißt Du denn sonst noch über sie?"

„Sie ist ungefähr ab dem zehnten Lebensjahr alleine

mit ihrer Mutter aufgewachsen. Ihr Vater hat aus irgendeinem Grund die Familie verlassen. Zur Mutter hat sie derzeit auch keinen Kontakt."

Paul merkte auf. Die Geschichte kam ihm bekannt vor.

„Was macht sie denn beruflich?"

„Sie ist Lehrerin."

Paul stellte weitere Fragen, um seine Hypothese abzusichern.

„Wie alt ist sie?"

„Siebenunddreißig."

„Kinder?"

„Nein."

Allmählich wurde es für Paul zur Gewissheit, dass es sich dabei um Frau Luna handeln musste. Seltsam. Wie klein die Welt doch war. Hitze überkam ihn. Seine Patientin war also eine Bekannte oder vielleicht sogar Freundin von Marita. Aber er durfte Marita gegenüber nicht erwähnen, dass Frau Luna bei ihm in Therapie war, da er nicht wusste, ob Marita es wusste. Das Leben ist immer für eine Überraschung gut. Paul erkannte aber die Chance, die darin lag und befragte Marita zu dem Vater der Bekannten. Er tat weiterhin unwissend.

„Ich weiß, dass sie bis zu seinem Verschwinden eine sehr gute Beziehung zu ihm hatte. Sie muss ihn sehr geliebt haben. Sie sagte mir kürzlich, dass sie nicht weiß, wie sie überhaupt über diesen Verlust hinweg gekommen sei. An Wochenenden haben die beiden viel gemeinsam unternommen. Die Mutter war nicht immer dabei. Ihr Vater sei sehr liebevoll gewesen. Er habe ihr oft Geschichten vorgelesen. Ach ja, sie seien auch oft im Schwimmbad gewesen. Das macht sie übrigens immer noch. Sie ist leidenschaftliche Schwimmerin. Ihre Kondition ist unglaublich."

Jetzt war Paul sich ganz sicher, dass es sich um Frau Luna handelte. Denn diese Information war ihm bekannt, dass sie oft im Schwimmbad war.

„Du siehst so nachdenklich aus, Paul."

„Ich überlege nur, versuche, mir eine Vorstellung zu machen."

Das war ja nicht einmal gelogen.

Seine frühere Annahme, dass es der Vater war, der Frau Luna etwas angetan haben könnte, geriet ins Wanken. Er fragte nach.

„Meinst Du, wenn jemand Deiner Bekannten etwas angetan haben könnte, hätte es dann der Vater sein können?"

„Auf keinen Fall! Sie waren ein Herz und eine Seele. Ich glaube, sein Weggang hat ihr das Herz gebrochen. Sie möchte ihn gerne wiedersehen. Wir haben uns entschlossen, ihn zu suchen."

„Vielleicht hat er eine Antwort auf die Frage, was mit Deiner Bekannten los ist."

„Ja, wer weiß. Ach, lass uns jetzt von etwas anderem sprechen. Du musst ja sonst so viele Probleme wälzen."

„Ist schon in Ordnung. Was machst Du eigentlich in den Sommerferien? Fährst Du mit Melissa in Urlaub?"

„Ich muss gestehen, dass wir nichts geplant haben. Melissa ist auch gern bei ihrem Großvater im Garten. Er hat ein Planschbecken. Und mein Vater freut sich."

„Und Deine Mutter, lebt sie noch?"

„Nein. Sie ist im letzten Jahr an Krebs gestorben. Was machst Du denn, wenn Patrick Ferien hat?"

„Wir fahren vielleicht spontan nach Texel. Gebucht

haben wir zwar noch nichts, aber wir sind optimistisch."

„Was andere zu wenig an Optimismus haben, habt ihr im Übermaß."

Marita schmunzelte.

„Habt ihr Lust mitzukommen?"

Paul setzte alles auf eine Karte. Noch bevor er überlegen konnte, wie er sich fühlen würde, wenn sie ablehnte, hatte er diese Frage bereits ausgesprochen. Innerlich bibberte er wie ein Neuntklässler bei seinem ersten Date. Er sah an ihrem Gesicht, wie sie nachdachte. Sie griff zu ihrem Glas Orangensaft, trank einen Schluck, sah ihn an, räusperte sich und gelangte endlich zu einer Äußerung.

„Wenn ihr uns mitnehmen wollt, dann kommen wir gerne mit."

Noch nie hatte Marita einen Mann so laut Ja brüllen hören und das gleich viermal hinter einander. Wahrscheinlich hatte er jetzt die kleinen Kinder der Nachbarn geweckt, dachte Marita. Polternd stand er auf, stürzte auf sie zu, setzte sich auf ihren Schoß und nahm sie – soweit das auf einem Gartenstuhl möglich war – in die Arme. Leider hielt der Stuhl das Gewicht nicht aus und brach krachend unter ihnen zusammen, so dass sie beide auf den Boden purzelten und lauthals in Gelächter ausbrachen. Bei dem Krach kam der besorgte Patrick in den Garten gerannt, um seinen Vater mit Marita auf dem Boden liegen zu sehen, die sich noch immer halb tot lachten. Sobald sie beide sich ansahen, prusteten sie wieder los.

„Hey, ihr beiden", rief Patrick. „Ihr weckt ja noch die ganze Nachbarschaft auf."

„Patrick, stell Dir vor! Wir fahren alle nach Texel!"

Sein Vater sprang vom Boden auf und nahm nun auch

seinen Sohn in den Arm.

„Wir machen alle Urlaub. Marita hat *ja* gesagt, dass sie mit uns mitkommt und Melissa auch! Alles wird gut."

„Ja, Papa, alles wird gut!", sagte sein Sohn sanft.

Und dann kamen beiden die Tränen.

Alles war in diesem einen Augenblick vereinigt: Pauls unbändige Freude, die Zeit der Trauer, das Schweigen der Gefühle in der langen Zeit des Wartens, des Wartens auf einen Menschen, der es schaffen würde, Paul aus seinem inneren Gefängnis zu befreien. Und da waren Patricks Tränen der Erleichterung, dass er seinen Vater so glücklich erleben konnte und seine Hoffnung, dass sie eine Familie werden würden. Er wünschte es sich so sehr. Von Anfang an hatte er Marita gemocht. Und Melissa hatte er schon beim ersten Kontakt im Schwimmbad in sein Herz geschlossen. Aber da war auch seine Angst, denn, wenn auch noch sehr jung, so wusste er bereits um die Brüchigkeit von Beziehungen. Zu viele seiner Schulfreunde hatten geschiedene Eltern. Nichts wünschte er sich so sehr wie eine Familie. Auf der anderen Seite stand eine ebenso große Angst vor dem Nichts, vor einer möglichen Trennung von Paul und Marita.

Marita hatte sich ebenfalls vom Boden erhoben und war auf Vater und Sohn zugegangen. Bei ihnen angekommen, umschloss sie beide so gut es ging mit ihren Armen. Sie sagte nichts. Es war Patrick, der als erster das Wort ergriff:

„Ich werde morgen im Internet nach einem Ferienhaus Ausschau halten."

„Ja, mach das ruhig. Am besten sehen wir beide nach, was angeboten wird."

Pauls Euphorie kannte keine Grenzen.

„Lasst uns jetzt mal rein gehen. Es ist schon nach zwölf. Ich weiß zwar, Verliebten schlägt keine Stunde, aber wir müssen morgen früh aufstehen", ermahnte Patrick und lachte.

„Wir haben ja Kaffee und Cola", erwiderte sein Vater mit einem Schmunzeln.

Bereits nach einer halben Stunde lagen alle drei im Bett. Als Patrick als letzter aus dem Badezimmer kam, rief er noch ganz laut *Gute Nacht*, bevor er seine Zimmertüre schloss. Wie aus einem Munde kam die Antwort: „Gute Nacht!"

25. Kapitel

Aufgeregt fuhr Marita gleich am nächsten Tag zu ihrem Vater. Marita besaß noch immer einen Haustürschlüssel. Ihr Vater bestand darauf. Er wollte niemals das Gefühl haben, seine Tochter sei nur ein Gast. Schließlich war sie in diesem Haus aufgewachsen. Als sie den Hausflur betrat, rief sie nach ihm. Er antwortete nicht. Durchs Wohnzimmerfenster konnte sie ihn im Garten sehen. Er war dabei, den Rasen zu mähen. Kein Wunder, dass er sie nicht gehört hatte. Sie lief zu ihm, um ihn zu begrüßen.

„Hallo, Papa."

Erschrocken drehte er sich um.

„Huch! Du? Hier? Was für eine Überraschung!"

Er schaltete den Rasenmäher aus. Marita liebte den Geruch von frisch gemähtem Gras. Seitdem ihr Vater erklärt hatte, dass er gerne im Garten arbeite, hatte sie keine Gewissensbisse mehr, wenn er alleine den Rasen mähte oder Blumen pflanzte. Als Rentner habe er soviel Zeit, dass ihm diese Arbeit sehr willkommen sei. Seit einiger Zeit schien ihr Vater, ebenso wie die Blumen, aufzublühen, wenn er beobachten konnte, wie sie aus der Erde herauswuchsen, um sich allmählich von der Knospe bis zur Blüte zu entfalten.

Auch wenn beide nicht über die Mutter sprachen, so war sie trotzdem anwesend – in ihren Gedanken jetzt in diesem Moment, als stünde sie direkt neben ihnen und erfreute sich daran, dass es ihren Garten noch gab.

„Ich mähe nur noch kurz den Rasen fertig. Wie wäre es, wenn Du uns einen Eiskaffee machst? Ich habe Vanilleeis im Kühlschrank."

„Mache ich."

Als sie die Terrasse verließ und ins Wohnzimmer ging, setzte sie sich für einen Moment auf das dunkle Ledersofa und sah ihrem Vater zu, der sie hingegen nicht sehen konnte. Seit ihrer Kindheit kannte sie diese Sommeratmosphäre in dem Wohnzimmer. Die Markise verschattete den Raum, der etwas sehr Entspannendes an sich hatte. Als Jugendliche hatte sie oft, wenn es mittags draußen noch zu heiß war, mit einem Buch auf dem Sofa gelegen. Und als Kind, wenn sie von der Grundschule mittags nach Hause gekommen war, hatte sie sich jedes Mal gefreut, wenn sie die tanzenden Lichtreflexe an der Decke sah, denn sie wusste, dass dies die Spiegelungen von Wasser waren, die nur eins bedeuten konnten: Ihre Mutter hatte das Planschbecken nach draußen gestellt.

Warum nur musste alles vergehen? Ob nach dem Tod wirklich alles vorbei ist? Wieder einmal fragte sie sich, ob ihre Mutter nicht doch irgendwie anwesend war, auch wenn sie sich nicht recht vorstellen konnte, wie. Manchmal hoffte sie auf ein Zeichen. Aber selbst wenn es Zeichen gäbe, würde sie sie deuten können? Wie lange ihr Vater wohl noch zu leben hatte? Er kannte sie seit ihrem ersten Atemzug. Er hatte ihr Fläschchen gegeben und sie gewickelt. Aber was wusste sie von ihm?

Schmerzlich stellte Marita fest, dass sie von dem Menschen, der so vieles von ihr wusste, sehr wenig wusste. Ja, was heißt: wenig? Natürlich kannte sie ihn aus all den Begegnungen mit ihm und auch aufgrund von Gesprächen. Aber, wie sah seine Lebensgeschichte aus? Wie hatte er als Kind und Jugendlicher gelebt? Was dachte und empfand er in seinem Innersten? Einen Menschen zu kennen, bedeutet ja nicht nur, dass man mit jemandem zusammen lebt. Denn, wenn derjenige nichts von sich preisgibt, so kennt man ihn nur von außen und durch Schlussfolgerungen. So kann man sich sowohl vertraut als auch gleichzeitig fremd sein.

Marita erkannte, dass es ihr schwer fiel, ihren Vater direkt zu befragen. Jede persönliche Frage würde eine intensivere Nähe schaffen. Vielleicht wäre er verlegen? Oder sie selbst? Marita wusste nicht, wie sie es anstellen sollte, nach all den Jahren plötzlich vertrautere Gespräche zu führen. Bisher war Vater derjenige, den man nicht befragte. Ihr Vater – eine vertraute Person und gleichzeitig ein Fremder, nicht gänzlich, aber doch in wesentlichen Bereichen.

Manches konnte sie einfach schlussfolgern, zum Beispiel, dass er die Natur liebte. Mit welch einer Hingabe er in seinem Garten wühlte, das war schon wunderbar mit anzusehen. Und dann, nach erledigter Arbeit, wenn er die Gerätschaften in den Keller geräumt hatte, dann setzte er sich in aller Ruhe in seinen Gartensessel und schaute zu, wie Amseln die aufgeharkten Blumenbeete nach Regenwürmern durchforsteten.

Einmal hatte er zwei Amseln beobachtet, die sich sehr strategisch einem Wurm näherten. Vater war sehr überrascht, denn es war, als wenn sie überlegten und die Konkurrenz verwirren wollten. Erst näherte sich die eine Amsel dem Wurm und in dem Moment, in dem sie bemerkte, dass die andere auf sie zusteuerte, hüpfte sie ein kleines Bisschen davon und tat so, als gäbe es dort überhaupt keinen Wurm. Als dann aber die andere Amsel sich dem Wurm näherte, kam der erste Vogel ganz schnell hinzu, um den anderen zu verjagen.

So hatte Marita ihren Vater oft im Garten gesehen, wie er dort saß, um die Natur zu beobachten. Jetzt kam ihr zum ersten Mal der Gedanke, dass ja vielleicht auch die Vögel ihn beobachteten und als festen Bestandteil ihres Alltags betrachteten. Wer weiß, wie die Vögel uns wahrnehmen? Ob sie auf eine ihnen eigentümliche Art und Weise irgendetwas von uns denken?

Vor ein paar Wochen hatte er einem Rotkehlchen-Küken das Leben gerettet. Aus irgendeinem Grund war es auf seinen Balkon gestürzt, konnte noch nicht fliegen und kam nicht mehr weg. Er hatte es in eine kleine Plastikschale hüpfen lassen und in den Garten gesetzt. Es zitterte und zwitscherte aufgeregt. Sofort kamen zwei große Rotkehlchen, die Vater Günther und das kleine Vögelchen in Augenschein nahmen. Er zog sich auf die Terrasse zurück und wurde Zeuge einer wunderbaren Kommunikation. Die beiden Rotkehlchen antworteten dem Kleinen. Dann flog einer der beiden größeren Vögel davon, kam aber kurz darauf zurück, um dem Küken einen Wurm in den Schnabel zu stecken. Sie kümmerten sich sofort um ihren Nachwuchs.

Seit dieser Zeit, und da ist sich der Vater ganz sicher, seit dieser Zeit bekam er öfter Besuch von Rotkehlchen, die seine Nähe suchten. Er kam sich fast kindisch dabei vor, als er Marita kürzlich davon erzählt hatte. Aber er hatte den Eindruck, mit ihnen in einem Dialog zu stehen. Wenn er auf dem Rasen kniete und sich um die Blumenbeete kümmerte, saßen Rotkehlchen in greifbarer Nähe neben ihm, schauten ihm zu und pickten nach Würmern. Manchmal sogar, wenn er abends auf der Terrasse saß, hüpften sie um ihn herum. Er mochte sie und fühlte sich auf eine stille Art mit ihnen verbunden.

„Ist der Eiskaffee fertig?"

Mit einem Satz sprang Marita vom Sofa auf und eilte in die Küche. Schnell Kaffeepulver für zwei große Tassen in den Filter, Wasser drauf, anschalten. Dann holte sie zwei Gläser mit Henkel aus dem Schrank.

„Ich komme gleich, Papa, fünf Minuten noch!"

Wieder begann Marita, über ihren Vater nachzudenken. Bei ihrer Frage, wer ihr Vater als Mensch sei, fügte sie hinzu: Er mag Eiskaffee. Er genießt wohl gerne. Irgendwie kam sie sich selbst ein bisschen peinlich vor, wie sie anfing, quasi ein mentales Tagebuch oder eine mentale Biographie über ihren Vater anzulegen. Sie hatte sich vorgenommen, ihm gegenüber aufmerksamer zu sein und herauszufinden, wer er war, vielleicht auch, damit sie ihm eine Freude bereiten konnte, diesem alten Mann, der sie in seinen Armen gehalten hatte, als sie ein Baby gewesen war und der mit ihr geschimpft hatte, wenn im Mathematikheft Tintenkleckse gewesen waren.

Aber was auch immer er in der Erziehung falsch gemacht haben mochte, hatte er nicht aus böser Absicht getan. Er hatte nach bestem Wissen und Gewissen gehandelt. Auch er war ein Resultat der Erziehung seiner Eltern und seiner Lebensumstände und seiner Bemühungen, ein guter Vater zu sein. Warum erwartete man von seinen Eltern, dass sie perfekt waren?

Marita fragte sich, welche guten Seiten er in ihr angelegt hatte. Sie erkannte, dass sie beide den gleichen Sinn für die Natur und auch für Literatur hatten. Aber ob ihr Vater genauso wie sie Gedichte oder Geschichten schrieb, wusste sie nicht.

Marita hörte ihn, wie er durchs Wohnzimmer hindurch auf die Küche zukam.

„Hm, das riecht ja schon gut. Ich sehe, Du hast die beiden Gläser genommen, super. Es sieht nämlich so toll aus, wenn sich der Kaffee mit dem Eis vermischt. Schön, dass Du gekommen bist. Wo ist eigentlich Melissa?"

„Sie ist noch bei ihrem Vater."

„Ach so. Hast Du noch Zeit für Abendbrot?"

„Na klar, Papa."

Beide begannen, auf der Terrasse den Tisch zu decken. Wie oft hatte sie sich als Kind über diese Arbeit beklagt! Jetzt hatte diese Routine etwas Tröstliches, denn sie hatte die Zeit überdauert, sie war ein Link zur Vergangenheit, wie eine Brücke, die Gegenwart und Vergangenheit miteinander verband. Sie sollte auch die Zukunft erreichen. Ohne Gedächtnis, dachte Marita, wäre alles bedeutungslos. Dann sähe sie nur den blauen Essteller auf dem Tisch mit den gelben Blumen darauf, ohne zu wissen, dass sie ihn mit ungefähr acht Jahren zu Ostern geschenkt bekommen hatte. Wahrscheinlich gäbe es dann keine Empfindungen wie Wehmut und Nostalgie. Die Fähigkeit unseres Verstandes zur Zeitreise bereichert den Augenblick, indem sie ihm zusätzliche emotionale Facetten hinzugefügt.

Neben dieser Fähigkeit, so dachte Marita, war es gleichzeitig wichtig, je nach emotionalem Inhalt, den Ausschalter zu finden. Wenn belastende Erinnerungen aus der Vergangenheit hervor strömten, konnte es sehr sinnvoll sein, einfach mal die Tür zuzuschlagen. Man musste es moderieren können.

„Du wirkst heute so anders, Marita. Ist etwas Besonderes passiert?"

„Lass uns erst einmal mit dem Essen beginnen. Du hast doch bestimmt Hunger. Der Eiskaffee ist wirklich sehr lecker. Tut richtig gut."

„Nun sag schon. Ich merke doch, dass irgendetwas passiert sein muss."

„Ich wollte Dich fragen, ob Du Lust hast, mit Melissa, meinem neuen Freund und seinem Sohn nach Texel zu fahren."

„Dass Du einen neuen Partner hast, hast Du bisher ja nur mal kurz erwähnt. Ihr seid also noch zusammen?"

„Ja. Ich bin richtig glücklich. Melissa und Pauls Sohn verstehen sich auch prächtig."

„Ich weiß Dein Angebot zu schätzen, aber ich weiß nicht, ob ich euch in eurer Anfangsphase stören sollte."

„Wieso stören?"

„Na, hör mal! Wenn man frisch verliebt ist, dann muss man nicht sofort die Eltern mitnehmen. Wenn ihr in ein paar Monaten immer noch ein Paar sein solltet, dann können wir ja mal zusammen in Urlaub fahren. Fahrt ihr erst einmal alleine."

„Aber Du bist doch davon ausgegangen, dass Melissa und ich im Sommer oft bei Dir sind."

„Ja, ich bin Dir aber nicht böse. Ich kann das verstehen. Außerdem hat der Sommer je mehrere Wochen. Wie lange bleibt ihr denn?"

„Zwei oder drei Wochen."

„Na also. Dann kommt ihr danach zu mir. Aber vielleicht könnte ich Deinen Freund vorher einmal kennen lernen. Bring ihn doch mal mit. Ich lasse meine Tochter doch nicht mit einem Fremden in den Urlaub fahren."

Günther zwinkerte Marita zu. Ja, so war er. So war er auch schon in ihrer Jugend. Manchmal war es peinlich, wenn er plötzlich in ihrem Kinderzimmer stand und Butterbrote hinein brachte. Er wollte einfach sicher sein, dass seine Tochter es mit netten Jungs zu tun hatte. Jeder wurde begutachtet.

„Du bist wirklich nicht enttäuscht?"

„Weißt Du, natürlich wäre es schöner für mich, wenn Du den ganzen Sommer hier wärst, aber wenn ich möchte, dass Du glücklich bist, dann muss ich Dich ziehen lassen. Nur dann kommst Du gerne wieder zu mir zurück. In dem Moment, in dem ich anfange, Dich mit Gewissensbissen an mich zu binden, in dem Moment wäre ich dabei, Dich zu verlieren. Du kämst dann zwar immer noch zu Besuch, aber nicht mehr gerne und aus freien Stücken. Ich möchte nicht, dass Du aus Pflichtgefühl kommst."

Marita sah verlegen zu Boden. Hatte ihr Vater ihren inneren Monolog erspürt? Wie kam es dazu, dass er plötzlich offener sprach? Lag es daran, dass sie selbst anders auftrat? Wie auch immer.

„Mensch Papa! Ich bin so froh! Ich hatte mir schon

solche Gedanken gemacht!"

„Wir sollten es uns einfach nicht so schwer machen!"

Günther wunderte sich selbst über seine Worte, denn abends, wenn er alleine war, überfiel ihn dieses schreckliche Gefühl der Einsamkeit. Dann war er seinen Grübeleien hilflos ausgeliefert. Jetzt war er stark. Er fürchtete sich vor dem Abend, wenn Marita wieder weg war. Er wollte sie nicht wissen lassen, wie es abends um ihn stand.

„Weißt Du, Marita, eins der Dinge, die ich im Laufe der langen Jahre mit Deiner Mutter gelernt habe, ist, dass es in einer guten Beziehung nur Gewinner geben kann. Sobald ein Paar sich in einem Machtkampf verstrickt und es nachher nur noch darum geht, wer Recht hat, besser ist oder sich durchsetzt, sobald das geschieht, haben beide verloren, denn es geht ihnen nicht mehr um Beziehung, sondern um Vereinzelung ohne gemeinsames Ziel. Deine Mutter wollte sehr gerne wieder arbeiten gehen, als Du zehn warst. Hätte ich dagegen gehalten und sie gegen ihren Willen gezwungen, zu Hause zu bleiben, dann hätte ich zwar gewonnen, aber ich hätte Deine Mutter unglücklich gemacht. Sie hätte angefangen, einen inneren Groll zu nähren. Wann immer Du einem Menschen etwas Wesentliches wegnehmen willst, zerstörst Du ihn und höhlst ihn aus. Er wird aufhören, Dich zu lieben. Sie fiel mir um den Hals, als ich sie in ihrem Wunsch bestärkte. Wir einigten uns darauf, dass sie eine Halbtagsstelle annahm, damit sie nachmittags zu Hause war."

Mit den Jahren wird Papa redseliger und rührseliger, dachte Marita.

„Ich glaube, dass Paul das ähnlich sieht wie Du. Er ist eine Seele von Mensch."

„Was macht er eigentlich beruflich."
„Er ist Psychotherapeut."
„Huch! Ein Psychodetektiv! Aber auf dem Teppich geblieben?"
„Ja, durchaus! Er hat bei einem Autounfall seine Frau und seine kleine Tochter verloren."
„Wie schrecklich! Wie wird man damit nur fertig?"
„Er hat lange gebraucht."
„Und jetzt geht es ihm gut?"
„Ja."
„Na klar, wenn man so eine tolle Partnerin hat! Machst Du uns noch einen Eiskaffee?"
„Kannst Du denn dann nachher schlafen?"
„Egal!"
So schlürften Vater und Tochter einen zweiten Eiskaffee, bevor Marita gegen 20.00 Uhr nach Hause fuhr.

Als die Haustür ins Schloss fiel, hörte er sie wieder rumoren, die inneren Stimmen, die wie Novembernebel sein Denken verdunkelten und sein Herz in eine Gruft verwandelten. Um ihnen zu entkommen, lief er in den Garten zurück, um noch etwas den Abend genießen zu können. Er lauschte den Vögeln, dem Rauschen der Blätter im leichten Abendwind. Er wusste, dass es völlig verrückt war, aber manchmal stellte er sich vor, dass alle gesprochenen Worte im Raum verbleiben könnten an der Stelle, an der sie ausgesprochen worden waren. Dann könnte er jetzt den Nachhall von Maritas Stimme hören durch alle vergangenen Zeiten hindurch. Wenn er es sich genau überlegte, müsste es ein einziges Stimmengewirr sein. Auch seine Frau, Helene, müsste zu hören sein.

Helene, Du fehlst mir so! Als Du noch gesund warst,

war ich zu beschäftigt. Immer hatte ich irgendetwas zu tun. Du warst so geduldig mit mir. Ich glaube, ihr Frauen seid einfach zu geduldig mit uns Männern. Wie oft habe ich Dich alleine gehen lassen, obwohl Du mich immer wieder gebeten hattest, etwas mit Dir zusammen zu unternehmen. Ich habe Dich alleine gelassen. Du musst mich vermisst haben, obschon ich mit Dir zusammen gelebt habe. Was habe ich von Dir mitbekommen? Wahrscheinlich hast Du zum Schluss mehr mit Deiner Freundin gesprochen als mit mir. Ich schäme mich so sehr.

Manchmal glaube ich, wir Männer begreifen erst nach dem Verlust unserer Frau, welchen Wert sie in unserem Leben hatte. Ja, wir tun immer so groß, so wissend und wollen uns über euch erheben. Wie viele Männer euch schlecht behandeln! Mit welchem Recht? Worauf bilden wir uns eigentlich etwas ein? Ihr, die ihr das Leben in euch tragt, ihr seid dem Leben, den wesentlichen Dingen näher als wir, die wir nur darüber theoretisieren. Und dann bilden wir uns etwas auf unseren Verstand ein! Als wenn ihr Frauen keinen hättet! Im Gegenteil! Nur, euer Verstand hat eine weise Schwester – das Gefühl, eure Intuition. Da, wo wir Männer noch überlegen, da wisst ihr längst.

Ja, Helene, ich habe spät begriffen, dass Du Deine Krankheit anfangs vor mir verheimlicht hast. Du tatest es, weil Du genau wusstest, dass ich damit nicht hätte umgehen können. Nachdem ich es dann erfahren hatte, nachdem die Metastasen wie feindselige Armeen über Deine Organe hergefallen waren, nachdem Du dann zusehends schwächer geworden warst – da bin ich abends in die Kneipe gelaufen und habe mich betrunken. Ich habe mich voll laufen lassen und Du hast Dich nachts um mich gekümmert, weil ich immer wieder erbrechen musste. Ich hätte Dir Kraft geben müssen! Dabei warst Du es, die Kraft für uns beide hatte bis zum Schluss. Ich habe versagt! Ich habe bitterlich versagt! Bitte verzeih mir! Ach, wenn Du mich doch hören könntest! Wenn ich Dich doch noch einmal in den Arm nehmen könnte! Gib mir ein Zeichen, irgendein Zeichen, damit ich weiß, dass Du mich hörst!

Ich, der Rationale, jetzt flehe ich schon die Geister an! Aber, wenn es euch geben sollte, wenn ihr hier irgendwo seid, bitte lasst sie zu mir sprechen! Warum hat man uns Männern immer weisgemacht, dass Besitz und Status glücklich machen? Während ich Überstunden machte, um mein Haus abzubezahlen, ein neues Auto und teure Möbel zu kaufen, habe ich viele Stunden des Glücks an mir vorbei ziehen lassen. Wie wenig Zeit ich für meine Familie und für Freunde hatte! Jetzt besitze ich viel und bin einsam. Ich war so ein Narr! Wozu lebe ich überhaupt? Wozu ist das alles gut – angefangen vom ersten Schrei in einer Welt, die immer gleichgültiger und abstoßender wird, deren zunehmende Schnelligkeit mir Schwindel bereitet, bis hin zum letzten Seufzer, den ein Windstoß davon trägt?

Günther stand von seinem Stuhl auf, um durch den Garten zu laufen. Eine innere Unruhe, die sich aus seinen Grübeleien speiste, trieb ihn umher. Er fühlte sich ausgespuckt von der Welt und in die Gosse geworfen – zunehmend ausgeschlossen und bedeutungslos. Wenn er zum Einkaufen ins Zentrum fuhr, wurde er immer mehr von Jüngeren überholt, die ihn anhupten und wild gestikulierten. Beim Anrempeln entschuldigte sich kaum jemand in der Fußgängerzone. Und wenn er, im Straßencafé sitzend, irgendwo in dem Gewimmel ein anmutiges Gesicht sah, dem er eine Sekunde länger einen Blick schenkte, dann fürchtete er, dass er sogleich mit scharfen Worten attackiert werden würde: „Alter, was guckst Du so blöd?!"

Als es ihm das erste Mal widerfuhr, war er völlig verstört. Er lernte, dass ein Blick des Interesses vom Anderen als Angriff, als Kritik gewertet wurde – dabei wollte er nur noch einen kleinen, einen winzigen Augenblick länger dieses wunderschöne Gesicht des jugendlichen Knaben betrachten, das ein Bildhauer nicht schöner hätte erschaffen können: Diese ebenmäßigen, glatten Gesichtszüge, die vollen, geschwungenen Lippen und die hohe Stirn, an deren Schläfen sich große, braune Locken verspielt entlang schlängelten. Und diese wachen, funkelnden grünen Augen. Das Gesicht des Jungen, der vielleicht zwölf Jahre alt gewesen sein mochte, erschien ihm wie der Inbegriff von Schönheit und Klugheit. Nein, heutzutage durfte man niemanden wirklich anschauen, dachte er sich. Wertschätzung wurde als Angriff ausgelegt. Was dachten die anderen nur über uns, die Alten?

Wenn Günther zum Arzt ging und seine Versichertenkarte vorlegte, fühlte er sich wie ein Mensch zweiter Klasse. Nachdem er all die Jahre hart gearbeitet hatte, fast nie krank war und hohe Versichertenbeiträge gezahlt hatte, fühlte er sich jetzt wie ein Mensch zweiter Wahl, weil er nicht privat versichert war. Es war ihm zu Ohren gekommen, dass privat Versicherte früher Termine und bessere Medikamente bekamen. Er konnte nicht mehr auseinanderhalten, welchem Arzt er vertrauen konnte. Ein Bekannter hingegen, der privat versichert war, erzählte allerdings auch üble Sachen: Er bekam Untersuchungen und Medikamente im Übermaß. Vielleicht war man dann doch besser gesetzlich versichert, überlegte er sich, weil, wenn man weniger Medikamente bekam, dann würde man auch weniger Nebenwirkungen erleiden. Er fühlte sich seinem Körper hilflos ausgeliefert, der untrügliche Spuren der Vergänglichkeit aufwies. Man fühlte sich solange als *Aktiver*, als Zentrum, also als Subjekt, bis dass der Körper mit irgendeiner Krankheit einen zum Objekt, zum Passiven und Erduldenden degradierte.

Nach seinem Rundgang durch den Garten räumte er die Stühle in den Keller, schloss Keller- und Terrassentüre und ging die Treppe zum Schlafzimmer hinauf. Er wusste genau, welche Stufen der Holztreppe unter seinen Füßen knarren würden. Daran erkannte Marita als Kind, wenn jemand nach oben kam. Wenn sie eine Freundin zur Nacht zu Besuch hatte, taten sie ganz schnell, als wenn sie schliefen. Ihr Vater hatte es damals längst durchschaut, ließ seine Tochter aber in dem Glauben, dass er nichts bemerkt habe.

Als er in seinem Schlafzimmer angelangt war, öffnete er das Fenster. Warme Abendluft wehte herein und bewegte die Vorhänge. Er öffnete seine Nachttischschublade und nahm das kleine Kästchen heraus. Er entfernte den Wattebausch, der direkt zu oberst lag. Darunter befand sich seine kleine Kapsel, der Schlüssel, der die Tür zum Jenseits öffnen würde. Er erinnerte sich daran, wie sein Freund, der zwei davon besaß, ihm diese Kapsel gegeben hatte. Günther hatte ihn inständig darum gebeten. Als Grund hatte er angegeben, er bräuchte sie für den Fall, dass er es später im Altersheim irgendwann nicht mehr aushalten würde.

Jeden Abend sah er sie sich an. Wenn er es irgendwann gar nicht mehr ertragen würde, dann würde er sie mit einem Schluck Wasser hinunterspülen. Wie schnell ein Leben auszulöschen war. In Sekunden konnte es vorüber sein. Er hielt sie in seiner Hand und roch vorsichtig an ihr. Nein, das konnte er seiner Tochter nicht antun! Aber wenn er irgendwann zu einer beschwerlichen Last werden würde, dann würde er es tun.

Altmüll wird doch entsorgt, sagte er zynisch zu sich selbst. In unserer Gesellschaft ist doch gar kein Platz für uns! Schon verrückt, denn der Anteil der Älteren nimmt doch stetig zu.

Bittere Tränen rannen seine Wangen hinunter. Jetzt bezeichne ich mich schon als Altmüll! Oh Gott! Wer will uns denn haben?! Und wenn die Rentenaltersgrenzen noch weiter nach oben verschoben werden, erleben ja auch immer weniger die Rente! Und wenn man Obst und Gemüse noch teurer macht und die Gesundheitskosten noch mehr ansteigen, dann ist Gesundheit irgendwann Luxus. Dann erledigt sich das mit dem Altwerden sowieso und die Renten werden anderweitig verwendet.

Günther konnte seinen Gedanken keinen Einhalt gebieten. Mit letzter Kraft legte er die Schachtel mit der Kapsel zurück in die Schublade und zog einen hellblauen Briefumschlag hervor, der neben der Schachtel lag. Seit Helenes Tod hatte er den Umschlag nicht mehr angerührt. Er enthielt ein Gedicht, das er kurz vor ihrem Tod verfasst hatte und in dem er ihren Tod, der unausweichlich war, vorweg genommen hatte. Vorsichtig öffnete er den Umschlag und zog das Blatt heraus. Einige Buchstaben waren von Tränen verwischt. Er begann zu lesen:

Und wieder wird es Morgen

Und wieder wird es Morgen,
ein Morgen ohne Dich,
es ist, als wäre ich gestorben,
geboren dabei ein neues Ich.

Und wieder höre ich Kinderstimmen,
wie sie singen, wie sie klingen,
ringen darum, gehört zu werden,
bitten darum, erhört zu werden –
bis sie verstummen im endlosen Nichts.

Und wieder trägt mich Sehnsucht fort,
suche hier, suche dort,
suche ich Licht an einem dunklen Ort?

Und wieder dürste ich nach Deinem Blick,
einem Zeichen der Vertrautheit,
fühle qualvoll, ach, in meinem Genick,
oh, zitternde Seele, Vergangenheit.

Und wieder wird es Abend werden,
ein Abend ohne Dich.
Wehmut verbrennt mir das Herz,
Verlangen nach Dir betäubt mich mit Schmerz.

Und wieder kommt die Nacht,
sie mich mit bittersüßen Träumen umgibt,
traurige Frau, lausche sacht,
ich habe Dich geliebt.

Still verharrte Günther auf der Bettkante. Er rührte sich nicht. Ihm war, als sei er in genau diesem Moment eingefroren worden, für immer fixiert in dieser Haltung, leicht nach vorn gebeugt, das Gedicht in der linken Hand, mit versteinerter Mimik. Nur ein kleines Rinnsal lautloser Tränen rieselte seine Wangen hinunter und tropfte abermals auf die Buchstaben des Blattes.

Aus dem Augenwinkel heraus bemerkte er plötzlich eine Bewegung bei den Vorhängen am Fenster. Langsam drehte er seinen Kopf. Dort huschte etwas hin und her. Dann sah er das Rotkehlchen, das in sein Zimmer geflogen war. Es hüpfte über den Fußboden direkt auf ihn zu und zwitscherte wild, bis es plötzlich direkt vor ihm innehielt. Es legte sein Köpfchen schräg und sah ihn an.

„Hallo Du, Dich schickt der Himmel!"

Günther fand zu seiner Bewegung zurück. Er musste dem Vogel helfen, wieder nach draußen zu finden. Er schloss die Schlafzimmertür und legte ein paar Plätzchenkrümel auf die Fensterbank. Dann setzte er sich auf das Bett und beobachtete den kleinen Vogel. Sein Trick funktionierte. Das Rotkehlchen flog hoch, pickte an den Krümeln und zog von dannen.

Er stellte sich ans Fenster und schaute in den Garten. Die Dämmerung hatte mittlerweile begonnen, den Gegenständen ihre Farbe zu nehmen. Bald würde es ganz dunkel sein. Sein Blick suchte die Nachbargärten ab. Es war still. Anscheinend waren sie alle in ihren Häusern. Doch in dem Garten links von seinem bemerkte er ein kurzes, rötliches Aufblinken. Was war das? Gespannt wartete er darauf, ob er es noch einmal sehen würde. Ja, da war es wieder! Jetzt erkannte er auch, was es war. Offensichtlich saß sein Nachbar im Garten und rauchte eine Zigarette.

„Hallo Günther!"

„Hallo Erich! Habe ich doch richtig gesehen. Ich war mir nicht sicher. Ich hatte nur kurz das Glimmen Deiner Zigarette wahrgenommen."

„Und Du bist noch nicht im Bett?"

„Ich hatte Besuch von meiner Tochter. Der Kaffee hält mich noch wach."

„Ich komme heute auch nicht zur Ruhe. Vielleicht, weil Vollmond ist?"

„Ja, wer weiß."

„Hast Du nicht Lust, zu mir runter zu kommen?"

„Jetzt?"

„Warum nicht? Man kann sich doch mal nachts treffen! Warum immer tagsüber?"

Erich lachte.

„Bin in zwei Minuten bei Dir."

Günther ging in den Garten und stieg über den Zaun. Er war zwar nicht gerade in Konversationsstimmung, aber er wollte auch nicht alleine sein.

„Je später der Abend, ..."

„... desto netter die Gäste. Danke für die nächtliche Einladung."

„Gern geschehen. Magst Du eine Flasche Bier?"

„Hast Du welche vorrätig?"

„Sieh nur in meinen kleinen Teich. Was meinst Du, warum der von Zwergen bewacht wird? Die passen auf mein Bier auf. Komm mal mit!"

Erich hatte eine Stofftasche in den Teich gehängt, in dem sich mehrere Flaschen Pils befanden. Die Tasche hatte er mit einer Schnur umwickelt und um einen der Zwerge gebunden, der fest verankert am Teich stand.

„Komm wir bleiben gleich am Teich sitzen. Wir holen nur eben zwei Sessel."

Gesagt, getan.

„Von Dir hört und sieht man in der letzten Zeit auch nicht mehr so viel, Günther. Was ist los?"

„Ach, ich weiß auch nicht. Hat nichts mit Dir zu tun."

Erich ließ nicht locker. Er kannte Günther schon viele Jahre, seitdem sie in ihre Häuser gezogen waren. Ihm war aufgefallen, dass Günther sich seit dem Tod seiner Frau verändert hatte. Erich machte sich allmählich Sorgen um seinen Nachbarn.

„Jetzt stoßen wir erst einmal an – auf gute Nachbarschaft!"

Man hörte das dumpfe Geräusch zweier aneinanderstoßender Bierflaschen.

„Du kannst ruhig öfter zu mir kommen", nahm Erich das Gespräch wieder auf.

„Du hast Recht. Ich verkrieche mich. Seit Helene nicht mehr da ist, ist alles so anders."

„Sie war eine tolle Frau. Wir haben sie alle sehr gemocht. Wir vermissen sie auch. Beim Wäscheaufhängen hat sie alte Volkslieder gesungen. Als ich es das erste Mal hörte, musste ich unwillkürlich lachen. Aber in unserem zweiten Sommer hier in unseren Gärten, da habe ich angefangen, es zu mögen, wenn sie gesungen hat. Es hatte so etwas Beschauliches, so etwas Friedliches und Fröhliches. Ich muss Dir gestehen, dass ich seit unserem zweiten Sommer jeden Tag auf diesen Gesang gewartet habe."

Verdutzt sah Günther seinen Nachbarn an.

„Auf die Idee wäre ich ja nie gekommen! Du bist ja lustig! Nein, das ist das falsche Wort. Das Bier ist richtig lecker. Das zischt sogar beim Trinken!"

„Komm, wir angeln uns noch eine Flasche aus der Tasche, falls es die Zwerge zulassen! Günther, sieh mal, der da, den ich Gerd nenne, der guckt schon so missmutig, weil wir sein Bier stehlen."

„Egal, im Notfall bieten wir ihm auch einen Schluck an!"

„Wie geht es denn Deiner Tochter? Was macht sie so?"

„Sie hat einen neuen Freund, den ich bald kennen lerne. Psychotherapeut von Beruf."

„Den Beruf stelle ich mir anstrengend vor."

„Bestimmt. Aber er hat ihn sich ja ausgesucht. Jeder macht das, was er kann."

„Hat Marita noch Kontakt zu ihrem Ex-Mann?"

„Ja, wegen meiner Enkelin, damit sie ihren Vater sieht. Ansonsten haben die beiden aber keinen Kontakt. Sie haben sich in ganz unterschiedliche Richtungen entwickelt."

Günther stellte fest, dass es ihm etwas besser ging. Bei seinem Nachbarn zu sein, tat ihm gut. Nun, vielleicht entfaltete das Bier auch eine gewisse Wirkung. Während sie am Teich saßen und sich Geschichten erzählten, die sie früher tagsüber bestimmt nicht erwähnt hätten, schritt die Zeit allmählich voran. Mittlerweile leerten sie gerade jeder die dritte Flasche.

„Weißt Du was, Günther, jetzt wollen wir Deiner Frau zu Ehren auch ein paar Lieder singen!"

„Meinst Du wirklich?"

„Natürlich. Fangen wir mit dem Lied *Hoch auf dem gelben Wagen* an und danach *Nun will der Lenz uns grüßen*."

„Dann wollen wir mal!"

Bekanntlich machte die Dosis das Gift. Aber das Bier schmeckte so gut.

„Hoch auf dem gelben Wagen, sitz ich beim Schwager vorn ..." Mit einem Zwinkern forderte Erich Günther auf, mit einzustimmen.

„Tätärätä!"

„Vorwärts die Rosse tragen, lustig schmettert das Horn!"

„Tätärätä!", gab Günther zur Antwort.

„Wiesen, Felder und Auen ..."

Laute Rufe aus dem Haus gegenüber brachten die beiden kurz zum Schweigen:

„Seid ihr noch ganz gescheit! Habt ihr mal auf die Uhr gesehen? Es ist fast 01.00 Uhr!"

Erich ließ sich nicht entmutigen. Schlagartig fiel ihm auf des Nachbars Frage Paulchen Panther ein, dieser lustige rosarote Panther, der die Kinderherzen erfreut. Und er sang von neuem zu der Musik des Kinderfilms:

„Wer hat an der Uhr gedreht? Ist es wirklich schon so spät?"

„Jetzt reicht es aber! Ich komme euch gleich da rüber!"

„Mensch, Erich, wir sollten vielleicht doch ein bisschen leiser sein!", ermahnte Günther.

„Ach, wo, der soll sich nicht so anstellen! Das ist der, der immer so mit seinen Kindern herum brüllt."

Das war wieder ein Stichwort für Erich. Sogleich rief er laut dem schimpfenden Nachbarn zu.

„Lieber laut singen, als laut die Kinder anbrüllen!"

„Jetzt komme ich!" Ihr könnt was erleben!"

„Erich, wir müssen weg hier!"

„Komm wir verstecken uns in meinem Gartenhaus. Da habe ich noch eine gute Überraschung für den Herrn!"

Eilig schlichen die beiden in das Häuschen und schlossen die Türe von innen ab.

„Wieso sagt Deine Frau eigentlich gar nichts?"

„Sie ist bei ihrer Mutter. Sie ist gar nicht da."

„Ich habe Angst, Erich."

„Keine Bange, der wundert sich gleich. Ich habe hier noch ein paar lustige technische Tricks."

Tatsächlich tauchte der wütende Nachbar im Garten auf. Aber die beiden Sänger konnte er nicht erblicken. Es war stockdunkel. Leise flüsterte Erich Günther ins Ohr:

„Achte mal auf die Zwerge! Die sind präpariert."

Der Nachbar stand jetzt direkt an dem Teich, wo die beiden Sessel nebeneinander standen. Also, so schlussfolgerte er, mussten sie hier gesessen haben. Er trat ganz nah an den Teich heran und entdeckte eine Ansammlung leerer Bierflaschen. Genau in dem Moment drückte Erich auf einen Schalter und ehe man es sich versah, begannen die Augen der Zwerge rot zu glühen und der größte Zwerg lachte das schäbigste Lachen, das Günther je gehört hatte. Ein weiterer Zwerg spuckte eine Wasserfontäne, die den Nachbarn traf, der sich dermaßen erschreckte, dass er vornüber in dem Teich landete. Günther und Erich, die das ganze Szenario durch ein kleines Fenster der Blockhütte beobachtet hatten, pressten ihre Hände auf den Mund, um das Lachen zu unterdrücken. Hilflos ruderte der Nachbar mit seinen Armen im Wasser.

„Hilfe! Rote Augen! Hier spukt es! Ah!"

„Nein, hier spukt es nicht, hier spuckt es!", zischte Erich.

„Wir müssen jetzt eine ganze Weile im Häuschen

bleiben. Wenn der uns kriegt, der lyncht uns."

„Das mag wohl stimmen, Günther. Wir warten. Es wird aber morgen nichts passieren. Keine Bange! Er weiß nämlich jetzt, dass ich höre, wenn er die Kinder so fürchterlich anschreit. Das wird ihm peinlich sein."

Nachdem der unfreiwillige Schwimmer endlich wieder aus dem Teich geklettert war, suchte er den Garten ab. Das Gartenhäuschen war zum Glück verschlossen.

„Die sind wohl ins Haus gegangen und sitzen jetzt im Wohnzimmer!"

Wutschnaubend verließ er den Garten und verschwand.

26. Kapitel

Paul hatte sich für die nächste Sitzung mit Frau Luna vorgenommen, das Männerthema anzusprechen. Zudem wollte er mit ihr die Expositionstherapie planen, das bedeutete, er beabsichtigte, mit ihr Übungen außerhalb der Praxis durchzuführen, um ihre Panikstörung und das Vermeidungsverhalten in den Griff zu bekommen. Ferner musste ein Verlängerungsantrag gestellt werden, da die Probleme nicht mit einer Kurzzeittherapie zu beheben waren.

Er stand an seinem Fenster im Büro und sah sie auf die Praxis zukommen. Sie ist also eine Freundin von Marita. Anscheinend weiß sie aber nicht, dass ich Marita kenne, denn sie hat mich bisher nicht auf sie angesprochen. Hoffentlich begegne ich ihr nicht irgendwann auf einer Party bei Marita! Das hätte auch noch gefehlt! Mal nachdenken, Frau Luna kommt schon länger zu mir. Da war ich mit Marita noch nicht befreundet. Also wird sie meine Telefonnummer wohl nicht von Marita haben. Das hätte Marita mir bestimmt gesagt, wenn sie ihre Freundin zu mir geschickt hätte. Ich vermute, Marita weiß nicht, dass Frau Luna bei mir ist. Und ich darf Marita nicht sagen, dass ihre Freundin bei mir ist. Was für eine verrückte Situation! Egal! Da muss man durch. Irgendwie ja auch interessant. Die besten Geschichten schreibt das Leben selbst.

Frau Luna begann heute von selbst, über Männer zu sprechen. Sie ließ nichts aus: Sascha, Pizzabäcker, Oliver, Gregor Most. Und dann erwähnte sie noch ein paar, die so *nebenbei* waren.

„Haben alle die gleiche Bedeutung, Frau Luna?"
„Die gleiche Bedeutung? Nein."

Paul versuchte, zu einer Differenzierung zu gelangen, damit sie selbst ebenfalls differenzierter über dieses Thema denken und somit auch differenzierter reagieren konnte.

„Nur mit einem war ich nicht im Bett."
„Mit wem?"
„Gregor Most."
„Warum nicht?"
„Er ist der Schuldirektor."

Ja, da gab es dann gewisse Hindernisse, könnte man so sagen. Paul gab sich provokativ. Nur weil ihm sofort Hindernisse einfielen, mussten das ja nicht dieselben sein, an die die Patientin dachte.

„Ja und!", konterte Paul.

Lena stutze.

„Wie, ja und?"

„Er ist doch auch ein Mann."

„Sind Sie von Sinnen?!"

„Nein. Ich möchte wissen, an welcher Stelle Sie Unterschiede machen. Welche Bedeutung hat Sex für Sie? Und ist diese Bedeutung bei allen Männern gleich? Warum haben Sie keinen Sex mit ihrem Direktor?"

Lena begann zu grübeln. Seine Fragen waren doch nicht so übel.

„Tja, nicht leicht zu antworten. Also auf den Pizzabäcker hatte ich einfach Lust. Das war aktiv und diese Möglichkeit hatte ich selbst schon früher in Betracht gezogen. Oliver, mit dem hatte ich damals schon zu tun. Wir waren sehr verliebt. Aber er ließ sich nicht scheiden. Und eigentlich hätten wir als Paar nicht auf Dauer funktioniert. Ich würde das mit Oliver *Freundschaft Plus* nennen."

„*Freundschaft Plus*?"

„Ja, *plus Sex*."

„Ach so."

„Dass es mir am nächsten Tag so mies ging, war meine eigene Schuld. Ich hätte es besser wissen können. Mir wurde so schrecklich bewusst, wie einsam ich war."

„Und die anderen Männer?"

„Ich spreche jetzt nicht von Gregor, sondern von den anderen. Bei manchen mache ich etwas, ohne es wirklich zu wollen. Es ist wie ein Programm, das automatisch abläuft. Danach geht es mir immer schlecht."

Paul vermutete, dass dieser Teil mit dem vermuteten Missbrauch zu tun haben könnte. Aber nicht alle Beziehungen oder Kontakte waren dadurch geprägt.

„Was ist mit Gregor, dem Direktor?"

„Den mag ich so sehr, dass ich nicht einfach mit ihm ins Bett möchte, obwohl ich es doch möchte."

Was war das für ein Satz?

„Es ist irgendwie eine ganz besondere Beziehung, so ist jedenfalls mein Eindruck. Ich habe Angst, dass das Besondere dadurch kaputt geht. Oder dass er sich abwenden könnte, wenn er Sex mit mir hätte. Immerhin ist er verheiratet."

„Wie sieht die Beziehung denn bis jetzt aus?"

„Er ist sehr nett zu mir. Wir haben zufällig in demselben Bistro gegessen. Und ich glaube, er ruft mich anonym an und hat mir diesen Liebesbrief geschickt. Außerdem hat er mich angerufen, als ich den einen Tag krank war. Er wollte wissen, wie es mir geht."

Lena reichte Paul den Brief. Was für ein Brief! Paul war beeindruckt. So einen würde er auch gerne bekommen!

„Der Schreiber muss Sie aber sehr mögen. Klingt wie Sehnsucht und Verliebtheit."

„Ja."

„Wie kommen Sie darauf, dass der Brief von ihm sein könnte?"

„Ist so ein Gefühl. Den anderen Männern, die ich so kenne, traue ich den besonderen Sprachstil nicht zu. Aber sicher sein kann ich natürlich nicht. Kürzlich habe ich abends bei ihm angerufen und nach ein paar Sekunden aufgelegt. Kurz danach rief jemand bei mir an und tat das Gleiche."

„Die Vermutung liegt nahe. Könnte aber auch Zufall sein", gab Paul zu bedenken.

„Ja. Ich habe aber eine Idee. Ich nehme mir eine Geheimnummer und gebe diese Telefonnummer nur ihm.

Wenn dann unter dieser Nummer Anrufe kommen, weiß ich Bescheid."

„Clever!"

„Und wenn er es ist? Was denken Sie dann über ihn? Ist doch eine merkwürdige Art, Kontakt aufzunehmen. Sie sagten, dass Sie schon lange solche Anrufe bekommen. Er hat offensichtlich ein Problem."

„Ja. Wer hat das nicht? Er hat viel zu verlieren. Er weiß ja auch nicht, ob ich positiv reagieren würde."

„Möglich. Vielleicht ist er auch ambivalent. Dass er Kontakt zu Ihnen möchte und aus anderen Gründen Angst davor hat."

„Ich sehe ihn wahrscheinlich noch diese Woche. Wir werden uns wohl im Bistro wiedersehen."

Paul merkte, dass er die Geschichte richtig spannend fand. Dann hätte sie ihn ja bis zur nächsten Therapiesitzung gesehen. Er gemahnte sich zur Zurückhaltung.

„Dann kann ich Ihnen mehr berichten."

„Ich möchte heute gerne ein weiteres Thema ansprechen, und zwar Ihre Panikattacken. Wahrscheinlich würde es Ihnen helfen, wenn wir draußen ein paar Übungen durchführen. Wir begeben uns direkt in die angstauslösenden Situationen, natürlich nach dem Schweregrad abgestuft. Was halten Sie davon?"

„Muss das sein?"

„Ist effektiv."

Es war nicht zu übersehen, dass Lena angefangen hatte zu schwitzen. Ihr Gesicht wurde schon allein bei der Vorstellung rot.

„Wir planen dann jeweils eine Doppelstunde, damit wir mehr Zeit haben. Mit welcher Situation würden Sie denn gerne anfangen?"

„Von gerne kann keine Rede sein. Aber ich könnte mir vorstellen, dass wir zur Ruhr fahren und in den Ruhrwiesen laufen. Bei dem Gedanken wird mir zwar ganz anders, aber ich denke, dass ich diese Situation aushalten könnte. Oder wir fahren in die Stadt und bummeln durch ein Einkaufszentrum. Ich denke, es gibt schon mehrere Möglichkeiten."

„Am besten fangen wir gleich nächste Woche damit an. Vielleicht beginnen wir mit der Tour durch die Stadt."

„Ja gut. Ich habe noch eine Frage. Was kann ich denn tun, wenn ich wieder in so einer Situation mit einem Mann den Notausgang nicht finde? Ihren roten Stein trage ich jetzt in der Tasche. Ich weiß zwar nicht, warum der helfen sollte, aber irgendwie fühle ich mich durch ihn der Situation nicht mehr so ganz ausgeliefert. Es ist, als wenn Sie bei mir wären."

„Das ist doch ein guter Anfang. Und dann fragen Sie sich jedes Mal, ob es sich in dieser Situation um etwas handelt, dass Sie wirklich wollen. Achten Sie auf Ihr Gefühl. Es wird Ihr Kompass sein."

„Und wenn ich es nicht will? Wie schalte ich das Programm ab?"

Manche Fragen sind schwer zu beantworten. Auch wenn es allgemeingültige Prinzipien gab, so gab es ebenso höchst spezifische Unterschiede zwischen Menschen. Was für die eine Frau galt, musste nicht genauso für die andere gelten. Aber einen Tipp konnte er ihr jetzt schon geben.

„Stoppen Sie die Situation so früh wie möglich. Als Erwachsene wissen Sie doch schon ziemlich schnell, wie sich eine Situation weiter entwickelt. Zu Beginn einer Begegnung spiegeln sich oft schon der weitere Verlauf und das Ende. Es ist leichter, am Anfang zu stoppen als mitten drin. Wenn Sie spüren, dass sie eigentlich nichts von dem Mann wollen, dann gehen Sie zum Beispiel nach einem Restaurant-Besuch erst gar nicht auf einen Kaffee mit zu ihm nach oben. Denn Sie wissen ja, es geht in seiner Wohnung nicht um Kaffee."

„Ja, das weiß ich. Das habe ich leider schon als Kind gelernt, dass es weder um Kaffee noch um Schokolade ging. Ich habe übrigens eine Ahnung oder, eh, ich, eh ..."

Sie fing wieder an zu stottern und schaute ins Leere. Er wusste, sie würde etwas sehr Schwieriges ausdrücken wollen.

„Ich habe eine Erinnerung. Ich habe doch immer diese schrecklichen Träume."

„Ja."

„Wenn meine Mutter mit Freundinnen abends Frauenabend hatte und sie außer Haus war, musste mein Vater auf mich aufpassen. Aber ich erinnere mich, dass er öfter mal weg gegangen ist. Er musste irgendwo hin. Ich weiß nicht, wohin. Sein Bruder hat dann auf mich aufgepasst. Es war schrecklich. Ich musste ihn immer anfassen. Dafür hat er mir jedes Mal Schokolade geschenkt. Nachts habe ich mich dann übergeben. Es fing an, als ich acht Jahre alt war. Meinem Vater habe ich nichts erzählt, weil mein Onkel gedroht hat, er würde mich sonst vergiften und jeder würde denken, ich sei einfach an Fieber gestorben."

Das war einer der Momente, in denen Paul neben Trauer und Entsetzen auch Hass fühlte. Ja, es war Hass auf diese Männer, die er Seelenmörder nannte. Manchmal schämte er sich dafür, selbst ein Mann zu sein. Und gleichzeitig war er dankbar, dass eine Frau, dass diese

Frau ihm vertraute. Wie schaffte sie es eigentlich, dass sie ihm vertraute, da er doch auch ein Mann war?

„Herr Ort, Sie haben es geahnt, nicht wahr?"

„Ja. Ich wusste nur nicht, wer es war. Weiß Ihre Mutter es?"

„Ich glaube schon. Irgendwann fiel ihr auf, dass ich mich immer an den Tagen übergeben musste, wenn sie abends außer Haus war. Aber ich habe ihr nie gesagt, was genau passiert ist."

„Ich vermute, dass der Weggang Ihres Vaters etwas damit zu tun haben könnte. Vielleicht hat Ihre Mutter geglaubt, dass er es war."

„Ich habe ihr nicht gesagt, dass es mein Onkel war. Sie hatte nur geschlussfolgert, dass irgendetwas passiert sein musste, weil ich nachts gebrochen habe und plötzlich nackte Männer malte. Die Schule hatte meine Mutter angerufen und ihr gesagt, dass ich mich völlig zurückgezogen hatte. Ich weiß noch, dass meine Mutter mich oft gefragt hatte, ob alles mit mir in Ordnung sei, ob mich irgendetwas belasten würde. Aber ich traute mich nicht zu sprechen. Sie hat dann eins uns eins zusammengezählt."

„Aber sich wahrscheinlich verrechnet. Ich vermute, dass sie Ihren Vater in Verdacht hatte und aus dem Haus gejagt hat, obwohl er unschuldig war."

„Sie meinen, meine Mutter wollte mich schützen? Sie hat es für mich getan?! Oh je! Das ganze wäre ja eine einzige Tragödie! Für alle Beteiligten! Und sie hat mir nichts erklärt, weil sie nicht wusste, wie und weil sie mir nicht noch mehr wehtun wollte? Ich könnte brechen! Mein Vater – unschuldig in die Wüste gejagt. Und ich habe meine Mutter, die mich schützen wollte, zurückgelassen. Das ertrage ich nicht."

Paul spürte, wie ihm die Beine zitterten. Ihm war mulmig zumute. Was, wenn er sich irrte und der Vater doch beteiligt gewesen war? Frau Luna saß nun schluchzend wie ein Häufchen Elend in dem Sessel und verbarg ihr Gesicht in ihren Händen.

„Werde ich ihn je wiedersehen?"
„Möchten Sie das?"
„Ja!"

Am Ende der Sitzung reflektierte er noch einmal den Stundenverlauf. Seine Patientin war einen guten Schritt weiter, dachte er. Er war sich sicher, dass sie ihre Kontrolle wieder gewinnen würde. Er hatte ihr konkrete Alternativen genannt, wie sie versuchen könnte, die fatale Verhaltenskette zu stoppen und sie hatte eine Ahnung über den Ursprung. Schon lange wusste er, dass es nicht ausreiche, zu wissen, warum man etwas tat, sondern dass *Lösungen* hinzukommen mussten. Oft wussten missbrauchte Frauen, warum sie so viele Männer hatten oder aus fatalen Beziehungen nicht heraus kamen. Sie wussten, dass ihre Abgrenzungsproblematik ihre Wurzeln im kindlichen Missbrauch hatten. Aber es fehlte ihnen an konkreten Lösungsmöglichkeiten, an Bewältigungsstrategien. Nur die Ursache zu wissen, reichte nicht aus. Der Blick nach vorne, eine neue, gesunde Alternative musste hinzukommen. Hier konnte es mehrere Möglichkeiten geben. Und selbst, wenn man manchmal keine Ursache mehr fand, so konnte man trotzdem nach Lösungen suchen.

Als Paul an dem Abend nach Hause kam, rief er sogleich

bei Marita an, um heraus zu finden, was ihr Vater in Sachen Urlaub geantwortet hatte. Er musste schließlich zügig buchen. Sie erklärte ihm den Standpunkt ihres Vaters, den Paul gut nachvollziehen konnte.

„Aber wir werden meinen Vater demnächst zusammen besuchen. Er möchte Dich gerne kennen lernen."
„Ja, wann denn am besten?"
„Nächstes Wochenende wäre möglich."
„In Ordnung."

27. Kapitel

Lena war schon aufgeregt beim Aufstehen. Heute würde sie Gregor Most im Bistro treffen. Ja, er würde sicherlich kommen. Sie dachte an den Abend, an dem sie ihn heimlich angerufen hatte. Am Tag danach war sie ihm in der Schule im Lehrerzimmer begegnet. Adrenalin pur. Ein Gefühl, als habe man sie an Starkstrom angeschlossen. Verlegen, aber um Fassung und Unauffälligkeit bemüht, hatte sie ihn im Vorbeigehen gegrüßt. Sie hatte den Eindruck, als habe er leicht gelächelt, ein anderes Lächeln als sonst. Oder war es nur Einbildung? Es war schwer auseinander zu halten. Er hatte sie beim Namen genannt: „Guten Morgen, Frau Luna." Das machte er doch sonst nicht. Heiß und kalt lief es ihr den Rücken herunter.

Nun, heute würde sie ihn bestimmt sehen. Und wenn er doch nicht kommt? Aber er hatte es doch anklingen lassen, als er bei ihr anrief an jenem Tag, als sie krank war. Es war doch sowieso schon auffällig, dass er persönlich bei ihr anrief, um nachzufragen, wie es ihr ging. Lena fühlte Schwindel bei dieser Achterbahnfahrt der Gefühle. Freude und Aufregung wechselten ab mit Zweifeln und Enttäuschung und Wut über sich selbst, je nachdem, welche Möglichkeit sie gedanklich in Betracht zog.

So aufgekratzt, wie sie war, schaffte sie nur ein halbes Brötchen zum Frühstück. Dafür musste sie aber mehrfach zur Toilette. Ihr Darm reagierte. „Mensch, jetzt beruhig Dich doch mal!", befahl sie sich. Vielleicht sollte ich vorher noch eine Entspannungsübung machen. Es ist ja noch früh am Morgen. Genau. Und dann stelle ich mir in aller Ruhe vor, wie ich mit ihm dort sitze und Nudeln esse. Gibt es irgendetwas Konkretes, das ich mir erhoffe von dem Treffen? Warum bin ich eigentlich so aufgeregt? Es ist so ein emotionales Durcheinander! Ich komme mir vor wie ein Unwissender, ein Unwissender meiner selbst.

Ich glaube, ich habe irgendwie Angst. Aber wovor? Hallo, Lena, ihr beide geht ganz unverbindlich essen! Beruhige Dich endlich! Ist das wirklich so? Und die Anrufe? Sehr witzig! Ich weiß doch noch nicht einmal, ob er es wirklich war! Und der Brief? Genauso! Ich komme mir vor wie ein Teenager! Jede Souveränität ist dahin! Noch mal von vorne! Gibt es irgendetwas, das ich unbedingt als Ergebnis aus dieser Begegnung mitnehmen möchte?

Lena goss sich noch etwas Kräutertee ein (Kaffee hätte zu noch mehr Durchfall geführt) und folgte mit ihren Augen dem heißen Dampf, der sich über der Tasse ausbreitete. Sogleich fiel ihr eine Begebenheit aus ihrem Ibiza-Urlaub ein, als sie dort vor ein paar Jahren in einer Kneipe, in der die Zeit um 1970 stehen geblieben sein musste, einen ungefähr vierzigjährigen Mann mit langem, blondem Haar und Strickpullover beobachtete hatte, der einen Joint rauchte und völlig gedankenverloren mit glückseligem Blick dem Qualm nachschaute, den er in Zeitlupe ausblies, als offenbare sich in dem Zigarettendunst eine höhere Weisheit, die nur er entziffern konnte.

Lena hatte Mühe, ihre Gedanken zu fokussieren. Jeder Psychoanalytiker hätte Freude gehabt an ihrer Fantasie und ihrer Assoziationsfähigkeit. Man glaubt, man kennt sich, bis man plötzlich ratlos ist, weil man sich selbst nicht mehr deuten kann. Nein, Entspannung bekomme ich einfach nicht hin! Wie lachhaft! Wenn Herr Most wüsste, was ich für einen Zirkus veranstalte, dann bekäme er einen Lachanfall!

Lena stand vom Esstisch auf, öffnete die Terrassentür und setzte sich nach draußen. Allmählich, während sie einfach nur die Bewegungen der Bäume auf sich wirken ließ, spürte sie, wie ihr Herzschlag sich beruhigte und sie sich entspannte. Jetzt erst bekam sie eine Ahnung davon, warum diese Begegnung so aufregend für sie war.

Sie wollte es auf keinen Fall verderben. Es war kein Abenteuer, das sie suchte. Das hätte sie nicht aus der Fassung gebracht. Nein, es war vielmehr, dass er eine besondere Bedeutung für sie bekommen hatte. Es waren aufkeimende Gefühle der Verliebtheit, gegen die sie sich wehrte. Und sie wollte herausfinden, ob er den Liebesbrief geschrieben hatte. Sie erkannte, dass das, was sie sich am meisten von dem heute anstehenden Treffen wünschte, die Chance auf ein weiteres Mal war. Sie wünschte sich, ihn wieder zu sehen, und zwar nicht nur für heute.

Als sie das Lokal betrat, waren noch viele Tische frei.

Sie war absichtlich früh gekommen, um ihn auf keinen Fall zu verpassen. Lena entschied sich für einen Tisch mit Blick auf die Tür, damit sie sich nicht übersehen konnten. Beim Kellner bestellte sie vorab einen Milchkaffee. Dann zündete sie sich eine Zigarette an und blätterte in einer Zeitschrift. Obwohl sie innerlich noch immer unruhig war, so hatte sie es doch geschafft, der Aufregung die Intensität zu nehmen. Den Liebesbrief hatte sie mitgenommen. Sie hatte sich eine kleine List überlegt. Wenn sie beide zusammen am Tisch sitzen würden, wollte sie so tun, als wenn sie eine Packung Tempo in der Tasche suchen würde. Dabei würde sie einfach ein paar Dinge aus der Tasche heraus nehmen und auf den Tisch legen, ein Buch zum Beispiel und den Brief – mit einer völlig lässigen und beiläufigen Geste – daneben legen. Sie würde ihn dann auf das Buch ansprechen, wohl wissend, dass er den Briefumschlag erkennen würde, und ihn sehr sorgsam beobachten, nach irgendwelchen kleinen verräterischen Zeichen in Mimik, Tonfall oder Gestik suchen.

Mittlerweile hatte sie bereits zwei Zigaretten geraucht und den Milchkaffee geleert. Erste Zweifel kamen wieder auf, als plötzlich die Tür aufging und Gregor Most den Raum betrat. Er ist besser als jedes Blutdruckmittel gegen Hypotonie, ging es ihr durch den Sinn.

Sofort entdeckte er Lena und setzte sich zu ihr.

„Guten Tag, Frau Luna. Schön, dass Sie da sind."

„Ganz meinerseits", hörte sie sich sagen. (Mein Gott, was höre ich mich förmlich an. Hoffentlich wird das noch besser.)

„Haben Sie schon bestellt?"

„Nur einen Milchkaffee. Ich wollte mit dem Essen ein bisschen warten."

„Auf mich?"

„Ja, könnte man so sagen. Ich hatte es so verstanden, als Sie angerufen hatten, dass wir uns heute treffen."

Er riecht so gut. Hoffentlich merkt er nicht, was in mir vorgeht.

„Es fällt einfach auf, wenn Sie in der Schule fehlen. Sie sind sonst nie krank."

„Wieso fällt es auf?", fragte sich Lena. Meint er vielleicht, dass es *ihm* besonders auffällt, hoffte sie im Stillen.

Der Kellner kam an den Tisch und nahm die Bestellung auf. Während Lena lieber nur etwas Leichtes bestellte, entschied sich Herr Most für eine große Pizza und nahm sogar ein Glas Spätburgunder dazu. Ob er nachher nicht mehr zur Schule muss?

„Da hat aber jemand richtig Hunger."

„Ich hatte nicht besonders viel zum Frühstück", gab er zur Antwort.

Oh, noch jemand, der Probleme mit dem Frühstück hatte?

„Essen Sie morgens nie viel?", fragte Lena.

„Je nachdem. Es war etwas stressig heute Morgen. Ich musste meine Frau zum Flughafen fahren."

„Zum Flughafen?"

„Ja ..."

Gregor Most überlegte, was und wie viel er ihr über seine Ehe anvertrauen konnte. Würde sie Privates für sich behalten? Es gäbe genug Leute in der Schule, die Interesse an seiner Lebensgeschichte hätten. Aber genau die wollte er ja möglichst für sich behalten. Konnte er ihr vertrauen? Wieder einmal wünschte er sich, er könnte einfach nur ihr Kollege sein. Dann wüsste er schon, wie der Tag weitergehen würde.

„Ich habe meine Frau zum Flughafen gebracht, weil sie in Urlaub gefahren ist."

Lena versuchte, neben dem Satz auch seine Implikationen zu verstehen. An ihren Stirnfalten erkannte er, dass es in ihrem Kopf arbeitete. Er wünschte sich, dass sie verstehen würde, was ihm schwer fiel, direkt auszudrücken. Er und seine Frau waren sich entfremdet. Die Ehe ging ihrem Ende zu. Nach dem letzten Streit vor ein paar Tagen, als er nachts in seinem Arbeitszimmer verschwunden war, hatte sie ihn angeschrien, sie wolle nicht mit ihm in Urlaub fahren, denn das sei schlimmer als alleine zu fahren. Er hatte nur einen einzigen Satz entgegnet: „Dann tu es doch!" Seine Frau war auf einen ganz großen Ehekrach aus. Sie wollte schreien, mit Sachen werfen und ihm eine Ohrfeige geben. Aber er hatte ihr einfach nur die Erlaubnis gegeben. Als sie am Flughafen angekommen waren, hatte sie den Eindruck, es war ihm mehr als Recht.

„Wo fliegt sie denn hin?"

„Nach Griechenland."

„Und Sie?", wagte Lena sich vor.

„Ich bleibe zu Hause."

„Die ganzen Ferien?"

„Wenn nichts anderes dazwischen kommt?"

Das war eine Frage, keine Antwort, registrierte Lena sofort. Und dabei sieht er mich so unverwandt an, fast fragend. Sie spürte, wie sich allmählich Hitze in ihrem Körper ausbreitete und ihr Gesicht erreichte. Ihr Herz schlug nicht mehr, es hämmerte. Jetzt bereute sie, dass sie eine Bluse trug und er direkt auf ihren Hals schauen konnte. Ja, er hatte es längst bemerkt. Sie erkannte es an seinem Blick, der von ihren Augen langsam über ihre Lippen und dann zum Hals wanderte, wo er ihren Herzschlag wahrscheinlich nicht nur sehen, sondern, so kam es ihr vor, auch hören konnte. Unfähig, einen klaren Gedanken zu fassen, wiederholte sie wie ein Echo seinen Satz:

„Wenn nichts anderes dazwischen kommt?"

Er nippte an seinem Rotwein, während er sie ansah.

Sie spürten ihrer beider Fantasie.

„Ja, es könnte doch sein, dass man spontan irgendetwas unternimmt. Die Ferien fangen in zwei Tagen an und dauern sechs Wochen. Eine lange Zeit, um ..."

Er suchte nach Worten.

„... um sich etwas auszudenken."

„Gern", rutsche es Lena heraus.

Er schmunzelte, sagte aber nichts, nippte nur wieder an seinem Wein und aß ein Stück von seiner Pizza. Sie scheint mich zu mögen, dachte er. Ob sie eine Ahnung hat, dass ich immer bei ihr angerufen habe? Ob sie weiß, dass der Brief von mir ist? Sie hat gerade gern gesagt. Ob sie auch etwas für mich empfindet? Immerhin hat sie nachts bei mir angerufen. Und im Hintergrund war diese schöne Musik, etwas Ruhiges, Schmusiges.

„Wo fahren Sie denn hin, Frau Luna?"

Sie kämpfte gerade mit dem Ruccola-Salat, der sich nicht so leicht bändigen ließ.

„Ich, eh, ich weiß noch nicht."

„Hat ihr Partner keine Lust, weg zu fahren?"

Sehr geschickt, dachte er. Jetzt muss sie bekennen, ob sie gebunden ist.

„Ich habe keinen Partner."

Natürlich hatte Lena die Absicht der Frage erkannt.

Sie hielt den Augenblick für gekommen, in ihrer Handtasche zu wühlen, um den Brief auf den Tisch zu legen.

„So ein Pech, jetzt habe ich auf die Tischdecke gekleckst. Zum Glück habe ich Tempos dabei."

„Hier sind doch Servietten."

Lena war schon dabei, den Inhalt der Tasche auf dem Tisch zu verstreuen. Spiegel, Kugelschreiber, Feuerzeug, Buch, Tempotücher und zuletzt den Brief, wobei sie sofort ihren Blick hob und ihn anschaute. Jetzt war sie es, deren Blick Fragen stellte. Es durchzuckte ihn. Spontane emotionale Reaktionen kann man nicht unterdrücken. Sie war sich sicher, dass er es war. Als er den Umschlag sah, riss er für einen winzigen Augenblick die Augen auf und schnellte mit seinem Oberkörper zuerst nach hinten, um dann sofort wieder nach vorne zu kommen und so zu tun, als wenn alles völlig normal sei und nichts Außergewöhnliches passierte. Zugestanden, er war schnell darin, seine Fassung zurück zu erlangen. Aber mit diesem spontanen kleinen Überfall hatte er nicht gerechnet und somit auch keinen Handlungsplan bereit gehabt. Er reagierte spontan und unverfälscht.

Als Meister der Kontrolle, die er seit seiner Kindheit perfektionierte, versuchte er, die Situation zu überspielen. Ihm war unbehaglich. Er wusste nicht, wie sie zu dem Brief stand. Hatte sie ihn absichtlich auf den Tisch gelegt? Warum hatte sie ihn überhaupt mitgebracht? Gregor Most bemühte sich so schnell wie möglich, eine Antwort zu finden. Verurteilte sie ihn? Dann wäre sie wohl kaum gekommen. Vielleicht würde sie aber sofort gehen, wenn sie wüsste, dass er von ihm ist? Er besann sich auf die Situation. *Der Zweifler verliert, weil er zweifelt*, schoss es ihm durch den Sinn. Wie fühlt es sich denn an? Wie fühlt sich die Situation mit Frau Luna an?, fragte er sich. Es knistert wie noch nie. Sie erwidert meinen Blick. Zaghaft zog er in Betracht: *Sie will mich.*

Er griff nach dem Buch, das direkt neben dem Brief lag.

„Darf ich das Buch sehen, das Sie lesen?"

„Natürlich."

„*Redewendungen.* Aha. So etwas lesen Sie?"

Lena half ihm, Sicherheit zu finden.

„Klar. Ich verwende im Unterricht gerne Redewendungen. Ist Kulturgut. Außerdem enthalten sie eine Menge Wahrheit."

„Wahrheit. In vino veritas. Ich trinke noch ein Gläschen. Darf ich für Sie einen Wein mitbestellen?"

„Gern. Rot und trocken, bitte."

„Kellner, bringen Sie uns doch bitte zwei Gläser von ihrem besten trockenen Rotwein, den Sie empfehlen können."

„Müssen Sie denn heute nicht mehr zur Schule?"

„Nein. Ebenso wenig wie Sie. Ich wollte Zeit haben."

Er wird mutiger, überlegte Lena.

„Wie viel Zeit haben Sie denn?", wollte Lena wissen.

„Und Sie?"

„Viel."

„Gut", flüsterte er.

Lena lief es in Schauern den Rücken herunter. Möglichst unauffällig tastete sie mit ihrem Blick seinen Körper ab, seine kräftigen Arme, die unter den hoch gekrempelten Hemdsärmeln zum Vorschein kamen, den Ansatz seines Brustkorbs, seine Hände mit den langen, feingliedrigen Fingern, die sie sich hervorragend auf einem Klavier vorstellen konnte. Aber spielte er überhaupt Klavier?

Zumindest spielten sie gerade zusammen ein Spiel, dessen Melodie sie beide gut kannten. Da kam ihr eine Idee.
„Spielen Sie eigentlich ein Musikinstrument?"
„Nicht nur eins."
„Sie haben Talent?"
„Ich glaube schon. Ich spiele Klavier, Saxophon und Gitarre."
„Unglaublich!"
„Ich habe als Kind mit Klavier angefangen, als Jugendlicher mit Saxophon. Und Gitarre habe ich mir selbst nebenbei beigebracht."
„Ich würde Sie gerne einmal spielen hören!"
„Welches Instrument denn?"
„Ach, wenn Sie mögen, würde ich gerne alle hören. Sie müssen sie ja nicht gleichzeitig spielen."
Lena schmunzelte.
„Gern. Dann müssten wir aber zu mir fahren."
Irgendwie total verrückt, sinnierte sie. Wir wissen beide, worum es geht, sprechen es aber nur indirekt an. Wenn wir es direkt äußern würden, wäre jeder Zauber dahin und das, was folgen würde, wäre nur eine Billigversion, eine reduzierte Variante einer ansonsten wundervollen Komposition aus Empfindungen, Fantasie, Andeutungen, Ahnungen, Berührungen, Leidenschaft und Gewissheit. Sie hatte angefangen, sich nach ihm zu sehnen. Ein Mann, der fähig war, solche Liebesbriefe zu schreiben, war sicherlich nicht nur ein sprachlicher Künstler. Und ein Musiker war er auch. Lena antwortete ohne zu zögern:
„Ja."
Nachdem sie ihre Gläser geleert hatten, zahlte Lena die Rechnung. Sie hatte es ihm versprochen, als er sie

angerufen hatte. Und ihr Versprechen wollte sie unbedingt halten. So sehr er sich freute – irgendwie war ihm ganz eigenartig zumute. Er bewegte sich auf unbekanntem Terrain. Hin- und hergerissen zwischen heftigen Gefühlen und Wünschen auf der einen Seite und den Ansprüchen seines Gewissens im Hinblick auf gutes Benehmen auf der anderen Seite, wusste er nicht, wie er sich verhalten sollte, wenn sie erst einmal in seinem Haus sein sollten. Und was erwartete sie von ihm? Zurückhaltung? Aktivität? Er hoffte nur, dass sie ihn nicht konkret auf seinen Brief ansprechen würde. Noch konnte er ja so tun, als wenn er von nichts wüsste, so wie kleine Kinder es tun, die ihre Hände vor das Gesicht halten und denken, die Mutter sehe sie nicht.

Sie fuhren in zwei Autos hintereinander her. Er bat sie, in seiner Garage zu parken. Seinen Wagen stelle er vor die Garage. Auch Lena wurden die Knie weich, als sie seinen Hausflur betrat. Ein heftiger innerer Dialog entspann sich in ihrem Kopf. Lena, was machst Du eigentlich hier? Bist Du noch ganz bei Trost! Aber ja doch! Ist doch ganz nett hier! Hallo? Er ist nicht unbedingt ein Kollege oder ein Jugendfreund. Nun, für ihn scheint es aber in Ordnung zu sein. Was heißt in Ordnung? Vielleicht wünscht er es sich ja auch, Kontakt zu mir zu haben? Sonst wäre er wohl kaum ins Bistro gekommen. Aber jetzt bist Du bei ihm zu Hause! In der Höhle des Löwen! Genau! Ist doch schön! Apropos Löwe: Ich bin auch Löwe, und zwar vom Sternzeichen her! Also!

„Frau Luna, kommen Sie, wir gehen ins Wohnzimmer! Vorher nehmen wir uns aber noch ein Getränk aus der Küche mit. Was mögen Sie denn trinken?"

Spontan fiel Lena nur etwas zur Beruhigung ein: Einen doppelten Wodka. Oder ein Glas Wasser und dazu eine Tablette Valium. Sie konnte sich aber noch bremsen und wartete einen Moment mit ihrer Antwort.

„Ich nehme einen Kaffee, aber nur, wenn Sie einen mittrinken."

„Gute Idee."

Lena, die den Eindruck hatte, sich in einem Tagtraum zu befinden, stellte sich gerade vor, wie Paul Ort, ihr Therapeut wohl reagieren würde, wenn er das erfahren würde. Wahrscheinlich würde er eine extra lange Therapie beantragen für besonders hoffnungslose Fälle. Wenn das Gespräch mit Herrn Most privater werden sollte, wollte sie auf keinen Fall erwähnen, dass sie eine Therapie machte. Bisher wusste es noch nicht einmal Marita. Aber, eigentlich, so überlegte sie, müsste sie es ihrer Freundin langsam mal erzählen.

Das ist also die Küche, in der er sonst mit seiner Frau sitzt, ging es Lena durch den Kopf. Mein Gott, wenn sie wüsste, dass ich gleich aus ihrer Tasse trinke und auf ihrem Sofa sitze und von ihrem Teller esse! Oh je, das ist ja wie bei Schneewittchen! Nur die Zwerge fehlen.

„Sie lächeln ja, Frau Luna."

Huch, sie hatte bei all ihren Gedankenketten ihre Mimik nicht im Griff gehabt. Er hatte etwas bemerkt. Aber sie konnte ihm doch nicht sagen, was sie gerade gedacht hatte.

„Ach, ich weiß auch nicht. Habe ich etwa gelächelt?", sagte sie etwas verlegen.

„Nehmen Sie Milch und Zucker?"

„Nur Milch, bitte."

„Nehmen Sie ein großeoder eine kleine Tasse?"

„Ein große."

Nachdem er zwei Tassen befüllt hatte, wanderten sie in Richtung Wohnzimmer. Eine großzügige Eckcouch in Terracotta-Farbe lud dazu ein, es sich auf ihr gemütlich zu machen. In nur geringer Entfernung stand ein großer Esstisch aus massiver heller Kiefer mit sechs Korbstühlen an seinen Seiten. Lena konnte sich sehr gut vorstellen, wie man beim Frühstück von diesem Tisch aus durch die riesigen Panoramafenster direkt in den Garten schauen konnte. Als hätte er Lenas Fantasie erahnt, öffnete er die Fenster, die man als Flügeltüren weiträumig zu beiden Seiten weg klappen konnte.

Der Blick in den üppigen, fruchtbaren Garten war überwältigend. Großer alter Baumbestand mit Tannen, Kiefern, Kastanienbäumen, Ahornbäumen, Eichen, Rhododendren, Japanischen Kirschbäumen, Apfelbäumen, selbst Magnolienbäume waren vorhanden. Dazu ein buntes Meer blühender Blumen und eine großzügige Rasenfläche, an deren Ende unter einem stolzen Kastanienbaum ein Pavillon stand, der einen geradezu zum Träumen aufforderte. In unmittelbarer Nähe davon erblickte sie einen kleinen Teich, in dem soeben ein Froschkonzert stattfand.

Lena schaute ihn fragend an.

„Sie wollen sicherlich wissen, ob wir einen Gärtner haben. Ich verneine. Der Garten ist mein Ort der Ruhe. Ich kümmere mich ganz alleine um ihn."

„Und Ihre Frau?"

„Sie interessiert sich nicht für ihn."

Verblüfft schaute sie wieder in den Garten. Solch einen Garten hätte sie ihm nie zugetraut. Wie sehr er sich von dem Mann unterschied, der er in der Schule war.

Dann wandte sie sich wieder dem Wohnzimmer zu,

das ebenso großzügig angelegt war wie der Garten und die Terrasse.

Herr Most beobachtete, wie Lena den Raum mit ihren Augen in Besitz nahm. Als sie den schwarz lackierten Flügel erblickte, lief sie sofort auf ihn zu und setzte sich auf die Klavierbank. Zu ihrer rechten Seite erblickte sie an der Wand ein kleines, sehr kunstvoll und bis ins Detail bearbeitetes Holzkreuz. Lena bemerkte, dass sie sich noch nie Gedanken über seine Konfession gemacht hatte. So etwas war eigentlich nebensächlich, wenn man sich kennen lernte. In diesem Moment jedoch, als sie das Kreuz direkt neben dem Flügel sah, kam ihr der Gedanke, dass die Religion vielleicht doch eine besondere Bedeutung für ihn besaß.

„Wenn Gott anwesend ist, würde er sich in die Nähe eines Flügels setzen und der Musik lauschen. Denn über die Musik drücken wir unsere tiefsten Empfindungen aus, die der Sprache nicht mehr zugänglich sind."

Gregor stellte sich hinter Lena und legte für einen kurzen Moment seine Hände auf ihre Schultern, bevor er weiter sprach.

„Dieses Kreuz ist schon sehr alt und es hat eine lange Geschichte. Irgendwann erzähle ich Sie Ihnen."

„Würden Sie mir etwas vorspielen, bitte?"

Lena stand auf, um ihm Platz zu machen. Dann begannen seine Finger wie kleine flinke Wiesel über die Tasten zu gleiten. *Erster Verlust von Schumann* las Lena auf dem Notenblatt, das vor ihm stand. Sie setzte sich auf das Sofa, wärmte sich an der Kaffeetasse und lauschte. Über das Notenblatt hinweg konnte er Lena auf dem Sofa sehen. Während er kurz aufschaute, entdeckte er diesen wehmütigen Blick, den er seit ihrer Jugend kannte, als er

Lehrer an ihrer Schule gewesen war. Oder war es vielleicht Sehnsucht in ihren Augen? Er war sich nicht sicher. Er hegte den Verdacht, dass er wahrscheinlich seine eigene Sehnsucht in ihren Augen sah. Die Grenzen verschwammen.

Plötzlich fühlte er sich wie ein Spion und gleichsam wie ein Räuber, der sich ohne ihr Wissen etwas von ihr genommen hatte. Sie darf es niemals erfahren! Sie würde mich verachten! Niemals darf sie wissen, dass ich sie schon so lange beobachte. Wenn sie mein Album sähe, hielte sie mich für einen Psychopathen. Ach, was habe ich nur getan! Ich habe doch nur Bilder gesammelt. Ist das denn so schlimm? Immerhin habe ich sie vor meinem damaligen Kollegen bewahrt, der sich an sie heranmachen wollte.

Aufgrund seiner detektivischen Vorgehensweise war Gregor Most nicht entgangen, dass er einen Kollegen hatte, der sich verdächtig benahm und Lena körperlich zu nahe kam.

Einmal sah er, wie dieser Mathematiklehrer ganz alleine mit ihr aus dem Klassenzimmer gekommen war, während er seinen Arm um sie gelegt hatte und seine Hand in ihrem Haar vergrub. Lenas Gesichtsausdruck sprach von Ekel und Widerwillen. Auch hatte er Gesprächsfetzen von Schülerinnen aufgefangen, die sich darüber unterhielten, dass Lena von ihrem Mathematiklehrer belästigt wurde.

Kurzerhand hatte Gregor ihn angerufen und ihm gedroht, dass er ihn anzeigen würde, falls er die Schülerin nicht in Ruhe lassen würde. Ein Jahr später ließ der Kollege sich versetzen und Gregor atmete auf. Von alledem wusste Lena nichts. Jetzt saß sie einfach nur da und hörte ihm beim Klavierspiel zu.

„Bitte spielen Sie noch etwas!", rief Lena.

Er blätterte in seinen Noten und zog ein weiteres Stück hervor.

„Ich spiele jetzt das *Venezianische Gondellied von Bartholdy*."

Er ließ sich nicht stören, als sein Handy klingelte. Das einzig Wichtige war dieser Moment, den er gegen jeden Eindringling schützen wollte. Anschließend setzte er sich zu ihr auf die Couch und sie redeten über Gott und die Welt, stundenlang, ohne je eine Pause des peinlichen Schweigens, auch wenn er sich zwischendurch fragte, ob sie seine begehrlichen Fantasien nicht erahnte. Wie gern hätte er sie zu sich heran gezogen und leidenschaftlich geküsst. Doch er hielt sich zurück. Zu groß war die Angst vor ihrer Zurückweisung. An diesem Abend erfuhr er, dass sie zu jedem Geburtstag anonym Blumen per Fleurop bekam. Er wunderte sich. Noch ein heimlicher Verehrer? Wut stieg in ihm auf. Er wollte Lena nicht teilen, auch wenn sie gar nicht seine Frau war.

Als Lena sich spät am Abend verabschiedete und ihm die Hand reichte, konnte er ihr Zögern spüren, jenes minimale Zögern, dass sich in dem Bruchteil eines flüchtigen Momentes offenbart, wenn alles in einem drängt, noch etwas Wichtiges zu sagen oder gar zu tun in der Hoffnung, dass es erwidert wird, man es aber doch nicht wagt und es bei einem Händedruck belässt. Es war ein erstes Band der Vertrautheit entstanden und sie fühlten jeweils ihrer beider Wunsch, die Grenze zu überschreiten. Aber jetzt noch nicht. Sie wollten sie auskosten – diese Zeit des Wartens, des Zuwartens. Alles Wunderbare braucht seine Zeit. Ein jedes Kunstwerk bleibt schlicht und simpel, wenn es in Kürze vollbracht sein soll. Ausdruck, Vielfalt und Tiefgang gewinnt es durch den Entwicklungsprozess, durch den Gang durch die Zeit, in dem der Künstler sich mit ihm beschäftigt. Und auch ein guter Wein hat seine Reifezeit.

28. Kapitel

Als Lena bei sich zu Hause angekommen war, wirkten noch immer die Erlebnisse mit Gregor Most in ihr nach. Sie hatte den Eindruck, einem Seelenverwandten begegnet zu sein. Sie war erfüllt von einem intensiven und unbekannten Gefühl des Glücks, das sie in der Form bisher noch nicht mit einem Mann zusammen erlebt hatte. Seine Stimme war voller Zärtlichkeit, sein Blick eine Einladung in die Welt verheißungsvoller Abenteuer und unerhörter Wünsche.

Ab und zu berührten sie sich wie zufällig an den Händen oder an den Armen beim Herüberreichen eines Glases oder beim gemeinsamen Ansehen eines Buches und auch, als sie zu vorgerückter Stunde durch den Garten schlenderten und bei Einbruch der Dunkelheit unter dem Pavillon Baguette und Käse aßen.

Auch wenn sie es sich nicht erklären konnte, so hatte sie den Eindruck, als wenn sie sich schon lange kannten. Der ganze Tag mit ihm, von mittags bis zum späten Abend, war vertraut und fließend. Nicht ein einziges Mal wussten sie nichts zu sagen oder zu tun. Selbst Momente des Schweigens trugen keine Verlegenheit in sich.

Konnte es wirklich sein, dass er, der Direktor, sich für sie interessierte? Vielleicht war der Liebesbrief gar nicht von ihm? Er schien doch von jemandem geschrieben zu sein, der sie anscheinend schon länger kannte. Nun gut, ein paar Jahre war sie bereits an dem Gymnasium. Aber sie hatten nie einen innigen Kontakt gehabt, obwohl man genau dies aus dem Brief hätte schließen müssen.

Sie fragte sich, wann es eigentlich angefangen hatte, dass sie begonnen hatte, sich für ihn zu interessieren. Das war doch früher gar nicht der Fall! Wann hatte es angefangen? Bei genauem Nachdenken fiel ihr die erste Begegnung in dem Bistro ein. Und ihr war, als sei irgendetwas von ihm ausgegangen, das es ausgelöst hatte. Hatte er vielleicht zu dem Zeitpunkt schon Interesse?

Jetzt, da sie wieder alleine zu Hause war, wünschte sie sich, wieder bei ihm zu sein, um alle Fragen auf einmal zu klären. Ob er mich denn wirklich wieder sehen will?

Meine liebe Lena, rief sie sich zur Ordnung, wieso zweifelst Du schon wieder? Beruhige Dich, ihr habt doch sogar eure Handynummern ausgetauscht! Würde er Dir seine Handynummer geben, wenn er Dich nicht wieder sehen möchte? Aber ich bin es einfach nicht gewohnt, dass ein Mann, in den ich mich verlieben könnte, bei mir bleibt.

Erste Tränen traten ihr in die Augen. Ich kann es einfach nicht ertragen so viel Nähe zu einem Mann zu haben, den ich liebe und der mich dann wieder verlässt.

Schluchzend warf sie sich auf ihr Bett. Dann will ich nur Sex und weg! Einfach nur weg! Ich weiß, Du, Gregor Most, willst doch nur Deinen Spaß und dann, dann bist auch Du wieder weg und gehst mit Deiner Frau Hand in Hand spazieren!

Und ich? Zurück bleibt nur eine leere Hülle, die sich nachts vor dem Spiegel in ein Gespenst verwandelt! Ich will nicht mehr! Ich will einfach nicht mehr! Mit einer heftigen Handbewegung schmiss sie sämtliche Gegenstände von ihrem Nachttisch. Der Wecker krachte gegen die Wand und zerbarst.

Warum sollte Gregor Most Interesse haben? Außerdem ist er ja verheiratet! Aber der Tag mit ihm war voller Poesie!

Lena versuchte, sich irgendwie selbst zu besänftigen. Ich kann mich doch nicht dermaßen irren? Er muss *deutlicher* werden, *lauter*, damit ich ihn hören kann, damit er die lärmenden Stimmen meiner Zweifel übertönt!

Sie wusste nicht, dass auch Gregor mit sich kämpfte, der bei sich wie ein Tiger durch das Haus lief und vor lauter Sehnsucht nicht wusste, wo er hin sollte. Normalerweise, so dachte er, würde er jetzt heimlich bei ihr anrufen, um zu überprüfen, ob sie zu Hause ist, um noch einmal vor der Nacht ihre Stimme zu hören. Doch er merkte, dass sich die Bedeutung seiner anonymen Anrufe für ihn veränderte.

Seit dem heutigen Tag war es nicht mehr das Gleiche, heimlich bei ihr anzurufen. Wohingegen sogar gestern noch ein solcher Anruf für ihn eine wenn auch eigentümliche Art war, Nähe herzustellen, eine unsichere, ängstliche Nähe, so würde ein solcher Anruf heute Nähe widerrufen und Distanz schaffen.

Lena jetzt anonym anzurufen, würde bedeuten, Vertrauen und Nähe zu zerstören. Es würde zu etwas Trennendem in der Beziehung führen. Diese Art der Heimlichkeit, dieses anonyme Spiel wäre plötzlich ein Spiel, das Lena ausgrenzte, das sie zu einem Objekt unter dem

Mikroskop degradieren würde.

Aber was mache ich nur?, fragte er sich. Ich möchte sie so gerne noch einmal sprechen, ihr *Gute Nacht* sagen und hören, ob sie gut angekommen ist. Aber ich kann jetzt nicht mehr anrufen und auflegen! Es passt nicht!

Eine halbe Stunde lief er in seinem Wohnzimmer auf und ab. Man sollte nicht glauben, dass ich auf die Fünfzig zugehe! Ich bin total verkorkst! Wenn sie wüsste, wie unsicher ich bin, ich, der große Zampano, dann würde sie sich wahrscheinlich heimlich davon stehlen.

Plötzlich hielt er inne. Mann, was bin ich blind und blöd! Warum rufe ich nicht einfach ganz *normal* an? Er griff zum Telefon mit pochendem Herzen, mit nervösem Blick auf die Uhr. Es war schon fast 24.00 Uhr in der Nacht. Aber sie war ja noch nicht so lange fort.

Als sie den Hörer abnahm, hörte er sofort ihre verschnupfte Stimme, die jedoch ihren traurigen Beiklang verlor, als sie ihn erkannte.

„Hallo, Frau Luna, ich wollte nur noch einmal herein hören und mich vergewissern, dass Sie gut angekommen sind."

„Danke!", tönte es überglücklich durch die Leitung. „Danke, dass Sie anrufen! Das ist wirklich lieb von Ihnen!"

„Ich hoffe, Sie sind nicht böse, dass ich so spät noch anrufe."

„Nein! Sie dürfen anrufen! Ich habe auch an Sie gedacht, an den wunderschönen Tag mit Ihnen!"

Gregor Most wusste nicht, wie ihm geschah bei so viel Ehrlichkeit und Offenheit.

Jetzt wagte er sich einen weiteren Schritt vor und

fragte dennoch etwas unsicher:
„Haben Sie vielleicht Lust, am ersten Ferientag zu mir zum Frühstück zu kommen. Ich meine, wenn Sie Zeit haben und nichts anderes vorhaben …"
Überschwänglich fiel Lena ihm ins Wort:
„Ich habe nichts anderes vor. Ich komme."
„Mir hat der Tag mit Ihnen auch sehr gut gefallen."
Eine kurze Pause entstand, in der Gregor Most überlegte, ob sie nicht zum Du übergehen sollten.
„Um wie viel Uhr soll ich denn kommen?"
„Um zehn?"
„Ja, ich komme!"
Es kostete ihn Überwindung, als er sie einfach zu duzen begann. Aber er gab sich einen Ruck:
„Gute Nacht, Lena!", sagte er leise.
„Gute Nacht, Gregor."
„Träum etwas Schönes!"
„Du auch!"
Wenn er wüsste, was ich träume, dachte Lena, als sie mit sich und der Welt versöhnt ins Badezimmer ging, um sich die Zähne zu putzen

.

29. Kapitel

Gregor rief sogleich am nächsten morgen seinen Detektiv an, um ihm einen neuen Auftrag zu erteilen. Unbedingt musste er herausfinden, von wem Lena die Blumen bekam. Dieter Dott war der erste, der ihm einfiel, denn ihm war nicht entgangen, dass er Lena mochte. Außerdem hatte er sie beide auf dem Pink Floyd-Konzert gesehen. Was für ein Glück, dass seine Frau nicht zu Hause war! Er hatte sie von Anfang an nicht wirklich geliebt. Sie war attraktiv und sympathisch. Doch hatte er sich nie richtig zu ihr hingezogen gefühlt. Er hatte nicht daran geglaubt, dass es möglich sein könnte, mit einer Frau zusammen zu kommen, die man liebt und begehrt, mit der man einfach glücklich sein könnte. Das gab es nur in Spielfilmen, hatte er zu sich selbst gesagt. Seine Bekannten sahen das ähnlich. Sie hatten ihre Ehefrau zu Hause für die Kinder, den Haushalt und den Alltag, aber die meisten hatten extern eine Geliebte, mit der sie Wünsche auslebten, die zu Hause keinen Platz hatten. Gregor war es so satt, sich deren Abenteuer anzuhören. Jetzt schien es ihm selbst zu widerfahren.

Wieso waren Beziehungen nur so schwer? Woran scheiterten sie immer wieder? Bei seiner Ehe hatte es nicht an allmählichem Verfall gelegen, an Streit oder Abnutzung. Sie war von Anfang an zum Scheitern verurteilt. Im Grunde genommen glich seine Ehe eher einer geschwisterlichen Beziehung. Kennen gelernt hatte er sie über eine Zeitungsannonce. Abgesehen von den zahllosen, unverbindlichen Affären und One-Night-Stands, die er vor ein paar Jahren mit sehr appetitlichen Frauen aller Altersklassen hatte, hatte er keine aussagekräftige Erfahrung mit einer Frau, auf die er sich hätte verlassen können. Er wusste einfach nicht, wie sich eine gute Beziehung anfühlen musste.

Und da seine Frau ihn mehrmals im Monat gefragt hatte, ob sie nicht heiraten könnten und sie ihn jedes Mal so traurig anschaute, wenn er verneinte, hatte er schließlich eingewilligt. Er ertrug ihren traurigen Blick nicht mehr. Das war eine der schlimmsten Waffen, die eine Frau gegen ihn richten konnte. Weibliche Traurigkeit machte ihn gefügig. Seit Kindertagen daran gewöhnt, wie ein Seismograph die Stimmungen seiner Mutter auszuloten, ihre Blicke zu lesen, um adäquat darauf reagieren zu können, sie zu trösten, wenn sie wieder ins Jammertal hinabstieg, ihr Aspirin zu bringen, wenn ihr Blick die Spuren der Alkoholexzesse in sich trug, seit dieser Zeit war er zu einem Meister des Interpretierens von Blicken geworden.

Diese Zeit legte nicht nur den Grundstein für seine eigene Neigung zur Melancholie, sie legte auch das Saatkorn für seinen Feinsinn, seine Intuition, seine Fantasie und seinen Sinn für die Welt der Heimlichkeit. Viele Nächte, in denen er wach in seinem Bett lag und lauschte, ob seine Mutter sich auch endlich schlafen legen würde – denn dann war die Gefahr gebannt, sie würde dann nicht weiter trinken – all diese Nächte hindurch ersann er lebhafte Geschichten, in denen er Ritter, König, Priester und Zauberer war. Und alle diese Gestalten hatten sich zum Ziel gesetzt, Gutes in die Welt zu tragen, Freude zu bereiten, Recht zu sprechen und Menschen in Not zu helfen. Sie waren heroisch.

Schon zu Gymnasialzeiten war er als Schüler für sein stilles und gutmütiges Wesen bekannt. Er war schüchtern, in sich gekehrt und trotzdem dominant – ein wandelnder Widerspruch: Er, der Verschlossene, der nicht aus dem Schatten treten wollte, stand im Scheinwerferlicht und bewegte die Gemüter. Er besaß eine ausgesprochene Souveränität. Kein anderer beherrschte die lateinische Sprache wie er und übersetzte zweistündige Klausuren in zwanzig Minuten. Wenn er bei Schulfesten auf dem Klavier vorspielte, sprachen die Zuhörer noch tagelang von ihm. Seine Musik berührte zutiefst.

Als er mit neunundzwanzig Jahren als junger Lehrer die siebzehnjährige Lena kennen lernte, war es ihm, als stünde er seinem weiblichen Spiegelbild gegenüber, aus dem heraus ihn zwei traurige, kluge Augen anblickten.

Der Detektiv, dem Gregor den Spitznamen „Watson" gegeben hatte, machte sich sogleich ans Werk. Zunächst machte er sämtliche Blumengeschäfte der Umgebung ausfindig und erkundigte sich danach, welche von ihnen Blumen per Fleurop verschickten. Aber eigentlich brachte ihn das nicht gerade weiter. Am besten, so war sein Gedanke, passte er den Blumenboten direkt vor der Haustüre an Lenas Geburtstag ab. Auf Nachfrage hatte Lena Gregor verraten, dass die Blumen immer nachmittags zur selben Uhrzeit kamen: 17.00 Uhr. So schwer konnte es doch nicht sein, sich vorsichtshalber ab 16.00 Uhr vor der Tür zu positionieren und auf den Fleuropdienst zu warten. Dann würde er ihn ansprechen und fragen, wo der Strauß denn herkomme.

Aber was wäre, wenn der Bote mit der Sprache nicht heraus rücken würde? Vielleicht hatte er ja so etwas wie Schweigepflicht? Für den Fall hielt Watson einen Fünfzig-Euroschein bereit. Oder sollte er etwas in der Art erzählen, dass Gefahr im Verzug sei, der Absender sei ein Stalker und er ermittle kriminaltechnisch? Vorerst wollte er doch die Geldvariante ausprobieren. Allerdings musste er noch etwas warten, da der Geburtstag erst in ein paar Wochen, nämlich am vierten August, sein würde. Hauptsache, der Auftraggeber bezahlte seine Rechnungen. Ein bisschen merkwürdig fand er Gregor Most schon.

30. Kapitel

In einer Freistunde, da eine Patientin abgesagt hatte, surfte Paul im Internet, um Ferienhäuser auf Texel herauszusuchen. Er fand eins, das direkt in der Nähe vom Strand lag. Sofort rief er die Telefonnummer an, die auf der Internetseite angegeben war. Zum Glück war es noch nicht vergeben. Ja, er wolle sofort buchen, erklärte er der Frau am Telefon. Man werde ihm die Unterlagen zuschicken. Ob sie nicht faxen könne? Ja, Paul wollte es auf keinen Fall vermasseln. Urlaub – mit allen zusammen! Wie eine Familie! Als er binnen kürzester Zeit die Buchungsbestätigung erhielt, musste er sofort Marita benachrichtigen. Leider nur der Anrufbeantworter. Besser als gar nichts! Zum Glück gab es die ganze Technik!

„Sprechen Sie bitte nach dem Signalton."

„Hallo Marita, wir haben gebucht. Wir haben ein tolles Haus auf Texel! Direkt am Strand! Ich freue mich so! Melde Dich doch bitte, wenn Du das hier hörst. Dicken Kuss!"

Jetzt muss ich mich aber irgendwie herunter transformieren. In fünfzehn Minuten kommt der nächste Patient. Cool down! Da Paul eine sehr gemütliche Praxis hatte, legte er sich auf sein Sofa, um etwas Ruhe zu finden. Er konzentrierte sich auf seinen Atem und versuchte, sich von seinen Gedanken zu lösen. War gar nicht so einfach. Nach drei Minuten stand er wieder auf und holte sich aus seinem Kühlschrank ein Stück Pfirsichkuchen, sprühte Sahne darauf und gönnte sich einen heißen Kakao dazu. Dann ging er zu seinem Sofa zurück. Allmählich entspannte er sich. Um sich gut konzentrieren und mitschwingen zu können, bedurfte es innerer Ausgeglichenheit und Ruhe. Heftige Emotionen jeder Art lenkten vom Patienten ab. Zudem passte es überhaupt nicht zusammen, wenn der Therapeut – Euphorie ausstrahlend – einem depressiven Patienten zuhörte, der dann den Eindruck hätte, der Therapeut funke auf einer ganz anderen Welle, nur nicht auf seiner.

Als Paul während der Therapiesitzung das Telefon klingeln hörte, war er aber doch für einen kurzen Moment abgelenkt, denn er hoffte, dass es Marita war, die ihm gerade aufs Band sprechen würde. Nach Beendigung der Therapiestunde eilte er in sein Büro und hörte sogleich den Anrufbeantworter ab. Tatsächlich. Sie war es. Sofort rief er zurück.

„Da bist Du ja, Marita! Endlich! Bin ganz außer mir vor Freude!"

„Ich höre es! Einfach klasse! Ich freue mich auch sehr!"

„Hast Du heute Abend schon etwas vor?"

„Ja, ich treffe mich nachher mit einer Freundin. Wir wollen ein bisschen plauschen."

„Ach, so. Schade!"

„Wir können uns am Wochenende sehen. Dann fahren wir mal zu meinem Daddy. Melissa ist dann auch wieder zurück."

„Machen wir. Rufst Du mich denn heute Abend noch einmal an, um Gute Nacht zu sagen?"

„Na klar!"

„Du, ich muss an die Tür. Der nächste Patient kommt."

„Bis später."

„Ja. Tschüß!"

Gern hätte Marita sich auch mit Paul verabredet, aber sie wollte nicht den Fehler begehen, den so viele Frauen machten, die, sobald sie einen Partner hatten, komplett ihre Freundinnen vernachlässigten und ihr Leben immer mehr dem Terminkalender des Mannes anglichen. Auf dem Weg zum Treffpunkt, den sie mit Lena vereinbart hatte, dachte sie die ganze Zeit über eine ihrer Kolleginnen nach, die sich sehr zu ihrem Nachteil verändert hatte, seitdem sie einen neuen Freund hatte. Der Beginn der Selbstentfremdung: So nannte Marita es, wenn Frauen sich zunehmend dem Mann anpassten und sich ihr eigner Lebensstil zunehmend in Luft auflöste.

Oft hatte sie mit Lena über dieses Thema diskutiert. Eine gemeinsame Bekannte, Frau Burg, Sportlehrerin aus dem Kollegium, hatte sich binnen kürzester Zeit dermaßen dem Leben ihres neuen Partners angepasst, dass Lena sie als Formwandlerin bezeichnete und sie fragte, ob sie sich denn noch selbst wieder erkennen würde, was zu einem heftigen Streit zwischen den beiden Kolleginnen geführt hatte.

Darin waren sich Marita und Lena einig: Auf keinen Fall wollten sie ihre Selbstständigkeit verlieren. Es müsste doch möglich sein, beides zu leben: Partnerschaft und Autonomie. Und wenn ein Mann verlangen sollte, dass sie irgendetwas für ihn aufgeben sollten, das für sie selbst von enormer Wichtigkeit war, so müsste er sich entweder damit abfinden, dass dies nicht passierte oder aber sie würden sich von ihm trennen.

Selbstaushöhlung für eine Partnerschaft, manchmal sogar von beiden Seiten gewollt, ist wie Tango der Skelette, sagte Lena in einer der nächtlichen Diskussionen mit Marita. Nachdem man wesentliche Dinge der eigenen Persönlichkeit aufgegeben hat, wie zum Beispiel Hobbys, Freunde, Eigenheiten, herrscht dann schließlich Leere, Frustration und Wut.

Doch ein Mann, der vorgibt, seine Partnerin zu lieben, würde ihr niemals etwas wegnehmen, das fest zu ihr gehört und woran ihr Herz hängt. Wie sollte das auch zusammen passen? Zu sagen, man liebe die Frau, so wie sie ist, und ihr dann Wesentliches wegnehmen? Verrückterweise passiert manchmal genau das Gegenteil: Je mehr die Frau sich dem Mann angleichen würde, quasi zu seinem Spiegelbild mutieren würde, umso größer würden sein Desinteresse und seine Verachtung. Es ist ein großer Irrtum anzunehmen, dass, wenn man es jemandem immer nur Recht macht, man damit seine Achtung sichert. Stattdessen wird es mit wachsender Missachtung quittiert.

So war es der Sportlehrerin ergangen: Die infiltrativen Raumforderungen ihres Partners befielen immer größere Bereiche ihres Lebensraumes, so dass sie bald nicht mehr ihr eigenes Leben, sondern eigentlich sein Leben lebte. Sie schwand dahin. Aus Sehnsucht wurde Schwindsucht. Nachdem sie ihren Sport aufgegeben hatte und kaum noch ihre Freundinnen traf, war ihm dies immer noch nicht genug. Wenn er von der Arbeit nach Hause kam und sie nicht in der Wohnung vorfand, rief er sogleich auf Handy an und fragte, wo sie abgeblieben sei. Am liebsten war es ihm, wenn sie immer zu Hause war, wenn er kam. Von dem charmanten Tonfall des Herrn am Anfang der Beziehung war nichts mehr zu erkennen. Er wertete sie ab, besonders gern auch, wenn Freunde zu Besuch da waren, die sich die Tragödie bald nicht mehr ansehen wollten.

Marita und Lena konnten es nicht mehr ertragen, dass sie sich solch ein Benehmen gefallen ließ. Aber Frau Burg ließ sich nichts sagen. Sie schien es nicht zu erkennen. Irgendwann hatte sie nur noch ihren Lebensgefährten, der wiederum, gelangweilt von seiner braven Partnerin, die fast nur noch einem dressierten Hündchen glich, sich eine Geliebte genommen hatte. Was Marita daran besonders aufgefallen war, war das Paradoxe der ganzen Geschichte. Dieser Mann wollte seine Freundin nach seinem Bilde formen. Wenn sie sich sträubte, was sie anfangs versuchte, reagierte er mit scharfer Kritik, Abwertung und Liebesentzug. Er wollte unbedingt, dass sie ihm gehorchte. Aber in dem Moment, wo sie es tat, begann er, sie noch mehr abzuwerten und sie auszuhöhlen und signalisierte ihr immer wieder die Unsicherheit der Beziehung. Sie müsse sich halt mehr bemühen.

Letztendlich, so stellte Marita fest, war gar keine echte Beziehung zu ihm möglich. Wäre die Kollegin sie selbst geblieben, hätte er sie attackiert, abgewertet und mit Liebesentzug reagiert. Aber auch bei fortschreitender Anpassung hörte die Abwertung nicht auf, im Gegenteil. Zusätzlich verstrickte er sie in einen Strudel der Eifersucht, weil er immer wieder Anspielungen machte, dass anderswo vielleicht noch eine weitere Frau sei. Leider suchte Frau Burg die Lösung ihrer Probleme innerhalb dieser Beziehung, anstatt sie in der Auflösung der Beziehung zu sehen, in der ihre eigene Persönlichkeit sich aufzulösen begann.

Als Marita ihren Wagen einparkte, nahm sie sich vor, noch einmal mit Lena über ihre Sportkollegin zu sprechen. Die beiden Freundinnen trafen sich in der Pizzeria der Altstadt. Marita hatte einen Tisch für 19.00 Uhr bestellt. Pünktlich, wie sie waren, begegneten sie sich bereits vor der Tür. Nachdem sie Platz genommen und beim Kellner das Essen bestellt hatten, lenkte Marita das Gespräch auf die Kollegin.

„Lena, erinnerst Du Dich noch an die Beziehungsgeschichte von Frau Burg?"

„Ja, nur zu gut. Wieso?"

„Weißt Du, ob sie noch mit ihrem Lebensgefährten zusammen ist?"

„Du meinst den großen Blonden?"

„Ja."

„Soweit ich weiß, gibt es nichts Neues. Sie ist es selbst Schuld. Sie könnte ihn ja verlassen. Tut sie aber nicht. Sie sieht aus wie ein Schatten ihrer selbst. Oft ist sie damit beschäftigt, ihn zu kontrollieren, weil sie befürchtet, dass er fremdgeht. Muss wie eine Sucht sein. Hast Du etwas von ihr gehört, Marita?"

„Nein. Aber ich habe mir sehr viele Gedanken gemacht. Ich frage mich, woran man eine gute Beziehung erkennt. Mir ist etwas aufgefallen. Ich denke, eine gute Beziehung erkennt man daran, dass sie einem innere Ruhe schenkt. Wenn man an den Partner denkt, so kann dies auch sehnsuchtsvoll sein, aber es ist von einem Gefühl der inneren Gewissheit und Ruhe begleitet. Ich glaube, man kann eine schlechte Beziehung, also eine, die nur ins Verderben führt, daran erkennen, dass man ständig an den Partner denkt und dabei völlig unruhig und aufgewühlt ist. Ein Mann, der einem nicht gut tut, hinterlässt in seiner Abwesenheit eine innere Unruhe und suchtartige Zweifel, ob er einem wirklich treu ist."

„Wie kommst Du jetzt überhaupt auf das Thema?

Hast Du Schwierigkeiten mit Deinem neuen Freund?"

„Nein, es läuft bestens."

„Erzähl mal von ihm. Wie ist er? Die letzte Zeit ging es irgendwie nur um mich. Was macht ihr so?"

Marita schmunzelte.

„Aha, ich verstehe. Ihr lasst es euch so richtig gut gehen."

„Ja. Du kennst ihn."

„Ich kenne ihn? Bist Du Dir sicher, Marita?"

„Ja, sehr sogar."

„Sag schon!", drängte Lena.

„Er ist Patricks Vater."

„Wer ist Patrick?"

„Mensch! Einer meiner Schüler aus der Oberstufe!"

„Was! Nicht wahr! Marita, Du entpuppst Dich! Wie ist es denn dazu gekommen?"

„Hat sich einfach so entwickelt. Wir sind uns im Freibad begegnet. Ein paar Tage später sind wir mit Melissa in die Eisdiele und dann, ja, wie es dann so kommt."

„Toll! Darauf stoßen wir an! Marita hat wieder einen Freund! Kellner, bitte bringen Sie uns zwei Gläser Sekt!"

„Nicht so laut, Lena! Die Leute schauen schon zu uns herüber!"

„Ja und! Ist mir doch egal! Ist Freude verboten? Was macht er denn beruflich?"

„Er ist Psychotherapeut."

„Aha. Und wo? In einer Klinik?"

„Nein, er hat eine Praxis und ist selbstständig."

„Hier in der Nähe?"

„Nicht unbedingt."

„Wie heißt er denn eigentlich?"

„Paul."

„Und weiter?"
„Wieso fragst Du so?"
„Nur so."
„Er heißt Paul Ort."
„Ach du Schreck! Das glaube ich jetzt nicht!"

Lena hatte große Mühe, den Orangensaft, der sich in ihrem Mund befand, ohne Unglück herunter zu schlucken. Krampfhaft hielt sie sich die Hand vor den Mund, schluckte und begann erst einmal, heftig zu husten.

„Was ist los mit Dir? Kennst Du ihn?"
„Ja und ob!"
„Hattest Du mal etwas mit ihm?" fragte Marita, jetzt sichtlich irritiert.

Etwas zu laut für ein leises Restaurant gab Lena lachend zur Antwort:

„Ob ich etwas mit ihm hatte? Nicht zu fassen! Die Welt ist klein."

„Lena, beruhige Dich. Der Mann zwei Tische weiter beobachtet uns schon die ganze Zeit. Ich will morgen nicht in der Zeitung stehen mit der Überschrift: *Zwei wilde Gänse flippen aus*."

„Nein, ich hatte nichts mit ihm. Ich *habe* etwas mit ihm."

Jetzt verschlug es Marita den Atem. Das konnte doch nicht wahr sein.

„Marita, er ist mein Therapeut!"
„Wie bitte?"

Achterbahn fahren kann nicht schlimmer sein, schoss es Marita durch den Kopf. Was passiert hier nur?

„Du machst eine Therapie? Das hast Du mir ja nie erzählt. Und dann bei meinem Freund? Wie kam es denn dazu?"

Immerhin spürte Marita, wie das schlagartige Gefühl der Panik aus ihrem Körper verschwand. Lena hatte demnach kein Verhältnis mit ihm, sondern eine therapeutische Beziehung.

Der Kellner trug den Sekt herbei.

„Jetzt lass uns erst einmal auf Dich und Paul anstoßen! Prost! Ich wünsche euch viel Glück! Du hast mir auch etwas verschwiegen, dass Du mit Patricks Vater zusammen bist."

„Ja, es war mir anfangs peinlich. Jetzt aber nicht mehr. Ich bin glücklich mit ihm und es ist mir mittlerweile gleichgültig, was andere denken. Wenn ich mich danach richte, was die anderen von mir erwarten, dann lebe ich nicht mehr mein eigenes Leben, sondern *deren* Leben – und bin unglücklich! Also lebe ich lieber mein Leben. Jetzt musst Du mir aber erklären, wie Du zu Paul gekommen bist."

„Zufall. Ich wollte eine Therapie machen und erinnerte mich daran, dass die Mutter eines Schülers mir beim Elternsprechtag erzählt hatte, dass sie selbst eine Therapie begonnen hatte, weil sie mit allem überfordert sei. In dem Zusammenhang sagte sie mir seinen Namen und die Adresse. Weiß er eigentlich, dass wir uns kennen?"

„Ich glaube nicht. Lass mal überlegen. Deinen Namen habe ich, meine ich, nie erwähnt. Seit wann gehst Du zu ihm?"

„Seit ungefähr sieben Monaten."

„Da war ich noch nicht mit ihm zusammen. Nicht dass er sich auf den Arm genommen fühlt! Ich werde ihn aufklären. Magst Du darüber sprechen, worum es in der Therapie geht?"

„Na ja, einen Teil kannst Du Dir sicherlich vorstellen.

Wir haben über meinen Vater gesprochen. Er nimmt an, dass meine Mutter ihn fortgejagt hat, weil sie angenommen hatte, dass er mich missbraucht hat. Aber es war nicht mein Vater, es war mein Onkel."

Bestürzt schaute Marita ihre Freundin an.

„Sicher?"

„Ja, ich erinnere mich. Wir müssen meinen Vater finden! Wer weiß, wie es ihm ergangen ist? Ich darf gar nicht darüber nachdenken."

„Warum hat er nie versucht, Kontakt zu Dir aufzunehmen?"

„Weiß man es?"

„Du hast doch nie einen Brief bekommen oder einen Anruf, oder?"

„Nein."

„Lena, der Mann da drüben, ich glaube, der meint Dich. Er schaut die ganze Zeit."

„Ich weiß."

Marita wunderte sich über Lenas verändertes Verhalten. Sonst hätte sie längst Blickkontakt aufgenommen. Heute schien sie sich nicht für Männer zu interessieren.

„Hat Dein Vater den gleichen Nachnamen wie Du?"

„Ja. Ich habe aber keine Ahnung, wo er wohnt."

„Was macht er beruflich?"

„Er ist Professor für Literatur, glaube ich zumindest."

„Ich habe eine Idee. Wir nehmen uns alle Universitäten in der Umgebung vor."

„Und wenn er ganz weit weg wohnt? Oder in einem anderen Land?"

Wie traurig Lena plötzlich wirkte. Marita strich über Lenas Arm und versuchte, sie zu beruhigen.

„Wir finden ihn! Wir geben nicht auf!"

Lena hob ihren Kopf und nickte still.

Derweil kam der Kellner ein weiteres Mal an ihren Tisch und brachte zwei Gläser Likör.

„Ich soll Ihnen den Likör bringen. Der ist von dem Mann dort, der gerade winkt."

„Ich möchte keinen Likör!", erwiderte Lena barsch.

Wieder wunderte sich Marita, jetzt nur noch mehr, weil sie Lena noch nie so unfreundlich erlebt hatte, wenn es um einen Flirt ging. Normalerweise wäre sie bereitwillig darauf eingegangen. Als Lena auch noch aufstand mit einem der Gläser in der Hand, war Marita völlig sprachlos. Entschlossen marschierte Lena auf den Mann zu, stellte das Glas auf seinen Tisch und sprach wiederum so laut, dass jeder mithören konnte.

„Wie kommen Sie darauf, dass Sie uns einladen dürfen? Wenn Sie Anschluss suchen, dann versuchen Sie es doch bitte in einem Single-Club. Und wenn Sie einfach nur eine Nacht buchen wollen, dann gehen sie doch bitte dorthin, wo die roten Laternen hängen!"

Lena spürte einen lange vergessenen Hass in sich aufsteigen, einen Hass, den sie aus ihrer Kindheit kannte. Als sie den Impuls spürte, ihm den Likör auf das Hemd zu schütten, umfasste sie schnell den roten Stein in ihrer Hosentasche, um innerlich Distanz aufzubauen und die Kontrolle zu behalten.

„Lena, komm sofort zurück!", rief Marita in Erwartung einer Katastrophe. Aber Lena hatte sich bereits umgedreht und kam zu Marita zurück.

„Was ist los? Du hast Dich doch früher über so etwas gefreut."

„Früher ist vorbei! Dein Paul leistet halt gute Arbeit."

„Wie man sieht. Ihr müsst nur noch an dem Feintuning arbeiten."

Lena war selbst auch überrascht. Das hatte sie sich nicht zugetraut. Sicherlich hatte ihre Veränderung mit dem Therapieprozess zu tun, aber da war noch etwas, das sich in ihrem Leben geändert hatte: Da war der wunderbare Tag mit Gregor Most, der seinen Einfluss ausübte. Bestimmt waren mehrere Faktoren ausschlaggebend. Wieso sollte nur eine Variable für einen Veränderungsprozess verantwortlich sein? Selbst innerhalb der Therapie gab es neben spezifischen auch unspezifische Variablen. So manche Entwicklung bei einem Patienten kam vielleicht durch einen Einflussfaktor zustande, den der Therapeut überhaupt nicht in Betrachtung gezogen hatte. Vielleicht war es manchmal sogar das, was ein Therapeut eigentlich verhindern wollte, wie zum Beispiel eine *harmlose* Übertretung einer Grenze – wie eine Berührung oder das Hindurchschimmern der echten Betroffenheit des Therapeuten oder sein Ausdruck von Sorge.

Als Paul Ort Lena in den Arm genommen hatte, kämpfte er noch lange mit Gewissensbissen. Er hatte das Thema nicht wieder angesprochen, weil er sich schämte. Was er nicht wusste, war, dass Lena es ihm nicht übel genommen hatte. Sie hatte sich auch nicht bedrängt gefühlt. Es war vielmehr, dass sie direkt und handfest spürte, dass er emotional teilnahm, dass sie eine *Bedeutung* für ihn hatte. Er hatte sie gleichsam *seelisch* berührt. Sie war nicht nur Patientin Nummer 37, auch wenn sie wusste, dass die Therapie irgendwann zu Ende sein würde. Lena hatte erfahren, dass Berührung angemessen und einfach nur tröstlich sein konnte, denn er hatte ihr keine weiteren Avancen gemacht.

An dem Abend mit Marita in der Pizzeria, als sie das

Lokal verlassen hatten und zufrieden durch die Gassen zum Parkplatz schlenderten, wurde Lena bewusst, dass sie angefangen hatte, das Drehbuch ihres Lebens umzuschreiben und die Kapitel anders zu gestalten.

31. Kapitel

Bei ihrem Bummel am nächsten Tag durch die Innenstadt musste Marita immer wieder von neuem an die Szene mit Lena in der Pizzeria denken. Tatsächlich hatte ein Veränderungsprozess eingesetzt. Was fremden Beobachtern wahrscheinlich prüde und ungehobelt an Lenas Verhalten vorgekommen war, war im Gegenteil ein echter Fortschritt.

Sie zog eine Grenze, die sie selbst festsetzte und eine Überschreitung durch eine andere Person hatte eine heftige Reaktion zur Folge. Ob dieses Verhalten konstant blieb? Vorsätze und die Umsetzung dieser liegen oft sehr weit auseinander.

Auf jeden Fall würde sie Paul davon berichten. Lena hatte keine Einwände dagegen. Was für ein Glück ich hatte, ging es Marita durch den Kopf, dass ich nicht dermaßen Abscheuliches in meiner Kindheit erlebt habe. Aber eigentlich wusste doch niemand genau, was man als Kind erlebt hatte. Die Erinnerung war ja nicht perfekt. An manches erinnerte man sich vielleicht am besten gar nicht. Seelische Gesundheit bedeutet nicht, dass man sich an alles erinnern muss. Man muss auch nicht jede Illusion zerstören, solange sie heilsam und nicht völlig unvereinbar mit der Realität ist.

Während Marita gedankenverloren die Straßen entlang wanderte, stieg ihr plötzlich ein bekannter Geruch in die Nase. Unwillkürlich wandte sie ihren Kopf in die Richtung, aus der dieser Geruch nach frischen Waffeln kam.

Eine Eisdiele. Spontan steuerte sie auf das Café zu, betrat den Raum und öffnete gleichzeitig die Tür zur Vergangenheit. Schmerzvoll fühlte sie den Griff der Erinnerung.

Die Spaziergänge mit ihrer Mutter in der Stadt, wenn sie sich zum Eis verabredet hatten. Mutter bestellte jedes Mal denselben Eisbecher: Heidelbeerbecher und danach eine Tasse Kaffee. Es waren glückliche Erinnerungen, kurze Zeiten der Nähe mit ihrer Mutter, die ansonsten als emsige Hausfrau Sklavin ihrer Hausarbeiten war.

Warum hast Du nur so viel gearbeitet, Mutter? Was weiß ich eigentlich von Dir? Was hast Du mir von Deinem Leben erzählt, von der Zeit, als es mich noch gar nicht gab? Du warst doch auch einmal ein Mädchen, eine Frau, die Wünsche an das Leben hatte.

Ist etwas von Deinen Wünschen in Erfüllung gegangen? Warum habe ich nur so wenig gefragt?

Heute werde ich auch den Heidelbeerbecher bestellen und danach einen Kaffee, so wie Du es immer getan hast, um Dir wenigstens ein bisschen nah zu sein, jetzt, wo uns das Jenseits trennt. Wenn ich den Kaffee getrunken habe, werde ich bezahlen und die Straßen entlang wandern, die wir einst gemeinsam durchschritten haben, so als hoffte ich, Dir wieder zu begegnen.

Wenn ich die Seele bildhaft darstellen könnte, so würde ich meine Haut malen mit riesigen Schürfwunden.

Denn so fühlt es sich an, als habe man meine oberste Hautschicht abgezogen, den Schutzmantel gegen die Welt, die von außen unerbittlich eindringt mit ihren vielfältigen Eindrücken, Gerüchen, Bildern und Geräuschen, die mich allesamt an Dich erinnern und mich mal wehmütiges Glück, mal Trauer empfinden lassen. Du bist hier überall, weil wir hier gemeinsam waren, und gleichzeitig bist Du fort für immer.

Und wenn sich erst einmal die Tür zur Vergangenheit ein Stück geöffnet hat, strömen weitere Kindheitsbilder an die Oberfläche. Lebhafte, glückselige Erinnerungen an warme Sommertage, wenn wir alle im Garten versammelt waren, Erinnerungen an Osterfeste, wenn sich die ganze Familie bei uns zu Hause traf, wenn die Geschwister mit ihren Kindern kamen und das Haus erfüllt war vom Widerhall vertrauter Stimmen und dem ausgelassenen Lachen alberner Kinder.

Wie wohl mir war, wenn wir versammelt auf der Terrasse zum Kaffee saßen und Deinen selbst gebackenen Kuchen aßen! Es waren Stunden des Glücks, in denen ich die Gemeinschaft mit der Familie ebenso genoss wie die Leckereien auf dem Tisch und den Blick in den Garten mit seinem bunten Meer an leuchtenden Blumen, auf denen sich lustig fröhliche Bienen tummelten.

Du warst eine Meisterin im Kochen und Backen. Wie wünschte ich, ich hätte Dir öfter in der Küche über die Schulter geschaut! Zu spät! Als Du starbst, wurden mit Deinem Tod gleichzeitig diese besonderen Genüsse für immer begraben.

Mit Dir starben der mir so lieb gewordene Geschmack des Königskuchens, der Philadelphia-Torte, vieler anderer Spezialitäten, des Rinderbratens mit seiner köstlichen, dunklen Soße und die wenigen Augenblicke mütterlicher Fürsorge, die es noch zwischen Mutter und erwachsener Tochter gegeben hatte.

Lebhaft erinnere ich mich an die heimlichen Freitagabende, wenn Du mit Deiner Schwester im Theater warst und Ihr mich, sobald Ihr die Aufführung vor Langeweile nicht mehr aushalten konntet, in der ersten Pause angerufen habt, um nachzufragen, ob ich Lust hätte, mit Euch in die Pizzeria zu gehen. Nichts lieber als das!

Wie Verschwörer waren wir uns einig, dass Papa davon nichts wissen durfte – er hätte eh nur die Kosten ausgerechnet und geschimpft. Er wusste damals nicht zu leben.

In Windeseile fuhr ich zum Theater. Dann standet Ihr schon am Bürgersteig, verschmitzt lächelnd und ich wartete bereits bei eurem Einsteigen auf diesen einen, für mich immer unvergesslich bleibenden Satz:

„Das war wieder ein Stück für Spezialisten!"
Ich lachte und antwortete auch wie immer:
„Wo darf die Fahrt denn hingehen?"
„Du weißt schon."
„Dann nichts wie los."

Ich frage mich, wie sehr Deine Schwester Dich vermissen muss, denn Ihr wart die besten Freundinnen. Je älter man wird, desto mehr Verluste erlebt man. Wie verkraftet man sie?

Ich muss Papa anrufen, um ihm zu sagen, dass wir am Wochenende zu ihm kommen. Ich werde ihm Schokolade mitbringen, so wie Du es immer getan hast, Mama, wenn Du vom Einkaufen kamst. Für Melissa werde ich Bananen kaufen, damit ich ihr wieder ihre heiß geliebte Bananenmilch mixen kann.

Und nächste Woche fahre ich mit Melissa in die Innenstadt, damit sie sich ein Buch aussuchen kann, und anschließend besuchen wir das Eiscafé, wo ich mir einen Heidelbeerbecher bestellen werde und Melissa sich ein Spaghetti-Eis.

Wenn Du sie sehen könntest! Manchmal schaut sie wie Du! Ihr Gesichtsausdruck erinnert mich dann sehr an Dich. Oder die Art und Weise, wie sie manchmal auf dem Sofa sitzt und ihre Händchen hält – dann erkenne ich Dich in ihr. Schade, dass Eure gemeinsame Zeit so kurz war.

Ich glaube, was mir bei meinem eigenen Tod sehr schwer fallen würde, besonders wenn ich früh sterben müsste, ist, dass ich nicht wüsste, wie Melissas Leben weiter verläuft und ob es ihr gut gehen wird.

Ich hoffe, dass ich schon tragfähige Grundlagen in sie gelegt habe und dies auch weiterhin geschehen wird, dass sie mich, ihre Mama, bereits fest in sich trägt. Wenn ich mit Sicherheit wüsste, dass es eine Parallelwelt neben dem Diesseits gäbe, eine Welt, aus der heraus ich meine Tochter weiterhin beschützen könnte, würde mir der Abschied leichter fallen.

Aber hoffentlich habe ich bis dahin noch lange Zeit.

32. Kapitel

„Hallo Papa, wo warst Du den ganzen Tag? Ich versuche seit Stunden, Dich anzurufen."

„Ich war bei Erich."
„Wer ist Erich?"
„Mein Nachbar. Wir unternehmen ab und zu etwas zusammen. Heute hat er mich bei sich zum Mittagessen eingeladen. Er hat gekocht. Seine Frau ist verreist."
„Das ist ja toll!"
Dann ist er nicht so alleine, überlegte Marita.
„Paul, Melissa und ich wollen am Samstag zu Dir kommen."
„Gern, ich habe ja versprochen, dass ich einen Kuchen backe."
„Was machst Du heute Abend?"
„Erich und ich wollen mit dem Auto raus."
„Und wohin?"
„Er sagte, er kenne einen guten Biergarten, wo man gemütlich sitzen könne."
„Das ist jetzt nicht wahr, Papa!", rief Marita überrascht. „Du kommst mal vor die Tür! Super! „Das hätte ich früher nicht für möglich gehalten. Mein Papa im Biergarten! „Ich freue mich für Dich! Dann sagen wir mal: bis Samstag."
„Ja, bis Samstag."

Günther wunderte sich über sich selbst. Noch vor einiger Zeit wäre das für ihn undenkbar gewesen. Sich in einen Biergarten zu setzen – das hatte sonst etwas Anrüchiges für ihn. Seit jenem Abend mit Erich im Garten trafen sie sich jeden Tag. Erichs Frau hatte ihre Reise auf unbestimmte Zeit verlängert, da ihre Mutter krank war und sie ihr zusätzlich im Haus helfen wollte, das dringend einer Grundreinigung bedurfte.
All die Jahre zuvor hatte Günther mit Erich und seiner

Frau einen höflichen, aber distanzierten Kontakt gepflegt, weil die beiden ihm immer etwas suspekt gewesen waren. Sie lachten ihm zu viel und zu laut und Günther war stets der Ansicht gewesen, dass Menschen, die zu viel lachen, den Ernst des Lebens nicht verstehen würden oder aber einfach dumm oder oberflächlich seien.

Erst jetzt, seitdem er sich auf intensive Gespräche mit seinem Nachbarn eingelassen hatte, musste er feststellen, dass Erich, obwohl er so viel lachte, ein sehr intelligenter und ernst zu nehmender Mann war. Schon bald schätzte er die Stunden sehr, die er mit Erich verbrachte, der sich wiederum seit mehreren Wochen Sorgen um Günther machte, da ihm dessen depressive Verstimmung nicht verborgen geblieben war.

Er hatte sich vorgenommen, seinem Nachbarn zu helfen, ins Leben zurück zu finden. Nur wusste Erich auch, dass er es auf eine Weise anstellen musste, die Günther nicht auffallen würde, zumindest am Anfang. Denn er kannte Günthers Stolz und seine korrekte Art, die ihm seit jeher dabei im Wege stand, Hilfe von anderen anzunehmen. Dabei brauchte er dringend jemanden, der ihm unter die Arme griff. Erich war sich durchaus der ethischen Bedenken bewusst, die sein Handeln eigentlich hätten verbieten müssen. Aber in diesem speziellen Fall war er der Ansicht, dass der Zweck die Mittel heiligte.

Erich, der ein feines soziales Gespür besaß, erahnte die Todessehnsucht seines Nachbarn. Er hatte bemerkt, dass er oft im Dunkeln in seinem Wohnzimmer saß und einfach kein Licht anmachte. Manchmal hatte er ihn im Garten leise weinen hören. An anderen Tagen blieben Günthers Jalousien bis mittags geschlossen. Erich wusste diese Zeichen zu deuten. Er mochte Günther, auch wenn er wusste, dass Günther ihn bisher, obwohl er freundlich war, beargwöhnt hatte. Aber sein Nachbar hatte ihm oft zur Seite gestanden, wenn es darum ging, sich Gartengeräte auszuleihen, oder wenn er einen technischen Rat von ihm benötigte. Günther wusste und konnte fast alles.

Nach langen Überlegungen entschied Erich sich für eine Strategie, die er als „unmoralisch-moralisch" bezeichnete. Wann immer er mit Günther zusammen saß, mischte er ihm heimlich ein hoch wirksames Antidepressivum in sein Getränk, wenn dieser mal kurz den Tisch verließ. Er wollte Zeit gewinnen und damit beginnen, Günthers Lebensraum zu erweitern, indem er ihn mit nach draußen nahm und ihm die Welt zeigte. Denn Günther kannte nicht viel. Er hatte die meiste Zeit seines Lebens in seinem Büro oder in seinem Haus und Garten verbracht. Und nun, nach dem Tod seiner Frau, stand er da – alleine und ohne Ideen.

Irgendwann, sobald er den Eindruck hatte, dass Günthers Stimmung sich stabilisierte, würde er damit Schluss machen, die Getränke mit Medizin zu versetzen. Und Günther, der Erich viele Jahre für oberflächlich gehalten hatte, erkannte, dass die Leichtigkeit, mit der Erich lebte, dass seine Fähigkeit, ja, seine Fähigkeit zur Heiterkeit unter anderem damit zusammenhing, dass er den Tod, also die Begrenztheit der Zeit, als Aufforderung zum Leben betrachtete. Beschämt musste sich Günther eingestehen, dass Erich mehr Tiefgang hatte, als er je für möglich gehalten hatte.

Erich hatte irgendwann in seinem Leben beschlossen, sich nicht mehr zu sorgen als nötig. Er bediente sich einer inneren Messlatte, anhand derer er die täglichen Kümmernisse in ihrer Wichtigkeit und Bedeutsamkeit einstufte. Somit wurde vieles, worüber Menschen sich sonst aufregen, für ihn unwichtig. Zudem liebte Erich Streiche!

In dem Biergarten wurde Günther Zeuge.

Als es zu späterer Stunde zu regnen begann, nahmen sie beide im Inneren des Lokals platz und bestellten noch Spiegeleier mit Bratkartoffeln.

„Die Kellnerin ist wirklich nett. Findest Du nicht auch, Günther?"

„Ja. Und hübsch. Aber ein bisschen jung für Dich, meinst Du nicht auch?"

„Für einen Flirt ist man weder zu alt noch zu jung. Komm, wir erlauben uns einen Scherz."

„Was denn?", fragte Günther etwas irritiert.

„Schau mal auf die Serviette. Da steht die Telefonnummer von diesem Lokal."

„Ja und?"

„Ich schicke jetzt eine SMS an diese Nummer. Die Kellnerin steht direkt hinter der Theke und bedient doch das Telefon. Das heißt, dass sie die Telefonate entgegen nimmt."

„Was wird das? Müssen wir hier gleich flüchten?"

„Warte ab! Was schreibe ich denn mal Schönes? Hm ..."

„Nicht, dass wir gleich rausfliegen!"

Erich tippte bereits:

„Hallo schöne Frau, guten Abend."

Kurz darauf klingelte das Telefon und die Kellnerin hob den Hörer ab.

Überrascht lauschte sie der Computerstimme, die die Nachricht übermittelte.

„Sieh mal, Günther. Sie ist total verwundert."

Erich und Günther kicherten, während sie sich ihre Bratkartoffeln schmecken ließen.

„Komm, wir schicken noch eine SMS! Hast Du eine Idee, Günther?"

„Ja, warte, wir schreiben: *Darf man fragen, wie alt Sie sind?* "

Schmunzelnd tippte Erich erneut die Botschaft in sein Handy.

Und wieder klingelte das Telefon.

Diesmal schaute die Kellnerin sich im Lokal um, denn sie vermutete mittlerweile, dass die Anrufe direkt in ihrer Nähe gestartet wurden. Was die beiden Herren nicht wussten, war, dass am Ende der Nachricht die Handynummer genannt wurde. Die Kellnerin hoffte auf einen dritten Anruf, denn sie hatte sich einen Stift und Papier direkt ans Telefon gelegt und wollte beim nächsten Mal die Nummer notieren.

Erich und Günther hatten einen solchen Spaß, dass sie gar nicht damit aufhören wollten. Von ihrem Platz aus konnten sie sehr gut die Frau und ihre Reaktionen beobachten – ihre Verwunderung, den fragenden Gesichtsausdruck, die Blicke, die sie den einzelnen Tischen zuwarf.

„Hallo Kellnerin, bitte noch ein Bier!", rief Günther.

Erich freute sich, seinen Nachbarn so ausgelassen zu sehen. Sie fühlten sich wie Lausbuben.

„Ich hätte auch gerne noch ein Bier!", rief Erich.

„Sofort!", kam die Antwort der Kellnerin.

Dann feilten die beiden Männer an dem nächsten Text.

„Wir machen ihr ein Kompliment!", meinte Erich.

„Gut. Was könnte das denn sein?"

„Na, mach die Augen auf! Wie wäre es mit diesem Satz: *Selten eine so hübsche Frau gesehen!*"

„Das können wir nicht machen! Sie fühlt sich nachher belästigt!"

„Quatsch!"

Schon war es passiert. Die SMS wurde versandt und das andere Telefon klingelte.

„Erich, was macht sie da? Sie schreibt!"

„Ich weiß auch nicht, warum sie schreibt. Vielleicht eine Bestellung von einem Gast?"

„Und jetzt wählt sie eine Telefonnummer! Dein Handy klingelt! Oh je! Hat das etwas miteinander zu tun?"

„Keine Ahnung."

Da stand bereits die Kellnerin an dem Tisch der beiden und bemerkte, wie Erichs Handy klingelte.

„Guten Abend!"

Vor lauter Scham brachte Günther kein Wort heraus, schaute nur verlegen zu Erich, der mit dieser Wendung der Geschehnisse auch nicht gerechnet hatte.

„Da verschlägt es Ihnen die Sprache?"

Die Kellnerin lachte. Offensichtlich nahm sie es ihnen nicht übel. Verstohlen blickte Günther nach oben.

„Guten Abend, die Dame!", brachte Erich mit dünner Stimme hervor.

„Danke für Ihr Kompliment, aber ich glaube, Sie haben sich in der Altersklasse vertan."

Diesmal wollte auch Günther etwas mutiger sein und konterte:

„Wieso, wir sind doch jung geblieben!"

„Jedenfalls sind Sie originell! Und sympathisch! Ich bringe Ihnen jetzt Ihr Bier."

Schmunzelnd verließ die Kellnerin den Tisch.

„Auweia! Erich, wie peinlich!"

„Nein, nicht wirklich. Sie ist uns nicht böse! Sie sagt doch, dass sie es originell findet und uns sympathisch. Na also."

„Deine Nerven möchte ich haben! Aber es hat Spaß gemacht. Das muss ich zugeben."

Ein wenig später erschien die Bedienung mit den Biergläsern.

„Lassen Sie es sich schmecken! Die beiden Biere gehen aufs Haus!"

„Danke! Das ist aber lieb von Ihnen!", entgegnete Günther.

„Sie beide sind wirklich lustig!"

Lächelnd entfernte sie sich, um die Bestellungen der anderen Tische aufzunehmen. Während der verbleibenden Zeit, in der Günther und Erich ihr letztes Bier austranken, schaute sie immer wieder kurz zu ihnen herüber und zwinkerte ihnen zu.

„Wie schön es ist, wahrgenommen zu werden! Ich glaube, sie findet uns wirklich nett. Wir sind doch noch nicht abgeschrieben. Ich dachte, über sechzig registriert mich keine Frau mehr."

„Was Du wieder denkst, Günther. Wir Alten haben den jungen Männern etwas voraus: Wenn wir nicht allzu blind durchs Leben gegangen sind, wissen wir, was Frauen gefällt und woran sie sich noch morgen gern erinnern werden."

„Du bist ja ein Schwerenöter!", gab Günther lachend zur Antwort.

„Stimmt doch. Junge Männer sind vielleicht ungestümer, aber wir funken auf mehreren Frequenzen. Während die jungen Kerle ungebremst auf ihr Ziel zusteuern, sind wir noch dabei, die Frau zum Träumen zu bringen und uns in ihr Herz zu schreiben. Wir spielen nicht nur eine Melodie, sondern dirigieren ein ganzes Orchester. Erotik will sich entfalten und auf mehreren Instrumenten erklingen. Alles Schnelle hingegen ist ebenso schnell vorbei und vergessen. Spuren hinterlässt Du, wenn Du es schaffst, eine Frau zu einem gemeinsamen Spiel der Fantasie einzuladen. Sex ist zwar schön, aber nicht alles."

Auf dem Nachhauseweg im Taxi, denn das Auto hatten sie lieber vor dem Biergarten stehen lassen, musste der Fahrer immer wieder in den Rückspiegel schauen. Zwei so alberne, fröhliche Männer fuhr er selten.

33. Kapitel

In Gedanken an das Wochenende, an dem seine Tochter vorbei kommen wollte, schlenderte Günther mit seinem Einkaufswagen durch das Geschäft, um die Zutaten für den Kuchen zu besorgen.

Erst als eine junge Frau an der Obsttheke ihm zulächelte, wurde ihm bewusst, dass er leise eine Melodie vor sich hin trällerte.

Er lächelte zurück. Seine Stimmung war besser geworden, auch wenn er es sich selbst nicht so recht erklären konnte. Wahrscheinlich hatte es mit den Treffen mit Erich zu tun, dachte er bei sich.

Günther entschied sich dazu, auch andere leckere Sachen einzukaufen, da er sich revanchieren und das nächste Mal für Erich kochen wollte.

Nachdem er wieder zu Hause war, begann er mit dem Backen. Alles ging ihm viel leichter von der Hand.

Neuerdings stellte er sogar das Radio ein, um alte Lieder mitzusingen.

Paul war neugierig auf Maritas Vater und hoffte, dass sie sich mögen würden.

Tatsächlich hatte Günther es geschafft, einen Kuchen zu backen, der wie Kuchen aussah und auch so roch.

„Hallo Opa!"

„Hallo Melissa!"

Die Kleine sprang an ihrem Großvater hoch und wollte auf seinen Arm.

„Jetzt hab ich Dich. Und ich lasse Dich nie wieder los!"

„Ich lasse Dich auch nicht mehr los, Opa. Du bist der beste Opa der Welt."

Paul war sehr gerührt beim Anblick der beiden.

„Komm, Paul, wir sehen in der Küche nach dem Kaffee. Ich sehe, er ist schon fertig. Dann brauchen wir nur noch die Sahne zu schlagen."

„Dein Vater sieht Dir sehr ähnlich."

„Ja, das höre ich immer wieder."

„Es ist richtig nett, Deinen Vater so innig mit Melissa zu sehen. Sie hängen aneinander. Das tut Deinem Vater bestimmt sehr gut."

„Ich glaube auch. Ich muss Dir übrigens noch kurz etwas sagen."

„Ja?"

„Lena Luna, die bei Dir in Therapie ist, ist meine Freundin."

„Ich weiß."
„Woher?"
„Ich kann schlussfolgern. Du hast mir einmal von einer Bekannten erzählt. Und das, was Du erwähnt hast, traf alles auf Frau Luna zu. Ich hatte es einfach vermutet."
„Du bist ja schlau!"
„Na ja. Ich darf Dir aber nicht mehr erzählen."
„Ist schon klar. Das möchte ich auch gar nicht. Aber ich möchte Dir etwas erzählen.

Ich war mit ihr kürzlich abends essen. Ein Mann wollte uns einen Likör ausgeben und hatte versucht, mit uns anzubandeln. Ich nehme an, dass er sich für sie interssierte. Stell Dir vor, sie ist an seinen Tisch gegangen und hat ihn scharf zurechtgewiesen, eigentlich sogar beleidigt. Ich war total überrascht, weil sie sich früher wahrscheinlich darauf eingelassen hätte. Es hätte ihr geschmeichelt."

„Danke für die interessante Information. Das ist ja wunderbar! Aber lass uns jetzt das Thema wechseln."

Paul und Marita trugen Kaffee und Sahne nach draußen, während Günther damit beschäftigt war, den Käsekuchen aufzuschneiden.

Marita blieb die Veränderung ihres Vaters nicht verborgen, der ausgeglichener und zuversichtlicher wirkte.

Es wurde ein harmonischer Nachmittag, an dem viel gelacht wurde. Paul und Günther verstanden sich auf Anhieb. Als Erich aus dem Fenster schaute und einen guten Appetit wünschte, wurde auch er zu einem Stück Kuchen eingeladen. Dankend nahm er die Einladung an. In seiner Hosentasche fühlte er die kleine Tablette, die er seinem Nachbarn noch irgendwie unterschieben musste.

„Hallo Erich, nimm Platz! Möchtest Du Sahne auf Deinen Kuchen?"

„Natürlich!"

Netter Kerl, dachte Marita. Er scheint meinem Vater gut zu tun.

Während Paul und Marita später den Tisch abräumten und Günther für einen kurzen Moment wegsah, um Melissa beim Handstandüben zuzusehen, ließ Erich das Antidepressivum in dessen Kaffee plumpsen.

Mit widerstrebenden Gefühlen beobachtete er, wie Günther kurz darauf die Tasse leerte.

Aber Günthers Befinden hatte sich eindeutig gebessert. Sicherlich war es die Kombination aus dem Medikament, den Gesprächen mit Erich und den Ausflügen, die sie neuerdings unternahmen.

Ich darf es ihm nur nie beichten, ging es Erich durch den Kopf, als er am Abend über den Zaun kletterte, um in seinen Garten zu gelangen.

Zu groß war seine Angst, dass Günther es ihm nie verzeihen würde, selbst wenn das Medikament ihm geholfen hatte.

34. Kapitel

In Gedanken an Frau Luna, die in zehn Minuten zur Therapie kommen würde, lief Paul in seiner Praxis auf und ab. Er war sich nicht sicher, ob er ansprechen sollte, dass er mit Marita liiert war. Würde das den Therapieprozess stören? Vielleicht wusste sie es ja bereits? Ob er warten sollte, bis sie es anspräche?

Nach einem weiteren Kilometer, den er in seiner Praxis zwischen Therapiezimmer, Küche und Büro zurückgelegt hatte, entschied er sich dazu abzuwarten, ob sie es von sich aus thematisieren würde.

Heute hatten sie ein großes Projekt geplant: Die erste Konfrontationsübung außerhalb der Praxis. Zum Glück regnete es nicht.

Wie immer war Frau Luna pünktlich. Man konnte die Uhr nach ihr stellen. Sie hasste es, Menschen warten zu lassen. Außerdem war ihr die Zeit bei Herrn Ort sehr wichtig, so dass sie keine Minute verschenken wollte.

„Nehmen Sie bitte noch einen kurzen Moment im Therapiezimmer Platz. Ich hole meinen Kalender, damit wir vorher schon den neuen Termin planen können."

Während sie in ihren Kalendern nach einem günstigen Tag für die zweite Konfrontationsübung suchten, versuchte er gleichzeitig, den Grad ihrer Anspannung einzuschätzen, denn nichts war fataler, als wenn die Patientin vor lauter Angst aus der Übungssituation flüchten würde.

„Was halten Sie von Donnerstag in einer Woche von 15.00 bis 17.00 Uhr?"

„Da habe ich eine Konferenz in der Schule. Da kann ich leider nicht. Was ist denn mit dem Donnerstag in der darauf folgenden Woche?"

„Ja, sieht gut aus. Dieselbe Uhrzeit?"

„Ja. Das geht."

„Dann machen wir das. Wie fühlen Sie sich vor ihrer ersten Übung?"

„Ich bin etwas aufgeregt. Aber ich denke, das ist normal?"

„Natürlich. Das klappt schon. Sie haben regelmäßig

das Entspannungstraining geübt und haben, wie Sie mir berichtet haben, ja bereits erste Erfolge erlebt. Wichtig ist, dass Sie versuchen, sobald erste Anzeichen von Angst auftauchen, mit Entspannung und selbstberuhigenden Gedanken gegensteuern. Und konzentrieren Sie sich auf die Umgebung, richten Sie Ihren Blick nach draußen."

„Ich werde mich bemühen."

Auf dem Weg zum Auto stellte Paul Ort bewusst oberflächliche Fragen, um auf keinen Fall intensive Emotionen zu schüren. Er versuchte, die Situation locker zu gestalten, als wenn man mit einer guten Bekannten in die Stadt fahren würde.

Er nahm das Ziel vorweg, in der Hoffnung, dass die Patientin, auch wenn dies hier eine Übung war, sich gedanklich und emotional in eine Alltagssituation einfühlen konnte. Aus ihren Erzählungen wusste er, dass sie es oft vermieden hatte, mit dem Wagen in die Stadt zu fahren. Einzelne Wege gelangen ihr zwar wieder etwas besser als noch vor einigen Wochen, aber man konnte noch immer nicht von einem optimalen Zustand sprechen.

„Wie haben Sie die letzte Woche verbracht, Frau Luna?"

„Ich war in der Höhle des Löwen."

„Wie darf ich das denn missverstehen?", lachte Paul Ort.

„Ich hatte ein Date mit Herrn Most."

„Huch! Und wie war es?"

„Nett."

„Nett?" (Hoffentlich sind sie nicht sofort im Bett gelandet!)

„Wir waren zuerst in dem Bistro und danach sind wir

zu ihm gefahren. Stopp, Herr Ort! Bremsen! Da ist eine rote Ampel!"

„Oh, sorry!"

Mit quietschenden Reifen brachte Paul Ort den Wagen zum Stehen. (Wie sie das macht? Wie viele Chancen sie hat! Da kann man ja neidisch werden.)

„Keine Bange! Wir hatten nichts miteinander. Aber es war ein wunderschöner Abend."

Erleichtert atmete er auf und nach kurzem Schweigen gab er zur Antwort:

„Ich freue mich für Sie. Werden Sie sich wieder mit ihm treffen? Was sagt denn seine Frau dazu?"

„Die Ehe ist wohl hinüber. Seine Frau ist alleine in den Sommerurlaub gefahren. Er hat mich zu sich zum Frühstück eingeladen."

(Wahrscheinlich will er nicht nur Brötchen naschen. Zum Glück kann sie meine Gedanken nicht lesen.)

„Da sind wir. Jetzt suchen wir uns erst einmal einen Parkplatz hier im Parkhaus und dann ..."

„Im Parkhaus? Oh nein! Muss das sein?"

Offensichtlich hatte sie große Angst davor.

Jetzt schnell reagieren und einschätzen, ob die Angst zu groß dafür ist oder ob es sinnvoll ist, die Herausforderung Parkhaus anzunehmen. Wenn die Angst nur leicht ist, wäre jetzt die Gelegenheit für einen ersten Erfolg. Ist die Angst zu intensiv, wäre es falsch, ins Parkhaus zu fahren. Paul Ort wagte sich vor:

„Ach, das schaffen wir beide schon! Sie sind ja nicht alleine."

„Aber, ich weiß nicht. Es ist dunkel darin."

„Dieses Parkhaus ist zu allen Seiten offen. Und wir könnten ja im Erdgeschoss parken. Waren Sie schon mal hier?"

„Zuletzt vor einem Jahr."

„Meinen Sie, wir haben eine Chance? Wie stark ist Ihre Angst denn?"

„Ich komme mir so blöd vor. Angst vor einem Parkhaus. Mein Gott, wie alt bin ich eigentlich? Ich möchte endlich diese Angst loswerden. Wenn ich mir vorstelle, ich wäre mit Gregor Most unterwegs und könnte nicht mit ihm ins Parkhaus – wie peinlich! Wissen Sie was, Herr Ort, wir fahren da jetzt rein! Und wenn ich umfalle, dann falle ich halt um. Dann fangen Sie mich auf und wir machen weiter! Ich bin es langsam satt mit mir!"

„Das ist ein Wort! Sie werden sehr stolz sein, wenn Sie das geschafft haben!"

„Dann mal los!"

Während sie ins Parkhaus fuhren, versuchte Lena, sich mit inneren Selbstgesprächen zu beruhigen: Ich schaffe das! Ich werde stolz sein! Ich hole mir meinen Lebensraum zurück! Ich lasse mich nicht mehr einengen! Ich tue, was *ich* will!

Paul hingegen hoffte still und heimlich, dass der Versuch nicht schief gehen würde. Das war eine von den Situationen, in denen es auch für ihn brenzlig wurde. Hoffentlich hat sie genug Kraft, überlegte er.

Und wenn es eskaliert mit ihr? Kann ich sie einfach festhalten? Dann müsste ich sie ja wieder berühren. Na ja, ansonsten würde sie auf den Boden stürzen. Das wäre gar nicht gut. Ach, immer diese verzwickten Situationen!

Jetzt musste auch Paul sich Mut zusprechen: Ja, es wird gut gehen. Ich lenke sie von ihrer Angst ab, verwickle sie in ein Gespräch über Belangloses, so dass sie keine Möglichkeit hat, sich in ihre Angst zu vertiefen und ihre körperlichen Reaktionen zu beobachten.

Nachdem sie beide aus dem Wagen ausgestiegen waren, stellte er sofort die ersten Fragen:

„In welche Geschäfte würden Sie denn gerne gehen? Gibt es irgendetwas, das Sie vielleicht sowieso einkaufen müssen?"

„Eigentlich nicht. Aber wir könnten mit dem Kaufhof beginnen. Da gibt es immer viel zu sehen."

„Gerne. Den gibt es ja schon sehr lange hier. Ist wie ein Wahrzeichen der Stadt geworden." (Was rede ich da nur?! Ablenken!)

„Ja. Früher war ich mit meiner Mutter öfter dort."

(Oh nein! Jetzt kein emotionales Thema, das sie zusätzlich aufregt!)

„Ja, und heute sind wir beide hier."

Gemeinsam schlenderten sie die Einkaufsstraße entlang in Richtung Kaufhof, als er wieder das Wort ergriff:

„Wir wollen ja stufenweise vorgehen. Was halten Sie davon, wenn wir die ersten zehn Minuten zusammen bummeln und dann lasse ich Sie zehn oder zwanzig Minuten alleine in dem Kaufhof. Sie haben ja meine Handynummer, so dass Sie mich im Notfall immer erreichen. Aber ich glaube, Sie schaffen das! Überlegen Sie mal, das Parkhaus haben Sie auch geschafft, obwohl Sie Angst hatten!" (Zuversicht erzeugen! Auf Erfolge hinweisen! Die eigene Kompetenzerwartung steigern! Sie hat Biss! Das wird schon!)

„Ja. Ich kann es kaum glauben. Ich schaffe auch das hier!"

„Da bin ich mir ganz sicher!"

Und tatsächlich. Alles lief wie am Schnürchen. Es war sogar ein weiterer Zeitblock möglich, in dem sich Frau Luna dreißig Minuten alleine im Kaufhof aufhielt. Zwischendurch schlich er ihr heimlich hinterher, um abzuschätzen, ob es ihr wirklich gut ging und ob sie für andere Beobachter unauffällig wirkte.

Alles war wunderbar, nicht nur für Frau Luna. Auch Paul Ort freute sich, dass seine Klientin Fortschritte machte. Er war jedes Mal gerührt, wenn ein Patient oder eine Patientin ihn hinterher so erleichtert anschaute, so voller Freude.

„Darf ich Sie etwas fragen?"

„Nur zu, Frau Luna."

„Darf ich Sie zu einem Kaffee einladen? In der zweiten Etage gibt es ein Restaurant."

Wieder eine Situation, in der schnelle Überlegungen gefordert waren. Sollte er sich darauf einlassen? Im Grunde genommen war auch dies ein Teil der Übung, dachte er. Sie schien mutiger zu werden. Und außerdem hatte sie nach den Mühen eine Belohnung verdient. Ganz im Sinne des Normalitätsprinzips, den Alltag *normal* zu gestalten, wanderten sie also beide ins Restaurant und nahmen sich Kaffee und sogar ein Stückchen Kuchen.

„Den bezahle ich aber!", verkündete Frau Luna.

„Nein, das möchte ich nicht!"

„Na gut."

Nachdem sie sich gesetzt hatten, reflektierten sie gemeinsam den Ablauf, wobei Paul Ort großes Gewicht darauf legte, dass ihr der Erfolg sehr bewusst wurde. Er hatte im Laufe seines Berufslebens gelernt, dass Patienten häufig über ihre Erfolge hinweg gingen, sie nicht adäquat im

Gedächtnis abspeicherten und auch nicht mit einem Gefühl von Stolz oder Freude in Verbindung brachten. Dies war aber ganz entscheidend dafür, dass sie ihr Selbstbild und ihre Kompetenzerwartung veränderten. Sie mussten lernen, sich in einem neuen Licht zu sehen. Sie mussten lernen, von sich selbst zu wissen, dass sie die Dinge schon meistern würden.

Über den konkreten Übungscharakter hinaus fand Paul Ort die Termine außerhalb der Praxis sehr interessant, denn er bekam auf diese Weise zusätzliche Informationen über seine Patientin, die er innerhalb seiner Praxis nicht erhalten hätte. Er war verblüfft, wie viele Leute Frau Luna kannte. Auf ihrem Weg durch den Kaufhof wurde sie mehrfach sehr freundlich gegrüßt. Mit einer Frau wechselte sie munter ein paar Worte. Offensichtlich war sie beliebt und verfügte über eine gute soziale Kompetenz, was ihm auch im Umgang mit dem Restaurantpersonal auffiel.

Paul Ort war froh und erleichtert, dass die erste Konfrontationsübung reibungslos verlaufen war. Er bemerkte, mit welchem Appetit Frau Luna den Erdbeerkuchen verspeiste. Niemand in dem Restaurant hätte geglaubt, dass hier Therapeut und Klientin bei der Arbeit saßen. Das war auch so gewollt. Die Übungen sollten sich auf natürliche Art und Weise in die Umgebung einfügen. Man hätte die beiden ebenso für ein Paar oder für Bekannte oder Bruder und Schwester halten können.

Diesen Interpretationsirrtum beging Gregor Most, der sich zufällig auch im Kaufhof aufhielt und eine Tasse Kaffee trinken wollte. Beim Betreten des Lokals erblickte er sie sofort. Es traf ihn wie der Blitz, Lena mit einem anderen Mann dort sitzen zu sehen. Hatte sie noch einen

Bewerber? Hatte sie ein Verhältnis mit ihm? Wer war der Mann? Traurig kehrte er auf dem Absatz um, ohne sich zu erkennen zu geben. Ob das der Mann war, der Lena heimlich die Blumen zum Geburtstag schickte? Völlig verunsichert fragte er sich, ob er sie auf den Mann ansprechen könnte. Warum eigentlich nicht? Vielleicht gab es eine harmlose Erklärung, versuchte er sich zu beruhigen.

Schleunigst fuhr er nach Hause zurück, um mit sich selbst alleine zu sein. Hilflos in dem Bemühen, seine Gedanken und Zweifel zum Schweigen zu bringen, öffnete er eine Flasche Dornfelder in der Hoffnung, ein wenig Erleichterung zu finden. Aus Erfahrung wusste er, dass auch ein leckeres Essen seine Stimmung ein wenig aufhellen konnte. Doch momentan fehlte ihm der Antrieb. Das Denken, die Errungenschaft des Homo sapiens, konnte ein echter Fluch sein. Und je länger er seinem eigenen Misstrauen und seiner Angst ausgeliefert war, desto weniger konkret waren seine Zweifel, bis sie immer mehr an Kontur verloren und er sich aufgesaugt fühlte in einen Zustand, den er als emotionales Vakuum bezeichnete.

Gregor rettete sich auf seine Couch, zog die Wolldecke hoch, rollte sich auf die Seite und hoffte auf Schlaf. *Funkstille der Seele,* sagte er zu sich selbst. Hörte das denn niemals auf? Seit vielen Jahren befiel ihn sporadisch diese erdrückende Schwermut, die ihn binnen kürzester Zeit komplett lahm legte. Wenn er Glück hatte, dauerte solch ein Zustand nur ein paar Stunden. Manchmal jedoch brauchte er mehrere Tage, um sich aus dieser Stimmung zu befreien.

Sie erinnerte ihn an die Zeit, als er als achtjähriger

Junge mit seinem Bruder Berthold, der damals erst sechs Jahre alt war, zur Kur nach Sylt zur Erholung geschickt worden war. Es war kurz nachdem sein Vater sich von der Familie getrennt hatte. Beide Brüder hatten seit der Zeit nur noch wenig gegessen und zogen sich hauptsächlich in ihre Kinderzimmer zurück. Auf Anraten des Kinderarztes, dem der desolate Allgemeinzustand der Brüder und ihre Infektanfälligkeit aufgefallen war, wurde eine Kur für beide beantragt und binnen kürzester Zeit genehmigt.

Wann immer in Gregor diese Melancholie, dieses unerträgliche Gefühl der Verlassenheit wachgerufen wurde und er sich auf seinem Sofa unter der Decke zusammenrollte, hatte er dieses Bild vor Augen, wie er an seinen Bruder geschmiegt, beide Schutz suchend, auf dem Bett lag in jenem Krankenzimmer eines gottverlassenen, streng katholisch geführten Kurheims, in dem er das Vertrauen in Menschen verlor und jedweden Halt – eine Zeit, in der er begriff, dass Erwachsene nicht nur unzuverlässig waren, sondern eine Gefahr für Leib und Seele. Seit dieser Zeit wusste er, dass er von nun an nur noch auf sich selbst gestellt sein würde.

Es war die reinste Hölle. Schon auf der Hinfahrt im Zugabteil ergriff eine fundamentale Trostlosigkeit von ihm Besitz und er fühlte sich ausweglos ausgeliefert der Willkür von Erzieherinnen und Erziehern, die Gebete sprachen und es genossen, seelenlos ihre Macht auszuüben. Bis zum heutigen Tag hatte er Schuldgefühle, weil er ihnen bei einem Streit mit seinem Bruder mitgeteilt hatte, dass dieser damit angefangen hatte. Ohne zu zögern stürzte einer der Erzieher auf den kleinen Berthold, zog ihn aus dem Zugabteil ins Nachbarabteil und schlug auf ihn ein.

Die Schreie seines kleinen Bruders verfolgten ihn jede Nacht im Schlaf.

Von da an zog sich Gregor bis in den entlegensten Winkel seiner Seele zurück. Weder begann er von sich aus ein Gespräch, noch aß er ausreichend. Er antwortete nur auf Fragen, die man an ihn richtete. Man drohte ihm Strafen an, wenn er weiterhin nicht genug essen würde – es war ihm gleichgültig geworden.

Die Mahlzeiten wurden in einem großen Speisesaal eingenommen, in dem lange, schlichte Holzbänke ohne Lehne an ebenso langen Tischen standen. Vor jedem Essen mussten die Kinder aufstehen und das Vaterunser sprechen. Danach durften sie sich setzen. Wenn man es auch nur gewagt hatte, von seinem Teller aufzusehen, um sein Gegenüber anzuschauen, wurde man entweder sofort scharf zurechtgewiesen oder man musste den Tisch verlassen und an einem Einzeltisch seine Mahlzeit alleine zu sich nehmen.

Als sie Gregor in das Zimmer des *Big Boss*, des Leiters des Kurheims, sperrten, saß er stundenlang in einer Ecke auf dem Fußboden und starrte schweigend auf die vielen Bücherregale. Es war ihm jedoch verboten, auch nur ein einziges Buch anzurühren. Schon bei der Ankunft im Kurheim hatte man die Kinder eingeschüchtert, indem man ihnen erklärt hatte, das Personal wüsste immer, was die Kinder täten, da in sämtlichen Räumen und Fluren versteckte Kameras installiert seien. Man traute sich kaum zur Toilette, weil man sich stets fragte, wer gerade zuschaute.

Gregor schrieb verzweifelte Briefe nach Hause, doch seine Mutter antwortete nicht. Jeden Tag hatte ihn dieselbe Frage gequält, ob seine Mutter ihn und seinen Bruder vergessen hatte, ob sie ihn hierhin abgegeben hatte.

Völlig verunsichert und haltlos wie ein gefallenes Blatt im kühlen Herbst, das der Wind durch die Straßen bläst und das nirgends mehr zur Ruhe kommt bis es schließlich der Verwesung anheim fällt, so schlich er mit gesenktem Kopf durch die dunklen, langen Flure und hatte aufgehört, den Erwachsenen einen Blick zu schenken. Er sah einfach durch sie hindurch und an ihnen vorbei. Erst Wochen später, als er wieder zu Hause war, erfuhr er von seiner Mutter, dass sie nicht einen Brief erhalten hatte.

Offensichtlich wurde die Post der Kinder zensiert und vernichtet. Seine Mutter hatte sich zwar gewundert, dass die Söhne nicht geschrieben hatten, aber sie hatte sich nichts dabei gedacht. So verbrachte Gregor sechs einsame Wochen, in denen er nicht nur stetig an Gewicht verlor, sondern auch den inneren Bezug zur Welt, die kalt und feindselig war. Nachts im Schlafsaal lag er lange wach und weinte sich leise in den Schlaf. Seine Hoffnung, dass seine Mutter oder Gott ihn erhören würden, begrub er an jenem Tag, als die Erzieherinnen ihm verboten hatten, seinen erkrankten Bruder im Krankenzimmer zu besuchen. Gregor tat es heimlich. Die Vorstellung, dass Berthold in diesem Zimmer lag, ohne Besuch von seinem Bruder zu bekommen, diese Vorstellung konnte Gregor nicht ertragen.

Doch man hatte ihn erwischt. Es war jener Erzieher, der besonders laut das Vaterunser sprach und unerbittlich die Einhaltung aller Regeln einforderte. An diesem Ort waren Prinzipien wichtiger als Liebe und Mitgefühl. An den Ohren zog er Gregor von seinem Bruder weg und nannte ihn ungehorsam und schwer erziehbar. „Gnade Dir Gott!", das waren die Worte, mit denen er Gregor aus dem Zimmer schleifte. Die Strafe, die sich das Team aus Erziehern und Erzieherinnen ausdachte, um ihn zu bessern, besiegelte für ihn den endgültigen Rückzug in die innere Isolation. Sie beschlossen, dass er ein Opfer bringen sollte.

Vor seinen Augen verbrannten sie seinen Teddybär im Heizungskeller im Kohleofen und gaben ihm die Schuld daran. Gregor rannte zur Ofentür, noch bevor man ihn festhalten konnte. Er streckte seine Hände in die Flammen, um seinen Teddy zu retten. Zu spät riss der Erzieher den Jungen zurück. Sein Pullover hatte Feuer gefangen, seine Hände und Arme zeigten bereits entsetzliche Verbrennungen. Gregor spürte den Schmerz des Körpers nicht. Wie ein wildes Tier, das um sein Leben kämpfte, schlug und trat er um sich, schrie, bis er sich erbrach. Noch in der zweiten Etage hörten die anderen Kinder ihn schreien.

Mit solch einer Reaktion hatte niemand gerechnet. Schnell wurde nach dem Arzt telefoniert, der sich im Haus befand. Sofort spritzte er dem Jungen ein Beruhigungsmittel und man brachte ihn an den anderen Kindern vorbei, die schockiert auf dem Flur standen, ins Krankenzimmer zu seinem Bruder.

Als Gregor spät am Abend erwachte, als es bereits dunkel war, stand er auf, kletterte auf die Fensterbank und versuchte, das Fenster zu öffnen.

Es war Berthold, der ihm das Leben rettete, der ihn anflehte, bei ihm zu bleiben, ihn nicht alleine zurück zu lassen, sonst würde auch er aus dem Fenster springen. Es war Berthold, der es schaffte, eine Brücke zu seinem

Bruder zu schlagen, der ihm die Hand reichte, damit er von der Fensterbank herunter kam. Er war der einzige, der damals noch Zugang zu Gregor hatte, der einzige, dessen Nähe er ertrug und brauchte.

Als eine Erzieherin noch einmal nach den Jungen schaute, fand sie sie beide aneinandergekauert und schlafend in Gregors Bett. Das katholische Holzkreuz, das einst über dem Bett an der Wand gehangen hatte, war verschwunden. Die Kinder hatten es entfernt.

Am nächsten Morgen wurden die Brüder in das Zimmer des Heimleiters geführt. Man wollte herausfinden, wo das Kreuz abgeblieben war. Sie befragten die beiden Brüder, die sich nur stumm anschauten und nichts zur Antwort gaben. Unter Gregors Pulloverärmeln lugten dicke, weiße Salbenverbände hervor und Berthold, der rechts neben ihm saß, hielt seinen Teddy fest umklammert vor seiner Brust im Arm. Erst beim Verlassen des Raumes drehte Gregor sich noch einmal um und sagte zum versammelten Personal:

„Gott hat diesen Ort verlassen."

Es war das letzte Mal, dass sie Gregor hatten sprechen hören. Er tauchte ein in die Welt der Stille und der heimlichen Kommunikation mit seinem Bruder und ein paar anderen Kindern, die Gregor in ihr Herz geschlossen hatten und genauso litten wie er.

Nachdem Gregor eine Stunde lang von seinen Erinnerungen überwältigt worden war, versuchte er allmählich, wieder Boden unter seinen Füßen zu bekommen. Im Laufe der Jahre hatte er eine kleine Strategie entwickelt, mit der er sich nach und nach aus diesem elenden Zustand befreien konnte. Auch wenn sich der erbarmungslose Griff der Vergangenheit noch nicht gelockert hatte, so versuchte er trotzdem, sich in der Gegenwart mit rein praktischen Tätigkeiten wie zum Beispiel Kochen zu verankern und sich von seinem inneren Zustand zu distanzieren, indem er sich vorstellte, er habe nur einen inneren Kinofilm angesehen, dessen emotionale Wirkung zwar noch anhielt, den er aber jetzt zunehmend ausblenden wollte. Die Gegenwart musste präsenter werden.

Er setzte Wasser für Nudeln auf den Herd. Dazu wollte er Tomatensoße mit Thunfisch und Parmesankäse. Von einer Kollegin hatte er gehört, dass diese Kombination die Stimmung positiv beeinflusse, da das in dem Parmesankäse enthaltene Tryptophan im Körper in Serotonin umgewandelt werden würde.

Er versuchte zu analysieren, warum ihn die Episode mit Lena im Kaufhof dermaßen aus der Bahn geworfen hatte. Er vermutete, weil die Beziehung zu ihr für ihn noch nicht *sicher* war. Beim Anblick des fremden Mannes sah er seine Beziehung zu Lena gefährdet. Es kam einem Verlust gleich. Vielleicht hatte sie doch kein Interesse an ihm? Vielleicht würde sie sich abwenden, wenn sie ihn näher kennen lernen würde? Er konnte sich nicht vorstellen, wirklich geliebt zu werden.

Jedenfalls, überlegte er, müsste er ihr bald ein eindeutiges Zeichen geben, ihr zu verstehen geben, dass er sie sehr mochte und sich eine Beziehung zu ihr wünschte, auch auf die Gefahr hin, dass sie ihn zurückweisen könnte.

Denn wenn er sich nicht zu erkennen geben würde, wie sollte sie wissen, was er für sie empfand? Er musste den Kopf über sich selbst schütteln. Schon *morgen* sollte er sie zu dem vereinbarten Frühstück wieder sehen. Es war doch schon morgen. Man konnte schon die Stunden zählen. Es war ihm nicht mehr bewusst gewesen. Sein emotionaler Absturz war absolut.

Da griff er zu seinem Handy und tippte geschwind eine SMS. Hoffentlich würde sie reagieren. Seine Hände zitterten. Er brauchte dringend etwas Nähe zu ihr, wenigstens ein bisschen:
Hallo Lena, ich freue mich auf morgen.
Gruß von Gregor.

Postwendend kam Lenas Antwort:
Ich freue mich auch! Ich bringe Brötchen mit.
Bis morgen. Lena.

35. Kapitel

Lena hielt die Zeit für gekommen, Marita davon zu erzählen, dass sie Gregor Most zu Hause besuchte, sonst wäre sie vermutlich doch gekränkt, wenn sie es zu spät erfahren würde. Nachdem sie Gregor die SMS geschickt hatte, wählte sie Maritas Rufnummer. Es dauerte eine Weile, bis sie endlich Maritas vertraute Stimme hörte.
„Marita Sol."
„Hallo Marita, Lena hier. Hast du einen Moment

Zeit?"

„Na klar."

„Ich muss dir etwas beichten."

„Beichten? Hast du etwas angestellt?"

„Wie man es nimmt. Am besten setzt du dich hin."

„Oh, je! Was kommt jetzt?"

„Ich bin total aufgeregt. Ich habe morgen eine Verabredung."

„Mit Oliver wieder?"

„Nein. Er hat zwar auch angerufen, aber ich habe ihn vertröstet. Viel besser oder vielleicht, schlimmer?"

„Nun mach es nicht so spannend!"

„Ich fahre morgen zu Gregor Most zum Frühstück."

„Wie bitte? Höre ich richtig? Eine Verabredung mit ..."

„Ja. Darum bin ich auch so aufgeregt. Ich war kürzlich schon einmal bei ihm. War total schön."

„Das glaube ich jetzt nicht!", lachte Marita laut.

„Das hat sich so entwickelt."

„Mensch Lena, da wäre ich auch aufgeregt. Bist du dir im Klaren darüber, was du tust? Was ist mit seiner Frau?"

„Im Urlaub. Wenn ich es richtig verstanden habe, ist es mit der Ehe vorbei."

„Das sagen sie allesamt."

„Ich glaube, er sagt die Wahrheit."

„Und habt ihr schon ...?"

„Nein, wir waren nicht im Bett."

„Das sind ja echte Neuigkeiten! Du magst ihn sehr, nicht wahr?"

„Ja, Marita. Mehr als mir lieb ist. Irgendwie habe ich doch Angst, dass etwas schiefgeht."

„Lass ihn auf dich wirken und achte darauf, was er in

dir auslöst, ob es sich gut anfühlt. Gib Acht!"

„Wird gemacht. Und was machst du so?"

„Ich habe gleich eine Verabredung mit meinem Nachbarn Martin. Wir wollen im Garten grillen. Da morgen ja schon Ferien sind, kann es ruhig spät werden. Er hat sich so sehr gefreut, als ich zusagte. Manchmal frage ich mich, warum er keine Freundin hat. Martin ist wirklich sehr nett und hilfsbereit. Manchmal stellt er mir sogar Blumen vor die Tür."

„Das ist ja witzig. Du bekommst Blumen vor die Tür und ich bekomme welche mit Fleurop zum Geburtstag."

„Ich denke nicht, dass er es ist. Ich habe mich heute allerdings gefragt, wie sehr er mich mag. Irgendwie habe ich den Eindruck, dass er sich Hoffnungen macht."

„Kann möglich sein. Du berichtest schon sehr lange davon, wie außerordentlich freundlich er zu dir ist."

„Als ich ihm sagte, dass ich einen neuen Freund habe, schaute er mich so enttäuscht an. Er war mit einem Mal so traurig."

„Dann lass dich heute Abend nicht von ihm mit Alkohol abfüllen, o.k.?"

„Sowieso nicht. Habe ich doch noch nie gemacht. Es klingelt an der Tür. Das ist er bestimmt. Ich muss auflegen. Viel Glück für morgen! Ach, übrigens haben die seltsamen Anrufe bei mir aufgehört. Aber bei mir waren es eh nicht so viele wie bei dir."

„Da sagst du was. Bei mir ist auch Ruhe. Wer weiß, wie das alles zusammenhängt."

„Bis morgen. Ich warte auf deinen Anruf."

In dieser Nacht fand Lena kaum Schlaf. Immer wieder dachte sie sich neue Szenen für den nächsten Tag mit

Gregor aus und wie dieser Tag am besten enden sollte. Manche Szenen waren freundlich, nüchtern und neutral mit nettem und unverbindlichem Abschied. Diese Vorstellung gefiel ihr nicht und löste Traurigkeit aus. Eine andere Vorstellung hingegen dauerte lange über das Frühstück hinaus, wobei sie den ganzen Tag miteinander verbringen würden. Der Abschied würde verbindlich sein und ein nächstes Treffen in Aussicht stellen. Eine dritte Szene endete erst einmal überhaupt nicht. Lena würde die Nacht bei ihm bleiben.

Stets von Neuem fragte sie sich, was sie sich denn wünschen würde oder was denn adäquat wäre. Wie verhielt man sich in solch einer Situation? Auf einmal wurde ihr bewusst, wie unsicher sie war, wo sie doch sonst immer so genau mit Männern umzugehen wusste. Diesmal nicht. Er hatte zuviel Bedeutung.

Irgendwann in den frühen Morgenstunden fiel Lena in einen kurzen, oberflächlichen Schlaf. Zur Vorsicht hatte sie sich gleich zwei Wecker gestellt aus Angst zu verschlafen. Hypoton taumelte sie am nächsten Morgen ins Badezimmer und blieb etwas länger als sonst in der Dusche, um irgendwie wach zu werden. Bevor sie fuhr, trank sie zwei Tassen Kaffee mit reichlich Milch. Beim Bäcker bestellte sie eine viel zu große Auswahl an Brötchen. Auf keinen Fall wollte sie die falschen Brötchen mitbringen.

Ihr Herz hämmerte wild, als sie klingelte. Aber sie hatte keine Panik gehabt auf dem Weg. Offensichtlich wurde es mit ihrer Angststörung etwas besser. Zudem hatte sie ein Motiv, das viel größer war als ihre Angst. Ihr Herz schlug heftig vor Aufregung und Freude.

Auch Gregor hatte diesen Augenblick herbei gesehnt. Er konnte noch immer nicht fassen, dass sie tatsächlich vor seiner Tür stand. Wie sehr hatte er all die Jahre davon geträumt! Doch er hatte nie eine Möglichkeit gesehen. Sollte er wirklich endlich einmal so viel Glück in seinem Leben haben? Und trotzdem fühlte er sich wie ein Krimineller, denn er hatte die heimlichen Fotos von ihr. Sie ist ja freiwillig und gern gekommen, sagte er beschwichtigend zu sich selbst.

Er hatte den Tisch auf der Terrasse liebevoll gedeckt. Sogar an Blumen hatte er gedacht. Lächelnd nahm er die Tüte mit den Brötchen entgegen.

„Ich habe kürzlich am Telefon einfach Du gesagt, Frau Luna. Ich wollte mich nur noch einmal vergewissern, ob das für Sie oder Dich in Ordnung ist?"

Jetzt lächelte Lena. Ihr gefiel die etwas schüchterne Art, die sie plötzlich an ihm wahrnahm.

„Ja, das ist in Ordnung."

Während Gregor den Kaffee eingoss, bemerkte sie das Zittern seiner Hand. Offensichtlich war auch er etwas aufgeregt. Als er die Brötchen in einen Korb legte, zählte er verwundert acht Stück. Spontan sagte er lachend:

„Da hast Du aber gut für uns gesorgt!"

„Ich dachte, lieber eins mehr als eins zu wenig. Außerdem wollte ich auf jeden Fall, dass eins für Deinen Geschmack dabei ist."

Gerührt, ja fast zu Tränen gerührt, setzte er sich. Im Umgang mit seiner Frau kannte er hauptsächlich Lieblosigkeit oder so etwas, das man vielleicht gleichgültige Funktionalität nennen konnte. Sie überlegten beide nicht, wie man dem anderen eine Freude machen konnte. Gregor, der unbedingt herausfinden wollte, wer der Mann gestern im Kaufhof war und von wem sie immer die Blumen zum Geburtstag bekam, hatte sich vorgenommen, das Gespräch geschickt in diese Richtung zu lenken – aber nicht zu früh. Es sollte lässig und beiläufig wirken.

Als sie beim zweiten Brötchen angelangt waren, wurde das Gespräch wieder flüssiger und die schon bekannte Vertrautheit war wieder zu spüren. Gregor beklagte sich über den Druck, der von allen Seiten auf die Schule und die Lehrer einströmte. Lena verstand ihn nur zu gut. Aufgebrachte Eltern erwarteten perfekte Lehrer, die man zu jeder Uhrzeit anrufen konnte, die Erziehungsarbeit an ihren Kindern leisten sollten, die sie selbst versäumt hatten und die ihre Kinder zu Musterschülern machen sollten, auch wenn diese es nicht einmal nötig hatten, Vokabeln zu lernen und den Lehrern mit einem Tonfall gegenübertraten, der mit Respekt nun wirklich nichts mehr zu tun hatte, obwohl eben genau diese Schüler sich vehement gegen jedes Erheben der Stimme des Lehrers zur Wehr setzten.

Lena fügte jedoch ergänzend hinzu, dass dies natürlich nicht auf alle Schüler zuträfe. Es gab durchaus viele, die bemüht waren. Aber natürlich kannte auch sie die übermüdeten Gesichter unkonzentrierter Kinder und Jugendlicher. Zudem wusste Lena, dass manche Kinder alleinerziehender Mütter in ihren Leistungen sicherlich besser wären, wenn deren Mütter aufgrund der niedrigen Gehälter nicht so viele Stunden arbeiten müssten und die dann erschöpft von Arbeit, Haushalt und Einkaufen sich nur wenig um die schulischen Belange ihrer Kinder kümmern konnten und eigentlich immer ein schlechtes Gewissen hatten. Frauen haben eh viel zu oft ein schlechtes Gewissen, das sich die Kinder und oft auch die Ehemänner zunutze machen.

Gregor schaute nachdenklich.

„Worauf willst Du hinaus, Lena?"

„Viele Frauen haben einfach viel zu viel zu tun. Und ganz gleich, wie viel sie schon am Tag erledigt haben, so richten sie oft ihren Blick nicht auf das, was sie geschafft haben und gönnen sich endlich eine wohlverdiente Pause. Nein, sie fokussieren das, was sie noch zusätzlich hätten tun können. Und Frauen mit schlechtem Gewissen werden sehr leicht von ihren Kindern und Männern benutzt. Immer in dem Bestreben, irgendeine Schuld wieder gut zu machen, sind diese Frauen in der Kindererziehung inkonsequent und neigen dazu, die Kinder mit Materiellem zu überhäufen. Die Kinder nutzen dies meistens aus und reagieren mit zunehmenden Ansprüchen und Respektlosigkeit. Diese Mütter pendeln zwischen Erschöpfung, Wut und Schuldgefühlen. Und in jedem Fall vergessen sie sich selbst. Das schlechte Gewissen ist eine Geißel vieler Frauen."

„Deine Mutter war aber doch auch später alleinerziehend. Aber sie hatte eine sehr intelligente Tochter, die das Gymnasium ohne Hilfe schaffte", gab Gregor zu bedenken.

Unwillkürlich musste er an seine eigene Kindheit denken, in der er nicht nur keine Hilfe durch seine Mutter hatte, sondern sich um Mutter und Bruder gekümmert hatte. Ihm wurde bewusst, das es in diesem Punkt große Unterschiede zwischen Kindern gab: Die einen versandeten, die anderen zeichneten sich durch eine außerordentliche Widerstandsfähigkeit aus, durch die Fähigkeit, angesichts widriger Umstände trotzdem durchzuhalten und eine bessere Zukunft zu erschaffen. Gregor wusste aber auch, dass tief in seinem Inneren eine Wunde war, die er gut versorgen musste.

„Und dann ist da noch der Druck der Öffentlichkeit", fügte er hinzu. „Die Ergebnisse der Pisa-Studie setzen Lehrer wie Schüler gleichermaßen dem Zwang aus zu beweisen, dass man in Deutschland nicht dumm ist. Andererseits darf das Kind auch nicht zu intelligent sein, sonst wird es, wenn es Pech hat, als Streber verschrien. Oder aber der Mutter wird angelastet, sie habe das Kind überzüchtet. Man darf intelligent sein, aber nur bis zu einem gewissen Ausmaß. Beides ist augenscheinlich schwierig: Zu wenig Intelligenz und Leistung ebenso wie zuviel Intelligenz. Am besten löst man sich in Luft auf."

Lena selbst hatte diesen Umstand schon als Kind begriffen, wenn sie sich mit ihrem Vater unterhalten hatte, der in seiner Familie ein Außenseiter gewesen war, weil er der einzige Abiturient und Akademiker war.

Endlich, dachte Gregor. Sie hatte das Thema *Vater* angeschnitten. Nun konnte er aktiv werden.

„Ich habe Dich gestern zufällig im Kaufhof gesehen. War der Mann neben Dir zufällig Dein Vater?"

Gespannt schaute er zu Lena, aber sie gab nur eine knappe Antwort.

„Nein, das war nicht mein Vater."

Gregor scheute sich, konkreter nachzufragen, wer denn der Unbekannte war. Also kam er zu dem Vaterthema zurück.

„Was hat Dein Vater denn studiert?"

„Mathematik, Germanistik und Literatur. Ich glaube, er ist an irgendeiner Universität Professor für Literatur."

„An welcher?"

„Ich weiß es nicht."

„Habt ihr keinen Kontakt?"

„Nein, leider. Ich habe ihn schon als Kind verloren."

Gregor überkam ein Gefühl der Traurigkeit. Spontan fiel ihm dieses innere Bild ein, das er vor einiger Zeit vor Augen hatte: Er und Lena im Regen auf einer verlassenen Straße. Es schien tatsächlich Ähnlichkeiten im Lebenslauf zu geben.

„Wir hatten aber zuvor eine schöne Zeit. Wir haben zusammen Geschichten erfunden. Oft hat er mir auch vorgelesen. Er selbst schrieb Gedichte und manchmal fragte er mich, welches Wort mir für ein bestimmtes Gedicht besser gefiele. Ich durfte ab und zu Worte, also Synonyme aussuchen. Oft spielten wir auch das Spiel: *Wenn der Mond die Sonne küsst*."

„Wenn der Mond die Sonne küsst", wiederholte Gregor leise. „Das hört sich gut an. Was war das für ein Spiel?"

„Es hatte mit Wundern zu tun. Der Mond kann natürlich die Sonne nicht berühren. Wir haben es als Ausdruck für ein Wunder genommen. Wenn irgendetwas passierte, das eigentlich gar nicht hätte sein können, dann haben wir diese Wendung benutzt. Oder wenn man sich etwas ganz intensiv gewünscht hat und nicht wusste, ob es Wirklichkeit werden würde, dann haben wir es auch so ausgedrückt. In unserem Spiel haben wir uns solche Situationen ausgedacht. An eine erinnere ich mich, als wäre es gestern gewesen. Ich war vielleicht acht Jahre alt, da habe ich zu meinem Vater gesagt: *Wenn der Mond die Sonne küsst, dann nimmst Du mich mit in Deine Vorlesung für Literatur.* Und er hat geantwortet: *Noch vor dem nächsten Vollmond sitzt mein kleiner Sonnenschein direkt in der ersten Reihe.* So war es auch. Ich durfte ihn begleiten."

„Weißt Du noch, welche Universität es war?"

„Nein. Ich war doch noch klein. Aber ich erinnere mich, dass wir nicht lange unterwegs waren mit dem Auto. Darüber habe ich noch gar nicht nachgedacht."

„Also musste es in der Nähe sein. Duisburg, Bochum, Essen oder vielleicht Münster? Wie heißt Dein Vater?"

„Er heißt Ludwig Luna. Ich habe ihn immer vermisst, bis ich es irgendwann verdrängte, damit ich weiterleben konnte. Der Schmerz war unerträglich. Ich verstehe einfach nicht, warum er sich nie bei mir gemeldet hat."

Lena wurde ganz unruhig bei dem Gedanken, dass ihr Vater in der Nähe arbeiten könnte. Vielleicht wohnte er sogar in der Nähe. Wie bei einem Puzzlespiel fügten sich bei Gregor einzelne Teile zusammen. Lena bekam die anonymen Blumen nur zu ihrem Geburtstag und zudem, so hatte sie ihm verraten, waren es immer weiße Rosen plus eine rote Rose für das neue Lebensjahr. Der Unbekannte wusste ihren Geburtstag und ihr Alter. Vielleicht war es ihr Vater, dachte Gregor bei sich. Das würde doch einen Sinn ergeben. Oder war es zu abstrus?

„Lena, ist es vielleicht möglich, dass die Blumen von Deinem Vater kommen?"

„Wie?", fragte Lena geistesabwesend und mit diesem wehmütigen Blick, der sich in der Ferne verlor und der die Brücke war zu ihrer Jugendzeit, als er ihr zum ersten Mal im Gymnasium begegnet war.

Sie war eine wunderliche Mischung aus Melancholie und Leichtigkeit, aus natürlicher Offenheit und Verschlossenheit. Damals hatte er bedauert, sie nicht selbst im Unterricht zu haben. Er beneidete seine Kollegen. Jetzt im Nachhinein war er froh darum. Es hätte ihn in unlösbare Konflikte gestürzt.

Einzelne Gespräche, die im Kollegium geführt wurden, tauchten wieder in seinem Bewusstsein auf. Einer der Kollegen meinte, sie sei die Sphinx in Person. Im Unterricht war sie sehr lebhaft. Sie wusste einfach alles, mehr noch, sie wusste Dinge, die noch gar nicht besprochen worden waren. Mit unglaublicher Selbstverständlichkeit erklärte sie Sachverhalte, die für ihre Mitschülerinnen bahnbrechende Erkenntnisse waren. Man konnte sich nicht erklären, woher sie das Wissen nahm.

Obwohl sie sehr beliebt und hilfsbereit war, zog sie sich in den Pausen oft allein zurück. Häufig war sie weit vor Unterrichtsbeginn in der Schule und setzte sich im Altbau der Schule auf eine abgelegene Treppe, die zum Turmzimmer führte. Gregor erinnerte sich daran, wie er sie damals, kurz vor Weihnachten, im Alter von siebzehn Jahren dort hatte sitzen sehen. Im Vorbeigehen erkannte er das Buch, das neben ihr auf den Stufen lag. Es war *der Tod in Venedig* von Thomas Mann, das sie gerade im Deutschunterricht besprachen. Sie lehnte mit dem Rücken an der Wand und sie hatte ihre Beine auf der Treppenstufe ausgestreckt. Als er sie erblickte, bemerkte er, wie sie die Augen öffnete. Ihre Blicke trafen sich für einen kurzen Moment. Ein leichtes Lächeln huschte über ihr Gesicht, bevor sie wieder wegsah und ihren Blick umherschweifen ließ.

Offensichtlich saß sie dort mit geschlossenen Augen und bewegte sich in ihrer inneren Welt.

Die Schule schien ihr ein Zufluchtsort zu sein. Warum sonst saß sie bereits um 08.00 Uhr morgens auf den Stufen im Altbau, immer mit einem Buch, obschon sie manchmal sogar erst zu dritter Stunde Unterricht hatte?

Vielleicht fühlte sie sich dort auch ihrem Vater, der in einer Universität arbeitete, ein kleines Stückchen näher.

„Gregor? Woran denkst Du? Du siehst so nachdenklich aus."

Abrupt unterbrach er seine Gedankengänge. Er bediente sich einer Notlüge, indem er ablenkend äußerte, er habe über den weiteren Verlauf des Tages nachgedacht.

„Wie viel Zeit hast Du, Lena?"

„Unbegrenzt."

„Wunderbar! Was hältst Du davon, wenn wir gleich eine Runde spazieren gehen oder Fahrrad fahren?"

„Super!"

„Ich habe Dich gerade traurig gemacht, nicht wahr? Ich hätte Dich besser nicht auf Deinen Vater angesprochen."

„Nein. Das war schon gut so. Ich habe viel zu lange versucht, etwas zu vergessen, was man nicht vergessen sollte. Mein Vater war die wichtigste Person für mich. Er hat mir das Gefühl gegeben, etwas Besonderes zu sein. Ich möchte wissen, wo er ist."

„Vielleicht kann ich Dir behilflich sein?", fragte Gregor vorsichtig.

„Aber wie?"

„Ich lasse mir etwas einfallen, o.k.?"

„O.k."

„Und jetzt wollen wir mal vor die Tür. Wenn Du Lust hast, können wir sogar mit dem Rad fahren. Ich habe zwei Räder in der Garage."

„Gern."

„Wir packen zwei Fahrradtaschen, nehmen etwas zu essen und zu trinken mit und eine Decke natürlich."

„Wir machen ein Picknick?"

„Klar. Das Wetter lädt ja dazu ein."

„Das habe ich das letzte Mal vor ewiger Zeit mit meinem Vater gemacht."

„Na, dann wird es aber Zeit! Also los!"

Dreißig Minuten später radelten sie bereits durch den Wald. Lena genoss die warme Luft, die sommerlichen Düfte und die kühlende Brise des Fahrtwindes. Überall hörte sie es Zwitschern und Zirpen. Schmetterlinge tanzten in der Luft und von Weitem hörte sie den Gesang einer Menschengruppe. Als Gregor und Lena auf eine Lichtung zufuhren, sahen sie eine kleine Seniorengruppe, die, sich an den Händen fassend, im Kreis standen und sich singend von links nach rechts drehten. Ihr Gelächter und der fröhliche Gesang brachten selbst Gregor und Lena zum Lachen. Spontan hielten sie an, um diesem Schauspiel der Lebensfreude beizuwohnen.

Überrascht stellte Lena fest, dass Maritas Vater sich unter den Leuten befand. Neben ihm war bestimmt der Nachbar. Beide winkten Lena zu. Marita hatte Lena davon berichtet, dass ihr Vater neuerdings mit dem Nachbarn unterwegs war. Nach kurzem Zögern löste sich Günther aus der Gruppe, rannte über den Rasen und kam auf Lena zu.

„Hallo Herr Sol!"

„Hallo Frau Luna! Wir sind uns ja schon lange nicht mehr begegnet!"

„Stimmt. Es war das Sommerfest vor zwei Jahren in der Schule. Da habe ich Sie zum letzten Mal gesehen. Was machen Sie denn da auf dem Rasen?"

„Mein Nachbar, Erich, hat mich mitgenommen. Er ist im Radsportverein und im Chor. Er war der Ansicht, dass ich mal vor die Tür müsste. Heute sind wir mit der Fahrradtruppe hier. Macht richtig Spaß! Wir singen alte Lieder und machen einen Kreistanz. So albern war ich lange nicht mehr! Nächsten Montag begleite ich Erich zur Chorprobe."

„Ich freue mich für Sie! Es geht Ihnen besser, nicht wahr?"

„Ja. Aber abends ist es oft noch schwer. Ich vermisse meine Frau sehr."

Lena wusste nur zu gut, was es bedeutete, jemanden zu vermissen. Sie nickte.

„Wenn Sie zwischendurch jemanden zum Reden brauchen oder einfach nur mal raus möchten, dürfen Sie mich auch gerne anrufen."

„Danke, das ist sehr lieb von Ihnen."

Er ist nicht mehr so trübsinnig, dachte Lena. Das musste sie unbedingt Marita erzählen.

„Dieser Anblick der lustigen Alten gibt wirklich Hoffnung! Alter muss nicht trist und einsam sein. Wie viel Spaß sie haben!"

Gregor überlegte kurz, bevor er erwiderte:

„Die Freiheit der Alten!"

„Ja!", antwortete Lena kurz und gab ihm einen leichten Knuff auf die Schulter.

„Wie alt bist Du eigentlich, Gregor?"

„Ich hoffe, nicht zu alt. Ich bin neunundvierzig. Und Du?"

„Ich werde achtunddreißig."

Und schon fuhren sie weiter und tiefer in den Wald hinein. Nach einer weiteren Stunde gelangten sie an einen einsamen See. Gregor kannte sich aus, da er vor vielen Jahren oft mit seinem Bruder hier zum Schwimmen gewesen war. Bäume und Sträucher umsäumten den See.

Hie und da gab es versteckte kleine Wege, über die man an den Sträuchern vorbei direkt bis an das Wasser gelangte. Gregor führte Lena über einen dieser Wege zum See an eine Stelle, die wie ein minimaler Strand aussah.

„Hier können wir bleiben!", rief er Lena zu.

Sie lehnten ihre Räder an einen Baum, nachdem sie die Fahrradtaschen vom Gepäckträger genommen hatten. Gregor war bereits damit beschäftigt, die Decke auszubreiten, während Lena die Brote und Getränke herausholte.

„Ist das herrlich hier! Hier war ich noch nie!"

„Schön, dass es Dir gefällt."

Die beiden setzten sich auf die mitgebrachte Decke und schauten still über das Wasser.

„Wie es glitzert. Am liebsten möchte man hinein springen!"

„Tu Dir keinen Zwang an", erwiderte Gregor.

„Ich habe keine Badesachen mitgenommen."

Gregor schwieg.

„Ich habe Durst. Kannst Du mir bitte die Flasche Wasser reichen?"

Als er ihr die Flasche gab, berührte er kurz ihre Hand, zuckte aber gleich zurück aus Angst, sie könne das missverstehen. Obwohl, wenn er darüber nachdachte, was heißt denn *missverstehen*? Im Grunde genomen, überlegte er, lag doch längst etwas in der Luft. Sie bewegten sich beide entlang einer unsichtbaren Grenze. Er legte sich rücklings auf die Decke und schaute den Schwalben zu. Dann schloss er seine Augen und lauschte den Geräuschen in der Umgebung. Abwechselnd gingen ihm Zeilen aus seinem Liebesbrief an Lena durch den Kopf. Vermutlich ahnte sie, dass er von ihr war. Immerhin hatte sie ihn im Bistro demonstrativ unabsichtlich auf den Tisch gelegt.

Er fühlte, wie Verlangen nach ihr Besitz von ihm ergriff. Auch Lena hatte sich hingelegt und lauschte der Melodie der Natur. Sie lag nur eine Armlänge von ihm entfernt. Er bemühte sich, ruhig zu bleiben, doch es war ihm mittlerweile unmöglich, die innere Hitze von der äußeren zu unterscheiden. In seinen Gedanken rezitierte er eine Passage aus einem weiteren heimlichen Brief, den er ihr aber nie geschickt hatte:

Liebkost von der Sonne glühenden Händen,
geküsst von des Sommers wissenden Winden
schließ ich dürstend meine Lider.
Bunte Bilder kehren wieder,
süße Lieder immer wieder,
still in meiner Seele glüht,
mein Herz das ist ganz aufgewühlt,
da schwelt ein Flämmchen leis und still,
das zur Flamme wachsen will.

Vorsichtig drehte er seinen Kopf zu Lena und schaute sie an. Da entdeckte er, dass auch sie ihn längst beobachtet hatte, wie er so neben ihr lag und träumte. In ihren Augen entdeckte er ein Flackern, das er zuvor noch nie an ihr gesehen hatte. Sie schien ihn aufzufordern. Er legte sich auf die Seite, streckte seine Hand nach ihr aus und streichelte ihr Gesicht, während er leise die erste Zeile aus dem Brief flüsterte, den er nachts in ihren Briefkasten geworfen hatte:

„Ich hab geträumt von Dir bei Tag und bei Nacht,
unzählige Male an Dich gedacht."

„Ich weiß", sagte sie mit einem Lächeln.

Von da an gab es kein Halten mehr.

36. Kapitel

Noch an demselben Abend, als Gregor und Lena von ihrem Ausflug zurückgekehrt waren, suchten sie im Internet nach Lenas Vater. Auf den Hompages der Universitäten sahen sie sich die Einträge der Professoren an. Und tatsächlich fanden sie ihn: Prof. Dr. Ludwig Luna, Professor für Literaturwissenschaft.

„Ob wir auch seine Privatanschrift herausbekommen? Komm, Gregor, wir versuchen es."

„Einen Augenblick. Ich suche weiter. Hier kurz weg klicken. Warte. Ich muss in die Telefonauskunft. Aha. Wo fangen wir an? Ich versuche es zuerst in der Stadt, in der er arbeitet. Einen Moment. Nein. Da ist er nicht. Zumindest nicht eingetragen. Wir versuchen es in den Nachbarstädten."

Ungefähr zehn Minuten später entdeckten sie seine Anschrift in der Stadt Essen. Lena wurden die Knie weich.

„Da ist er ja. Ich kann es nicht fassen, Gregor! Mein Vater wohnt tatsächlich nicht weit entfernt."

Nachdenklich schaute Lena aus dem Fenster und dann auf die Uhr.

„Woran denkst Du?"

Obwohl sie seine Frage hörte, reagierte sie nicht. Sie starrte in seinen Garten, ohne irgendetwas zu fokussieren. Gregor trat an sie heran, berührte kurz ihr Gesicht, setzte sich auf die Fensterbank und versuchte, ihren Blick einzufangen. Ihm war, als würde sie jede Sekunde mehr in sich selbst versinken. Leise flüsterte er ihr zu:

„Ich glaube, ich habe eine Ahnung, woran Du denkst. Sollen wir einfach mal vorbei fahren? Möchtest Du sehen, wo er wohnt? Wir müssen ja nicht gleich anklingeln."

Ein dünnes Ja war die Antwort.

„Ob mein Vater zu Hause ist? Ich rufe einfach an. Aber ich kann noch nicht mit ihm sprechen. Ich weiß nicht, was ich ihm sagen soll. Warum hat er sich nie gemeldet?"

Sie sprach so leise, dass er sie kaum noch hören konnte, als führte sie einen Dialog mit sich selbst, der eigentlich kein Gegenüber brauchte. Gregor malte sich alle möglichen Szenarien aus, was damals passiert sein mochte. Nur direkt fragen wollte er nicht, denn er wollte mit seinen Fragen nicht ihr Maß an Verletzlichkeit überschreiten. Er spürte, dass Lena sehr um Fassung bemüht war. Immer wieder schloss sie für kurze Augenblicke ihre Augen, während sie sich gleichzeitig auf die Lippen biss.

In den Momenten, in denen sie ihre Augen wieder öffnete, war es ihm, als wenn sie nicht wirklich der Welt beggegnete. Ihr Blick fixierte nichts, blieb an nichts haften, sondern verlor sich in unerreichbarer Ferne. Sie war ein Grenzgänger, dachte er mit einem Mal, der zwischen zwei Welten hin und her wechselt und momentan auf der Grenzlinie zwischen Drinnen und Draußen, Gegenwart und Vergangenheit balanciert, der aufgrund der Tiefe der empfundenen Qual aus seiner erstarrten Haltung nicht herausfindet. Wie versteinert, als habe neben dem Verlust ihrer Beweglichkeit auch die Zeit aufgehört zu fließen, stand sie da, mit dem Gesicht dem Garten zugewandt.

Sie wanderte in ihrem Inneren durch die verlorene Welt der Vergangenheit, einer Zeit, in der ihr Vater noch für sie gegenwärtig war. Und jetzt, in diesem Moment hatte sie entdeckt, dass es ihr möglich war, die getrennten Zeitenden wieder zusammen zu führen. Es könnte eine Gegenwart mit ihrem Vater geben. Nur zwischen der vergangenen Zeit und der jetzigen Gegenwart klaffte eine Lücke von vielen Jahren, in denen sie sich bemüht hatte, selbst das Vermissen zu vergessen.

Doch jetzt war alles wieder da, als habe jemand alte Videofilme in den Recorder gelegt und auf Play gedrückt.

„Ich habe Angst, Gregor, schreckliche Angst. Und gleichzeitig möchte ich nichts sehnlicher, als ihn sofort in meine Arme zu schließen. Wie er wohl aussehen mag?"

Wie in Trance zog sie ihr Handy aus der Tasche, stellte in den Telefonoptionen auf *unbekannter Anrufer* und wählte seine Nummer. Nach dem dritten Läuten hörte sie ein freundliches:

„Ja, Luna hier."

Unwillkürlich traten Lena Tränen in die Augen.

„Hallo, wer ist denn da? Ich höre doch, dass da jemand ist."

Schnell drückte sie das Gespräch weg. Gregor nahm sie in seine Arme. Wieder dachte er an Lenas eigene Schulzeit, an die Traurigkeit, die sie wie einen Mantel um sich herum getragen hatte. Auch er fragte sich, warum der Vater sich all die Jahre nicht gemeldet hatte. Gregor küsste Lena auf die Stirn und führte sie sanft in den Flur.

„Wir fahren jetzt ganz unverbindlich bei ihm vorbei. Und danach kommen wir hierhin zurück."

Lena schaute ihn erwartungsvoll an.

„Und dann?"

„Dann koche ich uns etwas besonders Leckeres und hoffe, dass Du die Nacht bei mir bleiben kannst. Ich möchte Dich einfach nur halten, die ganze Nacht hindurch."

Fünf Minuten später fuhren sie los.

„Können wir vielleicht die Reihenfolge ändern? Dass wir zuerst etwas essen und dann zu ihm fahren?"

„Von mir aus. Dann müssten wir allerdings jetzt auswärts essen. Ich kenne ein nettes Restaurant in Mülheim. Da können wir ja Zwischenstopp machen."

„Ja."

Gedankenverloren schwieg Lena den Rest der Fahrt. Aus dem Augenwinkel heraus konnte er sehen, dass sie nervös mit ihrem linken Bein wippte.

„Warum habe ich eigentlich so lange gewartet? Bis jetzt habe ich nur gefragt, warum er sich so lange nicht gemeldet hat. Aber was ist mit mir? Warum habe ich mich nicht früher auf die Suche gemacht? Und wenn die Rosen tatsächlich von meinem Vater sein sollten – mein Gott! Wie viele Jahre ich die schon bekomme. Vielleicht hat er gehofft, dass ich die Spur der Rosen verfolge und mich frage, wo sie herkommen. Seitdem ich eine eigene Wohnung habe, bekomme ich sie regelmäßig. Wieso habe ich nur nie daran gedacht, dass sie von *ihm* sein könnten?"

„Wirklich sicher sind wir uns ja immer noch nicht."

„Du, ich habe eine verrückte Idee. Wir kaufen gleich eine rote Rose und wenn wir bei ihm sind, werfen wir sie heimlich in seinen Briefkasten."

Gregor schmunzelte.

„Am besten fahren wir sofort zum Blumengeschäft, bevor es schließt."

Kurze Zeit später waren sie im Besitz einer dunkelroten Rose, die sie ein Stück haben kürzen müssen, damit sie in den Briefkasten passte.

„Und was soll diese Rose Deinem Vater sagen?"

„Dass *ich* hier war."

„Das kann er aber nur erahnen, wenn die Blumen, die Du zum Geburtstag bekommen hast, wirklich von ihm waren. Und wenn nicht, dann wundert er sich halt nur."

„Bald werden wir mehr wissen. Jetzt habe ich aber Hunger."

Lena hatte etwas von ihrer Unruhe verloren. Sie wirkte deutlich entschlossener, wie ein Läufer, der auf der Zielgeraden angelangt war.

„In zehn Minuten sind wir da."

Sie betraten ein Steakhaus, in dem nur an wenigen Tischen Gäste saßen.

Bei dem herrlichen Wetter tummelten sich die Menschen wohl eher in Biergärten, dachte Gregor. Es sollte ihnen recht sein. So konnten sie gemütlich und ohne allzu viel Stimmengewirr ihren weiteren Plan ausarbeiten. Sie kamen überein, dass sie bei Einsetzen der Dämmerung zu Lenas Vater fahren wollten. Sie wollten den Schutz der Dunkelheit nutzen, um unerkannt an das Haus heran zu schleichen und die Klingeln zu inspizieren. Zudem sollte die Rose in den Briefkasten geschmuggelt werden.

Nach dem Essen zahlten sie zügig und machten sich auf den Weg. Als sie von der Autobahn abfuhren und nur noch wenige Minuten von Lenas Vater entfernt waren, war die Dämmerung bereits weit fortgeschritten. Sie parkten in einer Nebenstraße und schlenderten auf das Haus zu. Neugierig lasen sie und fanden seinen Namen auf einem der Klingelschilder. Insgesamt wohnten nur vier Parteien in dem Haus. Wahrscheinlich Eigentumswohnungen, überlegte Lena. Geschwind öffnete sie seinen Briefkasten und ließ die Rose und auch eine Karte hinein gleiten. Zu guter Letzt klingelte sie bei ihm und als er sich über die Gegensprechanlage meldete, sagte sie nur kurz:

„Sie haben Post."

Erschrocken schaute Gregor zu Lena.

„Du bist ja für eine Überraschung gut!"

Dann rannten sie eiligst davon.

37. Kapitel

Verwundert öffnete Ludwig Luna sein Fenster und konnte nur zwei Gestalten erkennen, die über den Bürgersteig davon rannten. Als er in seinem Briefkasten nachsah und die rote Rose in seinen Händen hielt, wurde er von heftigem Schwindel erfasst, so dass er sich auf die Treppenstufen setzen musste. Erst als sein Nachbar, Herr Gruber, der zweimal die Woche abends zum Kartenspielen bei Freunden war, die Haustür herein kam und ihn fragte, ob es ihm nicht gut gehe, kam er in die Wirklichkeit zurück. Mindestens eine halbe Stunde hatte er regungslos im Flur gesessen. Jetzt hatte sich Herr Gruber neben ihn gesetzt, um nach dem rechten zu sehen.

„Glauben Sie an Wunder, Herr Gruber?"

„Je nachdem. Wieso meinen Sie?"
„Sehen Sie diese Rose?"
„Na klar. Nicht zu übersehen. Was ist mit ihr? Haben Sie die von einer Freundin bekommen?"
„Nein. Ich glaube, meine Tochter hat mich endlich gefunden."
Und nach kurzem Schweigen sagte er:
„Nach fast dreißig Jahren."
Herr Gruber, der sich in dieser Situation unbeholfen fühlte, überlegte, was er denn am besten antworten sollte.
„Wieso glauben Sie, dass die Rose von ihrer Tochter ist?"
„Sehen Sie dieses kleine Grußkärtchen, das an dem Stiel befestigt ist? Auf der Vorderseite ist eine kleine lachende Sonne abgebildet. Und auf der Rückseite hat sie einen Mond gezeichnet. *Wenn der Mond die Sonne küsst ...*"
„Ich verstehe nicht ganz ..."
„Wie sollten Sie auch! Morgen gebe ich meine letzte Vorlesung vor den Semesterferien. Ich vermute, dass sie dort sein wird. Und dann werde ich sie nie wieder gehen lassen. Nie wieder."

Der nächste Morgen kam. Während Lena noch schlief, telefonierte Gregor heimlich mit seinem Detektiv, um ihm den neuen Sachverhalt zu erklären. Es sei derzeit kein weiterer Handlungsbedarf und er möge ihm die abschließende Rechnung zukommen lassen.
Anschließend deckte Gregor den Frühstückstisch. Lena hatte ihn darum gebeten, sie rechtzeitig zu wecken, da sie ihren Vater in der Universität besuchen wollte.

Beim Betreten des Hörsaals hoffte sie, dass sie quasi unerkannt in den hinteren Reihen des Stufensaals Platz nehmen konnte und dass ihr Vater noch nicht anwesend sein würde. Ob irgendjemand bemerken würde, dass sie keine Studentin war? Sah man es ihrem Gesicht oder ihrer Kleidung an?

Ihre Haare hatte sie zu einem Zopf gebunden. Ansonsten trug sie eine schlichte blaue Jeans und eine gelbe Bluse. Als sie sich im Hörsaal umsah, sagte sie zu sich selbst, dass sie eigentlich nicht von den anderen zu unterscheiden war, auch wenn man selbst doch immer glaubte, man würde auffallen, besonders, wenn man etwas zu verbergen hatte.

Schlagartig wurde es still, als Professor Luna den Raum betrat. Zwei Studentinnen neben ihr tuschelten leise. Lena konnte nur Bruchstücke verstehen, aber es war genug, um heraus zu hören, dass die dunkelhaarige von den beiden Lenas Vater für äußerst attraktiv hielt.

„Ich werde heute wieder viele Beiträge liefern. Er soll endlich auf mich aufmerksam werden."

„Ist er doch bestimmt sowieso schon", gab die blonde Studentin zur Antwort.

„Ob er verheiratet ist?"

„Nein, das weißt Du doch. Er ist Single."

„Was für eine Verschwendung! Und wenn ich nur eine Nacht mit ihm hätte ... Das wäre wunderbar. Und dabei Shakespeare zitieren."

„Du hast ja eine Meise! Ich wüsste etwas Besseres, als beim Sex Tragödien zu zitieren!"

Lena schaute vorsichtig nach rechts, wo die beiden jungen Damen sich angeregt über ihren Vater unterhielten. Lena hatte den Eindruck, in einem surrealen Spielfilm die Hauptrolle zu spielen und neben ihr saßen zwei Statisten, die gerne Protagonisten wären, zumindest die eine von ihnen.

„Was siehst Du uns so an?"

Lena erschrak.

„Wie heißt denn Du überhaupt? Wir haben Dich noch nie gesehen."

„Ich bin Lena. Gasthörerin."

„Ach so", sagte die schlanke Blonde, während die Dunkelhaarige schon wieder von dem Professor schwärmte.

„Ich bin Anja und die Verliebte hier neben mir ist Svenja."

„Er ist genau die Art von Mann, von der ich träume! Attraktiv, intelligent, feinsinnig, witzig, reif und jugendlich in einem, charmant ..."

„Du magst ihn sehr", flüsterte Lena.

„Ja."

Wenn sie wüsste, ging es Lena durch den Kopf.

„Irgendetwas ist heute anders mit unserem Professor. Sieh mal, Anja, als wenn er mit seinem Blick die Reihen absucht."

Lena rutschte auf ihrem Sitz tiefer nach unten, um sich hinter dem Vordermann zu verstecken.

„Heute möchte ich mit Ihnen auf die Gegenwartsliteratur zu sprechen kommen. Beginnen wir mit Ihrer eigenen Kreativität. Sicherlich haben Sie bereits unzählige Bücher gelesen. Manche gefielen Ihnen gut, andere haben Sie vielleicht nicht einmal zu Ende gelesen. Wieder andere haben Ihnen so gut gefallen, dass sie in Ihrem Bücherregal einen besonderen Platz bekommen haben. Ich möchte Sie, meine Studenten und Studentinnen, fragen, was Sie glauben, was ein gutes Buch ausmacht?"

Svenja, die unbedingt mit intellektuellen Äußerungen brillieren wollte, hatte ihren Finger eher in der Luft, als sie denken konnte.

„Ja, sprechen Sie bitte, junge Frau."

„Es muss mit Liebe zu tun haben."

Noch während sie sich selbst sprechen hörte, spürte sie die Hitze in ihrem Gesicht. Sie wusste, ihre Wangen glühten rot bis zu den Ohren.

„Mit Liebe?", wiederholte Professor Luna mit samtener Stimme, was es für Svenja nur um so schwieriger machte, ihre Fantasien, wenn schon nicht vor sich selbst, so doch wenigstens vor ihm zu verbergen.

„Ja, ich meine", stotterte Svenja, „Es muss die Gefühle der Leser verführ ... – eh, ich meine, eh, berühren natürlich."

Svenja bemühte sich, die peinliche Situation zu retten.

„Also, es muss nicht nur mit Liebe zu tun haben. Aber, ich denke, dass es in den Lesern emotional etwas auslösen muss. Es muss sie bewegen und vielleicht auch innerlich bereichern. Sie sollten sich darin wiederfinden."

Nervös sah Svenja zu ihrem Professor, der nickte. Sie versuchte, seinem Blick lange stand zu halten in der Hoffnung, dass sie in ihm so etwas wie Zuneigung heraus lesen könnte. Ihr Gesicht brannte. Natürlich hatte Professor Luna längst die Sympathie der Studentin bemerkt, doch wollte er dies nicht zu erkennen geben. Er suchte noch immer nach seiner Tochter in dem Hörsaal. Sie musste hier sein, dachte er. Leider konnte er nicht alle Studentinnen gleich gut sehen. Vielleicht gab sie sich durch irgendetwas zu erkennen. Oder sollte er eine Andeutung machen, sozusagen als Aufforderung für sie, ihm ein Zeichen zu geben.

„Ich schreibe also auf", führte der Professor das Gespräch weiter, „dass der Leser sich identifizieren können sollte und dass emotionale Anteilnahme, ein emotionales Eintauchen in die Geschichte wichtige Kriterien sind. Was könnte noch wichtig sein? Bedenken Sie bitte, dass es eine große Vielfalt an Lesern und Leserinnen gibt. Welche Art von Lesern fühlt sich durch welche Bücher angesprochen? Für wen würden Sie schreiben wollen, wenn Sie selbst schreiben würden? Und überlegen Sie, es gibt Bücher, die Bestseller sind, aber die Sie selbst nicht unbedingt gerne lesen würden. Und es gibt, meiner Ansicht nach, gute, anregende, intelligente und bedeutsame Bücher, die keine Bestseller geworden sind. Wonach bemessen wir Erfolg? Woran messen wir die Qualität eines Buches? Denken wir an die großen Maler, deren Bilder heutzutage Unsummen an Geld kosten. Zu ihren Lebzeiten waren die Künstler jedoch oft arm. Manchmal gibt es Bestseller erst post-hum."

Nachdenkliche Stille verbreitete sich im ganzen Hörsaal. Dafür liebte ihn seine Zuhörerschaft, für seine Anregungen zum kreativen und eigenständigen Denken, für seinen lebendigen Geist, seinen Esprit, selbst für seine Stimme, die in solchen Momenten der geistigen Ausflüge diesen klaren, weichen und tiefen Beiklang hatte. Heute pulsierte in ihm ein besonderes Gefühl, die Hoffnung, dass er mit seinen Fragen und Einladungen zum Schwelgen in der Welt der lebendigen Geistigkeit seine Tochter würde erreichen können. Auch wenn er sie noch nicht entdeckt hatte, so war es ihm, als fühlte er ihre Nähe.

Svenja hatte sich derweil zurück gelehnt, um sich von ihrer Scham zu erholen. Anja schob Svenja ein kleines

Zettelchen zu, auf dem stand:

„Warum hat unser Prof. die rote Rose neben seinem Laptop?"

Tatsächlich. Das hatte Svenja noch gar nicht bemerkt.

„Keine Ahnung. Ich weiß nur, er ist irgendwie verändert."

„Ob er ein Verhältnis mit einer Studentin hat?"

„Vielleicht."

Ein Student aus der ersten Reihe meldete sich zu Wort:

„Spannung halte ich für wichtig, dass man den Leser fesseln kann und er unbedingt weiter lesen möchte. Das hat natürlich auch mit Emotionalität zu tun, nur in einem anderen Sinne."

„Ich notiere *Spannung*", gab Professor Luna zur Antwort.

„Man muss auf die Bedürfnisse eingehen. Man muss sich fragen, welche grundlegenden Bedürfnisse die Leserschaft in unserer jetzigen Zeit hat", fügte ein Student aus den mittleren Reihen hinzu.

„Vielleicht sollte man kleine Wunder einstreuen, wenn Dinge, die zu Beginn des Buches völlig hoffnungslos erscheinen, sich doch noch zum Guten wenden. Wenn der Leser nur noch eins hofft, dass sich zum Beispiel zwei Menschen wiederfinden, die sich vor langer Zeit verloren hatten."

Lena schrak zusammen. Sie hatte einen Kommentar von sich gegeben, laut und unüberhörbar.

Blitzschnell suchte Professor Luna die Studentin, die soeben ohne Wortmeldung einfach in den Raum hinein gesprochen hatte. Dann trafen sich ihre Blicke. Zeit und Raum um sie herum gingen verloren. Es gab nur sie beide. Erst allmählich drangen vereinzelte Geräusche wie das Räuspern oder Klicken von Kugelschreibern verwunderter Studenten in ihr Bewusstsein vor. Niemand sprach ein Wort. Alle Anwesenden schienen das Besondere und Wundersame der Situation zu fühlen.

Professor Luna, sichtlich um Haltung bemüht, fürchtete, wenn er seine Tochter auch nur einen Moment aus den Augen lassen würde, dann würde sie vielleicht wieder entschwinden. Er traute sich kaum, weg zu schauen. Aber warum sollte sie jetzt, da sie sich gefunden hatten, warum sollte sie jetzt wieder aus seinem Leben treten? Er wusste, er würde es kein zweites Mal ertragen.

Da hörte er wie aus weiter Ferne die Stimme eines anderen Studenten, der eine Beitrag zu dem Thema leistete, um offensichtlich dem Professor dabei zu helfen, mit seiner Vorlesung fort zu fahren.

„Die besten Geschichten schreibt das Leben selbst. Ein gutes Buch beschreibt die großen Lebensthemen, die jeder Mensch kennt und fühlt, die ebenso groß wie alltäglich sind."

Irgendwie schaffte Professor Luna, die Vorlesung noch zu einem guten Abschluss zu bringen. Man sah ihm seine plötzliche Unkonzentriertheit nach, die anfangs von Traurigkeit, mit jeder weiteren Minute jedoch von einer stetig zunehmenden Euphorie begleitet war. Er verhaspelte sich, seine Ideen sprudelten nur so hervor, seine Worte überschlugen sich und immer wieder, immer wieder wanderte sein Blick zu der geheimnisvollen Frau, der unbekannten Gasthörerin, die jede seiner Bewegungen mit ihren Augen verfolgte.

Am Ende der Vorlesung blieb Lena auf ihrem Platz sitzen, während alle anderen nach und nach den Hörsaal verließen. Erst als niemand außer ihnen beiden mehr zugegen war, stand sie auf und lief die Stufen nach unten. Ohne den Blick voneinander abzuwenden, gingen sie aufeinander zu und fielen sich in die Arme. Kein Wort hätte ihre Empfindungen zu beschreiben vermocht.

Rückblickend, darin waren sich beide einig, hätte jedes Wort in diesem Augenblick das Wunderbare dieser Situation nur zerstört. Der Anfang war sprachlos. Es verging eine ganze Weile, bis Ludwig Luna leise flüsterte: „Ich habe Dich unendlich vermisst. Ich habe Dich so sehr vermisst. Wir haben uns, glaube ich, beide viel zu erzählen."

Es war Svenja, der aufgefallen war, dass die Unbekannte nicht den Saal verlassen hatte. Vorsichtig schlich sie wieder hinein und fand Professor Luna in inniger Umarmung mit Lena. Enttäuscht rannte sie hinaus, um ihrer Freundin Anja die neueste Botschaft zu überbringen:

„Von wegen Single! Unser Professor hat ein Verhältnis mit dieser Studentin, die vorhin neben uns gesessen hat! Unglaublich! Können die sich nicht zu Hause um den Hals fallen!"

„Du bist ja eifersüchtig!"

„Ja und!", zischte Svenja.

38. Kapitel

Marita hatte bereits mehrfach versucht, Lena über Handy zu erreichen, aber jedes Mal antwortete nur die Mailbox.

So schrieb sie ihr eine SMS in der Hoffnung auf baldige Antwort. Der Abend mit Martin, ihrem Nachbarn, war auch für sie ereignisreich, denn er hatte ihr seine Gefühle gestanden. Es hatte sie nicht weiter verwundert. Es tat ihr sogar leid für ihn, dass sie seine Gefühle nicht erwidern konnte, denn sie mochte ihn an sich wirklich gern.

„Ich komme zu spät, nicht wahr?", fragte er. „Du hast seit einiger Zeit einen Freund."

Marita überlegte blitzschnell, ob sie seine Frage einfach bejahen sollte oder ob sie ihm erklären sollte, dass er so oder so nicht ihr Typ gewesen wäre. Im ersten Fall wäre es vielleicht nicht so verletzend, aber dann machte er sich vielleicht Hoffnung auf später für den Fall, dass Maritas Beziehung in die Brüche gehen sollte. Wenn sie ihm sagte, dass sie nicht glaubte, dass sie überhaupt zueinander passen würden, dann machte er sich gar keine Hoffnungen mehr, wäre aber eventuell verletzter.

Da Marita nicht sofort antwortete, rutschte er näher an sie heran. Vielleicht komme ich doch nicht zu spät, ging es ihm durch den Kopf. Schnell nahm er noch einen Schluck von seinem Bier, um sich Mut anzutrinken. Dann fuhr er mit seiner Hand durch ihr Haar. Wie angewurzelt saß Marita auf ihrem Platz auf der Hollywood-Schaukel. Sofort brach ihr der Schweiß aus und in Gedanken rief sie Paul um Hilfe, der jetzt sicherlich einen guten Ratschlag parat gehabt hätte.

„Ich möchte gerne mehr von Dir."

Oh Gott, wie hölzern, dachte Marita. Bevor sie etwas sagen konnte, setzte er nach:

„Sollen wir rein gehen?"

Bloß das nicht, schoss es Marita durch den Kopf.

„Martin, ich möchte nichts von Dir. Du bist ein netter

Kerl, aber es ist besser, wir belassen es dabei."

„Warum denn?"

„Ich habe einen Freund, mit dem ich sehr glücklich bin."

„Er muss es ja nicht wissen."

„Aber ich weiß es!", antwortete Marita nun sehr laut und stand auf.

„Ist ja schon gut. Ich habe verstanden. Tut mir leid. Ich wollte Dich nicht bedrängen. Setz Dich doch bitte wieder."

„Nein, ich gehe jetzt lieber nach oben in meine Wohnung. Ich danke Dir aber für den schönen Abend. Lass uns einfach Freunde bleiben – wenn es Dir noch möglich ist. Ok?"

Zügig lief Marita die Stufen hinauf zu ihrem Balkon, um in ihre Wohnung zu gelangen. Ich kann ja schlecht aus Mitleid mit ihm schlafen, sagte sie zu sich selbst, während sie die Balkontür verschloss.

Noch an diesem Abend zu sehr später Stunde hatte sie Lena auf die Mailbox gesprochen.

Als sie am nächsten Nachmittag noch immer kein Lebenszeichen von ihrer Freundin hatte, war ihr schon klar, dass sie offensichtlich bei Gregor übernachtet hatte. Aber mittlerweile war es wieder Abend. Wo steckte sie nur?

Gegen 18.00 Uhr fuhr Marita mit Melissa zu ihrem Vater, der bei ihr angerufen hatte und sie zu einer kleinen Gartenparty einladen wollte. Sofort war Marita der fröhliche Tonfall des Vaters aufgefallen. Neugierig fuhren sie zu ihm. Melissa hatte zuvor noch einen kleinen Blumenstrauß zusammengestellt, unglücklicherweise aus den

Pflanzen der Balkonkästen. Nun ja, Marita freute sich aber über Melissas Absicht, ihrem Großvater eine Freude zu bereiten.

Beim Eintreffen, als der Vater die Tür öffnete, hörten sie bereits lautes Gelächter aus dem Garten. Erich und seine Frau, die mittlerweile wieder zu Hause war, sowie einige bis dato unbekannte Herren waren zu Besuch. Etwas irritiert schaute Marita in die Runde. Wer waren diese Leute? Neben den Nachbarn waren noch vier weitere Männer zu Besuch. Nun ja. Offensichtlich taten sie ihrem Vater gut. Er war wie verwandelt.

„Darf ich euch meine Tochter und meine Enkelin vorstellen?"

„Hallo schöne Frau, darf ich Ihnen die Hand schütteln?"

Anstandshalber gab Marita jedem die Hand.

„Das sind Männer aus meinem neuen Chor", erklärte Günther seiner Tochter.

„Wie schön!", rief Melissa. „Könnt ihr etwas singen?"

Erich und Günther warfen sich grinsend einen Blick zu in Erinnerung an die nächtliche Episode mit dem mürrischen Nachbarn im Gartenteich.

„Och bitte!"

„Das lassen wir uns von so einem kleinen süßen Engel nicht zweimal sagen. Also, alle Mann aufstehen und jetzt singen wir ... ja, was denn?"

„Wie wäre es mit Laurentia, liebe Laurentia!"

„Super Idee!", lachte Erich.

„Dann aber ab auf den Rasen!"

Allmählich glaubte Marita, ihr Vater habe den Verstand verloren. Er war kaum wieder zu erkennen. Hatte er eine Gehirnwäsche hinter sich? Zu viel Alkohol? Zu viel

Hitze? Hormone?

Melissa hingegen lachte schallend, als sie die Männer im Kreis stehend auf dem Rasen tanzen und singen sah.

„... wann werden wir wieder beisammen sein? Am Montag!"

Und immer wieder gingen sie zwischendurch in die Hocke und kamen wieder hoch. Einer der Männer winkte Melissa, die freudestrahlend los rannte und seine Hand ergriff, um bei dem Spaß mit zu machen. Und schon übertönten sechs Männer- und eine Mädchenstimme das abendliche Vogelgezwitscher.

Es dauerte nicht lange, bis der grimmige Nachbar von gegenüber am Fenster erschien.

„Ihr seid doch nicht ganz dicht!"

„Wieso? Aber mit Sicherheit wasserdicht!", brüllte Günther als Antwort.

Jetzt musste sich Marita erst einmal setzen.

„Je oller, desto doller", begann Erichs Frau schmunzelnd das Gespräch mit Marita.

„Da machen Sie aber hier etwas mit, wenn Sie das öfter mit ansehen müssen. Aber so gefällt mir mein Vater schon viel besser."

„Mir auch. Erich hat mir erzählt, dass es Ihrem Vater sehr schlecht ergangen sein muss."

„Ja. Er war ziemlich depressiv zwischendurch."

„Kein Wunder. Ich wüsste auch nicht, wie ich darüber hinweg kommen sollte, wenn mein Mann stirbt. Immerhin sind wir schon über dreißig Jahre zusammen."

„Bewundernswert."

„Lieben bedeutet, immer auch verletzlich zu sein und schließt den Verlust mit ein. Aber wer niemals liebt, hat bereits alles verloren."

Darüber musste Marita erst einmal nachdenken. Interessante Überlegung. Warum eigentlich, dachte sie, suchte man nicht öfter das Gespräch mit älteren Menschen? Warum durchmischen sich die Generationen nicht häufiger und suchen gegenseitigen Kontakt? Es wäre bereichernd für alle. Nur in unserer auf Wettbewerb und Leistung basierenden Gesellschaft, in der man an seinem Einkommen gemessen wird, wird man als naiv, dumm oder auch verstaubt betrachtet, wenn man Begriffe wie Weisheit, Güte oder Würde im Munde führt. Marita erinnerte sich an den abschätzigen Gesichtsausdruck einer Kollegin, als sie offen gestand, dass sie zur Miete wohnte.

„Wie, Sie haben kein Eigentum?", fragte die Kollegin herablassend.

„Nein, ich bezahle gern für die Freiheit, die sich daraus ergibt, kein Haus wie einen Klotz am Bein zu haben."

Beleidigt war die Kollegin von dannen gezogen.

„Ihr Vater ist wirklich ein bunter Vogel, hätte ich nicht gedacht."

„Ich auch nicht. Ich bin ihrem Mann sehr dankbar."

„Wofür?"

„Dass er sich so um meinen Vater kümmert."

„Ich glaube, sie haben beide Spaß miteinander."

„Ja, es sieht so aus. Mittlerweile."

An diesem Abend, als wieder Ruhe eingekehrt war, die Gäste sich verabschiedet hatten und Günther die letzten Gläser in die Küche getragen hatte, an diesem Abend setzte er sich wieder auf sein Bett, öffnete die Schublade, holte das Kästchen mit der Kapsel heraus und nahm sie in seine Hand. Vorsichtig hielt er sie sich unter die Nase, um an ihr zu riechen.

Wie schnell konnte man ein Leben beenden! Leben und Tod sind manchmal nur durch einen winzigen Augenblick voneinander getrennt. Man soll aufhören, wenn es am schönsten ist, sagt der Volksmund. Warum eigentlich? Und woher weiß man, dass es der schönste Moment ist? Und warum soll eigentlich der Hochzeitstag der schönste Tag im Leben sein? Dann kann alles, was danach kommt, nur schlechter sein. Hochzeit als Wendepunkt im Leben auf dem Weg zum Unglücklichwerden? Wieso muss man selbst bei der Einschätzung von Glück und Lebensfreude eine Bewertung vornehmen? Als müssten selbst Augenblicke des Glücks miteinander konkurrieren. Welcher Moment ist der schönste? Wettbewerb des Glücks.

Nachdenklich legte Günther die Kapsel zurück in die Schachtel. Noch immer klang der fröhliche Abend in ihm nach. Wie wohl er sich in der Gemeinschaft gefühlt hatte! Warum nur, sagte er zu sich selbst, warum nur habe ich meine Frau so oft abgewiesen, wenn sie wieder einmal, zunehmend zaghafter, auf mich zukam und fragte, ob ich mit ihr etwas unternehmen wollte? Wie viele Ausreden ich hatte, um mich zu verschließen! Ich hätte es ihr nicht verdenken können, wenn sie einen Liebhaber gehabt hätte. Günther erkannte die Gefährlichkeit seiner Gedanken, deren Inhalt immer trostloser und anklagender wurde. Nicht zuletzt fragte er sich, ob er noch ein Recht auf Glück hatte, nachdem er, so wie er es jetzt empfand, seiner Frau dabei im Weg gestanden hatte.

In einem der letzten gemeinsamen Urlaube mit ihr hatte er eine Kaffeemaschine im Gepäck, damit sie auf dem Hotelzimmer Kaffee trinken konnten. Den Wunsch seiner Frau, gemütlich in einem Café zu sitzen, ignorierte er und tat ihn als verschwenderisch ab. Ihre Bitte, mit ihr ein Fischrestaurant zu besuchen, beantwortete er mit einem Besuch an einer Würstchenbude, wo sie an einem wackeligen Stehtisch standen und sie ihre weiße Bluse mit Currysauce ruiniert hatte. Nachdem sie eine halbe Stunde stehend und schweigend ihre Würstchen gegessen hatten, trotteten sie ins Hotelzimmer zurück, wo er ihr zu verstehen gab, dass er mit ihr ins Bett wollte, weil das seiner Meinung nach zu einem gelungenen Urlaubstag dazu gehörte. Sie schaute dabei abwesend aus dem Fenster.

Es war die Stille, die schon lange Zeit vor ihrem Tod die Atmosphäre des Hauses bestimmt hatte. Früher glaubte er, das Schweigen seiner Frau habe Zustimmung bedeutet. Nun wurde ihm bewusst, dass ihr Schweigen die innere Abkehr von ihm bedeutet hatte. Wovon hatte sie geträumt in ihrem Leben? Dass es nicht der Schmuck war, den er ihr zu festlichen Anlässen schenkte, hatte er erst spät begriffen, als er gewahr wurde, dass sie ihn in einer Schatulle aufbewahrte und nur selten trug.

Plötzlich war es ihm, als wenn ihr Tod nur eine konsequente Folge einer vor vielen Jahren angelegten Entwicklung gewesen war. Eine Scheidung wäre für sie undenkbar gewesen. Nachdem ihre Seele sich in Schweigen gehüllt und sie jedweden Wunsch an ihn aufgegeben hatte, hatte sie sich selbst aufgelöst.

Verzweifelt, wie ein Mensch, der auf dem Hausdach abrutscht und panisch versucht, beim Heruntergleiten irgendwo Halt zu finden, vielleicht noch an der Dachrinne, um sich fest zu halten, um nicht dem Tod entgegen zu stürzen, suchte er irgendwo einen tröstenden Gedanken in sich, der ihn noch retten konnte vor dem seelischen Abgrund, in dem unerträgliche Schuldgefühle lauerten. Ich habe versagt, schoss es ihm durch den Kopf. Ich habe versagt! Ich kann es nicht mehr an ihr gut machen. Nie wieder.

In sich zusammen sinkend legte er sich auf sein Bett, die Schublade seines Nachttischchens noch immer geöffnet. Nur das Ticken seines Weckers war zu hören und in einiger Entfernung vernahm er Stimmen, die er nach kurzer Überlegung Erich und seiner Frau zuordnen konnte. Im Nachhinein wusste er nicht, wo er noch die Kraft hergenommen hatte, doch er schaffte es, sich an sein Fenster zu stellen, um dem Gespräch zu lauschen. Es durchzuckte ihn, als er hörte, wie sie über ihn sprachen. Ganz deutlich hörte er heraus, dass Erich ihn sehr mochte und er seine liebevolle Art im Umgang mit der Enkelin bewunderte. Sogar Erichs Frau schien ihn zu mögen. Damit hatte Günther nicht gerechnet. Wenn er darüber nachdachte, stimmte es. Mit seiner Enkelin war er sehr liebevoll. Sie sprang immer sogleich an ihm hoch, wenn sie die Tür herein kam. Günther ertappte sich bei einem Lächeln.

Wenn ich jetzt diese Welt verlasse, dachte er, würde ich ihr und meiner Tochter das Herz brechen. Und auch Erich und meine neuen Bekannten wären wahrscheinlich ebenso traurig, überlegte er. Ich muss versuchen, mir selbst zu vergeben. Ich möchte niemanden mehr traurig machen. Daraufhin trat er wieder an seine Schublade heran, nahm erneut das Kästchen mit der Kapsel in die Hand, lief die Stufen hinab in seinen Keller, öffnete seinen Tresor, den er hinter einem Regal versteckt hatte und stellte das Kästchen hinein.

39. Kapitel

Als Marita nach der Grillparty bei ihrem Vater nach Hause kam, bemerkte sie sofort das blinkende Lämpchen an ihrem Anrufbeantworter. Bevor sie ihn abhörte, brachte sie jedoch Melissa in ihr Bett, die bereits im Wagen eingeschlafen war und sich kaum noch auf den Beinen halten konnte. In zwei Tagen würden sie mit Paul und Patrick nach Texel fahren. Unbedingt musste sie noch mit Lena sprechen, bevor sie abreisen würden.

Zwei Nachrichten waren auf Band. Die erste war von Paul, den sie sofort zurückrief, um mit ihm noch ein paar organisatorische Details für den Urlaub zu besprechen. Sie beschlossen, dass Marita und Melissa am nächsten Abend bei ihm schlafen würden, damit sie an dem darauf folgenden Morgen schon früh losfahren könnten. Um 11.00 Uhr wollten sie an der Fähre sein. Die zweite Nachricht war von Lena, die sich total überdreht und aufgelöst anhörte. Alarmiert rief Marita bei Lena an. Aber zu Hause war sie nicht. Schließlich probierte sie es auf Handy. Endlich nahm Lena das Gespräch an.

„Wo steckst Du, Lena? Ich habe schon mehrfach bei Dir angerufen. Alles o.k.?"

„Ich bin bei Gregor."

„Immer noch?"

„Ja. Seine Frau kommt nicht mehr zurück."

„Wie bitte?"

„Sie ist ja alleine nach Griechenland gefahren. Das

haben wir zumindest gedacht. Dabei hat sie jedoch ihren Geliebten mitgenommen, wie sich jetzt herausgestellt hat."

„Ich glaube es nicht! Sodom und Gomorrha!"

„Nun, Seitensprünge haben aber auch eine wichtige Funktion. Sie vergrößern die Variabilität des menschlichen Erbgutes – ganz im Sinne Darwins."

„Du hast ja Ideen!", lachte Marita.

„Es gibt noch eine Neuigkeit. Da kommst Du nicht drauf!"

„Sag schon!"

„Ich habe meinen Vater wiedergesehen."

„Was?!", schrie Marita in den Hörer.

„Ja. Gregor und ich haben seine Adresse ausfindig gemacht. Stell Dir vor, die Blumen all die Jahre waren tatsächlich von ihm."

Marita schwieg. Sie musste zunächst ihre Gedanken sortieren.

„Ich kann es nicht fassen, Lena. Was Du für ein aufregendes Leben hast!"

„Ich hoffe allerdings, dass jetzt endlich Ruhe einkehrt. Ich habe sogar Oliver adieu gesagt."

„Du meinst es ernst mit Gregor, nicht wahr?"

„Ja."

„Und er?"

„Ich denke, dass es ihm auch ernst ist. Manchmal habe ich das Gefühl, als wenn wir uns schon lange kennen."

„So etwas gibt es. Wie eine Seelenverwandtschaft."

„Ich bin so glücklich, Marita."

„Ich freue mich so sehr für Dich! Leider können wir uns vor meinem Urlaub nicht mehr treffen. Wir sind aber in drei Wochen zurück. Dann nehmen wir uns einen Tag nur für uns alleine!"

„Das machen wir. Und im August feiern wir alle zusammen meinen Geburtstag. Mein Vater kommt auch! Kannst Du Paul etwas ausrichten? Dass er mit seiner Theorie tatsächlich Recht hatte. Der Täter damals war nicht mein Vater. Es war sein Bruder. Weißt Du, ich glaube auch, dass ich jetzt gut alleine zurechtkomme. Es hat sich soviel geändert. Ich werde bei Paul noch eine Abschluss-Sitzung nehmen, um die Therapie zu beenden. Ich *suche* nicht mehr, ich habe *gefunden*."

„Ich werde es weitergeben. Und jetzt gib mir bitte einmal Deinen Gregor. Ich muss ihm auch etwas sagen."

„Was denn?"

„Geheimnis."

„Einen Augenblick. Gregor, kommst Du bitte mal! Marita möchte Dich sprechen."

Zögernd nahm Gregor das Telefon entgegen.

„Ja bitte?"

„Hallo Herr Most, hier ist Frau Sol."

„Ja?"

„Ich möchte Ihnen beiden einen schönen Urlaub wünschen."

„Danke."

„Da ist noch etwas. Geben Sie acht auf Lena. Ich kenne sie schon sehr lange, länger als Sie. Enttäuschen Sie sie nicht."

„Keine Sorge! Ich kenne Lena vielleicht besser, als Sie glauben", gab er schmunzelnd zur Antwort.

Zum Glück konnte sie sein Lächeln nicht sehen, dachte er, als er das Telefonat beendete. Aber Lena hatte es bemerkt.

„Gregor, wie hast Du das gemeint, als Du sagtest, Du

kennst mich besser, als Marita vielleicht annimmt?"
„Das erkläre ich Dir ein anderes Mal."

Der zweite Roman von Michaela Pavelka:

Im Schatten der Stille

„Wenn Du mich lässt, zeige ich dir die Welt", flüstert Alexander Belt im Unterricht seiner noch 13-jährigen Schülerin Claudia zu und ebnet den Weg zu einer intensiven, heimlichen Beziehung.

Als ihr Bruder Tim Claudias Tagebuch liest, beschließt er zu schweigen. Im Schatten der Stille waren sie unsichtbar, hatten sie die Freiheit zu tun, was sie wollten. Und sie taten es.

Gemeinsam mit anderen Jugendlichen verleben die Geschwister eine abenteuerliche Jugend, die den Blicken der Eltern verborgen bleibt. Die Erwachsenen sind so sehr mit sich selbst beschäftigt, dass sie nicht einmal die Veränderung im Wesen ihrer Kinder bemerken.

Viele Jahre später, als sie längst selbst Mutter ist, schaut Claudia auf die vergangenen Erlebnisse zurück. Angeregt durch die Gespräche mit einem alten Patienten, dessen Erinnerungen in der Einsamkeit des Krankenzimmers zu Leben erwachen, erkennt Claudia hinter ihrer Familiengeschichte eine zweite Wirklichkeit. Während der alte Mann mit seinen Ängsten kämpft, geschehen merkwürdige Dinge auf der Station.